소오강호 7

소오강호 7 – 규화보전의 비밀

1판 1쇄 발행 2018. 10. 15.
1판 4쇄 발행 2022. 3. 26.

지은이 김용
옮긴이 전정은
발행인 고세규
편집 조은혜 | 디자인 윤석진
발행처 김영사
등록 1979년 5월 17일 (제406-2003-036호)
주소 경기도 파주시 문발로 197(문발동) 우편번호 10881
전화 마케팅부 031)955-3100, 편집부 031)955-3200 | 팩스 031)955-3111

값은 뒤표지에 있습니다. ISBN 978-89-349-8335-4 04820
978-89-349-8337-8 (세트)

홈페이지 www.gimmyoung.com 블로그 blog.naver.com/gybook
인스타그램 instagram.com/gimmyoung 이메일 bestbook@gimmyoung.com

좋은 독자가 좋은 책을 만듭니다.
김영사는 독자 여러분의 의견에 항상 귀 기울이고 있습니다.

소오강호

笑傲江湖

김용 대하역사무협

전정은 옮김

규화보전의 비밀

7

7권

규화보전의 비밀

주요 등장인물 · 6

31 자수 · 23

32 합병 · 77

33 비검 · 151

34 우두머리 정하기 · 215

35 복수 · 255

❖ 각권 차례

【1권】 **벽사검보**

1 · 멸문 | 2 · 진상 | 3 · 구출 | 4 · 앉아 싸우기 | 5 · 치료

【2권】 **독고구검**

6 · 금분세수 | 7 · 곡보 | 8 · 면벽 | 9 · 손님 | 10 · 검법 전수

【3권】 **사라진 자하비급**

11 · 내상 | 12 · 포위 | 13 · 금 수업 | 14 · 술잔론 | 15 · 투약

【4권】 **끌리는 마음**

16 · 수혈 | 17 · 덫정 | 18 · 협력 | 19 · 내기 | 20 · 지하 감옥

【5권】 **흡성대법**

21 · 감금 | 22 · 탈출 | 23 · 매복 기습 | 24 · 누명 | 25 · 소식

【6권】 **날아드는 화살**

26 · 소림사 포위 | 27 · 삼세판 | 28 · 적설 | 29 · 장문인 | 30 · 밀담

【8권】 **화산의 정상에서**

36 · 애도 | 37 · 억지 장가 | 38 · 섬멸 | 39 · 거절 | 40 · 합주

영호충令狐沖

화산파 대사형. 어렸을 때 부모를 잃어 화산파 장문인 부부 손에서 자랐다. 강호의 의리와 예의를 중요하게 여겨 의협심이 강하지만, 술을 좋아하고 거침없는 성정을 가졌다. 타고난 호방함으로 많은 이들의 총애를 받아, 여러 사람들의 도움으로 절체절명의 위기도 잘 헤쳐 나간다. 규율이나 관습에 얽매이지 않고 자유롭게 사는 삶을 추구하는 인물이다.

임평지林平之

복주 복위표국 소표두. 집안에 전해져 내려오는 〈벽사검보〉를 노리고 가문을 몰살한 청성파에게 복수하기 위해 화산파에 입문했다. 무공 실력이 뛰어나지 않고, 소심한 인물이었으나 집안 멸문에 얽힌 비밀을 알게 된 뒤 변하게 된다.

악불군岳不羣

화산파 장문인. 영호충의 아버지 같은 인물로 군자검이라는 별호를 갖고 있을 정도로 점잖고 고상하다. 무공 또한 뛰어나 당대 무림에서 손꼽히는 고수였지만, 위선적인 태도와 탐욕이 드러난다.

악영산岳靈珊

악불군과 영중칙의 딸. 어렸을 때부터 영호충과 함께 놀고, 무공을 익히며 자랐다. 털털하고 솔직한 성격으로 다소 천방지축같은 모습도 보인다. 영호충이 짝사랑하는 인물로, 악영산 또한 영호충에게 마음이 있었지만 임평지를 만난 뒤 그에게 마음을 뺏긴다.

막대莫大

형산파 장문인. 꾀죄죄한 차림새로 다니는 신출귀몰한 인물로, 언제나 호금을 지닌 채 자유롭게 강호를 누비며 다닌다. 매사에 흔들림 없고 당당한 대장부의 면모를 가진 영호충에게 호의적인 태도를 보이며, 영호충이 위험에 처할 때 도움을 주기도 한다.

의림儀琳

불계 화상의 딸이자 항산파 정일 사태 제자. 처음에는 본인이 고아인 줄 알았으나 우연한 계기로 아버지를 만나게 됐다. 좌중을 사로잡는 빼어난 외모를 가진, 출가한 승려로 순수한 심성을 가진 인물이다. 영호충의 도움을 받아 목숨을 구한 이후로, 줄곧 그에게 연정을 품는다.

유정풍劉正風과 곡양曲洋

형산파 고수와 일월신교 장로. 유정풍과 곡양은 각각 정파와 사파에 속해 있기 때문에 교우해서는 안 되지만 음악에 대한 뜻이 같아 우정을 키워나갔다. 두 인물은 어렵게 완성한 퉁소와 금 합주곡 〈소오강호곡〉을 영호충에게 건넨 뒤 죽는다.

풍청양風淸揚

화산파가 검종과 기종으로 나뉘어 분쟁이 있기 전, 화산파에 있던 태사숙. 화산에 은거하며 모습을 드러내지 않지만, 뛰어난 무림 고수로 영호충에게 '초식이 없는 것으로 초식이 있는 것을 깨뜨리는' 비결과 독고구검을 전수했다.

도곡육선桃谷六仙

정파 없이 강호를 떠도는 여섯 형제로 이름은 도근선桃根仙, 도간선桃幹仙, 도지선桃枝仙, 도엽선桃葉仙, 도화선桃花仙, 도실선桃實仙이다. 서로 쉴 새 없이 떠들며 웃음을 주는 인물들이지만, 화가 나면 간담이 서늘해질 정도로 사람을 처참하게 죽인다.

임영영任盈盈

일월신교 교주였던 임아행의 딸. 많은 강호 호걸의 존경과 사랑을 받지만 수줍음이 많은 인물로, 우연한 계기로 영호충에게 깊은 정을 느껴 그를 물심양면으로 돕는 조력자다. 악한 성정을 갖고 태어났지만 아버지처럼 독선적이거나 권력에 눈 먼 인물은 아니다.

상문천向問天

일월신교 광명좌사. 목표를 위해서는 물불 가리지 않는 오만하고 고집스러운 사람이지만, 현명하고 의리를 중요하게 여기며 강호를 제패할 야심은 없는 인물이다. 동방불패에게 일월신교 반역자로 찍혀 도망을 다니다 영호충의 도움으로 위기에서 벗어난 뒤, 영호충과 생사를 함께 하기로 약속한다.

임아행任我行

동방불패 이전에 일월신교 교주. 타인의 진기를 빨아들이는 흡성대법을 연마한 독선적인 인물로 지모와 지략이 뛰어나다. 동방불패에게 교주 자리를 뺏긴 후, 10여 년간 깊은 지하 감옥에 갇혀 살았다. 상문천과 영호충의 도움을 받아 감옥을 탈출한 뒤 교주 자리를 탈환하려 한다.

좌냉선左冷禪

숭산파 장문인. 오악검파인 화산파, 숭산파, 태산파, 형산파, 항산파를 오악파로 통합해 오악파 장문인이 되려 한다. 목표를 위해서는 협박과 살인 등 간악한 짓도 일삼는 인물이지만, 악불군과 겨루다 두 눈을 잃고 만다.

동방불패東方不敗

일월신교 교주. 일월신교에 전해져 내려오는 《규화보전》의 무공을 연성한 유일한 사람으로, 임아행에게서 교주 자리를 찬탈하고 10년 동안 천하제일 고수라 불려왔다. 함께 지내는 양연정을 끔찍하게 여겨, 양연정의 일이라면 오랜 벗이라도 죽일 수 있는 헌신적이면서도 잔인한 인물이다.

笑傲江湖

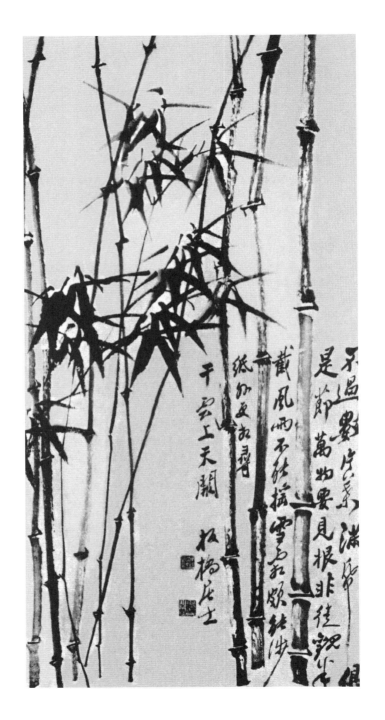

정섭鄭燮의 대나무 그림

정섭(1693-1765)은 강소성 흥화 사람이며, 호는 판교거사板橋居士로 '양주팔괴揚州八怪' 중 하나이다. 오만하고 강직하며 기개가 높아 유현의 지현직에 있을 때 상관의 명을 따르지 않고 마음대로 이재민을 구호하다 파직되었다.
이 대나무 그림에는 다음과 같은 제서가 달려있다.

잎은 드문드문하나 종이 가득 마디마디라　不過數片葉 滿紙俱是節
만물은 그 뿌리를 보고 그 반만 보아서는 아니 되니　萬物要見根 非徒觀半截
비바람에 흔들리지 않고 눈서리에 움직이지 않으니　風雨不能搖 雪霜頗能涉
종이 너머 뻗어나가 구름 천궁을 찌르노라　紙外更相尋 干雲上天闕

'마디'란 곧 대나무의 마디이자 절개이다. 대나무는 언제나 군자에 비유됐으니 '만물은 그 뿌리를 보고 그 반만 보아서는 아니 되니'라는 구절은 위군자 악불군을 풍자한 것이라 볼 수 있다. 이 그림은 대나무에 뿌리가 있으나 그 끝은 종이의 제약을 받지 않고 뻗어나간다는 의미를 담고 있다.

오악진형도五嶽眞形圖

숭산 석비의 탁본으로, 도가의 관점에서 오악을 설명한 것이다. 그림에 따르면, 오악은 모두 선인들이 득도한 곳으로 각기 그 산신과 부산副山이 있다고 되어 있다. 동악 태산의 부산은 장백산과 양부산이며, 남악 형산의 부산은 유산과 곽산, 중악 숭산의 부산은 여기산과 소실산, 북앙 항산의 부산은 천애산과 공동산, 서악 화산의 부산은 종남산과 태백산이다. 오악의 산신은 각기 맡은 바가 다른데, 동악 산신은 세상 인간의 관직과 생사를 결정하고 귀천의 구분과 시비를 정하기 때문에 세인들이 특별히 중요하게 생각했다.

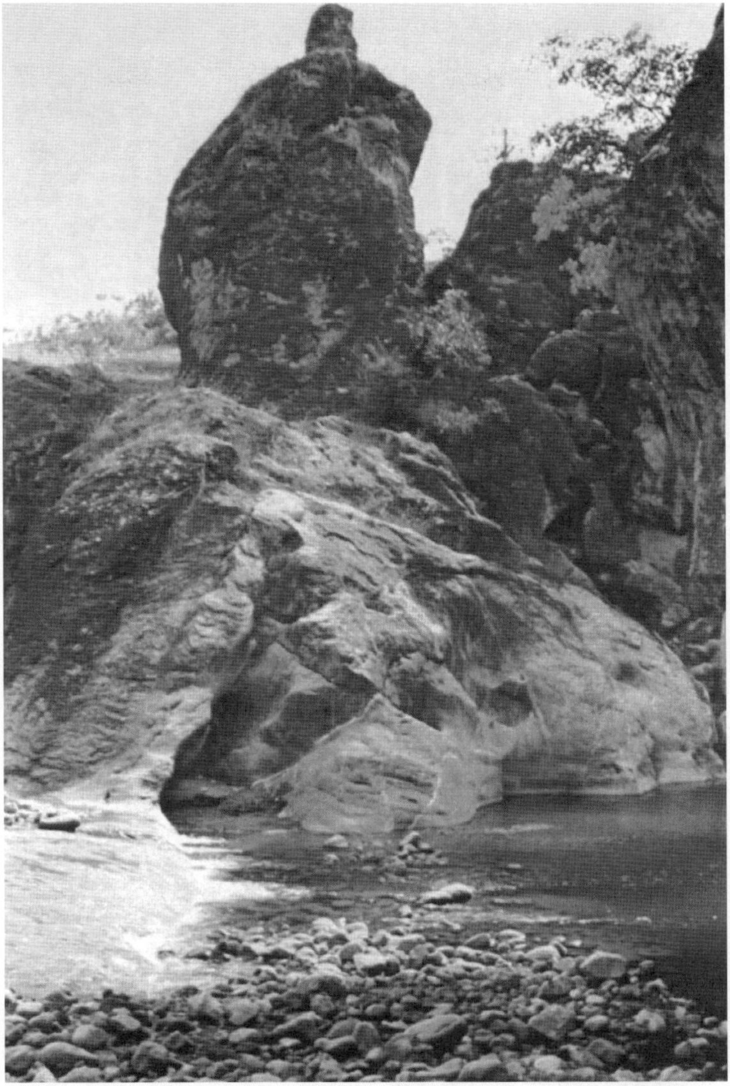

숭산의 바위 위 물길

비웨넨畢玥年 촬영.

숭산 태실산 석궐 비문

한나라 비석 탁본.

숭산 숭악묘嵩嶽廟 옛 탑

숭산 대장군 측백나무

숭양서원嵩陽書院에 있는 나무로 한나라 광무제가 '대장군'으로 봉했다. 두 그루로 이뤄져 있어 각각 대장군, 소장군으로 불리며 동한 시대에 유명했다. 수령樹齡이 이천 살이 넘어 중국에서 가장 오래된 측백나무인데, 지금까지도 상록이 울창하고 굳건하게 서 있다.

숭산 숭악묘에서 본 조망

서악 화산 묘비의 편액과 비문

한나라 비석 탁본.

화산 풍경

천창펀陳長芬 촬영.

화산 선장봉仙掌峯

청따린成大林 촬영.

화산의 남쪽 봉우리

또 다른 화산 풍경

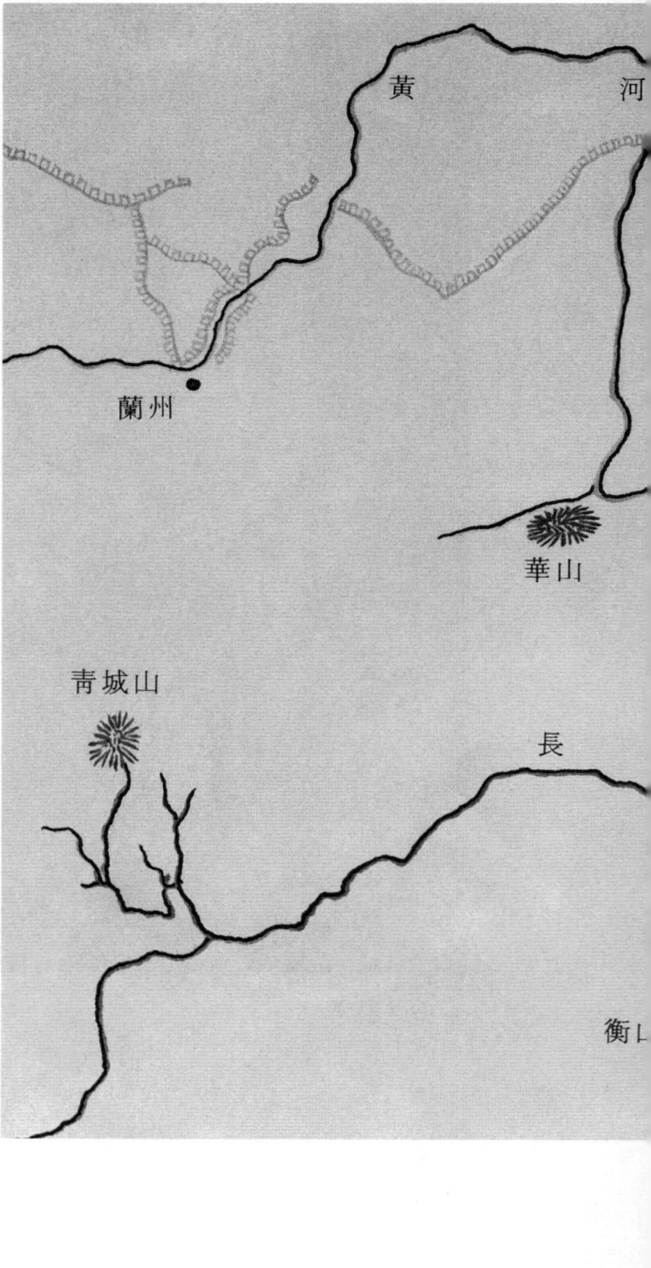

〈소오강호〉 지리도

왕쓰마王司馬 그림.

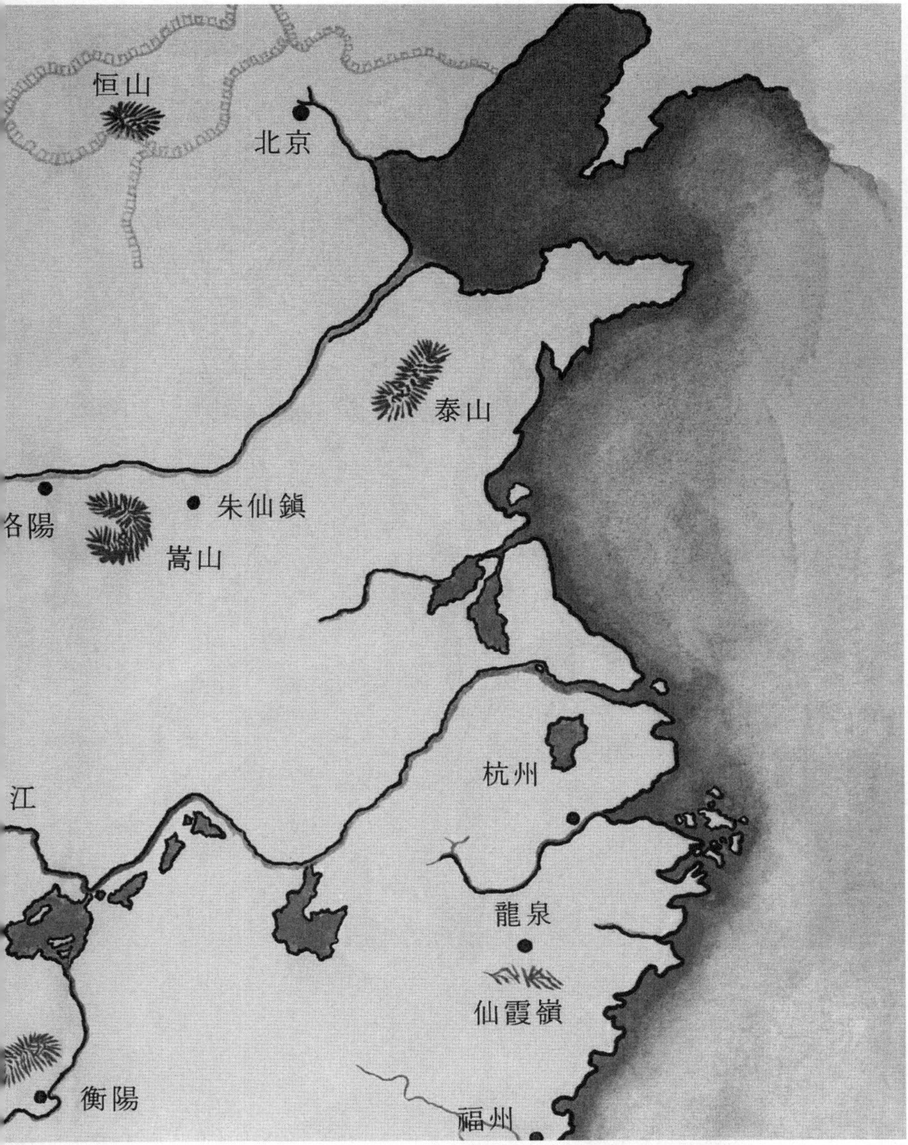
恒山
北京
泰山
洛陽
朱仙鎮
嵩山
杭州
江
龍泉
仙霞嶺
衡陽
福州

31

자수

笑傲江湖

달려온 동방불패는 양연정을 조심조심 안아 침상 위에 내려놓았다. 그 후, 신발과 버선을 벗기고 향을 먹인 금침을 덮어주었다. 마치 남편을 살뜰히 돌보는 현모양처 같았다.

한참 후, 보라색 장삼을 입은 시종이 나와 낭랑하게 외쳤다.

"문무쌍전하시고 인의영명하신 교주님의 명이오. 백호당 장로 상관운은 포로를 데리고 교주님을 배알하시오."

"교주님의 은혜에 감사드립니다. 교주님, 천추만재, 일통강호! 천년 만년 누리시며, 강호를 통일하소서!"

상관운은 이렇게 외친 뒤 따라오라는 듯 일행에게 왼손을 흔들며 시종을 따라 안으로 들어갔다. 임아행과 상문천, 영영은 영호충이 누워 있는 들것을 들고 뒤따랐다.

안으로 들어가자 복도에는 극戟을 든 무사들이 도열해 있었다. 커다란 철문 세 개를 통과해 기나긴 복도로 들어서자 수백 명은 됨직한 무사들이 양쪽으로 늘어서서 번쩍이는 장도長刀를 교차시켜 들고 있었다. 상관운과 임아행 일행은 허리를 굽히고 고개를 숙여 그 밑으로 지나갔다. 그 수백 자루 가운데 단 하나라도 떨어져내리면 몸과 머리가 따로 놀게 될 무시무시한 길이었다.

백전노장인 임아행과 상문천은 전각을 지키는 무사 따위는 안중에도 없었지만, 동방불패가 보는 앞에서 이런 수모를 당하는 것이 몹시 못마땅했다. 영호충도 속으로 혀를 찼다.

'동방불패가 부하들을 이토록 하찮게 대하는데, 그 누가 진심으로 충성을 바칠까? 여태 반역이 없었던 것은 위세가 두려워 함부로 나서지 못했기 때문일 거야. 호걸들을 무시하는 자가 무슨 수로 천년만년 갈 수 있겠어?'

삼엄한 도진刀陣을 벗어나자 두툼한 장막을 늘어뜨린 문이 나타났다. 상관운이 장막을 걷고 안으로 걸어들어가는 순간, 서늘한 광채가 번뜩이더니 창 여덟 자루가 어지러이 날아들었다. 네 자루씩 나눠 상관운의 가슴팍과 등을 꿰뚫으려던 창들은 그의 피부에 닿기 직전에야 겨우 멈췄다.

이 광경을 똑똑히 본 영호충은 화들짝 놀라 허벅지 밑에 숨겨둔 검을 움켜쥐었지만, 뜻밖에도 상관운은 놀라는 기색조차 없이 낭랑하게 외쳤다.

"백호당 장로 상관운, 문무쌍전하시고 인의영명하신 교주님을 뵈옵니다!"

"들어오라!"

전각 안에서 대답이 떨어지자 창을 든 무사 여덟 명이 즉시 좌우로 물러났다. 그제야 영호충은 그 창이 들어오는 사람을 정말 찔러 죽이기 위한 것이 아니라 위협하는 용도임을 알아차렸다. 불측한 마음을 품은 사람은 창이 날아드는 순간 지레 겁을 먹어 무기를 꺼내서 막을 것이고, 그 음모는 수포로 돌아가게 되는 것이었다.

대전으로 들어선 영호충은 주위를 흘끔거리며 혀를 내둘렀다.

'어마어마하게 긴 전각이군!'

폭은 30자밖에 되지 않았지만, 그 깊이는 300자는 됨직해 보였다. 전각 끝에는 높다란 단을 설치해 의자를 놓았고, 그 위에 수염을 길게 늘어뜨린 노인이 앉아 있었다. 그가 바로 동방불패였다.

전각에는 창이 없고, 불빛이라고는 입구에서 흔들리는 촛불을 제외하면 동방불패 곁에 놓인 등잔 두 개뿐이었다. 등잔불이 어른어른 의자 주위를 비췄지만, 불빛이 어둡고 일행과의 거리도 멀어 동방불패의 얼굴을 똑똑히 볼 수는 없었다.

상관운은 단 아래에서 무릎을 꿇고 말했다.

"교주님께서는 문무를 겸비하시고 인의롭고 지혜로우시니 문무쌍전에 인의영명이며, 위대한 교단을 다시 일으키고 온 백성에게 두루 은덕을 베푸시니, 중흥성교中興聖教에 택피창생이시나이다! 백호당 장로 상관운이 교주님을 배알하옵니다."

"네 부하들은 어찌 교주님을 뵙고도 무릎을 꿇지 않느냐?"

동방불패 옆에 선 보라색 장삼을 입은 시종이 큰 소리로 외쳤다.

'아직 때가 이르니 잠시 동안은 무릎을 꿇어주마. 곧 그 뼈를 부수고 껍데기를 벗겨주겠다.'

임아행은 이렇게 생각하며 재빨리 고개를 숙이고 무릎을 꿇었다. 상문천과 영영도 그를 따라 무릎을 꿇었다.

상관운이 말했다.

"제 부하들은 교주님의 존안을 뵈옵기만을 밤낮으로 바라고 바라왔나이다. 오늘 18대 조상의 공덕으로 이렇게 교주님을 알현하게 되니 기쁨에 겨워 그만 무릎 꿇는 것을 깜빡 잊은 모양이옵니다. 부디 크나큰 아량으로 용서해주십시오."

동방불패 옆에 선 양연정이 말했다.

"가 장로가 어쩌다 순교하였는지 교주님께 보고하시오."

"저와 가 장로는 교주님의 지엄한 명을 받자와 길을 떠났습니다. 발탁하고 길러주신 대은대덕에 보답하기도 힘겨운데 막중한 임무까지 맡겨주셨으니, 평소의 가르침을 뼈에 새기며 심혈을 다하였습니다. 교주님의 주도면밀하신 계책이 있으니 누가 가더라도 교주님의 위엄과 공덕에 힘입어 반드시 영호충을 붙잡을 수 있을 것이나, 특히 저희에게 그 일을 맡겨주셨으니 실로 지고무상한 보살핌을 입었사옵니다…."

들것에 누운 영호충은 속으로 비명을 질렀다.

'어이쿠, 징글징글해라! 별호에 '협俠' 자가 붙을 만큼 호걸 중의 호걸이라는 상관운이 얼굴조차 안 붉히고 저런 말을 떠들어대다니! 부끄러운 줄도 모르는군.'

바로 그때, 그들 뒤에서 누군가 쩌렁쩌렁한 목소리로 외쳤다.

"동방 형제, 정말로 자네가 나를 잡아오라고 했나?"

나이 지긋한 목소리였지만 공력이 잔뜩 실려 있어, 그 한마디는 널찍한 전각 안에서 한참 동안 메아리쳤다. 당당하고 용맹한 태도로 보아 나타난 사람은 바로 풍뢰당 당주라는 동백웅이 분명했다.

양연정이 싸늘하게 말했다.

"동백웅, 누가 성덕전成德殿에서 이리 소란을 피워도 좋다 하였느냐? 속히 무릎 꿇고 교주님을 칭송하지 못할까?"

동백웅은 앙천대소했다.

"내가 동방 형제와 벗이 되었을 때 네놈은 어디서 무엇을 했더냐? 나와 동방 형제가 손 맞잡고 생사를 넘나들며 환난을 헤쳐나갈 때 젖비린내 나는 네놈은 태어나지도 않았을 터, 어찌 감히 어른들 이야기에 끼어드느냐?"

영호충은 슬그머니 고개를 돌려 동백웅을 살폈다. 백발을 풀어헤치고 허옇게 센 수염을 올올이 곤두세운 노인이 두 눈을 부릅뜨고 얼굴 근육을 실룩이며 외치고 있었는데, 얼굴 곳곳에 피딱지가 엉겨붙어 유난히 무시무시해 보였다. 양쪽 손목과 발목에는 기다란 쇠사슬이 달린 쇠테를 채워, 두 팔을 휘저으며 분통을 터뜨릴 때마다 쩔그렁쩔그렁 소리가 났다.

쇠사슬 소리를 듣자, 무릎을 꿇고 있던 임아행은 서호 지하 감옥에서의 고통스러웠던 나날이 떠올라 주체하지 못하고 몸을 부들부들 떨었다. 괴로움을 이기지 못해 발작을 일으키려는 순간, 양연정의 목소리가 그의 귀를 때렸다.

"교주님 앞에서 이토록 무례하게 굴다니 참으로 안하무인이구나! 너는 본 교의 반도인 임아행과 남몰래 결탁했으니, 네 죄를 알렸다?"

"임 교주는 본 교의 전임 교주고, 중병 때문에 항주에 은거하면서 동방 형제에게 교단의 일을 넘겨주었을 뿐인데 어찌 반도라 하느냐? 동방 형제, 임 교주가 무슨 반역을 저질렀는지 자네 입으로 확실히 말해보게!"

양연정이 동방불패 대신 대답했다.

"병을 치료하였다면 곧장 본 교로 돌아와야 마땅하나, 임아행은 소림사로 가서 소림과 무당, 숭산의 장문인들과 결탁했다. 그 행위가 반역이 아니면 무엇이란 말이냐? 그자는 어찌하여 교주님을 알현하고 그 명을 받잡지 않는 것이냐?"

동백웅은 껄껄 웃었다.

"임 교주는 동방 형제의 옛 상관이고, 무공과 견문 또한 동방 형제보다 못하지 않다. 동방 형제, 내 말이 틀렸나?"

양연정은 버럭 소리를 질렀다.

"나이만 믿고 위세 부리지 말라! 부하와 형제들에게는 부모처럼 관대하신 교주님께서 어찌 너와 똑같이 행동하시겠느냐? 네가 깊이 뉘우치는 마음으로 내일 총단에 모인 형제들 앞에서 잘못을 속속들이 고하고 개과천선하여 교주님께 충성을 다할 것을 맹세한다면, 흉금이 넓으신 교주님께서 한 줄기 살길을 열어주실지도 모른다. 그렇지 않으면 어떤 최후를 맞을지는 너 스스로도 잘 알리라!"

동백웅은 시원스레 웃으며 말했다.

"내 나이 벌써 여든이 다 되었다. 살 만큼 살았는데 최후 따위가 두렵겠느냐?"

"그들을 데려오너라!"

"예!"

양연정이 외치자 보라색 장삼을 입은 시종이 큰 소리로 대답했다. 곧이어 쩔그렁쩔그렁 소리와 함께 쇠사슬에 묶인 남녀 10여 명이 끌려 들어왔다. 그중에는 어린아이들도 있었다.

동백웅의 안색이 대번에 바뀌었다. 그가 몸을 부르르 떨며 괴성을 질렀다.

"양연정! 대장부가 한 일은 홀로 책임을 지는 법인데, 내 아들과 손자까지 끌고 와서 어쩌려는 것이냐?"

목소리가 어찌나 큰지 고막이 터질 것 같았다. 영호충은 높이 앉은 동방불패의 몸이 움찔 떨리는 것을 목격하고 속으로 중얼거렸다.

'저자도 아직 양심은 남아 있군. 동백웅이 가족 걱정에 애달파하니

양심에 찔리겠지.'

양연정은 싱긋 웃었다.

"교주님의 교훈 제3조가 무엇이냐? 읊어보아라!"

그러나 동백웅은 힘차게 콧방귀를 뀔 뿐이었다.

양연정이 끌려온 사람들을 향해 말했다.

"너희 중에 교주님의 교훈을 아는 사람이 있으면 읊어보아라."

열 살 남짓의 남자아이가 또랑또랑하게 대답했다.

"문무쌍전하시고 인의영명하신 교주님께서 주신 교훈 제3조는 '적을 대할 때는 인정사정 보아주지 말 것이며, 남녀노소 가리지 않고 한 사람도 남김없이 뿌리를 뽑아야 한다'입니다."

"옳지, 옳지! 아가, 교주님의 교훈 10조를 모두 외우고 있느냐?"

"예, 하루에 한 번씩 읽지 않으면 밥을 먹을 수도 없고 잠을 잘 수도 없습니다. 하지만 교주님의 교훈을 읽으면 무공이 높아지고 싸움을 잘하게 된다고 했습니다."

양연정은 껄껄 웃었다.

"옳은 말이구나. 누가 그리 말하더냐?"

"아버지께서 말씀하셨습니다."

양연정은 동백웅을 가리키며 다시 물었다.

"저 사람이 누구냐?"

"할아버지입니다."

"네 할아버지는 교주님의 교훈을 읽지 않고 교주님의 명을 어겼을 뿐 아니라 교주님을 배신하였다. 어찌하여야겠느냐?"

"할아버지가 잘못하셨습니다. 우리 모두 교주님의 교훈을 읽고 교주님의 말씀을 따라야 합니다."

양연정은 그제야 동백웅을 돌아보았다.

"네 손자는 기껏해야 열 살밖에 안 된 어린아이지만 세상 이치를 잘 알고 있다. 그런데 너는 그 나이를 먹고서도 어찌 그리 어리석으냐?"

"임아행, 상문천과는 몇 마디 나눈 것이 전부다. 그들이 내게 교주를 배신하라 했으나 나는 결코 응낙하지 않았다. 이 동백웅은 한 번 한 말은 반드시 지킨다. 결단코 뒤에서 친구를 찌르는 짓은 하지 않는 사람이다."

어린 손자를 포함해 10여 명이나 되는 가족들이 붙잡혀왔기 때문인지 훨씬 누그러진 말투였다.

양연정이 물었다.

"진작 그리 말하였으면 이런 사달은 벌어지지 않았을 것이다. 이제 잘못을 인정하느냐?"

"나는 잘못이 없다. 본 교를 배신하지도 않았고, 교주를 배신하지도 않았다."

동백웅의 대답에 양연정은 한숨을 푹 쉬었다.

"잘못을 인정하지 않으니 용서할 수도 없군. 여봐라, 동백웅의 가족들을 가두고 쌀 한 톨, 물 한 방울 주지 말라."

"예!"

보라색 장삼을 입은 시종들이 대답하고는 그들을 끌고 나갔다.

"잠깐!"

동백웅이 버럭 외치더니 양연정에게 돌아섰다.

"좋다, 내 잘못을 인정하마. 모두 내 잘못이오. 교주, 부디 은혜를 베풀어주시오."

말은 그랬지만 눈에서는 불길이 이글이글 타오르고 있었다.

양연정은 냉소를 터뜨렸다.

"조금 전에 무엇이라 하였더라? 네가 교주님과 환난을 헤쳐나갈 때 나는 아직 태어나지도 않았다고 하였던가?"

동백웅은 끓어오르는 노기를 꾹꾹 삼키며 말했다.

"내가 잘못했다."

"잘못? 말은 아주 쉽군. 교주님께서 계시는데 어찌 무릎을 꿇지 않고 뻣뻣이 서 있느냐?"

"나와 교주는 의형제를 맺었고, 벌써 수십 년간 대등한 관계로 지내 왔다."

이렇게 말한 동백웅이 목청을 높여 외쳤다.

"동방 형제, 이 형이 갖은 수모를 겪는데도 어찌 아무 말도 없나? 내 무릎을 꿇리는 것은 어렵지 않네. 자네가 한마디만 하면, 자네를 위해 목숨을 내던지라 하여도 눈살 한 번 찌푸리지 않을 걸세."

그러나 동방불패는 아무런 반응도, 움직임도 없었다. 대전 안에는 무거운 정적이 내려앉았고, 모든 사람의 시선은 그의 입이 움직이기를 기대하듯 동방불패에게 향했다. 지루할 정도로 한참이 흘렀지만 그는 끝내 아무 말도 하지 않았다.

동백웅이 외쳤다.

"동방 형제! 요 몇 년간 자네 얼굴 한 번 제대로 보지 못했네. 《규화보전》의 무공을 익히느라 여념이 없다고는 하지만, 본 교의 상황도 보듬어야 하지 않겠나? 옛 형제들이 하나둘 흩어지고 큰 화가 닥쳐오고 있다는 사실은 아는가?"

동방불패는 여전히 묵묵부답이었다. 동백웅의 목소리만이 전각 안을 쩌렁쩌렁 울렸다.

"나를 찢어 죽이든 삶아 죽이든 마음대로 하게. 하지만 강호에서 수백 년간 이름을 떨친 일월신교가 자네 손에서 무너지면 자네는 천고의 죄인이 될 걸세. 어째서 말이 없나? 주화입마에 빠져 말을 못하게 되었군. 안 그런가?"

"허튼소리! 썩 무릎을 꿇어라!"

양연정이 외치자 보라색 장삼을 입은 시종 두 명이 다가가 동백웅의 뒷무릎을 걷어찼다. 우두둑 소리가 들렸지만 부러진 것은 동백웅의 다리가 아니라 시종들의 다리였다. 그들은 입에서 선혈을 뿜으며 바닥에 나동그라졌다.

동백웅은 큰 소리로 외쳤다.

"동방 형제, 자네 목소리를 들을 수만 있다면 죽어도 여한이 없겠네. 자네가 3년 동안 단 한마디도 하지 않아 본 교 형제들 모두 의심스러워하고 있네."

양연정의 얼굴이 시퍼레졌다.

"의심이라니? 무슨 의심을 한다는 것이냐?"

"모두들 누군가 교주에게 벙어리가 되는 약을 먹였다고 의심하고 있다! 어째서 교주가 직접 말을 하지 않는 것인가? 대관절 무엇 때문인가?"

양연정은 냉소를 지었다.

"교주님의 금쪽같은 말씀을 너 같은 반도에게 들려줄 성싶으냐? 여봐라, 저자를 끌어내라!"

시종 여덟 명이 동백웅에게 다가갔지만 그는 기죽지 않고 외쳤다.

"동방 형제, 어디 좀 보세. 대체 누가 자네를 그리 만들었나?"

그가 두 손을 휘두르자 쇠사슬이 붕붕 소리를 내며 허공을 마구 때렸다. 그 위세에 겁을 집어먹은 시종들이 감히 다가갈 엄두를 내지 못하는 사이, 그는 쇠사슬을 질질 끌며 동방불패를 향해 걸음을 옮겼다. 양연정이 펄펄 뛰며 소리쳤다.

"잡아라! 저자를 잡아라!"

입구에 있는 무사들은 큰 소리로 대답했지만 전각 안으로 들어가지는 못했다. 무기를 든 자가 성덕전에 한 발이라도 들여놓으면 용서받지 못할 대역죄로 간주하는 규칙 때문이었다.

동방불패가 벌떡 일어나 내전으로 돌아섰다.

"동방 형제, 멈추게!"

동백웅이 외치며 그를 뒤쫓았다. 쇠사슬이 주렁주렁 달려 있어 마음처럼 발이 움직이지 않자 초조한 나머지 너무 서두르다 그만 우당탕 쓰러지고 말았다. 그러나 동백웅은 미끄러지는 힘을 이용해 앞으로 데굴데굴 구르며 금세 거리를 좁혔다.

양연정이 목이 터져라 외쳤다.

"반도가 겁도 없이 교주님을 암살하려 한다! 무사들은 어서 들어와 반도를 잡아라!"

동방불패의 걸음이 몹시 어색하고 단숨에 동백웅에게 따라잡히는 모습에 의심이 무럭무럭 솟은 임아행은 동전 세 개를 꺼내 그를 향해 힘껏 던졌다. 영영이 재빨리 외쳤다.

"공격해요!"

영호충은 벌떡 일어나 붕대 속에 숨겼던 검을 뽑았고, 상문천은 들것의 막대 아래에 넣어둔 무기를 꺼내 임아행과 영영에게 건넨 뒤 들것 아래쪽을 힘껏 당겼다. 아래에 밧줄처럼 감아둔 것은 바로 그가 쓰는 연편이었다. 네 사람은 경공을 펼쳐 단 위로 올라갔다.

그와 동시에 동방불패가 '으악' 하고 비명을 질렀다. 임아행이 던진 동전에 이마를 맞아 피가 주르륵 흐르고 있었다. 동전을 던졌을 때 임아행과 동방불패의 거리는 꽤 멀어 그의 이마에 닿을 때쯤 동전은 거의 힘이 빠져서 기껏해야 찰과상을 입힐 정도밖에 되지 못했다. 천하제일의 무공을 지녔다는 동방불패가 고작 힘 빠진 동전 하나를 피하지 못하다니, 아무리 생각해도 어불성설이었다.

임아행이 껄껄 웃으며 외쳤다.

"저 동방불패는 가짜다!"

상문천의 연편이 휘리릭 날아올라 양연정의 두 발을 휘감았다. 양연정은 반항조차 못하고 우당탕 쓰러졌다.

동방불패는 얼굴을 가리고 허둥지둥 달아났지만, 영호충이 옆으로 돌아가 그 앞을 가로막고 검을 겨눴다.

"멈춰라!"

뜻밖에도 동방불패는 제때 걸음을 멈추지 못하고, 숫제 검을 향해 몸을 내던지다시피 달려들었다. 영호충이 황급히 검을 물리며 왼손으로 살짝 가슴을 때리자 그는 벌러덩 나동그라졌다.

그사이 다가온 임아행이 동방불패의 뒷덜미를 잡아 전각에 있는 사람들 앞으로 끌어내며 외쳤다.

"모두 들어라! 이놈은 동방불패를 사칭하고 우리 일월신교를 어지럽혔다. 어떤 놈인지 그 낯짝을 똑똑히 보아라!"

눈코입의 생김새는 동방불패를 쏙 닮았지만, 겁을 잔뜩 집어먹은 표정은 태연자약하고 배포가 큰 본래의 동방불패와는 천양지차였다. 무사들은 기가 막힌 얼굴로 말없이 서로를 바라볼 뿐이었다.

임아행이 큰 소리로 물었다.

"너는 누구냐? 사실대로 고하지 않으면 머리를 박살내주마."

"소… 소… 소… 소인은…."

가짜 동방불패는 온몸을 바들바들 떨며 겨우 입을 열었지만 끝내 말을 잇지 못했다.

상문천이 양연정의 혈도를 짚어 그 옆으로 끌고 가 다그쳤다.

"저자의 이름이 무엇이냐?"

양연정은 여전히 당당했다.

"네가 무슨 자격으로 감히 내게 질문을 하느냐? 너는 반도인 상문천이렷다? 오래전에 본 교에서 쫓겨난 자가 무얼 믿고 흑목애로 돌아왔느냐?"

상문천은 냉소를 지었다.

"너같이 간악한 자를 처리하기 위해 돌아왔다!"

그가 오른손을 휘두르자 양연정의 왼쪽 정강이뼈가 우두둑 부러졌다. 무공은 보잘것없어도 강단은 있는지, 양연정은 눈 한 번 깜빡 않고 외쳤다.

"차라리 죽여라! 붙잡은 사람을 괴롭히는 자가 어찌 영웅호걸이라 할 수 있느냐?"

상문천은 히죽 웃었다.

"그리 쉽게 죽여줄 것 같으냐?"

그는 양연정의 오른쪽 정강이뼈까지 부러뜨린 뒤 왼손으로 머리를 눌러 바닥에 쓰러뜨렸다. 부러진 뼈가 살을 찔러 상상도 못할 통증에 머리털이 삐죽 솟을 정도였지만, 양연정은 신음조차 내지 않았다.

상문천은 엄지를 치켜세우며 칭찬했다.

"허, 제법 호한이군! 좋다, 더는 괴롭히지 않겠다."

그는 돌아서서 가짜 동방불패의 배를 툭 치며 물었다.

"이름이 무엇이냐?"

가짜 동방불패는 그 가벼운 접촉에도 까무러칠 듯이 비명을 지르고는 덜덜 떨리는 소리로 대답했다.

"소, 소인은 포… 포… 포…."

"성이 포고, 이름은?"

"이… 이… 이름, 이름은…."

이가 딱딱 부딪치는 바람에 이름 석 자도 제대로 뱉지 못했다. 그런데 별안간 지린내가 진동해 살펴보니 그자의 바지 밑으로 물이 뚝뚝 흐르고 있었다. 너무 겁에 질린 나머지 바지에 실례를 하고 만 것이었다.

임아행은 눈을 찡그리며 말했다.

"이러고 있을 때가 아니다. 서둘러 동방불패를 찾아내야 한다!"

그는 가짜 동방불패를 번쩍 들어올리며 외쳤다.

"똑똑히 보았겠지! 이자는 동방불패 흉내를 내며 본 교를 어지럽혔으니 어찌 된 영문인지 명확히 밝혀야 한다. 내가 바로 너희의 진정한 교주인 임아행이다. 나를 알아보겠느냐?"

스무 살가량의 청년들로 이루어진 무사들은 그를 만난 적이 없어 당연히 알아보지 못했다. 동방불패가 교주 자리에 앉은 후로 심복들은 그의 의중을 살펴 전임 교주 이야기를 쉬쉬했고, 그 때문에 젊은 무사들은 임아행의 이름을 들을 기회조차 없었다. 그들에게 있어, 일월신교의 수백 년 역사에서 교주는 오로지 동방불패 한 사람뿐이었으니, 이런 상황에서 서로 눈치를 보며 감히 나서지 못하는 것은 당연했다.

그때 상관운이 큰 소리로 외쳤다.

"동방불패는 십중팔구 양연정의 손에 죽었을 것이다. 여기 계신 이 분이야말로 본 교의 교주님이시다! 오늘부터 충심을 다해 임 교주를 섬겨야 한다!"

그러고는 임아행 앞에 무릎을 꿇고 말했다.

"임 교주께 인사드립니다. 천추만재, 일통강호!"

아무리 임아행을 모르는 무사들이지만, 상관운이 높은 자리에 있는 사람임은 잘 알고 있었다. 그런 그가 임아행에게 무릎을 꿇었을 뿐 아니라, 동방불패가 가짜라는 것이 밝혀지고 기세등등하던 양연정은 두 다리가 부러진 채 쓰러져 반항조차 못하고 있으니 시세에 편승하기 좋아하는 몇몇 사람이 재빨리 무릎을 꿇으며 외쳤다.

"교주님! 천추만재, 일통강호!"

이렇게 되자 다른 무사들도 차례차례 무릎을 꿇었다. '천추만재, 일통강호'라는 구호는 매일 수차례씩 반복했던 터라 애쓰지 않아도 입에서 술술 나왔다.

임아행은 일이 성공한 것에 만족하며 호쾌하게 웃음을 터뜨렸다.

"흑목애로 통하는 길을 단단히 지켜 아무도 오르거나 내려가지 못하게 하라."

그의 명이 떨어지자 무사들이 입을 모아 대답했다.

그러는 동안 상문천은 보라색 장삼을 입은 시종을 불러 동백웅의 손발에서 쇠테를 풀어주게 했다. 동백웅은 동방불패의 안위가 염려되어 양연정의 뒷덜미를 잡아 일으키며 다그쳤다.

"네… 네놈이… 네놈이 동방 형제를 해쳤구나. 감히…!"

분노를 참지 못해 목이 메고 눈에서는 눈물이 줄줄 흘렀지만, 양연정은 두 눈을 꼭 감고 못 본 척했다. 동백웅이 그런 그의 따귀를 올려붙이며 일갈했다.

"대관절 동방 형제를 어찌했느냐?"

"살살 다루십시오!"

상문천이 황급히 끼어들었지만 끝내 한발 늦어, 고작 삼성의 공력을 실은 동백웅의 주먹질에 양연정은 기절하고 말았다. 분노에 찬 동백웅이 잡은 몸을 마구 흔들어대자 양연정은 마치 죽은 사람처럼 허연 흰자위를 드러냈다.

임아행이 보라색 장삼의 시종들을 향해 말했다.

"동방불패가 어디 있는지 아는 자가 있으면 속히 털어놓아라. 큰 상을 내리겠다."

반복해서 세 번을 물었지만 대답하는 사람은 없었다.

순간 임아행은 얼음물을 뒤집어쓴 듯 소름이 끼쳤다. 서호 밑 지하 감옥에 갇혔던 10여 년 동안, 그는 연공만 한 것이 아니었다. 연공보다는 이곳을 나간 뒤 동방불패를 어떻게 손봐줄까 상상하며 괴로움을 견딘 시간들이 훨씬 많았다. 그런데 이 흑목애에 떡하니 가짜가 앉아 있을 줄 누가 생각이나 했겠는가?

진짜 동방불패는 이미 세상을 떠난 것이 분명했다. 세상을 뒤덮을 무공과 기지를 지닌 그가 양연정이 가짜를 내세워 권세를 농단하도록 내버려둘 리가 없었다. 동방불패가 이미 죽은 이상, 양연정과 겁쟁이 가짜 따위를 괴롭히는 일은 임아행에게 아무런 의미도 없었다.

그는 전각 주위를 빙 둘러선 수십 명의 시종들을 둘러보았다. 두려움에 벌벌 떠는 시종들 대부분은 당황하고 놀란 표정이었지만 몇몇은 무언가를 숨기고 있는 표정이었다. 동방불패의 죽음에 실망한 임아행은 별안간 노기가 끓어올라 미친 듯이 소리쳤다.

"너희는 동방불패가 가짜라는 것을 알고도 양연정과 함께 형제들을 속였다. 모두 죽어 마땅하다!"

그의 몸이 있던 자리에서 휙 사라지더니 사방에서 퍽퍽 하는 타격 소리가 터져나왔다. 그의 모습이 나타난 곳에서 보라색 장삼을 입은 시종 네 명이 픽픽 쓰러지자 나머지 시종들은 비명을 지르며 사방으로 달아났다. 임아행이 섬뜩한 미소를 지었다.

"달아나겠다? 어디까지 달아날 수 있을 것 같으냐?"

그는 동백웅의 몸을 묶었던 쇠사슬을 주워 걸음아 날 살려라 달아나는 자들에게 던졌다. 피와 살이 어지럽게 튀며 또다시 여덟 명이 쓰러졌다.

"으하하하, 동방불패의 추종자들은 한 놈도 살려두지 않겠다!"

임아행이 미친 사람처럼 웃어대자 불안해진 영영이 다가가 팔을 붙잡았다.

"아버지!"

그녀가 아버지를 만류하려는데 시종 가운데 누군가 앞으로 나와 바닥에 털썩 엎드렸다.

"교주님께 아룁니다. 동방 교… 동방불패는 살아 있습니다!"

임아행은 단박에 희색을 띠며 그자의 어깨를 꽉 움켜쥐었다.

"동방불패가 살아 있다고?"

"예! 아… 아악!"

대답하던 시종이 갑자기 비명을 지르며 축 늘어졌다. 격앙된 임아행이 너무 힘을 준 나머지 어깨뼈를 부러뜨리고 만 것이었다. 그자의 몸을 마구 흔들어보았지만 깨어날 기미가 없자, 임아행은 다른 시종들을 돌아보았다.

"동방불패는 어디 있느냐? 썩 안내하지 못하겠느냐? 조금이라도 어물쩍대면 모두 죽여버리겠다!"

또 다른 시종이 무릎을 꿇으며 말했다.

"교주님께 아룁니다. 동방불패의 거처는 비밀스러운 곳에 숨겨져 있고 양연정만이 그 문을 열 수 있습니다. 저 간악한 반도를 깨워 길을 안내하게 하십시오."

"냉수를 가져오너라!"

임아행이 외치자, 눈치 빠른 시종 다섯 명이 나는 듯이 밖으로 달려나갔다. 그러나 그중 둘은 달아났고 냉수를 가져온 사람은 세 명뿐이었다. 냉수 세 그릇을 얼굴에 끼얹자 양연정은 차차 정신을 차리고 눈을 떴다.

상문천이 물었다.

"이놈, 너도 제법 경골한인지라 괴롭히지는 않겠다. 흑목애로 통하는 길은 완전히 막혔으니 동방불패에게 날개가 돋지 않고서야 달아날 방도가 없다. 어서 그놈에게 안내해라. 꼴사납게 꼬리를 말고 숨어 있다니, 어찌 남아대장부라 하겠느냐? 당당하게 나와 결말을 지어야 통쾌하지 않겠느냐?"

양연정은 냉소를 터뜨렸다.

"동방 교주께서는 천하무적이시다! 너희가 그리 죽고 싶다면 어쩔 수 없지. 그분께 안내해주마."

상문천이 상관운에게 말했다.

"상관 장로, 우리 두 사람이 이놈을 들고 가세."

그러고는 양연정을 일으켜 들것 위에 던져놓았다. 상관운은 고개를 끄덕이고 상문천과 함께 들것을 들었다.

"안으로 들어가야 한다."

양연정이 말하자 상문천과 상관운이 앞장섰다. 임아행과 영호충, 영영, 동백웅 네 사람이 그 뒤를 따랐다.

성덕전 내전에 이르러 긴 복도를 지나자 화원이 나타났다. 일행은 화원 서쪽 끝에 있는 조그마한 석조 건물로 들어갔다.

"벽 왼쪽 끝을 눌러라."

동백웅이 걸어가 양연정이 시킨 대로 하자, 뜻밖에도 벽이 살아 있는 것처럼 스르르 움직이며 안에 숨겨진 여닫이문이 드러났다. 문을 열자 뒤에는 두툼한 철문이 버티고 있었다. 양연정은 품에서 열쇠를 꺼내 동백웅에게 내밀었다. 동백웅이 철문을 열자 지하 통로가 나타났고, 일행은 그 통로를 따라 아래로 내려갔다. 통로 양쪽으로 군데군데 등불이 켜져 있었으나 불빛이 희미해 주위는 어두컴컴했다. 임아행은 속으로 혀를 찼다.

'나를 서호 밑바닥에 가두더니 제놈도 이런 새장에 틀어박혔구나. 하늘은 참 공평하시군. 이 지하 통로는 매장보다 하등 나을 것이 없다.'

굽이를 몇 번이나 돌고 또 돌자 이윽고 눈앞이 환해지며 선명한 하늘빛이 시야를 물들였다. 짙은 꽃향기가 코를 찔러 가슴이 시원해지는 것 같았다.

지하 통로의 출구는 정교하고 아름답게 꾸며진 자그마한 꽃밭이었다. 빨간 매화와 짙푸른 대나무가 어우러지고 푸르른 소나무와 비췻빛 동백나무가 나란히 늘어서 있는 등 퍽 신경 써서 꾸민 곳이었다. 연못에는 원앙들이 쌍쌍이 헤엄치고, 연못가에는 백학 네 마리가 노닐고 있었다. 일행은 이토록 아름다운 풍경을 보게 될 줄은 생각지도 못해 속으로 탄성을 터뜨렸다.

가산假山을 돌아가니 진홍과 분홍의 장미가 흐드러지게 피어 향기가 진동했다. 세상에 짝을 찾아보기 어려울 만치 아름다운 꽃밭이었다.

영영은 살짝 고개를 돌려 영호충을 바라보았다. 싱글벙글 웃으며 좋아하는 그의 얼굴을 보고 그녀가 속삭였다.

"참 아름다운 곳이죠?"

영호충은 미소를 지으며 대답했다.

"동방불패를 쫓아낸 뒤 이곳에서 몇 달 지냅시다. 여기서 당신이 금을 가르쳐주면 정말 즐거울 거요."

"진심이에요?"

"물론이지요, 할머니. 혹시 제가 잘 배우지 못하더라도 벌은 내리지 마십시오."

영호충이 너스레를 떨자 영영은 쿡쿡 웃음을 터뜨렸다.

두 사람이 경치 구경을 하느라 뒤처진 사이, 상문천과 상관운은 양연정을 메고 곱게 꾸며진 집 안으로 들어갔다. 영호충과 영영도 황급히 뒤를 따랐다.

문으로 들어서자 짙은 꽃향기가 코를 찔렀다. 아름다운 여인 세 명을 그린 미인도 한 폭이 그들을 맞이했고, 그 아래쪽 의자에는 수를 놓은 비단 방석이 놓여 있었다. 영호충은 고개를 갸웃했다.

'분명 여자의 규방인데 동방불패가 이런 곳에서 지낸다고? 아아, 그렇지. 애첩의 처소로구나. 미인에게 푹 빠져 교단 일을 멀리한 것이 분명해.'

그때 안방에서 교태 어린 목소리가 들려왔다.

"연정 아우, 누구를 데려왔어?"

어조는 높고 뾰족했지만 목소리가 굵어 여자 같기도 하고 남자 같기도 했다. 그 괴상한 목소리를 듣자 일행은 오싹 소름이 돋았다. 양연정이 대답했다.

"옛 친구들이 당신을 꼭 만나야겠다기에 데려왔소."

안방에 있는 사람이 대답했다.

"무엇 하러 여기까지 데려왔어? 여긴 당신만 올 수 있는 곳이란 말이야. 당신 말고는 아무도 만나고 싶지 않아."

분명히 여자들이 응석을 부릴 때 쓰는 말투였지만 목소리는 의심할 바 없는 남자였다.

임아행과 상문천, 영영, 동백웅은 동방불패를 너무나 잘 알고 있었다. 저 목소리는 틀림없이 동방불패였으나 화단花旦(경극에서 말괄량이 여자 역할) 역이라도 하듯 아양을 떨면서 여자 흉내를 내고 있었다. 아무리 봐도 장난으로 그러는 것 같지 않아 일행은 어리둥절해하며 서로를 바라보았다.

양연정이 한숨을 푹 쉬었다.

"어쩔 수 없었소. 데려오지 않으면 나를 죽일 기세였으니까. 당신을 보지도 못하고 죽을 수는 없지 않소?"

순간 방 안의 목소리가 날카롭게 찢어졌다.

"누가 감히 당신을 괴롭힌다는 거야? 임아행이야? 그자를 얼른 이리 데려와!"

그가 단숨에 자신을 알아맞히자 임아행은 그 기지에 감탄하며 들어가자는 손짓을 했다. 상관운이 모란꽃을 수놓은 비단 장막을 걷고 양연정과 함께 안으로 들어섰고, 다른 사람들도 뒤따랐다.

꽃과 비단으로 화려하게 꾸며진 방 안에는 연지분 냄새가 진동했다. 주렴 한쪽에 놓인 화장대 앞에 누군가 앉아 있었는데, 화사한 분홍색 옷을 입고 한 손에는 수틀을, 다른 한 손에는 수침繡針을 들고 있었다. 그 사람이 이상한 표정으로 고개를 들어 일행을 바라보았다. 하지만 그 어떤 표정도 임아행 일행의 이상야릇한 표정에는 비할 수가 없었다. 영호충을 제외하면, 모두들 그가 일월신교의 교주 자리를 찬탈하고 10여 년 동안 천하제일의 고수라 불려온 동방불패라는 것을 알고 있었다. 그런데 지금 그 동방불패가 수염을 깎고, 얼굴에 연지분을 덕지덕지 바르고, 남자인지 여자인지 모를 화려한 옷을 입고 있는 것이었다. 그 옷은 빛깔이 몹시 선명해 영영이 입어도 너무 요염하고 자극적일 것 같았다.

세상을 떠들썩하게 울리고 당세에 대적할 자 없다고 알려진 무림의 호걸이 이런 규방에 틀어박혀 수를 놓고 있다니!

분노로 속을 부글부글 끓이며 들어온 임아행이지만, 그 모습을 보자 웃음을 참을 수가 없었다.

"동방불패, 미친 척이라도 할 셈이냐?"

동방불패가 높은 소리로 외쳤다.

"역시 임 교주였군! 드디어 왔구나! 아니, 연정…! 어… 어떻게 된 거야? 저자가 당신을 때렸어?"

그는 후다닥 양연정에게 달려가 조심조심 안아들고 침상 위에 내려놓았다. 그 얼굴에는 애정과 연민이 넘쳐흘렀다.

"많이 아파?"

그가 걱정스레 물으며 양연정의 몸을 살폈다.

"아, 뼈가 부러진 것뿐이구나. 괜찮아, 걱정 마. 아프지 않게 뼈를 붙여줄게."

양연정의 신발과 버선을 벗기고 향을 먹인 금침을 덮어주는 품이 마치 지극정성으로 남편을 돌보는 현모양처 같았다.

다른 사람들은 더욱더 어리둥절했다. 양껏 웃어주고 싶었지만 상황이 너무 괴상해 웃음조차 나오지 않았다. 비단 주렴이 늘어진 화려한 규방 안은 섬뜩한 요기妖氣와 귀기鬼氣로 가득 차 있었다.

동방불패가 품에서 초록색 손수건을 꺼내 양연정의 이마에 맺힌 땀과 얼룩을 닦아주자 양연정이 버럭 화를 냈다.

"적이 눈앞에 있는데 무슨 쓸데없는 짓이오? 저들을 물리친 연후에 나를 보살펴도 늦지 않소!"

"그래, 그래, 알았어! 화내지 마. 다친 곳은 괜찮아? 아아, 보는 내 마음이 찢어지는 것 같잖아."

영호충은 물론이고 견문이 넓은 임아행조차 듣도 보도 못한 괴상한 상황이었다. 남자가 남자아이를 사랑하는 일은 종종 있었지만, 일월신교의 지존인 동방불패가 여장을 하고 첩 노릇을 자처하는 것은 있을 수 없는 일이었다. 아무리 봐도 정신이 나간 것이 분명했다. 양연정은 지아비라도 되는 양 위세를 부리고 동방불패는 현숙하고 순종적인 아내처럼 구는 것을 보자 일행은 구역질이 나서 견딜 수가 없었다.

참다못한 동백웅이 그에게 다가서며 외쳤다.

"동방 형제, 대체… 대체 어찌 된 일인가?"

동방불패가 고개를 들어 그를 바라보더니 얼굴을 굳히며 물었다.

"당신도 우리 연정을 괴롭힌 사람 중 하나인가요?"

"어쩌다 양연정 저놈의 농간에 놀아나게 되었나? 저놈이 자네 대신 어떤 멍청이를 내세워 제멋대로 명을 내리고 권세를 부렸는데, 알고는 있나?"

"물론 알지요. 다 나를 위해서 한 일이에요. 우리 연정은 내가 교단 일에 관심이 없는 것을 알고 대신 수고를 해준 거예요. 그게 무슨 잘못인가요?"

동백웅은 양연정을 손가락질하며 외쳤다.

"저놈이 나를 죽이려고 한 것도 아는가?"

동방불패는 가만히 고개를 저었다.

"몰랐어요. 하지만 우리 연정이 죽이려 했다면 틀림없이 무슨 잘못을 했겠죠. 그냥 죽어주지 그랬어요?"

동백웅은 움찔하더니 고개를 젖히고 껄껄 웃었다. 비분이 가득 묻어 있는 웃음이었다.

한참 후에야 그가 웃음을 그치고 말했다.

"저자가 원한다면 자네도 나를 죽이는 것을 허락하겠다는 말이로군. 아닌가?"

"우리 연정이 원한다면 무얼 해도 다 좋아요. 이 세상에서 진심으로 나를 생각하는 사람은 연정뿐이에요. 나도 오로지 이 사람에게만 잘할 생각이고요. 동 형, 비록 동 형과 내가 생사지교를 맺은 사이라지만, 아무리 그래도 연정에게 죄를 지어서는 안 돼요."

동백웅의 얼굴이 시뻘겋게 달아올랐다.

"실성을 한 줄 알았는데 그렇지는 않군! 우리가 생사지교를 맺은 사이라는 것도 알고 있으니!"

"그래요. 내게 잘못하는 것은 괜찮아요. 하지만 우리 연정에게 잘못하면 안 돼요."

동백웅이 마구 소리를 질렀다.

"벌써 잘못을 했는데 어쩔 텐가? 저 간악한 놈은 나를 죽이려 했지만 결국 원을 이루지 못했네."

동방불패는 양연정의 머리를 쓰다듬으며 부드럽게 물었다.

"연정, 저 사람을 죽이고 싶어?"

양연정이 짜증을 냈다.

"빨리 죽이기나 하시오! 짜증나게 왜 이리 꾸물거리는 거요?"

"그래, 그래, 알았어!"

동방불패는 웃으면서 동백웅을 돌아보았다.

“동 형, 이제 우리 사이의 우의는 끝났어요. 너무 탓하지 마세요.”

동백웅에게는 이곳에 오기 전 성덕전 무사에게 빼앗은 칼이 한 자루 있었다. 그는 칼을 움켜쥔 채 두어 걸음 물러나 문가에 자리를 잡고, 진기를 잔뜩 끌어올려 방비했다. 동방불패의 무시무시한 무공을 잘 알기에 아무리 정신이 나갔다 해도 결코 가볍게 볼 수 없었던 것이다.

동방불패는 차갑게 웃음을 터뜨리더니 한숨 섞인 목소리로 말했다.

“아아, 정말 어려운 일이야. 동 형, 오래전 태행산太行山에서 노동칠호潞東七虎에게 포위되었을 때가 생각나는군요. 당시 나는 무공을 다 익히지 못한 상태로 그들의 기습을 받아 오른팔에 중상을 입고 목숨이 경각에 달렸었지요. 동 형이 목숨 걸고 싸워 구해주지 않았다면 지금껏 살아 있기나 했을까요?”

동백웅은 코웃음을 쳤다.

“그 오래된 일도 기억하고 있군.”

“어떻게 잊을 수가 있겠어요? 내가 일월신교의 대권을 쥐었을 때 주작당의 나羅 장로가 반발해 시비를 걸었을 때도 동 형이 단칼에 그 자를 베었고, 그 후로 아무도 허튼소리를 입에 담지 못했지요. 그 공로는 무엇으로도 덮을 수 없어요.”

동백웅은 노한 목소리로 외쳤다.

“그때는 내가 정신이 나갔었지!”

동방불패는 고개를 저었다.

“정신이 나간 것이 아니라 의리가 깊었던 거예요. 동 형을 만난 것은 열한 살 때의 일이었지요. 우리집은 워낙 가난해서 늘 동 형이 보살펴주었어요. 부모님께서 세상을 떠나신 후에도 대신 장례를 치러주었고요."

동백웅은 왼손을 내저었다.

"케케묵은 지난 일은 무엇 하러 입에 담나?"

동방불패는 다시 한숨을 쉬었다.

"그럴 수밖에요. 내가 양심이 없어 지난 은혜를 잊은 것은 결코 아니에요. 하지만 동 형이 우리 연정에게 죄를 지었으니 어쩌겠어요? 연정이 동 형의 목숨을 원하면 나로서는 어쩔 도리가 없어요."

"됐네, 그만하게."

동백웅의 말이 떨어지기 무섭게 사람들의 눈앞으로 붉은 물체가 휙 스쳐 지나갔다. 동방불패가 움직인 것이었다. 쩡하는 소리와 함께 동백웅이 든 칼이 바닥에 떨어졌다. 동백웅은 입을 쩍 벌린 채 비틀비틀하다가 힘없이 앞으로 고꾸라져 다시는 일어나지 않았다.

눈 한 번 깜짝할 정도의 짧은 시간이었지만, 임아행 같은 고수들은 그의 미간과 좌우의 태양혈, 코밑의 인중혈 등 네 군데 요혈에 빨간 점이 찍혀 피가 배어나는 것을 볼 수 있었다. 동방불패가 든 수침에 찔린 자국이었다. 임아행 일행은 깜짝 놀라 저도 모르게 주춤 물러섰다. 영호충은 영영을 끌어당겨 자기 뒤로 숨겼다.

섬뜩한 요기가 가득한 방 안에 정적이 흘렀다. 소리 내 숨을 쉬는 사람조차 없었다.

임아행은 천천히 검을 뽑아 들며 말했다.

"동방불패, 《규화보전》의 무공을 연성했구나, 축하한다."

"임 교주, 내게 《규화보전》을 준 사람은 당신이야. 항상 고맙게 생각했지."

임아행은 냉소를 흘렸다.

"그래? 그래서 나를 서호 밑에 가둬 햇빛도 보지 못하게 했군."

"죽이지는 않았잖아? 강남사우를 시켜 물을 딱 끊었다면 열흘이나 버텼을까?"

"오, 그러니 내게 아주 잘해주었다는 말이냐?"

"그럼, 항주 서호에서 푹 쉴 수 있게 해주었으니까. 하늘에는 천당이 있고 땅에는 소주와 항주가 있다는 말이 있지. 서호의 풍광은 천하가 알아주는 데다 고산의 매장은 그 서호에서도 절경으로 유명한 곳이야."

임아행은 껄껄 웃음을 터뜨렸다.

"그런 서호 밑의 지하 감옥에 가두고 푹 쉴 수 있게 해주었으니 실로 고마운 일이군."

동방불패가 한숨을 쉬며 말했다.

"임 교주, 내게 잘해준 일은 항상 마음속에 간직하고 있어. 일월신교 풍뢰당 장로 휘하의 일개 향주였던 나를 파격적으로 승진시켜주었고, 심지어 본 교의 보물인 《규화보전》까지 내주며 차기 교주로 점찍었지. 그 크나큰 은덕은 영원히 잊지 못할 거야."

영호충은 동백웅의 시체에 시선을 던지며 생각했다.

'조금 전에도 동 장로에게 은혜 입은 일을 늘어놓다가 느닷없이 살수를 쓰더니, 임 교주께도 똑같은 짓을 하겠군. 임 교주가 그런 뻔한 수법에 속아넘어가실 리 없다.'

그러나 동방불패의 움직임은 너무나도 빨라 마치 번개가 치는 듯했고, 공격을 하는 순간까지도 아무런 징조가 없었기에 소름끼치도록 무시무시했다. 영호충은 검을 세워 그의 가슴을 겨눴다. 조금이라도 움직이는 낌새가 보이면 즉각 검을 찔러 선제공격을 해야만 이길 수 있다고 생각했기 때문이었다. 선기를 빼앗기는 순간 방 안에는 새로운 시체가 늘어날 뿐이었다. 임아행, 상문천, 상관운, 영영 네 사람도 눈 한 번 깜빡이지 않고 동방불패를 주시하며 갑작스러운 공격에 대비했다.

동방불패는 계속 말을 이었다.

"처음에는 나도 그저 일월신교의 교주가 되어 강호를 통일하고 천추에 이름을 드리우고 싶었지. 천추만재, 일통강호라는 구호처럼 말이야. 그래서 그 자리를 빼앗으려고 당신의 날개를 하나하나 잘라냈어. 하지만 상 형제는 속지 않더군. 우리 일월신교에서 임 교주와 이 동방불패를 제외하면 상 형제를 따를 자가 없을 거야."

상문천은 연편을 힘주어 쥔 채 진기를 다스리는 데 집중했다. 대답을 해서 마음을 분산시킬 여유 같은 것은 없었다.

동방불패는 또다시 한숨을 쉬었다.

"처음 교주가 되었을 때는 세상을 전부 가진 기분이었지. 문무쌍전이니 인의영명이니 하는 낯부끄러운 소리도 싫지 않았어. 하지만《규화보전》의 무공을 연공하면서 차츰 인생의 묘체를 깨닫기 시작했고, 내공을 수련하고 몇 년이 지난 후에는 마침내 인간과 만물의 도리를 터득하게 되었어."

여자처럼 높고 뾰족한 목소리에 듣는 사람들은 손바닥에 식은땀이 맺혔다. 조목조목 조리 있게 말하는 것을 보면 정신은 멀쩡한 것 같은데, 남자도 아니고 여자도 아닌 괴상한 행동과 목소리에 모골이 송연했다.

동방불패의 시선이 영영에게로 옮아갔다.

"임 대소저, 그동안 내가 너를 어찌 대했지?"

"아주 잘 대해주었어요."

동방불패는 한숨을 푹 쉬며 아련한 목소리로 말했다.

"뭐, 그렇게 잘해주었다고 할 수는 없겠지. 사실 나는 항상 네가 부러웠어. 여자로 태어난 것은 더럽고 냄새나는 남자로 태어난 것보다 백배는 더 행복한 일이야. 하물며 너는 이토록 아름답고 젊지 않니? 너와 몸을 바꿀 수만 있다면 일월신교 교주 자리는 말할 것도 없고, 황제 자리라도 기꺼이 내놓았을 거야."

그러자 영호충이 웃음을 터뜨렸다.

"당신이 임 대소저였다면, 나는 당신이 무슨 짓을 하건 절대로 당신 같은 괴물을 사랑하지 않았을 것이오!"

그 한마디에 임아행과 상문천조차 깜짝 놀랐다.

동방불패는 그에게 시선을 돌리고 새파래진 얼굴로 눈썹을 곧추세웠다.

"너는 누구냐? 감히 내게 그런 말을 하다니, 간덩이가 부었구나."

날카롭고 뾰족한 목소리에서 짙은 분노가 느껴졌다.

그러나 영호충은 위기일발의 상황에서도 껄껄 웃었다.

"굳센 남자도 좋고 아리따운 여자도 좋지만, 여장을 한 늙다리 영감은 내가 제일 싫어하는 부류요."

동방불패가 또다시 분노 섞인 목소리로 외쳤다.

"묻고 있지 않느냐? 너는 대체 누구냐?"

"나는 영호충이라고 하오."

순간 동방불패의 얼굴에서 노여움이 가시고 미소가 떠올랐다.

"아아! 네가 바로 영호충이구나. 꼭 한번 보고 싶었지. 임 대소저가 네게 푹 빠져서 목숨까지 바치려 했다는 소문을 들었거든. 얼마나 영준하고 잘난 도령인가 했는데… 흐흥, 아주 평범하구나. 우리 연정에 비하면 한참 멀었어."

영호충은 웃으며 대답했다.

"내 별로 내세울 것은 없지만 마음만은 일편단심이오. 하지만 당신의 저 낭군께서는 외모는 번듯하지만 여색을 너무 밝혀 도처에 정을 흘리고 다닌다오. 저자가 사랑한 여자와 남자가 얼마나 많은지…."

"이… 이놈! 그 무슨 허튼소리냐?"

동방불패가 버럭 소리를 질렀다. 얼굴이 벌겋게 달아오르는가 싶더니 붉은 그림자가 번뜩이면서 수침이 영호충을 찔러왔다.

영호충이 한 말은 그를 격분시키는 데 목적이 있었다. 그의 옷자락이 움직이는 순간, 영호충의 검이 쐐액 소리를 내며 그의 목으로 날아들었다. 그 움직임이 워낙 빨라 아무리 동방불패라도 그 자리에 멈추지 않으면 예리한 검날에 목을 찔릴 판이었다. 그러나 그 짧은 순간, 영호충은 왼뺨에 따끔한 통증과 함께 들고 있던 검이 왼쪽으로 살짝 밀려나는 것을 느꼈다.

그 찰나의 순간에도 수침으로 영호충의 뺨을 찌르고 팔을 돌려 검을 막아낸 동방불패의 움직임은 실로 상상할 수 없을 만큼 빨랐다. 다행히 영호충의 검도 그에 못지않게 빨라 서둘러 막아야 했고, 또 흥분한 상태이기도 해서 공격이 약간 빗나가 요혈을 찌르지는 못했던 것이다. 수침의 길이는 한 치도 되지 않았고 콧바람에도 날아갈 듯 가벼웠지만, 영호충의 검을 가뿐히 밀어낸 것을 보면 동방불패의 무공은 이미 사람이 상상할 수 있는 수준을 넘어선 것이 분명했다.

영호충도 경악했다. 평생 보지 못한 강적이 앞에 있는 이상 잠시라도 틈을 주면 목숨을 잃을 것이 자명했기에, 그는 곧장 상대방의 요혈을 노리고 쉭쉭쉭쉭 네 번 검을 찔렀다.

동방불패는 놀란 듯 소리를 질렀다.

"훌륭한 검법이구나!"

그는 상하좌우에서 찔러오는 영호충의 검을 모두 막아냈다. 영호충은 유심히 그 움직임을 살폈지만 사방을 찌르고 막는 수침에는 일말의 허점도 없었다. 위험을 느낀 그는 검을 거두지 않고 대갈을 터뜨리며 위에서부터 아래로 찍어내렸다. 동방불패가 오른손 엄지와 식지로 수침을 잡고 위로 들어올려 검을 가로막자, 아무리 힘을 주어도 검은 더 이상 아래로 내려가지 못했다.

어깨가 저릿저릿해지는 찰나, 붉은빛이 시야를 수놓으며 왼쪽 눈으로 날아들었다. 막을 겨를도 피할 틈도 없었던 영호충은 반사적으로 검을 틀어 똑같이 동방불패의 왼쪽 눈을 찔렀다.

실로 억지스러운 수법이라 고수라면 결코 이런 초식을 쓰지 않았겠지만, 독고구검을 익힌 영호충의 검법에는 본디 초식이 없고, 자유로운 성품 탓에 고수라 자부해본 적도 없었기 때문에 위기가 닥치자 깊이 생각하지 않고 움직인 것이다. 왼쪽 눈썹이 따끔하는가 싶더니 동방불패가 그의 검을 피해 뒤로 훌쩍 물러났다.

수침이 찌른 것은 영호충의 왼쪽 눈썹이었다. 동방불패가 그의 공격을 피하느라 방향이 틀어졌기 망정이지, 그렇지 않았다면 이미 한쪽 눈을 잃었을 것이었다. 영호충은 가슴이 철렁했지만, 상대방에게 공격할 틈을 주지 않으려고 질풍같이 검을 휘둘렀다.

동방불패는 좌우로 이리저리 검을 막으면서도 여유롭게 칭찬을 늘어놓았다.

"멋지구나! 훌륭해!"

임아행과 상문천도 사태가 위급한 것을 보고 각각 검과 연편을 휘두르며 협공을 퍼부었다.

당세의 3대 고수가 나섰으니 그 위력은 말하지 않아도 알 수 있을 만큼 어마어마했지만, 동방불패의 두 손가락에 쥐어진 수침은 패색조차 없이 세 사람 사이를 번개처럼 오갔다. 상관운이 칼을 뽑아 뛰어들자 싸움은 4대 1이 되었다.

싸움이 차츰 무르익을 때쯤, 상관운이 비명을 지르며 칼을 떨어뜨리고 바닥을 데굴데굴 굴렀다. 두 손으로 오른쪽 눈을 감싸쥐고 있는 것을 보니 동방불패의 수침에 눈을 찔린 것이 분명했다.

임아행과 상문천의 맹렬한 공격에 동방불패가 더 이상 자신을 공격하지 못하자, 영호충은 동방불패의 급소만 노리고 검을 찔러대기 시작했다. 그러나 동방불패의 움직임은 마치 귀신같아서 동에 번쩍 서에 번쩍하며 순식간에 나타났다 사라지기를 반복했기 때문에 도무지 찌를 수가 없었다.

별안간 상문천이 '으악' 하고 비명을 질렀고, 곧이어 영호충도 '헉' 하고 신음을 흘렸다. 차례로 동방불패의 수침에 찔린 것이었다. 임아행에게는 흡성대법이라는 무시무시한 무공이 있었지만, 동방불패가 워낙 빨라 붙잡기도 어려울뿐더러 사용하는 무기도 가느다란 수침이라 쉽사리 진기를 빨아들일 수가 없었다.

잠시 후에는 임아행마저 가슴과 목 부근을 수침에 찔려 '윽' 하고 신음을 터뜨렸다. 다행히 영호충이 때맞춰 공격한 덕분에 동방불패가 급히 방어를 하느라 첫 번째는 정확히 조준하지 못했고, 두 번째는 정확성은 높았지만 깊이 찌르지 못해 상처가 크지는 않았다.

네 사람이 동방불패를 포위 공격하고도 그 옷자락조차 건드리지 못한 채 도리어 상처만 입자, 이를 지켜보던 영영은 점점 걱정이 되기 시작했다.

'저 수침에 독이 발라져 있으면 어쩌지? 그렇다면 정말 큰일이야!'

동방불패의 움직임은 갈수록 빨라져, 멀리서 보면 마치 붉은 그림자가 휙휙 날아다니는 것 같았다. 임아행과 상문천, 영호충은 연신 기합을 터뜨렸으나 그 목소리에는 분노와 함께 초조함이 묻어 있었다. 세 사람의 무기에는 진기가 가득 실려 있어 움직일 때마다 윙윙 바람 가르는 소리가 났지만, 동방불패는 아무 소리도 내지 않았다.

'내가 저 혼전에 끼어들어야 도움은커녕 방해만 될 거야. 어떻게 하면 좋을까? 동방불패는 혼자서도 세 사람을 쓰러뜨릴 수 있어.'

안절부절못하고 도움을 찾아 주위를 둘러보던 영영의 시야에 양연정이 일어나 앉아 관심 어린 눈길로 싸움을 지켜보는 모습이 들어왔다. 그를 보는 순간 영영은 묘안이 떠올라 살금살금 침상으로 다가간 뒤 단검을 꺼내 양연정의 오른쪽 어깨를 찔렀다. 예상치 못한 공격에 양연정은 깜짝 놀라 비명을 질렀다. 영영은 다시 한번 허벅지를 찔렀다.

양연정은 곧 그녀의 노림수를 알아차렸다. 자신이 비명을 지르면 동방불패의 마음이 흐트러져 싸움이 어려워지리라는 생각에, 그는 고통을 꾹 눌러 참으며 신음 소리 한 번 내지 않았다.

영영이 분한 듯이 외쳤다.

"언제까지 참을지 두고 보자! 네 손가락을 하나씩 잘라버리겠다!"

단검이 파르르 떨리며 양연정의 오른손 손가락을 싹둑 베어냈지만, 강단이 있는 양연정은 그 지독한 통증에도 입을 열지 않았다. 그러나 그가 제일 처음 지른 비명이 이미 동방불패의 귀에 들어간 후였다. 곁눈질로 침상 옆에서 양연정을 괴롭히는 영영을 확인한 동방불패는 깜짝 놀랐다.

"저 못된 년!"

붉은 연기가 둥실 영영에게로 날아들었다. 영영은 황급히 몸을 움츠렸지만 동방불패의 수침을 피할 수 있을지 자신이 없었다. 영호충과 임아행의 검이 동방불패를 바짝 쫓으며 등을 찔렀고, 상문천의 연편은 쐐액 소리를 내며 양연정의 머리로 날아들었다. 동방불패는 자신의 목숨 따위는 아랑곳 않고 양연정을 구하기 위해 수침으로 상문천의 가슴을 찔렀다.

상문천은 온몸이 저릿저릿해지는 것을 느끼고 연편을 툭 떨어뜨렸다. 바로 그때, 영호충과 임아행의 검 두 자루가 동방불패의 등을 꿰뚫었다. 동방불패는 몸을 부르르 떨더니 양연정 위로 풀썩 쓰러졌다.

임아행은 기뻐하며 등에 박힌 검을 뽑아 그의 뒷덜미를 겨눴다.

"동방불패, 드디어… 드디어 내 손에 떨어졌구나."

격렬한 싸움을 치른 뒤라 단숨에 말을 뱉어내기도 힘에 겨웠다.

혼비백산한 영영은 다리에 힘이 빠져 쓰러질 듯 비틀거렸다. 영호충이 급히 달려가 그녀를 부축했다. 영영의 왼쪽 뺨에서는 새빨간 피가 한 줄기 흘러내리고 있었지만, 그녀는 오히려 영호충을 걱정했다.

"많이 다쳤군요."

그녀가 소맷자락으로 영호충의 얼굴을 훔치자 빨갛게 핏자국이 묻어났다. 영호충은 상문천을 돌아보았다.

"괜찮으십니까?"

상문천은 쓴웃음을 지으며 대답했다.

"죽지는 않을 걸세!"

동방불패의 등에 난 상처 두 곳에서 피가 샘솟듯 솟구쳤다. 상태가 위중했지만 그는 오로지 양연정 생각뿐이었다.

"연정, 연정! 저 계집이 괴롭혔구나! 아아, 어쩜 이런 지독한 짓을!"

양연정은 분통을 터뜨렸다.

"당신 무공이 천하제일이라고 그렇게 자랑을 해대더니 저딴 놈들조차 못 죽이는 거요?"

"나는… 나는 정말…."

"정말 뭐요?"

"정말… 최선을 다했어. 저들은… 무공이 너무 강해!"

말을 마친 동방불패는 휘청거리며 바닥으로 쓰러졌다. 임아행은 그가 갑자기 일어나 덤벼들까 봐 서슴없이 왼쪽 다리를 잘라버렸다.

동방불패가 씁쓸하게 말했다.

"임 교주, 결국 당신이 이겼군. 내 패배야."

임아행은 껄껄 웃으며 대답했다.

"이제 동방필패로 이름을 바꾸는 것이 어떠냐?"

동방불패는 고개를 저었다.

"그럴 필요 없다. 동방불패는 패했지만 이제 세상에 없을 테니."

높고 날카로웠던 어조도 이제는 낮게 가라앉아 있었다.

"일대일로 싸웠으면 결코 지지 않았을 것이다."

임아행은 잠시 주춤했지만 선선히 대답했다.

"그렇다. 네 무공이 나보다 높은 것은 인정한다."

"영호충, 네 검법은 고명하지만 역시 일대일로 싸우면 나를 이기지 못한다."

동방불패가 영호충을 돌아보며 말하자 영호충도 고개를 끄덕였다.

"그렇소. 사실 우리 네 사람이 힘을 합쳤어도 당신을 쓰러뜨리지 못했을 거요. 당신이 저자에게 신경을 쓰느라 이렇게 된 것뿐이오. 당신의 무공은 천하제일이라는 이름에 부끄럽지 않소."

동방불패는 보일락 말락 미소를 지었다.

"그렇게 말해주다니 두 사람 모두 당당한 남아대장부로구나. 아아, 업보로다, 업보야…. 《규화보전》의 비방에 따라 연단을 복용하고 내 손으로 생식…. 후훗, 그 후로 수염이 점점 빠지고 목소리가 변하고 성격도 바뀌었지. 여자는 꼴도 보기 싫어져 애첩 일곱 명을 모두 죽이고 오히려… 오히려 양연정 저 남자에게 푹 빠졌으니…. 아아, 여자로 태어났다면 얼마나 좋았을까? 임 교주, 나는… 곧 죽을 것이다. 마지막으로… 부탁이 있으니 당신 딸을… 잘 대해준 정을 보아 부디 들어다오…."

"무슨 부탁이냐?"

"양연정의 목숨은 살려다오. 흑목애에서 쫓아내면 그뿐 아니냐."

임아행은 피식 웃었다.

"저놈은 갈기갈기 찢어 죽일 것이다. 하루에 손가락 하나씩, 발가락 하나씩 자르며 100일 동안 고통스럽게 죽여주마."

동방불패는 노한 얼굴로 소리를 질렀다.

"이… 이 지독한 놈!"

그가 벌떡 몸을 일으켜 임아행에게 달려들었다. 중상을 입어 조금 전처럼 빠르지는 못했지만 그 위력만큼은 여전히 놀라웠다. 임아행이 검을 찔러 그의 가슴을 다시 한번 꿰뚫었지만, 그와 동시에 동방불패가 들고 있던 수침을 튕겨 임아행의 오른쪽 눈을 푹 찔렀다.

임아행은 검을 놓고 훌쩍 뛰어 뒤로 물러났다. 쾅 하는 굉음과 함께 그의 등이 벽에 부딪히자 벽이 쩍 갈라졌다. 영영이 황급히 달려가 아버지의 눈을 살폈다. 가느다란 수침은 그의 동공 한가운데에 정확히 박혀 있었다. 다행스럽게도 동방불패의 기력이 쇠해 뇌를 관통하지 못했기 때문에 목숨은 건졌지만, 눈은 못 쓰게 될 것이 분명했다.

영영은 수침을 잡아 빼내려 했지만, 침이 너무 짧고 끝부분만 살짝 튀어나와 있어 손을 쓸 수가 없었다. 어쩔 수 없이 동방불패가 들었던 수틀에서 실을 뽑아 조심조심 바늘귀에 걸어 잡아당겼다. 임아행의 무시무시한 비명과 함께 빠져나온 수침은 새빨간 피를 묻힌 채 실 끝에 대롱대롱 매달렸다.

화가 머리끝까지 난 임아행이 홱 발을 날려 동방불패의 시체를 걷어찼다. 시체는 훌훌 날아가 양연정의 머리 위로 곤두박질쳤다. 워낙 화가 나 있었기 때문에 그 힘이 어마어마해 두 사람의 머리가 부딪히는 순간 두개골이 바숴지고 뇌수가 튀었다.

수없이 그리고 또 그리던 복수를 완수하고 일월신교의 교주 자리를 되찾았지만, 그 대가로 한쪽 눈을 잃은 임아행은 희비가 교차해 하늘을 향해 껄껄 웃었다. 기왓장이 덜덜 떨릴 만큼 커다란 웃음소리였지만 즐거움보다는 분노로 가득 차 있었다.

상관운이 나서서 말했다.

"대역죄인을 처벌하신 것을 경하드립니다. 오늘부터 우리 일월신교는 교주님의 휘하에서 사해에 크나큰 위명을 떨칠 것이옵니다. 천추만재, 일통강호!"

임아행이 웃으며 퉁을 주었다.

"예끼, 허튼소리! 천추만재는 무슨 천추만재인가?"

그렇지만 천년만년 살며 강호를 통일한다고 생각하자 저도 모르게 웃음이 나왔다. 이번에는 정말로 기쁨과 포부로 가득한 웃음이었다.

동방불패의 수침에 왼쪽 가슴의 혈도를 찔려 전신이 마비되었던 상문천도 그때쯤 몸이 풀려 일어났다.

"경하드립니다, 교주님!"

"놈을 주살하고 자리를 되찾는 데는 자네가 가장 큰 공을 세웠네."

임아행은 상문천을 칭찬한 뒤 영호충을 돌아보았다.

"충이 네 공도 크다."

영호충은 희고 매끄러운 영영의 뺨에 생긴 검붉은 상처를 바라보았다. 조금 전 있었던 혈투를 떠올리자 아직도 몸이 부르르 떨렸다.

"영영이 양연정을 공격하지 않았다면 동방불패를 죽이기가 쉽지 않았을 겁니다."

그는 잠시 멈췄다가 다시 말했다.

"수침에 독이 없어 다행이군요."

영영도 바르르 몸을 떨며 나지막이 말했다.

"그 이야기는 그만해요. 저자는 사람이 아니라 요괴예요. 어렸을 때 늘 나를 안고 산으로 과일을 따러 가주곤 했었는데, 이런 최후를 맞을 줄이야."

임아행은 동방불패의 옷을 뒤져 얄팍한 서책 한 권을 꺼내더니 휙 넘겨보았다. 한 장 한 장 글자로 가득했고 겉에는 '규화보전'이라고 쓰여 있는 서책이었다. 그는 그 서책을 높이 쳐들고 동방불패를 바라보며 속으로 외쳤다.

'이《규화보전》의 요결에는 신공을 연성하려면 스스로 양물을 자르고 영단을 복용하여 안팎을 두루 통하게 하라고 되어 있다. 노부가 정신이 나가지 않고서야 무엇 때문에 그런 멍청한 짓을 하겠느냐? 으하하하…!'

그러나 조금 전에 본 동방불패의 움직임이 떠오르자 절로 웃음이 사라졌다.

'허나 이 보전에 기록된 무공은 실로 무시무시해서 누구나 한 번 보면 마음이 흔들릴 수밖에 없다. 그때 나는 흡성대법을 익힌 터라 다른 무공에 신경 쓸 틈이 없었기 망정이지, 그렇지 않았다면《규화보전》에 마음을 빼앗겼을지도 모른다.'

그는 동방불패의 시체를 한 번 더 걷어차며 말했다.

"영악하고 간사한 네놈도 노부가《규화보전》을 건넨 진정한 이유를 알지 못했구나. 네놈이 야심을 품고 꿍꿍이를 부리는 것을 내 진정 모르는 줄 알았더냐? 하하하하!"

그 말을 듣자 영호충은 가슴이 철렁했다.

'임 교주가 동방불패에게 《규화보전》을 준 데에 다른 뜻이 있었다니… 두 사람 다 서로를 경계하며 끝없이 속고 속여왔구나.'

임아행의 오른 눈에서는 쉼 없이 피가 흐르고 있었다. 피눈물을 흘리며 미친 사람처럼 웃어대는 모습이 너무도 흉측해 가슴이 서늘하고 소름이 끼쳤다.

임아행은 동방불패의 바지춤을 더듬었다. 예상대로 고환 두 개가 모두 잘려나가고 없었다.

'《규화보전》의 무공은 환관들에게나 알맞다.'

그가 양손으로 《규화보전》을 쥐고 비비자 낡은 서책은 금세 가루가 되어 흩어졌다. 그는 손을 탁탁 털어 남은 가루도 바람에 날려보냈다. 영영은 《규화보전》에 담긴 비밀을 정확히 알지 못했지만, 그 무공을 익힌 뒤 남자도 여자도 아닌 괴상한 모습으로 변한 동방불패를 보고 무언가 사악한 내용이 있다는 것을 어슴푸레 느끼고 있었다. 그 때문에 아버지가 비급을 없애자 무척 안심이 되었다.

"그런 끔찍한 물건은 없애는 것이 나아요!"

영호충이 싱글거리며 물었다.

"내가 익히기라도 할까 봐 걱정되오?"

영영은 얼굴을 홍당무처럼 붉히며 입을 삐죽였다.

"아무튼 점잖지 못하다니까."

그녀는 금창약을 꺼내 아버지와 상관운의 눈에 발라주었다. 자세히 보니 모두의 얼굴에는 수침에 찔린 자국이 셀 수 없이 많았다. 영영은 거울을 들여다보았다. 왼쪽 뺨에 남겨진 혈흔은 몹시 가늘었지만 치료한 후에도 흔적이 남을 것 같아 기분이 울적했다.

영호충이 말했다.

"당신은 가진 것이 너무 많아 귀신들이 질투한 거요. 얼굴에 생긴 작은 상처쯤은 오히려 복이 될 거요."

"내가 가진 것이 많다고요?"

"그렇지 않소? 당신은 예쁘고 총명하고 무공도 높을 뿐 아니라 아버지는 신교의 교주시고, 당신의 명을 따르는 수많은 호걸들을 거느리고 있소. 게다가 여자로 태어났으며 젊고 아름다워 동방불패조차 당신을 부러워했지."

영영은 그의 농에 까르르 웃으며 상처는 까맣게 잊었다.

임아행 등 다섯 사람은 동방불패의 방을 떠나 꽃밭과 지하 통로를 지나서 성덕전으로 돌아갔다.

임아행은 명을 내려 각 당의 장로와 향주를 불러모았다. 그러고는 교주의 좌석에 앉아 웃음 띤 얼굴로 말했다.

"동방불패는 괴상한 짓을 많이 했군. 이런 높은 자리에 앉아 부하들과 거리를 벌려놓으니 자연스레 경외심이 생겼겠지. 이 전각 이름이 뭐라고 했나?"

"교주님께 아룁니다. 이 전각은 '성덕전'이라고 하며, 문무쌍전하신 교주님을 칭송하는 의미를 담고 있습니다."

상관운의 보고에 임아행은 껄껄 웃었다.

"문무쌍전이라! 문무쌍전이 어디 말처럼 쉽겠는가?"

그는 영호충에게 손짓을 했다.

"충아, 이리 오너라."

영호충이 다가가 그의 앞에 서자 그가 말했다.

"충아, 내 항주에서 너를 만났을 때도 본 교에 들어오라고 권했다. 그때 나는 혈혈단신이었고 갓 감옥에서 나온 몸이었으니 무슨 약속을 해도 믿기지 않았겠지. 허나 이제 교주 자리를 되찾았으니 다시 한번 말하마…."

임아행은 오른손으로 의자의 손잡이를 탁탁 치며 말을 이었다.

"언젠가는 네가 이 자리에 앉게 될 것이다, 하하하!"

영호충은 차분하게 대답했다.

"영영이 제게 큰 은혜를 베풀었으니 교주님이 시키시는 대로 해야겠지요. 하지만 저는 사람들과 약속한 일이 있습니다. 일월신교에 들어오라는 말씀만은 따를 수 없으니 용서하십시오."

임아행은 눈썹을 곧추세우고 엄한 목소리로 말했다.

"내 말을 듣지 않으면 네 최후가 어찌 될지는 잘 알겠지?"

영영이 다가가 영호충의 손을 끌며 나섰다.

"아버지, 오늘은 자리를 되찾은 경사스러운 날이니 그런 사소한 일로 마음 상하시면 안 돼요. 본 교에 들이는 일은 나중에 천천히 하셔도 늦지 않아요."

임아행이 하나 남은 눈으로 두 사람을 훑어보며 콧방귀를 뀌었다.

"영영, 이제 낭군이 생겼으니 아비는 필요 없다, 이 말이냐?"

옆에 있던 상문천이 웃으며 말했다.

"교주님, 영호 형제는 아직 젊고 고집이 셉니다. 나중에 제가 잘 설득하겠…."

그 말이 끝나기도 전에 전각 밖에서 10여 명의 낭랑한 외침 소리가 들려왔다.

"현무당의 장로와 당주, 부당주, 다섯 향주와 부향주가 문무쌍전하시고 인의영명하신 성교주聖教主를 뵙습니다. 교주님, 중흥성교 택피창생! 천추만재 일통강호!"

"들어오너라!"

임아행이 허락하자 10여 명의 대한이 안으로 들어와 줄을 지어 무릎을 꿇었다.

오래전 임아행이 일월신교의 교주였을 때만 해도 부하들을 형제라고 불렀고, 부하들도 그 앞에서 포권을 하는 것이 고작이었다. 그런데 부하들이 들어오기 무섭게 무릎을 꿇는 것을 보자, 그는 어리둥절해 자리에서 일어나며 손을 내저었다.

"이럴 필요…."

그러나 말을 채 끝내기도 전에 다른 생각이 머리를 스쳤다.

'위엄이 없으면 부하들을 굴복시킬 수 없다. 그 간악한 놈에게 교주자리를 빼앗긴 것도 내가 부하들에게 너무 너그러웠기 때문이다. 무릎을 꿇는 예는 동방불패가 정했으니 구태여 취소할 필요는 없겠지.'

그는 하려던 말을 삼키고 다시 의자에 앉았다.

얼마 지나지 않아 다른 무리가 들어왔다. 그들 역시 무릎 꿇고 절을 했지만 임아행은 일어나지 않고 고개만 끄덕였다. 전각 입구로 물러나 있던 영호충과 교주의 좌석은 무척 멀고 불빛마저 어두워, 영호충이 있는 곳에서는 임아행의 얼굴조차 확실히 볼 수 없었다. 그는 높은 자리에 앉은 임아행을 바라보며 속으로 중얼거렸다.

'저 자리의 주인이 임아행이든 동방불패든 무슨 차이가 있을까?'

각 당의 장로와 향주들이 외치는 교주를 향한 칭송은 점점 더 커지고 있었다. 이 자리에 있는 사람 대부분은 10여 년간 동방불패를 위해 일하면서 전임 교주였던 임아행에게 크든 작든 죄를 지은 셈이니, 자리를 되찾은 임아행이 빚을 청산하기로 마음먹는다면 그들 역시 무사하지 못할 것이었다. 언제 어떤 참혹한 형벌을 당할지 몰라 두려움에 떠는 사람들이 더욱더 소리 높여 새로운 교주의 덕을 칭송하는 것은 당연한 일이었다. 임아행이 어떤 사람인지도 모른 채 동방불패와 양연정의 뜻에 영합해 높은 자리에 오른 신진 인사들 역시 신임 교주도 아부를 좋아하는 점은 다르지 않겠거니 하여 칭송의 소리를 드높였다.

입구에 선 영호충은 따스한 햇볕이 등을 데우는 것을 느꼈다. 전각 밖은 이리도 환한데 어두컴컴하고 기다란 전각 안에서는 100명에 가까운 사람들이 엎드려 듣기 괴로운 찬사를 늘어놓고 있으니, 혐오감을 견딜 수 없었다.

'영영이 내게 몹시 잘해주었으니 일월신교에 들어오라고 하면 그 뜻에 따라야겠지. 숭산으로 가서 좌냉선이 오악파의 장문인이 되는 것을 막아 방증 대사와 충허 도장께 한 약속을 지키고 나면, 다시 항산으로 가서 적절한 제자를 골라 장문 자리를 물려주자. 자유로운 몸이 되면 일월신교에 들어갈지 어쩔지 생각해볼 수도 있겠지. 하지만 저 사람들처럼 사람이기를 포기하고 싶지는 않아. 영영을 아내로 맞으면 임 교주는 장인이 되시니 당연히 무릎 꿇고 절을 해야겠지만, 중흥성교라느니 택피창생이라느니 하는 말은 절대 할 수 없어. 남아대장부가 부끄러운 줄도 모르고 저런 말을 하면 무슨 자격으로 영웅호걸이라 할 수 있겠어? 동방불패와 양연정이 사람들을 굴복시키기 위해 생각해낸 가소로운 장난질이라 생각했는데, 지금 보니 임 교주도 저 구호가 아주 마음에 드는 모양이야. 징글징글하군!'

그는 가만히 한숨을 쉬었다.

'마교 십장로가 화산 사과애 동굴에 새긴 무공을 보았을 때만 해도 마교 선배들 가운데 영웅호걸이 적지 않았다고 생각했어. 수백 년간 정파와 싸움을 벌이고도 쇠약해지지 않았던 것도 다 그런 영웅들 덕택이었겠지. 당세의 호걸들만 해도 상 형님, 상관운, 가포, 동백웅, 매장의 강남사우… 모두 걸출한 기재들이야. 그런 영웅호걸들이 위협에 못 이겨 무릎을 꿇고 절을 하며 억지 칭송이나 주워섬기면서 속으로는 저주를 하고 있어야 하다니, 당하는 사람은 뻔뻔해지고 시키는 사람은 안하무인이 될 수밖에! 억지로 부끄러운 짓을 하다 보면 종국에는 부끄러움을 모르는 사람이 되기 마련인데, 천하 영웅들에게 그런 굴욕을 주면서 무슨 영웅이고 호걸이라 할 수 있을까?'

임아행의 득의양양한 목소리가 어두운 대전을 쩌렁쩌렁 울렸다.

"너희가 동방불패에게 굴복하여 벌인 짓은 본 교주가 명명백백하게 조사하여 일일이 기록해두었다. 허나 본 교주는 아량이 넓으니 앞으로 너희가 어떻게 하느냐에 따라 옛일은 덮어주겠다. 오늘부터는 본 교주에게만 충성하라. 그리하면 본 교주 또한 너희를 우대할 것이요, 다 함께 부귀영화를 누릴 것이다."

순간, 대전 안은 그의 덕을 기리는 왁자한 칭송 소리로 가득 찼다.

"교주님께서는 하늘같이 인의롭고 바다같이 흉금이 넓으십니다. 소인들의 허물을 탓하지 않으시니 앞으로 성심으로 교주님의 명을 받들고 충성을 바치겠습니다. 섶을 지고 불 속으로 뛰어들라 하셔도 마다 않고 죽을 때까지 교주님께 충성하겠습니다!"

임아행은 그 소리가 잦아들 때까지 기다렸다가 말했다.

"만에 하나 대담하게 반역을 일으키고 명을 따르지 않는 자가 있으면 엄벌에 처할 것이다. 누구든 죄를 지으면 그 일가노소를 모두 능지처참할 것이다."

"소인들은 결코 불측한 마음을 품지 않겠습니다!"

교인들이 두려움에 휩싸여 떨리는 소리로 대답하자 영호충은 속으로만 고개를 내저었다.

'임 교주나 동방불패나 하등 다를 게 없구나. 공포심으로 무리를 다스리려 하니 모두 겉으로는 공손한 척해도 속으로는 분노할 것이 분명해. 그런 사람들에게 충성심 같은 것이 생길 턱이 없지.'

누군가 임아행에게 동방불패의 죄악을 고발했다. 충언을 듣지 않고 양연정만 편애해 무고한 자를 죽였을 뿐 아니라, 상벌에 기준이 없고 오로지 아첨하는 말만 들으며 교단을 어지럽혔다는 것이었다. 교단의 규칙을 깨뜨리고 흑목령을 함부로 사용하고 사람들에게 억지로 삼시뇌신단을 먹였다는 고발도 있었고, 사치를 부려 한 끼 식사에 소 세 마리, 돼지 다섯 마리, 양 열 마리를 잡아야 했다는 고발도 있었다.

영호충은 속으로 웃음을 터뜨렸다.

'한 사람이 아무리 많이 먹어도 한 끼에 소 세 마리, 돼지 다섯 마리, 양 열 마리를 먹을 수는 없어. 친구나 동료들을 불러 함께 먹었겠지. 교주인 동방불패가 소나 양 몇 마리를 잡아 연회를 베푼 걸 죄라고 할 수 있을까?'

그러나 사람들의 입에서 나오는 동방불패의 죄목은 온갖 사소한 것까지 포함되어 점점 늘어나기만 했다. 감정 기복이 심했다거나 화려한 옷을 입고 두문불출했다거나 하는 이야기는 물론이고, 견식이 얕고 어리석었다거나 무공이 약해 허풍으로 사람들을 억눌렀을 뿐 진정한 실력자는 아니었다거나 하는 말까지 나왔다.

그때마다 영호충은 속으로 비웃음을 터뜨렸다.

'너희가 말하는 동방불패의 죄가 모두 사실인지 아닌지는 모르겠지만, 조금 전 그자와 싸울 때 우리 쪽은 다섯 명이나 되었는데도 수침에 찔려 죽을 뻔하다 겨우 살아났다. 그의 무공이 약하다면 이 세상에 무공이 강한 사람은 아무도 없을걸. 정말이지 내키는 대로 떠드는군!'

누군가가 동방불패는 음란하고 호색해 민간 여자를 납치하고 교단의 처녀를 겁탈해 수많은 사생아를 낳았다고 말하자 영호충은 더욱 기가 막혔다.

'동방불패는 벌써 오래전부터 자신을 여자라고 여기며 여색을 멀리하고 남자를 좋아했는데, 부녀자를 겁탈하여 사생아를 낳았다니, 말이 되는 소리를 해야지!'

그는 더 이상 참을 수가 없어 저도 모르게 껄껄 웃음을 터뜨렸다. 시원시원한 웃음소리가 대전 안을 울리자, 사람들이 일제히 고개를 돌려 노한 눈길로 그를 바라보았다.

영영은 그가 화를 자초할까 두려워 팔을 잡아끌며 말했다.

"충 오라버니, 다들 동방불패 이야기를 하고 있으니 더 들을 필요 없어요. 내려가서 산책이나 해요."

영호충은 혀를 쑥 내밀어 보이고는 빙긋 웃었다.

"하긴, 당신 아버지의 화를 돋울 필요는 없겠지."

나란히 밖으로 나온 두 사람은 한백옥으로 만든 패루를 지나 대나무 광주리를 타고 아래로 내려갔다.

솜털같이 부드러운 안개가 몸을 스치고 지나는 것을 느끼자 어둡고 기다란 전각 안과는 전혀 딴 세상에 온 것 같았다. 까마득하게 높은 곳에 자리한 흑목애를 올려다보니 한백옥 패루가 햇살을 받아 금빛 찬란하게 반짝이고 있었다. 영호충은 저도 모르게 안도했다.

'드디어 저곳을 떠났구나. 어젯밤의 일은 악몽 같았어. 앞으로 다시는 흑목애에 오르지 말아야지.'

"충 오라버니, 무슨 생각을 하세요?"

영영이 물었다.

"나와 함께 가겠소?"

그의 말에 영영은 얼굴을 붉혔다.

"우… 우리는…."

"우리가 어쨌다는 거요?"

영영은 부끄러운 듯 고개를 숙였다.

"우리는 아직 혼례를 올리지도 않았는데 어떻게… 어떻게 당신을 따라가겠어요?"

"예전에도 나와 함께 강호를 누비지 않았소?"

"그때는 어쩔 수 없었으니까요. 더욱이 그 일 때문에 이런저런 소문이 났잖아요. 방금 아버지가… 당신 생각만 하고 아버지는 필요 없느냐는 말씀을 하셨으니, 이대로 당신을 따라가면 몹시 불쾌해하실 거예요. 10년 넘게 감옥 생활을 하신 뒤로 아버지도 성격이 많이 변하셨어요. 딸로서 곁에 있어드리고 싶어요. 우리 마음만 변치 않는다면 앞으로도 함께할 날은 많을 거예요."

마지막 한마디는 목소리가 잦아들어 거의 들리지 않았다.

마침 새하얀 구름이 밀려와 그들이 탄 광주리를 통째로 집어삼켰다. 눈앞이 희미하고 몽롱해지자 바로 곁에 있는 영영이 몹시도 멀게 느껴졌다. 마치 구름 너머 저 끝에 선 사람처럼 아무리 뻗어도 손이 닿지 않을 것 같았다.

이윽고 광주리가 멈추고 두 사람은 밖으로 나왔다. 영영이 나지막이 물었다.

"곧바로 가실 건가요?"

"3월 보름에 좌냉선이 오악검파를 소집해 오악파의 장문인을 선출하겠다고 했소. 야심만만한 사람이니 그자가 권력을 잡으면 천하에 해를 끼칠 것이오. 나도 반드시 그 모임에 참석해야 하오."

영영은 고개를 끄덕였다.

"좌냉선의 검술은 당신의 적수가 아니에요. 하지만 계교가 많은 사람이니 조심하세요."

"알겠소."

"나도 같이 가고 싶지만, 마교의 요녀와 함께 가면 당신의 계획에 방해만 되겠지요."

그녀는 잠시 망설이다가 울적한 목소리로 말했다.

"당신이 오악파 장문인이 되어 천하에 명성을 떨치면 정사의 극단에 선 우리는… 더욱 힘들어지겠군요."

영호충은 그녀의 손을 잡으며 부드럽게 말했다.

"만약 그렇게 되면 나를 믿지 않을 거요?"

영영은 쓸쓸하게 미소했다.

"믿어요!"

그녀는 잠시 생각하다가 힘없이 말을 이었다.

"하지만 무공이 높으면 높을수록 명성도 따라 높아지고, 그러다 보면 사람도 변하더군요. 그 자신은 모르지만 하나둘 예전과는 달라지지요. 동방 숙부가 그랬고, 아버지도 그리 되실까 봐 걱정이에요."

영호충은 따스한 미소를 지어 보였다.

"당신 아버지는 《규화보전》의 무공을 익히지 않으실 거요. 벌써 가루로 만들어버리셨으니 혹여 생각이 나더라도 익힐 수가 없다오."

"무공이 아니라 성품을 말하는 거예요. 동방 숙부는 《규화보전》의 무공을 익히지 않았더라도, 일월신교의 교주가 되어 대권을 쥐고 생사를 주무를 수 있게 되면 자연스레 자존망대하게 되었을 거예요."

"영영, 다른 사람은 몰라도 내 걱정은 절대 하지 마시오. 나는 천성이 방탕해서 무슨 일이 있어도 그렇게는 되지 못할 거요. 설사 내가 오만해지더라도 당신 앞에선 영원히, 언제까지나 지금 이 모습일거요."

영영은 한숨을 폭 쉬었다.

"그렇다면 다행이군요."

그러고는 생긋 웃으며 물었다.

"지금 이 모습이라면, 어떤 모습을 말하는 건가요?"

영호충은 정색을 하고 대답했다.

"천추만재건 만재천추건 이 영호충은 길이길이 할머니의 착한 손자입니다."

영영이 까르르 웃었다.

"그렇게 된다면 내가 가진 것이 많다는 당신 말을 인정해야겠군요. 외모가 곱상하다느니, 젊어서 파릇파릇하다느니 하는 것은 중요치 않아요. 천추만재건 만재천추건 이 임영영도 길이길이 영호 대협의 착한 소녀가 되겠어요."

영호충도 기분 좋게 웃다가 문득 생각난 듯 말했다.

"우리 두 사람의 일은 이제 천하가 다 알고 있소. 지난번 그 일 때문에 동해의 무인도로 쫓아낸 친구들을 다시 불러오면 어떻겠소?"

영영은 생긋 웃었다.

"바로 사람을 보내 불러들이겠어요."

영호충은 그녀를 끌어당겨 살며시 품에 안았다.

"이제 가봐야겠소. 숭산의 일이 끝나면 찾아오리다. 그날부터는 우리 다시는 헤어지지 맙시다."

영영의 눈동자가 이채를 띠고 반짝 빛났다. 그녀는 작은 소리로 속삭였다.

"부디 일이 잘 풀려 빨리 오시기 바라요. 난… 난 여기서 밤낮으로 당신을 기다리겠어요."

"알겠소!"

영호충이 그녀의 뺨에 살짝 입을 맞추자 영영은 얼굴이 새빨개진 채 몹시 수줍어했다. 영호충은 껄껄 웃으며 말에 올라 그곳을 떠났다.

笑傲江湖

합병

32

승산 꼭대기는 세상의 중심에 우뚝 서서 봉우리들을 내려다보고 있었다.
미침 구름 한 점 없는 맑은 날씨여서 시야를 가리는 것도 없었다.
멀리 북쪽으로는 성고성의 옥문 너머 실낱같이 가느다란 선을 그리며 흐르는
황하가 보이고, 서쪽으로는 낙양의 이궐이 희미하게 보였다.
동쪽과 남쪽의 산봉우리는 첩첩이 쌓인 장벽 같았다.

영호충은 채 하루도 지나지 않아 항산에 도착했다. 산기슭에서 파수를 보던 항산파 제자가 소식을 전하자, 제자들이 다 함께 마중을 나왔다. 항산별원에 머물던 호걸들도 벌떼처럼 몰려왔다.

영호충이 아무 일 없었는지 묻자 조천추가 대답했다.

"장문인께 보고드립니다. 남자 제자들은 별원에 머물면서 견성봉에는 한 발짝도 들이지 않고 엄격하게 규칙을 지켰습니다."

영호충은 기쁜 듯 고개를 끄덕였다.

"잘하셨소!"

의화가 픽 웃으며 나섰다.

"견성봉에 오르지 않은 것은 사실입니다만, 규칙을 엄격하게 지켰다고는 할 수 없지요."

"무슨 말이오?"

"낮이고 밤이고 통원곡에서 들리는 시끌시끌한 소리에 한시도 조용히 지낼 수가 없었습니다."

의화의 말에 영호충은 껄껄 웃었다.

"저 친구들을 조용히 시키기는 무척 어려울 거요."

그가 임아행이 교주 자리를 되찾은 일을 간략히 전하자, 강호 호걸들은 골짜기가 떠나가라 우레와 같은 환호성을 질렀다. 너 나 할 것 없이 같은 생각을 하고 있었다.

'임 교주가 대권을 쥐었으니 성고의 위치도 더욱 높아지시겠지. 이제 살기가 훨씬 좋아지겠구나.'

영호충은 견성봉으로 오른 뒤 무색암에 모신 정한 사태 등의 신위에 절을 하고 의화, 의청 등 대제자들을 불러모아 숭산의 모임에 대해 상의했다. 3월 보름이 얼마 남지 않아 당장 하남으로 길을 떠나야 했다. 의화 등은 통원곡의 호걸들을 숭산에 데려가면 기세는 드높겠으나 태산파나 형산파, 화산파의 눈총을 받을 수 있고, 좌냉선에게도 구실을 마련해줄 수 있다며 난색을 표했다.

"장문 사형의 검법은 좌냉선보다 높으니 오악파의 장문인 자리를 차지하는 것은 손바닥 뒤집듯 쉬운 일입니다. 하지만 통원곡 형제들이 곁에 있으면 사소한 시비를 일으킬 수 있습니다."

영호충은 빙그레 웃었다.

"우리 목표는 좌냉선이 네 문파를 병탄하지 못하게 하는 것이오. 항산파 장문 자리도 감당하지 못하는 내가 무슨 수로 오악파의 장문인이 되겠소? 아무튼 통원곡 형제들을 데려가지 말라고 하니 그 말대로 하겠소."

그는 통원곡으로 내려가 남몰래 계무시와 조천추, 노두자를 불러 이야기를 꺼냈다. 계무시 일행도 통원곡의 호걸들을 데려가지 않는 것이 좋겠다는 데 의견을 함께하며, 영호충이 여제자들을 데리고 떠나면 자신들이 그들을 잘 설득하겠다고 말했다. 대신 만일에 대비해 긴밀히 연락을 취하다가 만에 하나 숭산파가 머릿수로 밀어붙이려 하면 통원곡에 있는 형제들이 대거 숭산으로 달려가 돕기로 했다.

그날 밤 영호충은 호걸들과 밤새 술을 마시고 곤드레만드레가 되어 쓰러졌다. 본래는 다음 날 아침 일찍 숭산으로 떠날 예정이었지만, 술이 깼을 때는 이미 정오가 지났고 준비도 덜 되어 부득이 하루를 미룰 수밖에 없었다.

이튿날 아침, 영호충은 여제자들을 데리고 숭산으로 출발했다.

며칠을 걸어 어느 마을에 이르자 그들은 버려진 사당을 찾아 밥을 짓고 휴식을 취했다. 정악을 비롯한 제자 일곱 명은 숭산파가 음모를 꾸몄을지도 모른다며 밖으로 나가 주변을 살폈다.

얼마 후, 정악과 진견이 나는 듯이 달려와 외쳤다.

"장문 사형! 장문 사형! 어서 나와보세요!"

무슨 재미있는 일이라도 있는지 두 사람의 얼굴에는 웃음꽃이 활짝 피어 있었다.

"무슨 일이냐?"

의화가 묻자 진견이 생글거리며 대답했다.

"사저께서도 직접 가보세요."

영호충과 일행은 두 사람을 따라 어느 객잔으로 갔다. 서쪽 곁채의 방문 앞에 이르자 방 안의 온돌 위에 사람들이 차곡차곡 쌓여 있는 모습이 보였다. 바로 도곡육선이었다.

그들이 꼼짝도 않는 것을 보자 영호충은 화들짝 놀라 황급히 안으로 들어갔다. 제일 위에 있던 도근선을 안아 내리고 보니, 혈도가 짚인 데다 입에는 큼직한 호두알이 틀어박혀 있었다. 영호충이 호두알을 빼주자 도근선은 냅다 욕을 퍼부었다.

"이 빌어먹을 놈아! 네놈 18대 조상들은 모조리 거지 깽깽이들이고, 18대 후손들은 모조리 병신으로 태어날 것이다…!"

영호충이 웃으며 말했다.

"도근선, 설마 나한테 욕을 하는 거요?"

"무슨 소리야? 끼어들지 말고 비켜! 이 개 같은 놈아, 내 눈에 띄기만 하면 네놈을 여덟 조각, 열여섯 조각, 서른네 조각으로 쫙쫙 찢어놓을 테다…!"

영호충이 웃음을 참으며 물었다.

"대체 누구에게 하는 말이오?"

"에잇 젠장, 누구긴 누구야? 그놈이지!"

영호충은 고개를 절레절레 저으며 남은 다섯 사람 중 가장 위에 있는 도화선을 내리고 입에서 호두알을 빼주었다. 성질 급한 도화선은 호두알을 완전히 빼내기도 전에 뭐라고 우물거리다가 마침내 입이 완전히 뚫리자 냅다 외쳤다.

"큰형, 틀렸어. 여덟 조각의 두 배는 열여섯 조각이고, 열여섯 조각의 두 배는 서른두 조각이야. 그런데 왜 서른네 조각이래?"

"내가 서른네 조각이 좋다는데 누가 뭐래? 내가 언제 두 배를 한다고 말했어? 사실은 두 배에 둘을 더해야지, 하고 생각했다고."

"왜 두 개를 더해야 하는 건데? 이치에 맞지 않아."

혈도는 풀리지도 않았는데 입이 자유로워지자 그저 입씨름을 하기에 바빴다.

도화선이 욕을 퍼부었다.

"불계와 불가불계 이 더러운 화상놈들! 네놈 18대 조상까지 모두 빌어먹을 화상들이다!"

영호충이 웃으며 끼어들었다.

"갑자기 왜 불계 대사 욕을 하는 거요?"

"당연히 욕을 해야지! 네가 말도 없이 떠난 후에 조천추가 전후 사정을 이야기해주었지만, 우린 그 재미있는 숭산의 모임을 놓칠 수가 없어서 따라왔어. 너희를 앞질러서 가고 있었는데, 여기서 불가불계 그 못된 땡중을 만났어. 그놈은 우리와 술을 마시는 척하면서 개 여섯 마리가 호랑이를 물어 죽였다며 보러 가자는 거야. 무심코 따라나섰는데 그놈의 태사부인 불계가 문 뒤에 숨어 있다가 불쑥 튀어나와 우리 혈도를 짚고 장작처럼 차곡차곡 쌓아두지 뭐야! 뭐, 우리가 숭산에 가면 영호 장문의 일에 방해가 된다나? 흥, 허튼소리도 작작 해야지! 우리가 언제 네 일을 방해했어?"

영호충은 그제야 어찌 된 영문인지 깨닫고 웃음을 터뜨렸다.

"보아하니 이번에는 불계 대사가 패했구려. 다음에 그들을 만나면 이 이야기는 꺼내지도 말고 싸움도 걸지 마시오. 그러지 않으면 천하의 영웅호걸들이 불계 대사가 도곡육선에게 패한 것을 알게 될 테니, 불계 대사의 체면이 어찌 되겠소?"

도근선과 도화선은 연신 고개를 주억거렸다.

"그래, 그래. 다음에 만나도 모른 척할게. 그래야 두 사람 다 낯을 들고 다닐 수 있잖아."

"어서 다른 형제들 혈도부터 풀어주시오. 아마 답답해서 죽을 지경일 거요."

영호충은 그렇게 말하며 도화선의 혈도를 풀어준 뒤 재빨리 밖으로 나와 문을 닫았다. 귀 따가운 그들 형제들의 입씨름을 듣지 않기 위해서였다.

정악이 웃으며 물었다.

"장문 사형, 저 사람들 왜 저런대요?"

진견이 깔깔거리며 대답했다.

"탑 쌓기 놀이를 하는 것 같아요."

이 말을 들은 도화선이 방 안에서 소리를 질렀다.

"이봐, 꼬마 여승, 말조심해! 누가 탑 쌓기 놀이를 한대?"

진견은 웃으면서 대꾸했다.

"나는 꼬마 여승이 아니에요!"

"여승들과 함께 있으니까 너도 여승이지, 아니긴 뭐가 아니야?"

"그럼 영호 장문도 여승이게요?"

"당신들도 우리와 함께 있으니 모두 여승이네요!"

진견과 정악이 한마디씩 하자 도근선과 도화선은 반박할 말이 없어, 너 때문에 여승이 되었다며 서로를 탓하기 시작했다.

영호충과 의화 등은 한참을 기다렸지만 도곡육선은 나올 생각을 하지 않았다. 영호충이 다시 안으로 들어갔더니, 도화선은 형제들의 혈도를 풀어주지도 않고 낄낄거리며 방 안을 왔다갔다 하고 있었다. 영호충은 어쩔 수 없이 손수 그들의 혈도를 풀어준 뒤 재빨리 밖으로 나왔다. 안에서 우당탕 쾅쾅 하는 소란스러운 소리가 들려오자 영호충은 히죽거리며 물러났다.

골목 어귀를 돌아 몇 장 걸어나가자 밭 옆으로 이어지는 오솔길이 나타났다. 길가에 선 복숭아나무에는 탐스러운 꽃봉오리가 한가득 피어, 따스한 봄바람이 불면 웅긋웅긋 꽃을 틔울 것 같았다.

'복숭아꽃은 저렇게나 고운데 도곡육선은 늘 괴상한 짓만 하니, 도저히 복숭아와 연결을 지을 수가 없단 말이야.'

그는 한가롭게 산책을 하다가 이제는 싸움이 끝났겠거니 싶어 함께 술이나 할까 하고 돌아섰다. 그런데 뒤에서 자박자박 발소리가 나고 여자의 목소리가 들려왔다.

"장문 사형!"

의림이었다. 그녀는 그에게 달려와 물었다.

"여쭈어볼 것이 있어요. 괜찮을까요?"

영호충은 미소를 지었다.

"물론이오. 무슨 일이오?"

"장문 사형은 임 대소저가 더 좋으세요, 아니면 화산파의 소사매가 더 좋으세요?"

당혹스러운 질문에 영호충은 겸연쩍은 얼굴로 되물었다.

"갑자기 왜 그런 질문을 하시오?"

"의화 사저와 의청 사저가 물어보라 하셨어요."

영호충은 더욱 알쏭달쏭해져 빙그레 웃었다.

"무엇 때문에 그런 질문을 하라고 했소?"

의림은 고개를 숙이며 말했다.

"영호 사형, 저는 사형과 소사매의 일을 아무에게도 말하지 않았어요. 지난번에 의화 사저가 악 소저에게 상처를 입혔을 때 의진 사저와 의령 사저가 사형의 명을 받아 약을 주러 갔지만 화산파는 그 약을 받기는커녕 두 분을 쫓아냈어요. 하지만 사형께서 화를 내실까 봐 아무도 말은 하지 않았지요. 게다가 우 아주머니와 의문 사저가 장문 취임식을 알리러 화산에 갔을 때는 숫제 두 분을 억류하기까지 했어요."

영호충은 흠칫 놀랐다.

"그걸 어떻게 알았소?"

의림은 망설이며 대답했다.

"전백… 불가불계가 해준 이야기예요."

"전백광이?"

"예, 사형이 흑목애로 떠나신 뒤에 사저들은 그를 화산에 보내 소식을 알아보게 했어요."

영호충은 고개를 끄덕였다.

"전백광은 경공이 뛰어나니 들키지 않고 탐문할 수 있었겠지. 소식을 전하러 갔던 사람들을 그가 직접 보았소?"

"그랬대요. 하지만 화산파가 엄하게 지키고 있어서 그들을 물리치지 않고서는 구할 수가 없었대요. 다행히 두 분이 고생하는 것 같지는 않다고 해서, 저는 그에게 글을 보내 무슨 일이 있어도 화산파와 척을 지지 말고 사람을 해치지도 말라고 했어요."

영호충은 빙그레 웃었다.

"글까지 보내다니, 과연 사부 노릇을 톡톡히 했구려!"

의림은 얼굴을 발그레하게 물들이며 말했다.

"저는 견성봉에 있고 그 사람은 통원곡에 있으니 할 말이 있으면 글을 써서 일하는 아주머니를 통해 전달하곤 했어요."

"잘했소. 그냥 농을 한 거라오. 그나저나 전백광은 뭐라고 했소?"

"그 사람 말로는 화산에서 경사가 있었대요. 사형의 예전 사부님께서 사위를 맞으셨다는…."

그 말이 떨어지는 순간 영호충의 안색이 싹 변하자, 의림은 가슴이 철렁해 입을 다물었다.

영호충은 목이 메고 숨이 막혀 말조차 제대로 할 수 없었다.

"계… 계속 말해보시오. 괜찮… 괜찮소."

자기 것이라고 믿을 수도 없을 만치 까슬까슬한 목소리였다.

의림이 부드럽게 말했다.

"영호 사형, 너무 슬퍼 마세요. 의화 사저와 의청 사저는, 임 대소저가 마교 사람이지만 아름답고 무공도 높은 데다 사형께 일편단심이니 그 점만큼은 악 소저보다 열 배는 더 낫다고 하셨어요."

영호충은 쓴웃음을 지었다.

"내가 슬퍼할 이유가 어디 있소? 소사매가 의지할 곳을 찾았다니 응당 기뻐해줘야지. 그래서… 전백광은 소사매를… 보았소…?"

"화산 옥녀봉은 비단을 드리우고 등을 환하게 켜 무척 경사스러운 분위기였대요. 각문각파에서 온 하객들도 많았고요. 하지만 악 선생은 우리를 적으로 여기는지 소식조차 전하지 않으셨어요."

영호충은 고개를 끄덕였다.

의림이 말을 이었다.

"우 아주머니와 의문 사저는 좋은 뜻으로 소식을 전하러 화산까지 갔어요. 답례나 축하 사절을 보내지 않은 것은 어쩔 수 없지만, 어째서 그분들을 붙잡아두었을까요?"

영호충은 충격으로 넋이 나가 아무 대답도 할 수가 없었다.

의림이 다시 말했다.

"의화 사저와 의청 사저는 화산파가 너무 예의가 없으니 우리도 겸손을 차릴 필요가 없다고 했어요. 숭산에서 만나면 사람들 앞에서 이 사실을 밝히고 사저들을 풀어달라고 해야 한대요. 그래도 풀어주지 않으면 직접 나서서 구하겠다고요."

영호충은 또다시 고개를 끄덕였다. 낙심해 넋이 나간 듯한 그의 표정에 의림은 안타까운 듯 가만히 한숨을 쉬고는 부드럽게 말했다.

"영호 사형, 부디 몸 생각도 하세요."

그녀가 돌아서서 천천히 걸음을 옮기자 영호충이 갑자기 소리쳐 불렀다.

"사매!"

의림이 걸음을 멈추고 돌아보자 영호충이 물었다.

"소사매와 혼인한 사람은… 바로…?"

의림이 고개를 끄덕였다.

"맞아요. 바로 임씨 성을 가진 그 사람이에요."

그녀는 영호충에게 총총히 다가와 오른손 소맷자락을 잡으며 말했다.

"영호 사형, 그 사람은 사형의 발치에도 못 미치는 사람이에요. 악 소저는 보는 눈이 없어서 그 사람에게 시집을 간 것뿐이에요. 사저들은 사형의 마음을 생각해서 그 사실을 숨겼지만, 도곡육선에게 들으니 아버지와 불가불계도 부근에 있는 모양이고, 불가불계는 사형을 보면 필시 사실대로 털어놓을 거예요. 설사 불가불계가 말하지 않아도 며칠 후 숭산에 당도하면 악 소저와 그 남편을 만나게 될 텐데, 그때 악 소저의 달라진 복장을 보고 혹시… 혹시라도 마음이 흔들려 대사를 그르칠까 봐…. 모두들 임 대소저가 곁에 있었으면 좋았을 거라고 하면서, 사형이 보는 눈도 없고 양심도 없는 악 소저는 그만 잊으시도록 저더러 잘 달래보라고 했어요."

영호충은 쓴웃음을 지었다.

'다들 내게 관심이 많구나. 내가 마음 아파할까 봐 오는 내내 더욱 세심하게 보살펴주었던 거야.'

문득 손등에 물이 뚝뚝 떨어지는 것을 느끼고 어리둥절해서 고개를 들자 의림이 눈물을 흘리고 있었다. 그는 놀라 물었다.

"왜… 왜 그러시오?"

의림은 처연한 목소리로 대답했다.

"사형께서 슬퍼… 슬퍼하시는 것을 견딜 수가 없어요. 영호 사형, 울고 싶으면 그냥… 그냥 울어버리세요."

영호충은 껄껄 웃었다.

"울어 무엇 하겠소? 이 영호충은 못된 방탕아인지라 사부님과 사모님께 버림받고 사문에서도 쫓겨났소. 소사매가 왜… 왜… 이런… 하하하!"

그는 보란 듯이 웃으며 산길 쪽으로 달려갔다. 아무 생각 없이 20리를 넘게 내달리자 인적 없는 들판이 나타났다. 가슴속에서 끓어오르는 슬픔을 참다못한 그는 땅에 털썩 쓰러져 방성통곡했다. 그렇게 한참을 울었더니 울분이 조금 가라앉는 것 같았다.

'눈이 퉁퉁 부었을 테니 지금 돌아가면 의화나 의청에게 웃음거리가 되겠지. 부기가 가라앉기를 기다렸다가 가는 것이 좋겠어.'

하지만 다소 걱정이 되기도 했다.

'내가 오랫동안 소식이 없으면 다들 걱정할 텐데…. 대장부는 울 때는 울고 웃을 때는 웃을 줄 알아야 해. 이 영호충이 악영산을 짝사랑한다는 사실은 세상이 다 아는데, 그녀에게 버림받고서 슬퍼하지도 않으면 도리어 더 가식적으로 보일 거야.'

그는 벌떡 일어나 마을 끝자락에 있는 사당으로 돌아갔다. 도처로 사람을 보내 그를 찾던 의화와 의청은 그가 제 발로 돌아오자 몹시 기뻐하며 퉁퉁 부은 눈을 보고도 아무 말도 하지 않았다. 그의 마음을 아는 듯 탁자에는 이미 술과 안주가 차려져 있었다. 영호충은 혼자 술을 마시다가 흠뻑 취해 탁자에 엎드린 채 곯아떨어졌다.

며칠 후 일행은 숭산 기슭에 도착했다. 보름까지는 아직 이틀이라는 시간이 남아 있었다. 영호충은 날짜가 되기를 기다렸다가 제자들을 이끌고 산으로 올라갔다. 산중턱에 이르자 숭산파 제자 네 명이 마중 나와 공손하게 예를 갖췄다.

"숭산의 말학이 항산파 영호 장문을 영접하러 나왔습니다. 좌 장문께서 기다리고 계십니다."

그들이 이어서 말했다.

"태산파와 형산파, 화산파의 사백님과 사숙님, 사형들은 어제 모두 도착하셨습니다. 영호 장문과 사저들께서도 이렇게 와주셨으니 실로 저희 숭산파의 영광입니다."

올라가는 산길은 청소를 해서 깨끗했고, 몇 리마다 숭산파 제자들이 서서 차나 간식을 대접했다. 숭산파에서 귀빈 대접에 신경을 많이 쓴 모양인데, 이것만 봐도 좌냉선이 오악파 장문인 자리를 얼마나 절실히 노리고 있는지 짐작할 만했다.

얼마쯤 가자 또 다른 숭산파 제자들이 마중을 나왔다. 그들은 영호충에게 인사하며 말했다.

"곤륜파와 아미파, 공동파, 청성파의 장문인과 선배 명숙들도 오악파 장문인 선출 대회에 참석하기 위해서 숭산에 오시기로 하셨습니다. 곤륜파와 청성파는 이미 도착했습니다. 영호 장문께서 때맞춰 잘 오셨습니다. 모두 위에서 기다리고 계십니다."

자신감이 넘치는 표정이나 말투로 보아, 오악파 장문 자리는 말할 것도 없이 숭산파의 차지라고 철석같이 믿고 있는 것 같았다.

좀 더 걷자 천둥이라도 치는 것 같은 물소리가 귀를 때렸다. 절벽 꼭대기에서 새하얀 물보라 두 줄기가 아래로 쏟아지는 소리였다. 폭포수는 굽이굽이 소용돌이를 이루며 달음질치듯 아래로 쏟아지고 있었다. 일행은 폭포 옆으로 난 길을 따라 봉우리로 올라갔다.

길을 안내하던 숭산파 제자가 말했다.

"이곳은 승관봉勝觀峯이라 합니다. 영호 장문, 이곳 경치가 항산에 비해 어떻습니까?"

"항산은 영험하고 숭산은 장엄하여 둘 다 각자의 아름다움이 있소."

"숭산은 천하의 한가운데 자리하여 한나라와 당나라 때는 도읍지에 속하기도 했습니다. 천하에 두루 선 산들 중에서도 으뜸이라 할 수 있지요. 이 장엄한 기상을 보십시오. 역대 황제들이 이 숭산 기슭에 도읍지를 정할 만하지 않습니까?"

숭산이 모든 산들의 우두머리니, 숭산파 역시 모든 파들의 우두머리가 되어야 한다는 의미가 다분한 말이었다. 영호충은 빙그레 웃으며 대답했다.

"우리 같은 강호인들이 황제나 귀족들과 무슨 관계가 있는지 모르겠구려. 좌 장문께서 관부와 교분이라도 맺으셨소?"

숭산파 제자는 얼굴이 벌게진 채 대답하지 못했다.

산세는 점점 더 가팔라졌다. 좀 더 올라가자 안내하던 숭산파 제자가 이곳저곳을 가리키며 말했다.

"이곳은 청강봉青岡峯, 청강평青岡坪이라 하고, 저곳은 대철량협大鐵梁峽과 소철량협小鐵梁峽입니다."

철량협의 오른쪽에는 기암괴석이 가득했고, 왼쪽에는 깊이를 모를 낭떠러지가 펼쳐져 있었다. 숭산파 제자 한 명이 큼직한 돌멩이를 주워 낭떠러지로 던졌다. 처음에는 바위가 절벽에 부딪히며 내는 소리가 천둥치듯 요란했지만 갈수록 잦아들어 종국에는 전혀 들리지 않았다.

"사형, 오늘 숭산에 몇 분이 와 계시오?"

의화가 불쑥 물었다.

"적어도 2천 명은 될 것입니다."

"손님들이 오실 때마다 바위를 던져 위세를 부리니 얼마 안 있으면 저 골짜기가 바위로 가득 차겠구려."

그녀의 말에 숭산파 제자는 대답 없이 콧방귀를 뀌었다.

산굽이를 돌자 뿌연 운무가 낀 산길에 10여 명의 대한들이 무기를 움켜쥐고 서서 길을 막고 있었다. 누군가 음산한 목소리로 말했다.

"영호충은 언제 오는가? 혹시 그자를 보았으면 알려주게."

그렇게 말하는 사람은 음침하게 가라앉은 얼굴에 뾰족뾰족한 수염을 기르고 두 눈이 먼 맹인이었다. 다른 사람들도 똑같이 눈이 먼 것을 확인한 영호충은 가슴이 철렁하는 것을 느끼며 외쳤다.

"내가 영호충이오. 무슨 일로 나를 찾으시오?"

그 말이 떨어지는 순간 길을 막았던 맹인 10여 명이 일제히 고함을 치며 무기를 들고 달려들었다.

"영호충, 네 이놈! 네놈 때문에 이 꼴이 되어 갖은 고생을 겪었다! 오늘 네놈이 죽든 내가 죽든 결판을 내자!"

영호충은 정신이 번쩍 들었다.

'약왕묘에서 기습을 당했을 때 갓 배운 독고구검으로 적들의 눈을 찔러 맹인으로 만들었지. 여태 그들이 누군지 모르고 있었는데, 이제 보니 숭산파가 보낸 자들이었구나. 여기서 다시 만나게 될 줄이야.'

험한 산길에서 저들 중 누구라도 그를 안고 늘어지면 천길만길 낭떠러지로 떨어질 것이 불 보듯 뻔했다. 그러나 숭산파 제자들은 남의 불행이 자신의 행복이라도 되는 양 히죽거릴 뿐 막을 생각이 없어 보였다.

'내가 용천 주검곡에서 숭산파 사람을 적잖이 죽였으니, 이곳에서는 사사건건 조심해야겠구나.'

영호충은 이렇게 생각하며 숭산파 제자에게 말했다.

"저 눈먼 분들도 숭산파 문하요? 길을 비켜달라고 해주시오."

숭산파 제자는 웃으며 대답했다.

"저들은 본 파 제자가 아니니 제가 말해도 듣지 않을 겁니다. 영호 장문께서 알아서 처리하셔야겠습니다."

그때 뒤에서 누군가 쩌렁쩌렁하게 외쳤다.

"이 어르신이 처리해주마!"

다름 아닌 불계 화상이었다. 그의 뒤에는 불가불계 전백광이 따르고 있었다. 불계 화상은 성큼성큼 다가와 단숨에 숭산파 제자 둘을 움켜쥐더니 맹인들을 향해 휙 던지며 외쳤다.

"자, 영호충이 간다!"

맹인들이 검과 칼을 어지럽게 휘둘렀다. 숭산파 제자들도 무공이 약하지는 않았지만 허공에 뜬 상태에서는 검을 뽑아 막을 방도가 없었다.

"같은 편이오! 어서 비키시오!"

그들이 황급히 외치자 맹인들은 허둥지둥 피하느라 이리 엉키고 저리 엉켜 아수라장을 연출했다.

불계 화상이 또다시 숭산파 제자 둘을 번쩍 들어올렸다.

"저놈들이 비키지 않으면 네놈들도 던져버리겠다!"

그가 외치며 두 팔을 번쩍 휘둘러 두 사람을 높이 집어던졌다. 무지막지한 팔심에 단숨에 일고여덟 장 높이로 날아오른 두 사람은 혼비백산해 비명을 질러댔다. 이대로 떨어지면 낭떠러지로 곤두박질쳐 순식간에 곤죽이 될 것이 분명했다.

불계 화상은 그들이 아래로 떨어질 때쯤 두 팔을 쭉 뻗어 뒷덜미를 움켜잡았다.

"한 번 더 해볼 테냐?"

그가 으름장을 놓자 그중 한 명이 황급히 대답했다.

"아, 아닙니다!"

눈치 빠른 다른 사람도 소리 높여 외쳤다.

"영호충, 어디로 달아나느냐? 친구들, 어서 쫓으시오! 영호충이 산 위로 달아났소!"

맹인들은 그 말을 곧이곧대로 믿고 다급히 산 위로 내달렸다. 전백광이 노한 소리로 말했다.

"누가 영호 장문의 함자를 함부로 부르라더냐?"

그는 두 사람의 따귀를 철썩철썩 올려붙이고는 큰 소리로 외쳤다.

"영호 대협께서는 여기 계시다! 눈먼 장님들아, 자신이 있거든 이리 와서 영호 장문의 검을 받아보아라!"

본디 그 맹인들은 숭산파의 부추김으로 눈을 잃은 원한을 떠올리고, 분통을 참지 못해 복수를 하려고 이곳을 지키던 중이었다. 그러나 숭산파 제자들의 참혹한 비명 소리에 심장이 덜컥 내려앉았고 앞이 보이지도 않는데 이리 오라 저리 가라 해대자 갈피를 잡지 못하고 망연히 그 자리에 멈춰설 수밖에 없었다.

영호충과 불계 화상, 전백광, 항산파 제자들은 그런 그들을 지나쳐 위로 올라갔다.

갑자기 봉우리가 뚝 끊기고 자연적으로 생겨난 문이 눈앞에 나타났다. 길이 끊긴 곳에서부터 매서운 바람이 구름을 안고 씽씽 불어와 그들을 덮쳤다.

"이곳은 어디냐? 여태껏 잘만 나불대더니 갑자기 벙어리라도 되었느냐?"

불계 화상이 소리치자 숭산파 제자는 울상을 지으며 대답했다.

"이곳은 조천문朝天門입니다."

일행은 서북쪽으로 방향을 꺾었다. 얼마쯤 걷자 봉우리 꼭대기가 훤히 보이는 너른 공터가 나타났다. 셀 수 없이 많은 사람들이 이 공터에 모여 있었다. 길을 안내한 숭산파 제자가 허둥지둥 달려가 보고했고, 곧이어 영호충 일행을 환영하는 흥겨운 북소리가 울렸다.

누런 장포를 걸친 좌냉선이 제자 스무 명을 이끌고 다가와 두 손을 포개 들며 인사했다. 영호충은 항산파 장문인이지만 예전부터 그를 '좌 사백'이라 불러왔던 터라 허리를 숙여 예를 갖췄다.

"영호충이 숭산파 장문인께 인사드리오."

"못 본 사이 영호 형제의 풍채가 훨씬 좋아졌구려. 이렇게 훌륭하고 젊은 분이 항산파를 관장하다니 무림 역사상 미증유의 일이오. 참으로 축하하오."

항상 무표정하고 말투가 차가운 좌냉선은 지금도 '축하한다'고 말은 하지만 얼굴에서는 전혀 축하하는 표정을 찾아볼 수 없었다.

영호충은 그의 말 속에 담긴 비아냥거림을 알아차렸다. '무림 역사상 미증유의 일'이라는 것은 남자가 여승들의 우두머리가 된 것을 비웃은 것이고, '훌륭하고 젊은 분'이라는 표현도 결코 호의에서 나온 말이 아니었다.

"이 몸이 정한 사태의 유명을 받들어 항산파를 맡은 것은 오로지 두 분 사태의 원수를 갚고자 하는 마음에서였소. 복수가 끝나면 응당 더 훌륭한 사람에게 자리를 물려줄 것이오."

영호충은 이렇게 말하면서 좌냉선의 두 눈을 똑바로 들여다보았다. 그가 부끄러운 기색을 띠는지, 아니면 이를 갈며 분노하는지 확인하기 위해서였지만, 뜻밖에도 좌냉선은 얼굴 근육조차 꿈틀대지 않고 태연스레 말했다.

"오악검파는 늘 한 형제나 다름없었고, 오늘부터는 한 문파가 될 것이오. 정한 사태와 정일 사태의 피 맺힌 복수는 비단 항산파만의 일이 아니라 우리 오악파의 일이오. 영호 형제가 복수할 마음을 갖고 있다니 잘되었구려."

그는 잠시 뜸을 들였다가 다시 말을 이었다.

"태산의 천문 진인과 형산의 막대 선생, 화산의 악 선생, 그리고 축하하러 온 무림의 친구들이 모두 도착했소. 가서 만나보시오."

"알겠소. 소림파 방증 대사와 무당파 충허 도장께서도 오셨소?"

영호충이 묻자 좌냉선은 담담하게 대답했다.

"두 분은 여기서 가까운 곳에 계시지만 신분이 신분이니만큼 이 자리에 오시지는 않을 것이오."

그러면서 영호충을 흘끗 바라보는 그의 눈동자에는 원망이 가득 담겨 있었다. 영호충은 당황스러웠지만 곧 깨달았다.

'두 분은 내가 항산파 장문인이 되는 자리에 축하하러 오셨지만 오늘은 오시지 않으리라 생각하는군. 그래서 두 분은 물론이고 특히 내게 원망을 품은 거야.'

그때 산길 쪽에서 누런 옷을 입은 제자 두 명이 헐레벌떡 달려왔다. 몹시 시급한 소식이 있는 것이 분명해 보여 봉우리 위에 모여 있던 사람들이 약속이나 한 듯 그쪽을 바라보았다.

얼마 후 좌냉선 앞에 도착한 그들이 헐떡이며 보고했다.

"사부님, 축하드립니다. 소림의 방장이신 방증 대사와 무당의 장문인 충허 도장께서 문하 제자들을 이끌고 오고 계십니다."

"두 분께서 오셨다고? 허, 참으로 감사한 일이구나. 어서 맞으러 가야겠다."

마치 아무 일도 아닌 것 같은 태도였지만, 가까이에 있던 영호충은 기쁨을 이기지 못한 그의 옷소매가 파르르 떨리는 것을 볼 수 있었다. 모여 있던 호걸들 중 제법 많은 사람들이 소림 방장과 무당 장문인이 온다는 소식에 벌떡 일어나 좌냉선을 따라 내려갔다.

영호충과 항산파 제자들은 옆으로 물러나 사람들에게 길을 터주었다.

들은 대로 태산파 천문 진인과 형산파 막대 선생, 그리고 개방 방주 해풍, 청성파 장문인 여창해, 문 선생 등 여러 선배 명숙들이 와 있었다. 영호충은 그들과 일일이 인사를 나눴다.

그때 담장 뒤에서 또 다른 무리가 걸어나왔다. 사부와 사모, 그리고 화산파의 제자들이었다. 그는 가슴이 찡해져 황급히 그들에게 다가가 무릎을 꿇고 고개를 숙였다.

"영호충이 두 분께 인사드립니다."

악불군은 옆으로 비켜서며 쌀쌀하게 말했다.

"영호 장문께서 어찌 이리 과한 예를 차리시오? 남들이 보면 웃지 않겠소?"

영호충은 그래도 꿋꿋이 절을 끝내고 일어서서 옆으로 비켰다. 악부인이 눈시울을 붉히며 말했다.

"항산파의 장문인이 되었다고 들었다. 앞으로 행동을 삼가고 조심한다면 편히 살 날이 올 거야."

악불군은 냉소를 터뜨렸다.

"영호 장문이 행동을 삼가고 조심한다면 해가 서쪽에서 뜰 것이오. 장문인이 된 첫날 방문좌도의 무리 천 명을 항산파에 받아들였는데 그것이 어찌 삼가고 조심하는 행동이라 할 수 있겠소? 게다가 대마두 임아행과 손을 잡고 동방불패를 죽임으로써 임아행이 마교 교주 자리를 되찾도록 도왔다 하더구려. 항산파의 장문인이 마교의 내분에 나섰으니 이만큼 어마어마한 소동이 또 있겠소?"

영호충은 할 말이 없어 고개만 주억거리다가 재빨리 화제를 돌렸다.

"오늘 이 모임에서 좌 사백께서는 오악검파를 합병해 오악파로 만들려고 하시는 것 같습니다. 두 분께서는 어찌 생각하십니까?"

악불군이 되물었다.

"영호 장문의 생각은 어떻소?"

"제자는…."

악불군은 빙긋 웃으며 손을 내저었다.

"제자라는 말은 거두시오. 혹여 영호 장문이 화산에서의 옛정을 조금이나마 기억한다면… 그렇다면…."

쉽게 꺼낼 수 있는 말이 아니었던지 그는 잠시 머뭇거렸다. 화산파에서 축출된 이후로 악불군에게 이런 은근한 대우를 받아본 적이 없는 영호충은 황급히 말했다.

"무슨 분부라도 있으시면 말씀하십시오. 제자… 아니, 소생이 반드시 따르겠습니다."

악불군은 고개를 끄덕이며 말했다.

"분부랄 것까지는 없소. 허나 우리같이 무학을 익힌 사람이라면 정사와 시비를 명확히 구분할 줄 알아야 하오. 영호 장문을 화산파에 머무르지 못하게 한 것은 나와 안사람에게 나쁜 마음이 있어서가 아니라 영호 장문의 과오를 용서할 수 없었기 때문이오. 영호 장문은 무림의 금기를 깨뜨렸소. 그러니 아무리 어려서부터 보살피고 친아들처럼 길렀다 하나 사사로이 편을 들 수가 없었던 것이오."

그 말을 듣자 영호충의 눈에서는 눈물이 펑펑 쏟아졌다. 그는 목멘 소리로 대답했다.

"사부님과 사모님의 크나큰 은혜는 몸이 부서지도록 노력해도 다 갚지 못할 겁니다."

악불군은 위로하듯 그의 어깨를 두드렸다.

"지난번 소림사에서 서로 무기를 맞대었을 때, 나는 초식을 통해 내 뜻을 전하려 했소. 영호 장문이 마음을 돌려 다시금 화산 문하로 들어오기를 바랐건만, 영호 장문은 끝내 고집을 피우며 따르지 않았소. 그때 내가 얼마나 낙심했는지 모르오."

영호충은 고개를 푹 숙였다.

"제자가 소림사에서 사부님께 한 짓은 죽어 마땅합니다. 사부님 문하에 다시 들어가는 것이야말로 제 필생의 소원입니다."

악불군은 미소를 지었다.

"허허, 입으로만 해보는 말일 거요. 항산파의 장문인으로서 제자들을 호령하며 마음먹은 대로 할 수 있으니 얼마나 즐겁고 자유롭겠소? 구태여 우리 부부 문하에 들어올 까닭이 무엇이오? 더구나 내 어찌 영호 장문같이 무공이 높은 분의 사부가 될 수 있겠소?"

이렇게 말하면서 그는 악 부인을 흘끗 바라보았다.

훨씬 누그러진 말투에서 자신을 다시 제자로 받아들일 뜻이 있음을 읽은 영호충은 기쁨을 이기지 못하고 털썩 꿇어앉았다.

"사부님, 사모님. 제자는 크나큰 악행을 저질렀지만 이제부터라도 지난 잘못을 깨끗이 뉘우치고 사부님과 사모님의 가르침만을 따르겠습니다. 두 분께서 자비를 베풀어 저를 거두어주신다면 다시 화산으로 돌아가고 싶습니다."

그때 산길에서 왁자한 사람 소리가 들려왔다. 호걸들이 방증 대사와 충허 도인을 에워싸고 봉우리를 오르고 있었다. 이를 본 악불군은 재빨리 나지막하게 속삭였다.

"일어나거라. 그 일은 나중에 차차 논의하자."

"감사합니다! 사부님, 사모님!"

영호충은 기쁜 마음으로 머리를 조아린 후 일어났다.

악 부인은 슬픔과 기쁨이 교차하는 얼굴로 말했다.

"네 소사매는 지난달에 화산에서 평지와 성… 성혼을 했단다."

그 목소리에는 근심이 짙게 배어 있었다. 영호충이 오로지 악영산 때문에 화산으로 돌아오고자 하는데 그녀가 이미 시집을 갔다는 소식을 들으면 크게 실망할까 걱정스러웠던 것이다.

영호충은 씁쓸한 마음으로 고개를 돌려 악영산을 바라보았다. 그녀는 이제 새색시 차림을 하고 있었다. 옷가지와 장신구는 눈부시도록 화려했지만, 지난날과 다름없이 앳된 얼굴에서는 갓 혼례를 올린 신부다운 광채나 행복한 표정은 찾아볼 수 없었다. 영호충과 시선이 마주치자 그녀는 얼굴을 붉히며 고개를 숙였다.

영호충은 묵직한 망치에 명치를 힘껏 두드려맞기라도 한 듯 눈앞에 별이 반짝이고 머리가 어질어질해 똑바로 서 있을 수가 없었다. 그런 그의 귓가에 인자한 목소리가 들려왔다.

"영호 장문, 우리보다 멀리서 출발하셨을 텐데 일찍 도착하셨구려. 소림사와 준극선원峻極禪院은 지척이건만 빈승이 한참 늦었소."

영호충은 누군가가 왼팔을 잡아 부축해주는 것을 느끼고 억지로 정신을 차렸다. 방증 대사가 환하게 웃는 얼굴로 앞에 서 있는 것을 보자 그는 황급히 고개를 숙였다.

"예, 그렇게 되었습니다!"

좌냉선이 낭랑하게 외쳤다.

"자, 이제 인사는 그만합시다. 수천 명이 모두 인사를 하려면 내일까지도 끝이 나지 않을 것이오. 다들 선원으로 들어가 좌정합시다."

숭산 꼭대기는 예로부터 '준극峻極'이라 불렸다. 이곳에 세워진 준극선원은 불교의 사찰이었지만 나중에 도교의 사당으로 바뀌었고, 최근 100여 년 동안은 숭산파 장문인의 거처로 사용되었다. 좌냉선의 이름에도 '선禪' 자가 들어가지만, 불문의 제자는 아닌 데다 그 무공 또한 도교에 속해 있었다.

준극선원 안에는 오래된 측백나무가 우거져 있을 뿐 불상은 없었다. 대전의 규모가 소림사의 대웅전만큼 크거나 웅장하지 않았기 때문에 들어간 사람이 천 명도 되기 전에 답답할 정도로 꽉 차, 뒤에 있는 사람들은 발 디딜 틈도 없었다.

좌냉선이 외쳤다.

"우리 오악검파의 모임에 무림동도들께서 이렇듯 발걸음을 해주시니 참으로 영광이오. 이렇게 많은 분들이 오실 줄 모르고 이것밖에 준비하지 못했으니 부디 너무 탓하지 말아주시오."

하객들 가운데 누군가 답례하듯 외쳤다.

"대접이야 신경 쓰지 않으셔도 되오만, 사람이 너무 많아서 서 있을 자리가 없소이다."

"후원을 지나 200보쯤 올라가면 옛 황제들이 숭산에서 봉선을 할 때 만든 봉선대封禪臺가 있소. 그곳이 훨씬 터가 넓지만, 우리 같은 일반 백성들이 봉선대에서 모임을 가졌다는 소문이 흘러나가면 식견이 있는 사람들에게 분수를 모른다는 신랄한 비웃음을 살 것이오."

고대 황제들은 자신의 공덕을 기리기 위해 태산이나 숭산에서 봉선을 거행해 하늘에 제를 올리곤 했는데, 이는 나라의 큰 행사이기도 했다. 그러나 거친 강호인들이 '봉선'의 의미를 알 리 만무했다. 사람이 꽉 들어찬 대전에서 앉아 있기는커녕 시원하게 숨쉬기조차 어려워지자, 여기저기서 소란이 일었다.

"우리가 황제에게 모반을 하겠다는 것도 아닌데, 그런 좋은 곳이 있다면 구태여 이곳에 있을 까닭이 어디 있소? 말하기 좋아하는 자들이야 마음대로 떠들라고 하시오!"

그러는 사이 벌써 몇 사람이 자리를 박차고 후원으로 나갔다.

"그렇다면 어쩔 수 없구려. 모두 봉선대로 올라갑시다."

좌냉선이 허락하자 영호충은 속으로 코웃음을 쳤다.

'무슨 일이건 주도면밀하게 움직이는 좌냉선이 설마하니 이렇게 좁고 북적이는 곳에서 대사를 논의하려 했을라고? 일찍부터 봉선대를 점찍어두었지만 제 입으로 말하기 민망하니 다른 사람들이 주장하도록 유도했을 뿐이야.'

그는 고개를 설레설레 저었다.

'대체 봉선대에 무슨 준비를 해두었을까? 황제와 관련이 있는 곳이라 하더니, 정말 사람들을 모아놓고 황제 행세를 하려는 것은 아니겠지? 방증 대사와 충허 도장께서는 좌냉선이 오악검파를 합병한 뒤 일월신교를 물리치고 소림과 무당을 병탄할 야심을 품고 있다 하셨는데, 좌냉선이나 동방불패나 하는 생각은 매한가지로구나. 천추만재, 일통강호!'

그는 사람들을 따라 봉선대로 올라가면서 다시금 생각에 잠겼다.

'사부님은 내가 잘못을 뉘우치면 다시 화산파에 받아들이겠다는 투로 말씀하셨어. 얼마 전만 해도 그렇게 엄하고 쌀쌀하시던 분이 어째서 갑자기 태도를 바꾸셨을까? 그렇지, 내가 항산에서 행실을 바르게 하고 문호를 어지럽히지 않는 것을 지켜보고 마음을 푸신 거야. 소사매를 임 사제에게 시집보내셨으니 미안한 마음도 드셨을 테고, 《자하비급》과 〈벽사검보〉를 훔쳤다는 오해도 풀린 데다 사모님께서 재삼 권유하시니 결국 생각을 바꾸셨겠지. 좌냉선이 네 문파를 집어삼키려는 판국이니 화산파 장문인인 사부님께서도 적극 대항하실 수밖에 없어. 나와 손을 잡아 힘껏 화산파를 보호하기 위해서라도, 내게 호의를 보이셔야 했을 거야. 그래, 사부님의 바람을 저버리지 말고 전력을 다해 도와야지. 그러면 화산파뿐만 아니라 항산파도 보호할 수 있어.'

봉선대는 잘 다듬은 커다란 바위를 쌓아 만든 제단이었다. 정으로 매끈매끈하게 갈아낸 표면은 유리처럼 고르고 평평해서, 황제들이 하늘에 기도를 올리기 위해 얼마나 많은 석공들이 혹사를 당했는지 눈앞에 선했다. 자세히 살펴보던 영호충은 몇몇 바위에 새롭게 끌을 댄 자국이 있는 것을 발견했다. 눈속임으로 이끼를 발라두었지만 새로 보강한 것이 분명했는데, 아마도 이 봉선대가 오랜 세월을 견디지 못해 군데군데 무너지자 좌냉선이 사람을 시켜 보수한 모양이었다. 하지만 진실은 덮을수록 드러나는 법, 엉성한 눈속임이 도리어 그의 옳지 못한 생각을 빤히 보이게 했다.

높고도 널찍한 숭산 꼭대기에 올라오자 하객들은 가슴이 뻥 뚫리는 것 같았다. 이 봉우리는 세상의 중심에 우뚝 서서 봉우리들을 두루 내려다보고 있었다. 마침 구름 한 점 없는 맑은 날씨여서 시야를 가리는 것도 없었다.

영호충은 북쪽을 바라보았다. 멀리 성고成皐(황하를 낀 낙양 부근 지명)의 옥문 너머로 황하가 실낱같이 가느다란 선을 그리며 흐르고 있었다. 서쪽으로는 낙양 이궐伊闕(낙양 남쪽의 지명)이 희미하게 보이고, 동쪽과 남쪽은 산봉우리가 첩첩이 장벽을 쌓아올리고 있었다.

노인 세 명이 남쪽을 가리키며 나누는 이야기 소리가 들려왔다.

"저것이 대웅봉大熊峯이고 저것은 소웅봉小熊峯일세. 서로 마주보고 서 있는 저 봉우리 두 개는 쌍규봉雙圭峯이고, 구름을 뚫고 솟은 세 봉우리는 삼첨봉三尖峯이라네."

"저기 저 봉우리는 소림사가 있는 소실산이로구먼. 지난번 소림사에 갔을 때만 해도 소실산이 무척이나 높아 보였는데, 여기서 보니 소림사도 숭산 발치에 있었네그려."

노인들은 무엇이 즐거운지 소리 높여 껄껄 웃었다. 숭산파 복장은 아니었지만 산을 핑계 삼아 의도적으로 숭산파를 치켜세우고 소림파를 깎아내리려는 의도가 숨어 있었다. 세 사람 모두 눈빛이 형형해 내공이 무척 높은 듯했는데, 영호충은 좌냉선이 이 자리에 자신을 도와줄 고수들을 적지 않게 불러모았다는 것을 알 수 있었다. 변고가 생기면 벌떼처럼 일어날 사람들이 결코 숭산파 제자들만은 아닐 터였다.

좌냉선은 방증 대사와 충허 도인을 봉선대 위로 청해 자리를 권했다. 방증 대사가 웃으며 말했다.

"우리는 이 일과는 무관한 아둔한 늙은이일 뿐이오. 구경이나 하고 축하를 드릴까 해서 왔는데, 공연히 무대에 올라보았자 망신이나 당하기밖에 더하겠소?"

"그리 남처럼 말씀하시니 섭섭합니다."

좌냉선이 겸손하게 말하자 충허 도인이 권했다.

"하객들이 모두 도착한 것 같으니 우리 같은 늙은이들일랑 신경 쓰지 말고 어서 가서 소임을 다하시오."

"그리하겠습니다."

좌냉선은 두 사람에게 포권하여 예를 차린 후 계단을 밟고 봉선대 위로 올라갔다. 수십 계단을 올랐어도 꼭대기까지는 여전히 한 장여쯤 거리가 있었지만, 그는 그곳에 멈춰 서서 낭랑하게 외쳤다.

"이 자리에 오신 친구분들께 고하오!"

숭산 꼭대기는 바람이 몹시 강했고 하객들도 경치 구경을 하느라 드문드문 흩어져 있었지만, 그의 이 한마디는 마치 옆에서 말하는 것처럼 귀에 쏙쏙 들어왔다.

하객들이 일제히 고개를 돌려 그를 바라보더니 천천히 봉선대 주위로 모여들기 시작했다.

좌냉선은 그들에게 포권하며 말했다.

"여러분께서 이 좌냉선의 낯을 보아 이곳 숭산까지 왕림해주셨으니 감사한 마음이 가시지 않소. 이 자리에 오시기 전에 이미 풍문으로 들었으리라 생각하오만, 오늘은 우리 오악검파가 일심동체가 되어 하나의 문파로 합병하는 기쁜 날이오."

봉선대 아래에서 수백 명쯤 되는 사람들이 손뼉을 치며 외쳤다.

"아무렴, 들었고말고. 축하하오, 참으로 축하하오!"

좌냉선이 말을 이었다.

"모두 앉아주시오. 탁자와 의자는 마련하지 못했으나 부디 탓하지 마시기 바라오."

하객들은 모두 자리를 잡고 앉았다. 각 문파에서 온 제자들도 장문인이 앉는 것을 보고 따라 앉았다.

좌냉선이 외쳤다.

"우리 오악검파는 한 뿌리고, 100여 년 동안 결맹을 맺어 이미 한집안이나 다름이 없소. 이 몸이 오악검파의 맹주가 된 지도 벌써 몇 년이 지났소. 한데 최근 무림에 크고 작은 사건들이 잇달아 일어나 오악검파를 위협하기에, 이 몸은 오악검파의 선배들과 상의하여 문파를 하나로 병합해서 일사불란하게 움직인다면 훗날 큰 어려움이 닥쳐도 쉽게 무너지지 않으리라는 결론을 내렸소."

그때 누군가 싸늘한 목소리로 물었다.

"맹주께서는 대체 어느 문파의 선배들과 상의하셨소? 이 몸은 들은 적이 없소만."

바로 형산파 장문인 막대 선생이었다. 형산파는 합병에 찬성하지 않는다는 의견을 분명히 밝힌 것이었다.

좌냉선이 여유롭게 말했다.

"방금 말했듯 무림에는 크고 작은 사고가 잇따르고 있소. 그 사고들 중에는 우리 오악검파 사람들이 동맹 관계조차 돌보지 않고 서로 죽고 죽이는 일도 있었소. 막대 선생, 숭산파 제자 대숭양수 비빈은 형산성 밖에서 목숨을 잃었소. 누군가 막대 선생이 독수를 쓰는 것을 목격했다고 하는데, 정말 그런 일이 있었소?"

막대 선생은 가슴이 철렁했다.

'내가 비빈을 죽이는 것을 본 사람은 유 사제와 곡양, 영호충, 그리고 항산파의 어린 여승뿐이다. 그중 두 사람은 죽었고…. 영호충이 술에 취해 실언을 했거나 나이 어린 여승이 세상 물정 모르고 소문을 낸 것인가?'

봉선대 아래 수천 개의 시선이 막대 선생의 얼굴로 날아들었지만, 그는 태연자약하게 고개를 저었다.

"그렇지 않소! 이 몸의 부족한 솜씨로 어떻게 대숭양수 같은 고수를 죽일 수 있겠소?"

좌냉선은 차가운 웃음을 흘렸다.

"물론 정정당당하게 싸웠다면 막대 선생의 힘으로는 비 사제를 죽일 수 없소만, 방심한 사이 공격한다면 아무리 무공이 고강한 고수라도 형산파의 변화무쌍한 검법을 당해내지 못할 것이오. 우리 숭산파는 비 사제의 시신을 자세히 살폈소. 일부러 여기저기 상처를 내 혼란을 가중시켰지만, 목숨을 앗아간 상처를 숨기지는 못했소. 진실은 아무리 숨기려 해도 언젠가는 밝혀지는 법이오."

막대 선생은 그 말에 겨우 안도하며 고개를 내저었다.

"아무렇게나 한 추측일 뿐 증거가 없지 않소?"

목격자가 실수로 소문을 낸 것이 아니라 비빈의 시신에 난 상처를 보고 추리한 것이니, 딱 잡아떼면 그만이었다. 하지만 어찌 되었건 이런 의심으로 인해 형산파와 숭산파 사이에 틈이 벌어진 것은 사실이라, 오늘 살아서 숭산을 내려갈 수 있을지 장담할 수 없게 되고 말았다.

좌냉선은 지지 않고 말했다.

"우리 오악검파가 하나가 되는 것은 오악검파가 생긴 이래 가장 중대한 사안이오. 막대 선생, 선생과 나는 일파의 장문인으로서 응당 사사로운 원한보다는 대사를 먼저 생각해야 하오. 각 문파에 이득이 된다면 개인적인 은원은 잠시 미뤄야 할 것이오. 비 사제의 일은 너무 걱정할 것 없소. 비 사제는 나의 사제이나, 오악검파가 합병한 뒤에는 막대 선생께서 이 몸의 사형이 되시지 않겠소? 죽은 사람을 되살릴 수도 없는데, 산 사람들끼리 원한을 이어갈 필요가 어디 있겠소?"

듣기에는 평화로운 말이었지만, 그 속뜻은 달랐다. 막대 선생이 합병에 찬성하면 비빈을 죽인 일을 덮어주겠지만, 그러지 않으면 반드시 밝혀내 복수를 하겠다는 위협이었다. 그는 막대 선생을 똑바로 바라보며 다시 물었다.

"그렇지 않소, 막 형?"

막대 선생은 가타부타 대답하지 않고 코웃음만 쳤다.

좌냉선은 가식적인 미소를 지으며 말했다.

"남악 형산파는 합병에 이의가 없는 것으로 알겠소. 천문 도형, 동악 태산파의 견해는 어떻소?"

천문 진인이 일어나 종을 치듯 쩌렁쩌렁한 목소리로 말했다.

"태산파는 조사이신 동령東靈 도장께서 문파를 창건하신 후로 300년이 넘게 흘렀소. 빈도는 덕도 없고 재능도 없어 태산파의 이름을 빛내지는 못했으나, 그 무슨 말을 해도 300년 이어진 역사를 내 손에서 끊을 생각은 추호도 없소이다. 합병 제안에는 결코 따를 수 없소."

태산파 제자들 중 백발이 성성한 도인이 일어나 외쳤다.

"천문 사질, 그 말은 틀렸네. 이 일은 4대에 걸친 400명 제자들의 앞날이 달려 있네. 오로지 자네의 사심만으로 우리 태산파에 이득을 가져다줄 대업을 막아서는 아니 되네."

백발의 도인은 얼굴이 비쩍 말라 아무 힘도 없어 보였지만, 목소리에는 진기가 충만했다. 누군가 그를 알아본 사람이 소리 죽여 속삭였다.

"천문 진인의 사숙인 옥기자玉璣子로군."

본래 불그스름한 천문 진인의 얼굴은 옥기자의 말에 불꽃처럼 시뻘겋게 달아올랐다.

"사숙, 무슨 말씀이십니까? 제가 본 파를 맡은 이래 본 파의 명예와 안녕을 생각지 않은 적이 한 번이라도 있었습니까? 합병을 반대하는 까닭도 태산파를 보존하기 위해서인데 그것이 어찌 사심이라는 말씀입니까?"

옥기자는 히죽 웃었다.

"오악검파가 합병하면 오악파의 명성이 드높아지고 문하 제자들 또한 득을 보는 것은 당연한 이치일세. 허나 사질은 장문인 노릇을 계속하지 못하겠지."

천문 진인은 분노가 폭발해 저도 모르게 큰 소리로 외쳤다.

"장문 자리쯤이야 내려오면 그뿐입니다. 허나 제 눈에 흙이 들어가기 전에는 다른 문파가 우리 태산파를 집어삼키는 것을 보고만 있지는 않겠습니다!"

"허허, 말은 퍽이나 그럴싸하지만 결국 장문 자리가 아까운 거겠지."

"진심으로 그리 생각하십니까?"

천문 진인은 얼굴이 붉으락푸르락하며 품에서 거무튀튀한 철제 단검을 꺼내 들었다.

"지금 이 순간부터 장문인 자리를 내어놓지요! 그리 원하시면 사숙께서 맡으십시오!"

평범하기 짝이 없는 철검이었지만 비교적 나이가 많은 오악검파 사람들은 그것이 태산파의 시조인 동령 도인의 유물임을 알아보았다. 300여 년 동안 전해내려오는 귀중한 태산파 장문인의 신물이었다.

옥기자는 위협하듯 천문 진인에게 바짝 다가서며 냉소 띤 얼굴로 물었다.

"정말 내놓아도 아깝지 않겠나?"

천문 진인은 더욱더 화가 났다.

"아까울 것이 무에 있겠습니까?"

"그렇다면야 내가 받아줌세!"

옥기자는 놓칠세라 재빨리 오른손을 내밀어 천문 진인이 든 철검을 낚아챘다. 정말로 이렇게 될 줄은 꿈에도 생각지 못한 천문 진인은 멈칫하는 사이 철검을 빼앗기자 앞뒤 생각지 않고 허리에 찬 검을 뽑았다. 옥기자는 뒤로 훌쩍 몸을 물렸고, 늙은 도인 두 명이 푸른 검광을 쏟아내며 나타나 천문 진인 앞을 가로막았다.

"천문, 감히 하극상을 범하려느냐? 본 파의 문규를 잊었느냐?"

그렇게 외치는 두 사람은 역시 천문 진인의 사숙인 옥경자玉磬子와 옥음자玉音子였다. 사숙들이 이렇게 나오자 천문 진인은 분노를 참지 못하고 몸을 부들부들 떨었다.

"사숙들께서도 보시지 않으셨습니까? 옥기… 옥기 사숙께서 방금 무엇을 하셨는지…!"

"오냐, 똑똑히 보았다. 네가 본 파의 장문 자리를 옥기 사형에게 넘기더구나. 현명한 사람에게 자리를 양보하는 것은 백번 옳은 일이지."

"옥기 사형은 네 사숙이고 지금은 본 파의 장문인이시다. 그분 앞에서 검을 뽑아 들고 무례하게 구는 것은 조사를 능멸하고 질서를 어지럽히는 대죄다!"

천문 진인은 억지를 부리며 도리어 자신을 책망하는 사숙들의 말에 화를 참지 못하고 버럭 외쳤다.

"잠시 화가 나서 해본 말입니다. 어찌 장문 자리를… 아무에게나 넘길 수 있겠습니까? 설사 제가 물러나더라도… 허, 제기랄! 옥기에게는 결단코 넘기지 않을 겁니다!"

분노에 휩싸인 그가 저도 모르게 욕설을 내뱉자 옥음자는 기다렸다는 듯이 일갈했다.

"그 무슨 천박한 말투인가? 그러고서야 어찌 장문인이라 할 수 있겠나?"

태산파 무리 속에서 중년의 도인 한 명이 벌떡 일어나 외쳤다.

"본 파의 장문인은 사부님이십니다! 사숙조들께서는 대체 무슨 꿍꿍이로 그런 말씀을 하십니까?"

그 도인은 건제建除라는 도호를 가진 천문 진인의 둘째 제자였다. 그 말이 끝나기 무섭게 또 다른 사람이 외쳤다.

"천문 사형이 사부님께 장문 자리를 넘기는 것을 여기 숭산에 모인 수천 명이 똑똑히 보았는데 거짓이라고 우길 테냐? 천문 사형은 분명히 '지금 이 순간부터 장문 자리를 내어놓겠다. 원하시면 직접 맡으시라'고 하셨는데 네 귀에는 그리 들리지 않더냐?"

그 도인은 옥기자의 제자였다.

태산파 제자 100여 명이 일제히 소리를 질렀다.

"옛 장문인이 물러나고 새 장문인이 나셨다! 옛 장문인이 물러나고 새 장문인이 나셨다!"

천문 진인은 태산파의 종문宗門(한 문파의 종가) 제자였고 그의 사문은 문파 내에서 가장 큰 세력을 형성하고 있었지만, 사숙 여럿이 합심해 맞서고, 데려온 제자 200여 명 가운데 160여 명이 돌아서자 당해낼 재간이 없었다.

옥기자는 철검을 높이 쳐들며 말했다.

"이 철제 단검은 조사께서 사용하시던 무기로, 이 철검을 보면 조사를 대하듯 하라는 말씀을 남기셨다. 태산파 제자로서 어찌 그 유훈을 따르지 않을 수 있느냐?"

"장문인의 말씀이 옳습니다!"

100여 명이 입을 모아 외치는 가운데 누군가가 한술 더 떠 부추겼다.

"도리를 거슬러 소란을 일으키고 문규를 지키지 않는 자는 당장 잡아 족쳐야 합니다!"

이 광경을 지켜본 영호충은 금세 좌냉선이 몰래 꾸민 계략이라는 것을 알아차렸다. 성미가 급한 천문 진인이 충동질을 견디지 못하고 덜컥 그 함정에 빠지고 만 것이었다. 덕분에 든든한 핑곗거리를 찾아낸 반란파가 우세해지자, 임기응변에 재주가 없는 천문 진인은 하릴없이 길길이 날뛰기만 할 뿐 뾰족한 수를 마련해내지 못했다.

영호충은 화산파 쪽으로 시선을 돌렸지만, 사부는 아무 표정 없는 얼굴로 뒷짐을 지고 지켜보기만 했다.

'사부님도 옥기자가 한 짓이 온당치 못하다고 생각하시지만, 사태의 추이를 지켜보려고 나서지 않으시는 거야. 나도 사부님이 하시는 대로 하는 것이 좋겠다.'

옥기자가 왼손을 까딱이자, 그에게 영합한 태산파 제자 160여 명이 번개같이 무리에서 벗어나 검을 뽑아 들고 나머지 50여 명의 동문들을 에워쌌다. 포위당한 50여 명은 말할 것도 없이 천문 진인의 제자들이었다.

천문 진인이 노호를 터뜨렸다.

"정말 싸우겠다는 것이냐? 오냐, 어디 죽기 살기로 싸워보자!"

반면 옥기자는 여유로웠다.

"천문은 들어라. 태산파 장문인으로서 명하니 속히 검을 버리고 항복하라. 조사님의 유훈을 어길 참이냐?"

"퉤! 누가 사숙을 본 파의 장문인으로 임명했습니까?"

"천문의 제자들도 들어라. 이 일은 너희와는 무관하니 무기를 버리고 귀순하면 추궁하지 않을 것이다. 허나 그러지 않으면 엄벌에 처하겠다."

건제 도인이 큰 소리로 대답했다.

"조사님의 철검에 대고 조사님께서 피땀 흘려 일으키신 태산파의 이름을 강호에서 지우지 않겠다고 맹세하십시오! 그렇게만 한다면 장문인으로 인정해줄 수도 있지만, 장문인이 되자마자 본 파를 숭산파에 갖다 바친다면 천고의 죄인이 됨은 물론이고, 죽어서도 조사님 앞에 얼굴을 들지 못할 것입니다!"

옥음자가 냉큼 호통을 쳤다.

"이마에 피도 안 마른 어린놈이 어디서 감히 옥자 항렬 선배님께 야불야불 대드느냐? 오악검파가 합병하면 숭산파의 이름도 사라지는 것은 마찬가지다. 오악파의 '오악'에는 모름지기 태산파의 이름도 들어 있는데 무엇이 문제라는 거냐?"

천문 진인이 여전히 노여움에 찬 목소리로 외쳤다.

"모조리 좌냉선에게 매수당해 못된 꿍꿍이를 품었구나! 흥! 나를 죽일 수는 있어도 숭산파 밑으로 들어오라는 말은 결코 받아들일 수 없다!"

옥기자가 싸늘하게 말했다.

"장문인이 철검으로 내린 명령을 거역하면, 패가망신하고 묻힐 곳조차 없게 될 것이다."

그런 협박에도 천문 진인은 아랑곳하지 않았다.

"태산파에 충성을 바치는 제자들은 들어라! 나와 함께 죽을 때까지 싸워 이 숭산에 충렬의 피를 뿌리자!"

그의 주위에 있던 제자들이 일제히 외쳤다.

"죽을 때까지 싸우자! 투항은 없다!"

그 수는 적지만, 한 명 한 명의 얼굴에서 단호하고 굳은 결심이 엿보였다. 옥기자는 머릿속으로 주판을 튕겼다. 따르는 제자들을 시켜 그들을 포위 공격하더라도 단숨에 쓰러뜨린다는 보장이 없을 뿐 아니라, 수천 명의 호걸들이 지켜보는 앞이고, 소림의 방증 대사와 무당의 충허 도인 같은 사람들이 머릿수로 밀어붙이는 동문 살육전을 수수방

관할 리도 없었다. 이 때문에 옥기자와 옥경자, 옥음자는 서로 눈치만 볼 뿐, 결단을 내리지 못했다.

그때, 멀리 왼쪽 구석에서 하품 섞인 목소리가 들려왔다.

"이 어르신이 천하를 두루 다니면서 수많은 영웅호걸들을 만나보았지만, 말을 뱉어내자마자 뒤집는 소인배는 참으로 오랜만이구나."

사람들의 시선은 자연스레 소리 나는 쪽으로 향했다. 베옷을 입은 남자가 커다란 바위에 비스듬히 기대서서 삿갓으로 부채질을 하고 있었다. 그는 마른 몸집에 실눈을 뜬 채 팔랑팔랑 삿갓을 흔들며 마치 별 대수로운 일도 아니라는 듯한 얼굴을 하고 있었다. 그가 누군지 아는 사람은 아무도 없었고, 더욱이 누구를 가리켜 욕을 한 것인지도 명확하지 않았다.

그 남자가 다시 말했다.

"명백히 네 입으로 장문인 자리를 내놓겠다 했는데, 설마하니 말이 아니라 방귀였더냐? 천문 진인, 오늘부터는 차라리 방귀 진인이라고 이름을 바꿔라."

그제야 그가 같은 편이라는 것을 알아차린 옥기자 일행이 들으라는 듯이 큰 소리로 웃어댔다. 천문 진인의 얼굴이 시뻘겋게 달아올랐다.

"태산파의 일이니 외부인은 나서지 마라!"

베옷을 입은 남자는 여전히 나른한 목소리로 말했다.

"이 어르신은 눈에 거슬리는 일을 못 본 척 넘기는 성미가 못 된다."

별안간 그의 몸이 번쩍 날아올라 번개처럼 옥기자 일행의 포위망을 뚫고 들어가더니, 왼손에 든 삿갓이 천문 진인의 머리 위로 벼락같이 떨어졌다. 천문 진인은 막을 생각조차 않고 검을 쭉 뻗어 그 남자의 가슴을 찔렀다. 남자는 와락 몸을 숙여 천문 진인의 가랑이 사이로 쑥 빠져나간 뒤 오른손으로 땅을 짚고 몸을 뱅그르르 돌렸다. 퍽 하는 소리와 함께 그의 발이 천문 진인의 등을 호되게 걷어찼다. 신기할 정도로 괴상한 초식이요, 움직임이었다. 이 자리에 있는 영웅들은 제각기 절기를 지닌 고수들이었지만, 그 남자가 펼친 초식은 평생 처음 보는 것이었다. 미처 막지 못한 천문 진인은 그 발길질 한 번에 혈도를 제압당하고 말았다.

곁에 있던 제자 몇몇이 검을 뽑아 베옷 입은 남자를 찔러갔다. 남자는 껄껄 웃으며 천문 진인의 등을 붙잡고 방패처럼 검 앞에 내밀었다. 놀란 제자들이 황급히 검을 물리자 남자가 큰 소리로 외쳤다.

"검을 버려라! 그러지 않으면 이 땡도사놈의 목을 비틀어버리겠다!"

그의 오른손이 정수리에 묶어올린 천문 진인의 상투를 움켜쥐었다. 절세의 무공을 지닌 천문 진인은 이런 모욕을 당하고도 아무런 반항조차 하지 못하자 분노와 수치심으로 얼굴이 벌겋다못해 시퍼렇게 변해갔다. 베옷 입은 남자가 두 손에 조금만 힘을 주어도 천문 진인의 목은 마른 풀잎처럼 푹 꺾이고 말 터였다.

건제가 따졌다.

"비겁하게 기습을 하다니, 영웅호걸이라 할 수 없소! 귀하는 대체 누구시오?"

남자는 왼손을 번쩍 쳐들었다가 철썩 소리가 나도록 천문 진인의 뺨을 올려붙이고는 나른한 목소리로 말했다.

"누구든 이 어르신에게 무례한 짓을 하면 그 사부에게 화풀이를 해주마."

눈앞에서 사부가 모욕을 당하자 천문 진인의 제자들은 놀라움과 분노에 휩싸여 손에 든 검을 꽉 움켜쥐었다. 동시에 공격하면 순식간에 상대를 고슴도치처럼 만들 수 있었지만, 천문 진인이 붙잡혀 있으니 빈대 잡으려다 초가삼간을 태울까 봐 경거망동할 수가 없었다.

"더러운 짐승 같은 놈…!"

견디다못한 젊은 도사가 욕지거리를 하자 베옷 입은 남자는 기다렸다는 듯이 천문 진인의 빰을 철썩 때렸다.

"네놈 제자들은 추잡한 욕 말고는 할 줄 모르느냐?"

"으아아악!"

참다못한 천문 진인이 괴성을 지르더니, 고개를 홱 돌려 입에 머금은 시뻘건 피를 베옷 입은 남자의 얼굴에 와락 뱉었다. 남자는 깜짝 놀라 잡았던 손을 놓았지만 이미 늦은 후였다. 순식간에 얼굴과 머리에 피를 뒤집어쓴 그가 멈칫하는 사이, 천문 진인의 양손이 그의 머리를 끌어안았다. 두 손 사이에서 우두둑하고 소름 끼치는 소리가 나면서 남자의 목이 괴상한 각도로 꺾였다. 천문 진인이 오른손을 휘두르자 남자의 몸은 수 장 밖으로 날아가 땅으로 곤두박질치더니 몇 번 움찔하다가 축 늘어졌다.

본디 우뚝하고 건장한 천문 진인의 몸은 그 순간 유난히도 위맹해 보였고, 얼굴까지 시뻘건 피로 범벅이 되어 마주보기만 해도 두려움에 심장이 덜덜 떨릴 정도였다.

잠시 후, 그가 또다시 괴성을 지르며 바닥으로 꽈당 쓰러졌다.

베옷 입은 남자의 기습적이고 괴상한 초식에 손 한 번 쓰지 못하고 당한 천문 진인은 호걸들 앞에서 모욕을 받자 솟아오르는 분노를 참을 길이 없어 죽음을 무릅쓰고 진기로 자신의 경맥을 끊은 것이었다. 덕분에 막힌 혈도가 풀리고 분노의 일격을 퍼부어 적을 쓰러뜨릴 수 있었지만, 경맥이 망가진 그 자신도 더는 살아 있을 수가 없었다.

천문 진인의 제자들이 사부를 부르며 부축하러 달려갔을 때는 이미 숨이 끊어진 후였다. 제자들은 이 어이없는 죽음에 소리 내 통곡을 터뜨렸다.

그때 누군가 물었다.

"좌 장문, 청해일효青海一梟 같은 자를 시켜 천문 진인을 괴롭히다니, 너무 과하지 않소?"

사람들의 시선이 또다시 소리 나는 쪽으로 돌아갔다. 목소리의 주인공은 초라한 차림의 노인이었다. 이 자리에 모인 호걸들은 그의 이름이 하삼칠이고, 평소 멜대를 메고 방방곡곡의 골목을 돌아다니며 혼돈을 판다는 것을 알고 있었지만, 천문 진인을 기습한 남자가 누군지는 아무도 몰랐다. 비록 하삼칠이 청해일효라고 밝혀주었지만, 청해일효가 어디서 무엇을 하는 사람인지 아는 사람은 손에 꼽을 정도였다.

좌냉선이 대답했다.

"허, 재미있는 말씀이오. 저기 저 계季 형은 오늘 처음 만난 분인데 어찌 이 몸이 사주했다는 말이오?"

"좌 장문이 청해일효와는 초면일지 모르나, 저자의 사부인 백판살성白板煞星과는 꽤 깊은 인연이 있지 않소?"

'백판살성'이라는 이름이 나오자 사람들이 술렁이기 시작했다. 영호충도 아주 오래전 사모에게서 들었던 그 이름을 가까스로 기억해냈다. 악영산이 예닐곱 살쯤 되었을 때 툭하면 울음을 터뜨리곤 했는데,

악 부인은 그때마다 딸에게 이렇게 을렀다.

"자꾸 울면 백판살성에게 잡혀간다!"

"사모님, 백판살성이 뭐예요?"

옆에 있던 영호충이 호기심에 묻자 사모가 대답했다.

"백판살성은 대악인이란다. 자주 우는 아이들을 잡아먹는 괴물이야. 코가 없어 평평한 얼굴이 허연 나무판 같다고 해서 백판이라고 불리지."

그 말을 들은 악영산은 더럭 겁이 나 울음을 뚝 그치곤 했다.

오래된 옛일을 떠올리자 영호충은 저도 모르게 악영산을 바라보았다. 하지만 악영산은 멀리 푸르른 산봉우리만 가만히 바라보고 있을 뿐이었다. 무슨 근심거리라도 있는 듯 미간에 시름이 묻어 있어, 하삼칠의 입에서 나온 백판살성이라는 이름에는 신경 쓸 겨를이 없어 보였다. 어쩌면 어렸을 때 어머니에게 들은 이야기는 진작 잊어버렸는지도 모를 일이었다.

'서로 죽고 못 살 만큼 좋아하던 임 사제와 혼례를 올렸으니 행복이 넘쳐야 할 새신부가 어째서 저런 표정일까? 마음에 들지 않는 일이라도 있었나? 혹시 새신랑과 싸우기라도 한 것일까?'

영호충은 의아해하며 악영산 옆에 선 임평지를 바라보았다. 그는 웃는 것 같기도 하고 화가 난 것 같기도 한 이상야릇한 표정을 짓고 있었다. 그 표정을 보자 저도 모르게 가슴이 철렁했다.

'저건 무슨 표정이지? 누군가 저런 표정 지은 걸 본 것 같은데….'

어디선가 본 듯한 표정이었지만 떠오를 듯 떠오를 듯하면서도 확실히 기억이 나지 않았다.

그때 좌냉선이 말했다.

"옥기 도형, 태산파 장문인이 되신 것을 축하하오. 옥기 도형께서는 오악검파의 합병에 대해 어떻게 생각하시오?"

좌냉선이 하삼칠의 질문에 대답하지 않고 슬그머니 말을 돌리는 것은, 백판살성과 교분이 있다는 것을 인정한다는 뜻이나 다름없었다. 백판살성은 스무 해가 넘도록 악명을 떨쳤지만, 그를 직접 만나 쓰라린 맛을 본 사람은 얼마 없었기 때문에 강호인들 대부분은 그가 추악한 얼굴로 인해 악명을 얻은 것이 아닐까 하고 생각해왔다. 그런데 그 제자라는 청해일효가 오늘 한 짓을 보니 그 스승도 필시 정파의 인물일 것 같지는 않았다.

옥기자는 철검을 움켜쥔 채 득의양양하게 말했다.

"오악검파의 합병은 다섯 문파의 모든 사람에게 유익하기 짝이 없는 일이지, 추호도 나쁜 일이 아닙니다. 천문 진인처럼 사사로운 욕심으로 모두의 이익을 무시하고 제 자리 지키기에만 바쁜 자들이나 합병에 반대하겠지요. 좌 맹주, 이제 소인이 태산파를 맡게 되었으니 태산파는 오악검파의 합병에 대찬성입니다. 태산파의 제자들은 좌 어르신의 휘하에서 진력하고, 어르신의 뒤를 따라 오악파를 빛내는 데 힘을 쏟겠습니다. 악의를 가진 자가 그 앞길을 가로막으면 우리 태산파가 제일 먼저 그자를 처단하겠습니다."

그를 따르는 태산파 제자 160여 명이 일제히 소리를 질렀다.

"태산파는 일심으로 합병에 찬성합니다. 감히 이의를 제기하는 자가 있으면 우리 태산파가 결코 두고 보지 않겠습니다!"

그 수는 많지 않았지만 입이 딱딱 맞았기 때문에 외침 소리가 산을 쩌렁쩌렁 울렸다.

영호충은 쓴웃음을 지었다.

'사전에 충분히 연습을 한 모양이군. 그렇지 않고서야 비록 합병에 찬성하더라도 저 많은 사람이 토씨 하나 틀리지 않고 똑같은 말을 할 수는 없어.'

그보다 더 우스운 것은 옥기자가 좌냉선을 '어르신'이라고 부르며 벌써부터 그 휘하에 들어간 양 공손한 말투를 쓰는 것이었다. 좌냉선이 뒤에서 제법 큼직한 이득을 쥐여주었거나 잔인하게 그 목을 틀어쥐어 따를 수밖에 없도록 손을 쓴 것이 분명했다.

천문 진인의 제자들은 사부가 참혹한 죽음을 맞고 대세마저 기울자 아무 말도 할 수가 없었다. 이를 갈며 저주를 퍼붓거나 주먹을 부르쥐며 분노를 터뜨리는 것이 고작이었다.

좌냉선이 낭랑하게 외쳤다.

"오악검파 가운데 형산파와 태산파는 합병에 찬성했소. 아무래도 합병이 대세인 것 같구려. 이 합병은 서로에게 이득을 가져다주고 손해는 없으니, 우리 숭산파도 다수의 뜻에 따라 찬성하는 쪽에 서겠소."

영호충은 속으로 냉소를 터뜨렸다.

'제 손으로 일을 꾸며놓고 겉으로는 시치미를 뚝 떼는구나. 제안은 남이 했고, 자신은 그저 따르는 척만 하겠다?'

좌냉선의 말이 이어졌다.

"이제 오악검파 가운데 세 문파가 동의했소. 항산파의 뜻은 어떻소? 항산파의 전 장문인이신 정한 사태는 이 문제를 놓고 몇 차례 이 몸과 이야기를 나누면서 적극 찬성한다는 뜻을 비치셨소. 정정 사태와 정일 사태도 같은 의견이셨소."

검은 옷을 입은 항산파 제자들 가운데 누군가가 맑고 청아한 목소리로 대답했다.

"좌 장문, 말씀이 틀리셨습니다. 사백님들과 저희 사부님께서는 살아생전 오악검파의 합병은 몹시 잘못되었다고 하시며 극력으로 반대하셨습니다. 세 분께서 잇달아 불행을 당하신 것 또한 합병에 반대하셨기 때문이지요. 한데 어찌 좌 장문의 뜻을 밀어붙이기 위해 세 분까지 끌어들이십니까?"

사람들이 소리 나는 쪽을 바라보니 단아하고 동글동글한 얼굴의 처녀였다. 바로 언변에 능한 정악이었는데, 아직 어리고 강호에 나선 적이 드물어 그녀를 알아보는 사람은 거의 없었다.

좌냉선이 대답했다.

"낭자의 사백이신 정한 사태는 무공이 고강하실 뿐 아니라 범상치 않은 식견을 지니시어 오악검파에서도 손꼽는 분이셨소. 나 또한 항상 그분을 존중하고 우러러왔으나, 불행히도 소림사에서 간악한 자의 손에 쓰러지셨소. 그분께서 아직 무탈하게 세상에 살아 계셨다면 오악파의 장문 자리는 필연코 그분에게 돌아갔을 것이오."

그는 잠시 멈췄다가 말을 이었다.

"지난번 세 분 사태들과 합병에 관해 이야기를 나눌 때, 나는 합병을 하지 않으면 모를까, 만에 하나 합병한다면 정한 사태께서 오악파의 장문인을 맡으셔야 한다고 적극적으로 주장했소. 당시 정한 사태께서는 겸손하게 사양하셨으나, 내가 정성을 다해 추거하자 결국에는 강경하게 거부하지는 않으셨소. 아아, 참으로 애석한 일이오…! 불문의 여협女俠께서 큰 공을 이루기도 전에 소림사에서 스러지시다니, 통탄을 금할 수가 없구려."

두 번이나 소림사를 들먹여 정한 사태의 죽음을 은근히 소림파 책임으로 떠넘기려는 수작이었다. 소림파 제자가 직접 정한 사태를 죽인 것은 아니지만, 무학의 성지라 불리는 소림사에서 무공 고수 두 명이 죽었으니 소림파가 공모한 것이 아니라 하더라도, 흉수를 눈감아주었거나 방비에 소홀했다는 비난을 피할 수는 없었다.

갑자기 거칠거칠한 목소리가 울려퍼졌다.

"좌 장문, 그 말은 틀렸어. 내가 정한 사태와 이야기를 나눠봤는데, 그분은 좌 장문을 오악파의 장문인으로 추거하셨다고…."

좌냉선이 내심 기뻐하며 그쪽을 돌아보니, 말처럼 길쭉한 얼굴에 찢어진 눈을 가진 괴상하게 생긴 남자였다. 누군지는 모르지만 검은 옷을 입은 것을 보면 항산파 사람이 분명했다. 그 곁에는 생김새가 비슷하고 똑같은 옷을 입은 다섯 사람이 서 있었다. 그들이 도곡육선임을 모르는 좌냉선은 속으로 뛸 듯이 기뻐하면서도 겉으로는 태연하게 말했다.

"귀하의 존성대명이 어찌 되시오? 물론 정한 사태께서 그런 말씀을 꺼내기는 하셨으나, 나 같은 사람이 어찌 그분에 비할 수 있겠소?"

먼저 말을 붙였던 도근선이 큰 소리로 이름을 밝혔다.

"나는 도근선이고, 여기 이쪽은 내 형제들이야."

"여러분의 명성은 오래도록 흠모해왔소이다."

도지선이 나섰다.

"우리를 흠모해왔다고? 무엇 때문에? 우리 무공이 고강하기 때문이야, 아니면 우리 식견이 범상치 않기 때문이야?"

좌냉선도 성불우를 갈기갈기 찢어 죽인 도곡육선의 이야기를 들어 알고 있었지만, 방금 자신에게 유리한 말을 해주었기에 미소 띤 얼굴로 대답했다.

"여섯 분 모두 무공이 고강하시고 식견이 범상치 않으시다 듣고 흠모하던 차였소."

도간선이 말했다.

"우리 무공은 별거 없어. 우리 여섯을 다 합치면 가까스로 좌 맹주를 이길 수는 있지만, 혼자서 싸우면 상대도 안 돼."

도화선도 말했다.

"하지만 식견이라면 우리가 좌 장문보다 조금 낫지."

좌냉선은 눈꼬리를 추켜올리며 가볍게 콧방귀를 뀌었다.

"그리 생각하시오?"

"물론이지. 정한 사태도 그렇게 말씀하셨다고."

도화선이 고개를 끄덕이며 말하자 도엽선이 재깍 나서서 설명했다.

"정한 사태와 정정 사태, 정일 사태 세 분이 나하고 오악검파 합병 문제로 이야기를 한 적이 있거든. 그때 정일 사태는 '오악검파가 합병하지 않으면 모를까, 만에 하나 합병한다면 숭산파 좌냉선 선생에게 장문인을 맡겨야 하오'라고 했어. 어때, 이 말이 믿겨?"

좌냉선은 속으로 몹시 기뻐하면서도 겉으로는 차분하게 대답했다.

"정일 사태께서 이 몸을 그리 높이 보아주셨다니 몸 둘 바를 모르겠구려."

도근선이 다시 말했다.

"그리 좋아할 것 없어. 정정 사태는 이렇게 말했거든. '당세 영웅호걸 중에도 숭산파의 좌 장문은 손에 꼽을 만한 인물이니 잠시 오악파의 장문 자리를 맡겨놓을 수는 있소. 하지만 사심이 많고 도량이 좁아 사람을 받아들이지 못하여 장문인이 되면 우리 항산파 여제자들은 고생이 이만저만이 아닐 거요'라고 말이야."

도근선이 그 말을 받았다.

"그랬더니 정한 사태는 '공평무사함으로 따지자면 여섯 분만 한 인물이 없소. 이분들은 무공이 고강하실 뿐 아니라 식견도 범상치 않으시니 충분히 오악파의 장문인을 맡고도 남음이 있을 것이오'라고 말했어."

좌냉선은 냉소를 지었다.

"여섯 분이라면 누구를 말함이신지?"

도화선이 뻔뻔하게 대답했다.

"당연히 우리 형제들이지."

그 말이 떨어지기 무섭게 봉선대에 모여 있던 수천 명의 영웅들이 와하하 웃음을 터뜨렸다. 태반은 도곡육선을 오늘 처음 만난 사람들이었지만, 생김새가 괴상망측하고 행동 또한 익살스러운 그들이 스스로 영웅입네 하고 '무공이 고강하고 식견이 범상치 않다'는 둥 뻔뻔한 칭찬을 늘어놓자 웃음이 터지지 않을 수가 없었던 것이다.

도지선은 아랑곳없이 말했다.

"정한 사태가 '여섯 분'이라는 말을 꺼냈을 때 정정 사태와 정일 사태도 자연스레 우리 형제를 떠올리고 박수를 치며 동조했어. 정일 사태는 뭐라고 했는지 알아? 혹시 기억나는 사람?"

도실선이 대답했다.

"당연히 기억하지. 그때 정일 사태는 '도곡육선이라… 소림파 방증 대사에 비하면 식견이 떨어지고, 무당파 충허 도장에 비하면 무공이 약하지만 오악검파 안에서는 그만한 사람이 없지요. 사저들 생각은 어떠십니까?'라고 물었고, 정정 사태는 '나는 그리 생각지 않네. 정한 사매의 무공이나 식견도 결코 도곡육선보다 못하지 않지. 허나 안타깝게도 우리는 여자이고 또 출가인이 아닌가? 오악파의 장문인은 수천 명에 이르는 영웅들의 수령이니 사매가 맡기에는 적당치 않아. 그러니 도곡육선을 추거하는 것이 좋겠네'라고 대답했어."

도엽선이 덧붙였다.

"맞아. 그리고 정한 사태는 고개를 끄덕이면서 '오악검파가 합병을 하면 도곡육선이 장문인이 되지 않는 이상 문호를 빛내기가 몹시 어렵겠군' 하며 수긍했어."

영호충은 들으면 들을수록 터져나오는 웃음을 참기가 어려웠다. 도곡육선이 마음먹고 좌냉선을 물고 늘어지려고 하는 것이 틀림없었다. 망자의 핑계를 댄 것은 좌냉선이 먼저였으니, 도곡육선이 망자를 놓고 아무 말이나 지어낸들 대놓고 반박할 방도가 없었다.

숭산에 모인 호걸들 가운데 좌냉선과 결탁한 인물과 숭산파 사람들 외에는 오악검파의 합병에 자못 반감을 품고 있었다. 방증 대사와 충허 도인같이 앞을 내다볼 줄 아는 인물들은 좌냉선에게 날개가 생기면 강호에 큰 해악을 끼칠 것을 염려했고, 그 밖의 사람들은 천문 진인의 참혹한 죽음으로 고삐를 죄듯 바짝 밀어붙이는 좌냉선의 방식에 혐오감을 느꼈다. 물론 오악검파가 합병해 오악파의 세력이 커지면 자신들의 문파가 상대적으로 약해지는 것이 싫어서 반대하는 사람들도 적지 않았다. 그리고 영호충과 항산파 제자들은 정한 사태와 정정 사태, 정일 사태가 좌냉선의 손에 목숨을 잃었다고 여겨, 숭산파에 강한 적의를 품고 있었다.

이런 이유들 때문에 지어낸 것이 뻔한 도곡육선의 헛소리에 좌냉선이 반박조차 못하자 까닭 없이 기분이 좋아져 지그시 미소를 지었다. 젊은 사람들은 숫제 대놓고 소리 내 웃기까지 했다.

그때 거칠고 투박한 목소리가 터져나왔다.

"도곡육괴, 정한 사태께서 하신 말씀을 너희 말고 또 누가 들었느냐?"

도근선이 기다렸다는 듯이 대답했다.

"항산파 여제자 수십 명이 똑똑히 들었어. 이봐, 정 사매! 정 사매도 들었지?"

갑자기 자신의 이름이 불리자 정악은 웃음을 꾹 참고 진지하게 대답했다.

"물론이지요. 좌 장문께서는 사백님께서 오악검파의 합병에 찬성하셨다 하셨는데, 그 말씀은 또 누가 들으셨나요? 사저들, 사매들! 좌 장문께서 하신 말씀을 사백님께 들으신 분이 있나요?"

여제자들은 일제히 고개를 저으며 부인했다.

"아니, 듣지 못했어."

"아마 좌 장문께서 지어내신 모양이에요."

"사부님께서는 좌 장문보다는 도곡육선을 훨씬 더 높이 보시고 장문인으로 추거하셨다. 우리가 세 분을 따른 지가 몇 해인데 설마하니 그 마음조차 헤아리지 못하겠느냐?"

봉우리를 쩌렁쩌렁 울리는 웃음소리를 뚫고 도지선의 목소리가 들려왔다.

"거봐, 우리가 거짓말을 하는 게 아니라고, 안 그래? 나중에 정한 사태는 '오악검파가 합병하면 단 한 사람만이 장문인이 될 수 있소. 도곡육선은 여섯 사람인데 그중 누가 장문인이 되어야겠소?'라고 물었지. 그 말에 정정 사태가 뭐라고 대답했더라?"

도화선이 나섰다.

"그게… 아, 그렇지! 정정 사태는 '오악검파가 합병하더라도 태산파, 형산파, 화산파, 항산파, 숭산파는 동서남북으로 멀리 떨어져 있어 한 몸이 되기가 어렵네. 좌냉선이 옥황상제도 아닌데 그 산들을 옮겨 놓을 수도 없는 노릇이 아닌가? 그러니 도곡육선 가운데 다섯 분이 각각 그 산에 머물며 다스리고, 마지막 한 분이 전체 장문인이 되는 것이 좋겠네'라고 했어."

도엽선은 손뼉을 쳤다.

"맞아! 그랬더니 정일 사태도 찬성했어. '사저의 말씀이 참으로 옳습니다. 도곡육선의 부모님은 이런 날이 올 줄 예상하고 계셨던 것 같군요. 다섯도 아니고 일곱도 아니고 딱 여섯 명을 낳았으니 참으로 대단하십니다!'라고 말이야."

호걸들은 하늘이 무너져라 웃음을 터뜨렸다.

본디 좌냉선은 오악검파 합병이라는 이 커다란 과제를 장엄하고 웅장한 분위기에서 완수해 천하 영웅들이 자연스레 오악파를 우러러보게 만들 계획이었다. 그런데 귀찮은 놈들이 툭 튀어나와 우스꽝스러운 말로 이 고상한 자리를 어린애 장난으로 만들어놓았으니, 얼마나 분통이 터질지 보지 않아도 뻔했다. 그러나 숭산파의 장문인으로서 성질을 참지 못하고 펄펄 뛸 수도 없는 노릇이라 머리끝까지 치솟는 분노를 꾹꾹 누르며 속으로만 이를 갈았다.

'오냐, 내 이 일이 끝나고 너희 여섯 놈을 죽이지 못하면 좌냉선이 아니다!'

그때 별안간 도실선이 방성통곡하며 외쳤다.

"안 돼, 안 돼! 우리는 어머니 배 속에서 나온 뒤로 서로 한 발짝도 떨어진 적이 없어. 한 명이 오악파 장문인이 되고 나머지 다섯 명이 오악을 맡으려면 뿔뿔이 흩어져야 하는데, 그럴 수는 없어! 절대 안 돼!"

어찌나 슬피 우는지, 마치 이미 오악파 장문인을 맡아 형제들이 생이별을 당하는 것이 기정사실이라도 된 것 같았다.

도간선이 달랬다.

"막내, 너무 걱정 마. 우리 형제는 헤어지지 않을 거야. 네가 이렇게 우는데 이 형인들 마음이 안 아프겠어? 하지만 사람들의 바람이 이렇게 간절한 이상 오악검파가 합병하면 장문인이 될 사람은 우리 말고는 없어. 그러니 차라리 우리가 나서서 합병을 반대하자."

도근선 등 나머지 다섯 명이 입을 모아 외쳤다.

"그래, 그래. 오악검파가 지금처럼만 지내면 합병할 필요가 어디 있겠어?"

도실선은 그제야 눈물 젖은 얼굴에 함박웃음을 지었다.

"맞아. 정말 합병을 해야 한다면 오악검파 중에서 우리 형제보다 무공이 높고 식견이 뛰어난 대영웅이 나와서 모두에게 인정을 받아야만

해. 그런 사람이 장문인을 맡는다면 그때 합병하는 것이 나아."

좌냉선은 이대로 두면 도곡육선의 혓바닥 놀음에 상황이 더욱 어그러질 것을 깨닫고 재빨리 그 말을 끊으며 외쳤다.

"대관절 항산파 장문인이 당신들이오, 아니면 다른 사람이오? 당신들이 항산파의 결정에 책임을 질 수 있소?"

도지선이 꿋꿋하게 대꾸했다.

"사실 우리가 항산파 장문인이 될 수도 있었어. 하지만 숭산파 장문인이라는 당신 꼬락서니를 보니 영 내키지 않더라고. 우리가 항산파 장문인이 되면 당신과 나란히 불릴 텐데, 아무래도 그건 조금… 히히히, 왜 알잖아? 그거…."

도화선이 덧붙였다.

"저자와 나란히 불리는 것은 우리 같은 대영웅에게는 수치지, 암, 수치고말고. 그 때문에 항산파 장문 자리를 우리보다 훨씬 떨어지는 영호충에게 맡길 수밖에 없었어."

좌냉선은 귀에서 연기가 피어오를 만큼 화가 치밀어 싸늘하게 말했다.

"영호 장문, 항산파 장문인은 당신이오. 귀 파의 제자가 천하 영웅들 앞에서 허튼소리를 늘어놓으며 망신을 당하는데 두고 볼 참이오?"

영호충은 빙그레 웃었다.

"천진난만하신 분들이라 입바른 소리를 잘하지만 없는 말을 지어내지는 않소. 저분들이 전한 본 파의 전대 장문인 정한 사태의 유언은 외부인이 함부로 지껄인 말보다는 훨씬 믿을 만하오."

좌냉선은 코웃음을 쳤다.

"오악검파가 합병하는 문제에 귀 파 홀로 이의를 제기하겠다는 것이오?"

영호충은 고개를 저었다.

"항산파는 혼자가 아니오. 화산파 장문인이신 악 선생은 이 몸에게 절기를 전수해주신 은사시오. 지금은 다른 문파에 몸을 담고 있으나 은사의 가르침을 잊지는 않았소."

"화산파 악 선생의 뜻을 따르겠다는 말이오?"

"그렇소. 우리 항산파는 화산파와 손을 잡고 한마음으로 움직일 것이오."

좌냉선은 화산파 쪽을 돌아보며 물었다.

"악 선생, 영호 장문께서 지난날 악 선생이 베푼 은혜를 잊지 않고 있으니 축하할 일이오. 귀하께서 오악검파의 합병에 찬성하든 반대하든 영호 장문은 반드시 그 뜻을 따르겠다 하시는구려. 귀하의 의견은 어떤지 밝혀주시오."

악불군이 차분하게 말했다.

"좌 맹주께서 하문하시니 대답은 해야겠지만, 이 문제를 곰곰이 생각해보았으나 최선의 결정을 내리기가 참으로 쉽지 않소."

봉선대에 모인 수천 호걸들의 시선이 일제히 악불군에게 쏟아졌다.

'형산파는 세력이 약하고 태산파는 내분으로 망가져 숭산파와 대적할 힘이 없다. 하지만 화산파와 항산파가 힘을 합치고 형산파가 도우면 숭산파와 겨뤄볼 수도 있을 것이다.'

모두들 똑같은 생각을 하며 악불군의 대답을 초조하게 기다렸다.

이윽고 악불군이 천천히 입을 열었다.

"우리 화산파는 문호를 일으킨 지 200여 년이 흘렀으나, 도중에 기종과 검종의 분란을 겪었다는 것을 여기 계신 무림의 선배들께서도 잘 아실 것입니다. 이 몸 또한 동문들이 서로 죽고 죽이는 살육 장면을 떠올리면 아직도 몸이 떨립니다…."

그 말을 들은 영호충은 속으로 중얼거렸다.

'사부님께서는 화산파 기종과 검종의 싸움이 본 파의 수치기에 외부인에게는 알릴 수 없다 하셨는데, 오늘은 무엇 때문에 공공연히 그 이야기를 꺼내실까?'

악불군의 목소리는 높고 날카로워 몇 리 밖까지 퍼져나갔고 한마디 한마디가 골짜기에 메아리쳤다.

'사부님의 자하신공이 한층 높아졌구나. 목소리나 진기 운용 방식이 예전과는 달라.'

악불군의 말이 이어졌다.

"그 일이 있은 후로 이 몸은 무림의 문파들은 흩어지는 것보다 합치는 것이 낫다고 생각해왔습니다. 수백 년간 강호에서 벌어진 복수와 살육으로 셀 수 없이 많은 무림동도들이 비명에 스러졌는데, 그 원인을 거슬러올라가면 대부분 문파의 의견 차이 때문이었지요. 하여 이 무림에 종파의 구별이 사라지고 천하가 한 가족이 되어 모든 사람이 형제처럼 지내면 참혹하게 피 흘리는 광경은 열 중 아홉이 사라질 것이라고 늘 생각해왔습니다. 그리만 된다면 영웅호걸들이 일찍 죽어 의지할 곳 없는 고아와 과부가 늘어나는 일도 크게 줄어들 것입니다."

세상의 고통을 아파하고 사람을 가엾이 여기는 진정성 넘치는 그 말에 대부분의 사람들이 자연스레 고개를 끄덕였다. 누군가는 나지막하게 속삭이기도 했다.

"화산파 악불군은 군자검이라 불린다더니 과연 명불허전이구려. 참으로 인자한 마음을 가진 사람이오."

방증 대사도 합장을 하며 말했다.

"선재로다, 선재로다! 악 선생의 말씀은 자비롭고 선량한 마음에서 우러나온 것이구려. 무림인들이 모두 악 선생과 같은 마음을 품는다면 피비린내 나는 싸움도, 창칼을 맞대는 소리도 씻은 듯이 사라질 것이오."

"과찬이십니다. 얕은 소견을 말한 것일 뿐이나, 필시 소림사 역대 고승들께서는 일찍부터 깨닫고 계셨을 것입니다. 무림에서 아무도 따를 수 없는 명성과 지위를 가진 소림파가 호령을 하고, 각 문파의 고인들께서 호응하신다면 수백 년 안에 그 뜻을 이룰 수 있을 것입니다. 물론 각 문파의 무학의 뿌리가 서로 다르고 수련 방법에도 큰 차이가 있으니, 무학을 배우는 사람에게 문파를 가르지 말라 하는 것이 어찌 쉽겠습니까? 허나 '군자는 뜻이 다른 사람과도 함께할 수 있다' 하였으니, 무공은 달라도 화목하게 지낼 수 있습니다. 오늘날 강호에는 다양한 문파가 서서 드러내놓고 싸우거나 암암리에 다투는 일이 빈번하고, 이 의미 없는 싸움에 수많은 생명이 스러졌습니다. 역대 선배들께서 문파의 구별이 곧 화를 불러온다는 것을 아시면서도 어찌하여 결단을 내려 그 원인을 뿌리 뽑지 못하셨겠습니까? 이 몸은 오랫동안 그 까닭을 고민하고 또 고민하다 며칠 전에야 비로소 명확히 깨닫게 되었습니다. 그리하여 무림동도들의 목숨과 행복이 달린 일이니만큼 홀로 마음에 품고 있기보다는 여러분께 말씀드리고 고견을 청하고자 합니다."

이쪽저쪽에서 호걸들이 소란스레 외쳤다.

"말씀하시오, 어서 말씀해보시오."

"악 선생의 의견이라면 필시 고명한 이치가 담겨 있을 것이오."

"대체 그 까닭이 무엇이오?"

"문파의 구별을 없애는 것은 쉬운 일이 아닐 텐데!"

악불군은 그 소리가 잦아들기를 기다렸다가 다시 입을 열었다.

"곰곰이 생각해보니 그 원인은 바로 '서두름'과 '느긋함'의 차이에 있습니다. 역대 무림의 고명하신 선배들께서는 문파를 없애기 위해 몹시 서두르셨습니다. 일거에 천하 모든 문파의 경계를 허물어뜨리고 문파의 구별을 깨끗이 지워내려 하셨지요. 허나 그러기에는 어려움이 많았습니다. 무림의 문파들 가운데 비교적 큰 문파가 수십 곳, 작은 문파는 천 곳이 넘고, 문파마다 수십 년에서 수백 년에 이르는 역사를 가지고 있습니다. 그런 문파들을 일거에 소멸시키는 것은 하늘에 오르기만큼 어려운 일이지요."

좌냉선이 나섰다.

"악 선생의 고견대로라면 문파의 구별을 없애는 것은 불가능하다는 뜻이 아니오? 여기 계신 분들이 크게 실망하겠구려."

악불군은 고개를 저으며 그를 향해 말했다.

"불가능하다고 생각될 만큼 어려운 일이기는 하나, 결코 불가능한 것은 아니오. 그 차이가 서두름과 느긋함에 있다고 말씀드리지 않았소? 급할수록 돌아가라는 말이 있소이다. 방식을 바꾸고, 천하의 무림 동도들이 한뜻으로 힘을 합친다면 50년, 혹은 100년이 지난 후에는 이루지 못할 것도 없소."

좌냉선은 한숨을 쉬었다.

"50년이나 100년이라… 이 자리에 계신 영웅들 가운데 십중팔구는 땅에 묻혔을 때로구려."

"우리 세대는 좋은 뜻으로 노력할 뿐, 반드시 우리 손에서 성과를 보아야 하는 것은 아니오. 선대가 심은 나무가 후대에게 그늘을 마련해주듯, 우리가 시작한 일이 후손들에게 큰 복을 내려준다면 그 또한 아름다운 일이 아니겠소? 50년이나 100년이라는 기간은 이 일을 모두 완수하는 데 걸리는 시간이니, 조그마한 성과는 10년이면 충분히 볼 수 있을 것이오."

"10년 안에 작은 성과나마 볼 수 있다면 참으로 좋은 일이오. 어떻게 하면 그리될지 좋은 방책이라도 있소?"

악불군은 빙그레 웃으며 말했다.

"좌 맹주께서 지금 하시는 일이 바로 그 일이 아니겠소? 단숨에 모든 문파의 구별을 해소할 수는 없는 일이오. 허나 서로 거리가 가깝거나 무공이 비슷한 문파들, 혹은 사이가 좋은 문파들이 먼저 하나둘 합치다 보면, 10년 안에는 문파의 수가 절반으로 줄어들 것이오. 우리 오악검파가 오악파로 합병하면 이런 문파들에게 모범이 되어, 무림 역사에 길이길이 남을 중대한 업적이 될 것이오."

그 말이 떨어지기 무섭게 사람들이 소리를 질렀다.

"화산파도 합병에 찬성이라는 말이군!"

특히 놀란 사람은 영호충이었다.

'사부님께서 합병에 찬성하실 줄이야…! 항산파는 화산파를 따르겠

다고 선언했으니, 사부님께서 찬성했다고 해서 그 말을 주워담을 수도 없고….'

그는 초조한 마음에 방증 대사와 충허 도인 쪽을 바라보았다. 두 사람은 몹시 낙담한 얼굴로 고개를 설레설레 젓고 있었다.

악불군이 극력으로 반대할까 봐 걱정이 태산이던 좌냉선은 뛸 듯이 기뻤다. 언변에 능하고 강호에서 명성도 높은 악불군은 억지로 밀어붙일 수 없는 까다로운 상대였던 것이다.

"솔직히 말해 우리 숭산파가 합병에 찬성한 것은 단순히 단결력의 중요함 때문이었소. 뭉치면 강해지고 흩어지면 약해지는 것은 당연한 이치가 아니겠소? 한데 악 선생의 말씀을 들으니 눈앞이 환해지는 것 같구려. 오악검파의 합병이 우리 다섯 문파뿐 아니라 전 무림의 앞길에 그토록 중대한 관계가 있을 줄은 생각지도 못했소."

악불군이 웃으며 다시 사람들을 둘러보았다.

"오악검파가 합병한 뒤 세력을 키워 다른 문파와 경쟁하고 싸우면 무림에 풍파를 더할 것이니, 이는 우리 오악파에게도 좋지 않을뿐더러 무림동도들에게 큰 화를 입힐 뿐입니다. 그러니 합병을 하더라도 싸움을 종식시키는 데 그 뜻을 두어야 합니다. 여기 계신 영웅들의 마음을 헤아리건대, 다섯 문파가 합병하면 여러분의 문파에 불리하다고 생각하시겠으나 이 점만큼은 마음 푹 놓으셔도 됩니다."

그 말을 들은 호걸들 중 몇몇은 안도의 숨을 쉬었지만 몇몇은 여전히 반신반의하는 얼굴이었다.

좌냉선이 말했다.

"그렇다면 화산파 역시 합병에 찬성하는 것이오?"

"그렇소."

악불군은 잠시 뜸을 들였다가 말을 이었다.

"항산파의 영호 장문은 한때 우리 화산의 문하였고, 이 몸과는 20년간 사제로 지내왔소. 화산을 떠난 후에도 그 정을 잊지 않고 이 몸과 한 문파에 몸담기를 바라마지않았기에, 오늘 만나서 그리하자 약속을 했소."

이렇게 말하는 그의 얼굴에 웃음꽃이 활짝 피었다.

영호충은 그제야 깨닫고 가슴이 철렁 내려앉았다.

'문하에 받아주시겠다는 말씀이 화산으로 돌아오라는 것이 아니었구나. 오악검파가 합병하면 사부님, 사모님과 한 문파가 된다는 의미였어.'

그는 곰곰이 생각에 잠겼다.

'사부님의 말씀대로 오악검파가 싸움을 종식시킨다는 뜻으로 합병한다면 좋은 일이겠지. 앞으로의 길흉은 오악파가 사부님의 뜻대로 나아가느냐, 아니면 좌냉선의 뜻대로 움직이느냐에 달렸어. 화산파와 항산파에 형산파가 힘을 합치고, 태산파 제자들 중에서도 뜻이 있는 사람들까지 뭉치면 숭산파와 태산파에 맞서 이길 수도 있겠지.'

영호충이 혼란스러운 생각을 정리하는 사이 좌냉선의 목소리가 울려퍼졌다.

"축하하오. 악 선생과 영호 장문이 마침내 한 문파가 되었으니 천하에 이보다 기쁜 일이 어디 있겠소?"

모여 있던 호걸들 중 수백 명이 박수를 치며 환호했다.

그때 도지선이 와락 외쳤다.
“아니야, 아니야. 이렇게 되어서는 안 되지!”
도간선이 물었다.
“뭐가 안 된다는 거야?”
“항산파 장문인 자리는 본래 우리 형제 것이었잖아, 안 그래?”
도지선의 외침에 도간선 등 다섯 사람이 입을 모아 대답했다.
“그렇지!”
“하지만 우리가 워낙 겸손해서 영호충에게 양보한 거야, 안 그래? 그 자리를 양보하면서 정한 사태와 정정 사태, 정일 사태의 복수를 해야 한다는 조건을 달았고, 안 그래?”
이번에도 다섯 형제가 약속이나 한 듯 입을 모아 대답했다.
“그렇지!”
도지선이 계속 말했다.
“정한 사태와 다른 두 사태를 죽인 것은 오악검파 사람들이야. 내 추측에는 좌左씨 아니면 우右씨, 혹은 좌도 우도 아닌 중中씨일 거야. 영호충이 오악파에 들어가면 그 좌인지 우인지 중인지 하는 자는 동문 사형제가 되는데 무슨 수로 정한 사태의 복수를 해?”
다섯 형제는 일제히 고개를 끄덕였다.
“아무렴! 못하지!”
좌냉선은 또다시 속이 부글부글 끓기 시작했다.
‘저놈들이 사람들 앞에서 나를 함부로 주물럭거리는구나. 또 무슨 소리를 지껄일지 모르니 오래 살려두어서는 안 되겠군.’
그런 그의 속셈도 모르고 도근선이 크게 외쳤다.

"영호충이 정한 사태의 복수를 하지 못한다면 항산파의 장문인이라고 할 수도 없어, 안 그래? 영호충이 항산파 장문인이 아니라면 항산파의 일을 결정할 수도 없고, 안 그래? 영호충이 항산파 일을 결정할 수 없다면, 항산파가 오악파에 들어간다는 영호충의 말을 따를 필요가 없지, 안 그래?"

그가 물을 때마다 다른 형제들은 입을 모아 '그렇지, 그렇지' 하고 연신 소리를 질렀다.

도간선이 물었다.

"문파에 장문인이 없을 수는 없지. 영호충이 항산파 장문인이 못 된다면 다른 사람을 추천해야 해, 안 그래? 항산파에는 무공이 고강하고 식견이 범상치 않은 영웅이 여섯 명 있지. 정한 사태도 인정했고, 오악검파 좌 맹주도 제 입으로 '여섯 분 모두 무공이 고강하시고 식견이 범상치 않으시니 흠모해왔소'라고 말할 정도니까 그들이면 충분해, 안 그래?"

다섯 형제는 더욱 기가 살아서 외쳤다.

"아무렴, 그렇지!"

묻는 목소리도 목소리지만, 대답하는 목소리 역시 점점 더 높아지고 힘이 실렸다. 그 자리에 있던 호걸들은 그 광경이 우습기도 하고, 숭산파가 당하는 모습이 쌤통이기도 해서 숫제 도곡육선을 따라 큰 소리로 대답하는 사람까지 있었다.

악불군이 합병에 찬성하는 바람에 혼란에 빠진 영호충은 도곡육선이 자신의 어려운 처지를 돕기 위해서 소란을 부리자 몹시 반가웠다. 그런데 가만히 듣고 있자니 문득 이상한 생각이 들었다.

'도곡육선은 앞뒤가 맞지 않는 엉뚱한 말을 하기 일쑤인데 오늘은 말 한마디 한마디에 깊은 의미가 담겨 있는 것 같군. 방금 저 말도 억지스럽기는 하지만 아무도 반박하지 못하도록 미리 복선을 깔아두었던 거야. 평소에 입씨름을 할 때는 저런 적이 없었는데… 혹시 어떤 고인이 남몰래 지시하고 있는 것이 아닐까?'

그때 도화선이 외쳤다.

"항산파에 있는 무공이 절륜하고 식견 또한 비범하신 대영웅이 도대체 누굴까? 다들 멍청이가 아니라면 짐작했겠지, 안 그래?"

그 말에 100여 명의 호걸들이 웃음 섞인 목소리로 외쳤다.

"그렇소!"

"천하의 모든 문제에는 공론이 있기 마련이고, 공론이 곧 사람들의 마음이야. 자, 그 영웅들이 누구더라?"

이번에는 더 많은 사람들이 외쳤다.

"그야 물론 도곡육선이지!"

도근선이 기쁜 목소리로 말했다.

"거봐, 그러니까 우리 형제들이 항산파 장문인을 하는 수밖에. 덕망이 높아 모든 사람들이 우러르니, 물 흐르는 곳에 자연히 도랑이 생기고, 도랑이 생기지 않으면 바위를 뚫고서라도 물이 흐르는 법, 높은 산에 올라 북을 둥둥 치면서 문을 활짝 열고…."

그가 마구잡이로 고사성어를 주워섬기며 점점 엉뚱한 방향으로 이야기를 끌고가자 호걸들은 포복절도했다.

숭산파 제자들이 버럭 호통을 쳐댔다.

"네 이놈들, 이게 무슨 수작들이냐? 썩 꺼져라!"

도지선이 의아하다는 듯이 대꾸했다.

"거참 이상하다. 숭산파는 오악검파를 합병하려고 온갖 수작을 부리며 사람들을 불러모아놓고는, 좋은 뜻으로 찾아온 항산파를 내쫓겠다고? 우리 형제가 떠나면 항산파의 다른 영웅들도 우리를 따라갈 텐데, 그러면 오악검파 합병도 스리슬쩍 없던 일이 될걸. 아무렴 어때! 항산파 친구들, 저들 네 문파가 합병하든 말든 우린 그만 가자고! 좌냉선이 사악파四嶽派의 장문인이 되고 싶으면 마음대로 하라고 해! 우리 항산파는 빠질 테니까."

의화와 의청 같은 여제자들은 좌냉선을 뼈에 사무치도록 증오하고 있었기 때문에 그 말을 듣자마자 망설이지 않고 외쳤다.

"좋아요, 갑시다!"

좌냉선은 초조했다.

'항산파가 떠나면 오악파가 아니라 사악파가 된다. 자고로 천하오악이라 일컬어지는데, 합병에 성공한들 사악파의 장문인이 되어서는 체면이 서지 않을 것이다. 체면도 체면이지만 무림인들이 얼마나 비웃겠는가?'

이렇게 생각한 그는 재빨리 그들을 만류했다.

"항산파 친구들, 멈추시오. 할 말이 있으면 차차 논의하면 될 것을 어찌 이리 서두르시오?"

도근선이 대답했다.

"당신네 개똥 같은 제자들이 우리더러 썩 꺼지라고 했잖아? 우리가 먼저 가겠다고 한 게 아니라고."

좌냉선은 코웃음을 치고 영호충에게로 고개를 돌렸다.

"영호 장문, 무림인들은 약속을 천금처럼 귀하게 여기오. 영호 장문이 악 선생의 뜻을 따르겠다고 했으니, 그 말을 함부로 뒤집어서는 안 되오."

영호충이 시선을 돌려 악불군을 바라보니, 악불군은 은근한 표정으로 그를 향해 고개를 끄덕여 보였다. 그러나 한쪽에서 걱정스러운 얼굴로 살며시 고개를 젓는 방증 대사와 충허 도인의 모습이 보이자 어찌해야 좋을지 갈피를 잡을 수가 없었다.

이를 본 악불군이 큰 소리로 그를 불렀다.

"충아, 너와 나 사이는 친부자간이나 다름이 없었다. 너희 사모는 더욱더 너를 가깝게 대했거늘, 설마하니 다시 한집안이 되어 가까이 지내는 것이 싫은 것이냐?"

그 말을 듣자 영호충은 금세 눈시울이 빨개졌다. 몹시 감동한 그는 앞뒤 가리지 않고 속마음을 그대로 밝혔다.

"사부님, 사모님. 저는 그렇게 되기만을 바라마지않습니다. 두 분께서 오악검파의 합병에 찬성하신다면 당연히 따라야지요."

그는 잠시 망설이다가 다시 말했다.

"하지만… 세 분 사태의 피맺힌 원한은…."

악불군이 다짐하듯 말했다.

"항산파 정한 사태와 정정 사태, 정일 사태께서 암산을 당해 불행하게 돌아가신 일은 무림동도라면 누구나 안타깝고 분하게 여길 것이다. 우리 다섯 문파가 하나가 되면 항산파의 일은 곧 이 악불군의 일이 아니겠느냐? 급선무는 진짜 흉수를 찾아내는 것이다. 그런 다음 다섯 문파가 힘을 합치고 이 자리에 계신 무림동도들이 도와주신다면, 설령 금강불괴라 하더라도 무슨 수로 우리를 이길 수 있겠느냐? 충아, 네가 무슨 걱정을 하는지 잘 안다. 그 흉수가 우리 오악파에서 지위가 높은 인물이라 하더라도 결코 용서받지는 못할 것이다."

대의와 정의가 고스란히 담긴 말이었고, 말투 또한 단호하고 힘이 있었다. 듣기만 해도 믿음직스러워 항산파 여제자들마저 손뼉을 치며 환영했다.

의화가 높이 외쳤다.

"악 선생의 말씀 감사합니다. 악 선생께서 세 분의 피맺힌 원한을 갚는 데 힘을 쏟아주신다면 우리 항산파는 크나큰 은덕을 결코 잊지 않을 겁니다."

"내가 그 일을 맡으면 3년 안에 해결하겠네. 그러지 못하면 무림동도들이 이 악불군을 두고 부끄러움도 모르는 소인배라고 욕을 해도 좋네."

그의 말에 항산파 제자들은 더욱 큰 소리로 환호했고, 다른 문파 사람들도 박수갈채를 보냈다.

영호충은 속으로 중얼거렸다.

'나도 세 분의 복수를 하겠다고 결심했지만 시일을 정하지는 못했어. 모두들 좌냉선이 흉수라고 의심하지만 증거가 없으니, 잡아놓고 심문하더라도 절대 시인하지 않을 거야. 그런데 사부님께서는 어떻게 3년 안에 해결할 수 있다고 하실까? 어쩌면 이미 흉수가 누군지 알려주는 명확한 증거를 가지고 계신지도 몰라. 3년이 지나면 그자를 상대할 수 있다는 말씀이시겠지.'

조금 전만 해도 악불군을 따라 합병에 찬성했다면 달가워하지 않았을 항산파 제자들이 지금은 환호를 하며 기뻐하는 것을 보자, 영호충은 훨씬 마음이 놓여 낭랑하게 대답했다.

"그리만 된다면 정말 좋겠습니다. 좌 장문, 제 사부이신 악 선생께서 세 분 사태를 죽인 흉수를 밝혀내면 오악검파의 인물이라 하더라도 용서하지 않겠다고 밝히셨는데, 좌 장문께서도 동의하시오?"

좌냉선은 냉랭하게 대답했다.

"당연한 말이오. 내가 왜 반대하겠소?"

"천하 영웅들이 이 자리에서 똑똑히 들으셨소. 직접 공격해서 죽였든, 제자를 시켜 죽였든, 세 분을 해친 주동자가 누구든 일단 밝혀지면 아무리 명망 높은 선배라 해도 천하 영웅들이 용서치 않을 것이오."

모여 있던 영웅호걸들 중 태반이 큰 소리로 그 말에 동의했다.

좌냉선은 그 소리가 사라진 후에야 선언했다.

"오악검파 중 동악 태산, 남악 형산, 서악 화산, 북악 항산, 중악 숭산 다섯 문파가 모두 합병에 동의했소. 오늘부터 무림에는 오악검파의 이름은 없소. 다섯 문파의 제자들은 모두 새로 일어난 오악파의 문하가 되는 것이오."

그가 손을 휘두르자 좌우에서 요란한 축포 소리가 펑펑 터졌다. 수많은 대포가 하늘을 향해 폭죽을 쏟아내며 오악파의 정식 탄생을 축하하는 것이었다. 호걸들은 서로서로 눈짓을 주고받으며 얼굴에 의미심장한 웃음을 떠올렸다.

'좌냉선이 축포까지 준비한 것을 보니 반드시 오악검파를 합병하겠다는 자신이 있었구나. 이 일이 성사되지 않았다면, 이곳 숭산 꼭대기에는 어마어마한 혈겁血劫이 벌어져 피비린내가 진동했을 것이다.'

정신없이 터지는 축포에 희뿌연 연기가 자욱하게 내려앉고 색색의 종이가 어지러이 흩날렸다. 폭죽 소리가 너무 시끄러워 옆에 있는 사람과 이야기를 나눌 수도 없을 정도였다.

한참이 지난 후에야 축포가 그치자 몇몇 사람들이 차례차례 좌냉선에게 다가가 축하 인사를 했다. 숭산파가 조력자로 청한 사람들이거나 오악검파의 합병이 성사되자 좌냉선의 세력이 커지리라 예상하고 미리 좋은 관계를 만들어두려는 사람들이었다. 좌냉선은 겉으로는 겸손한 척했지만, 항상 차갑기만 하던 얼굴에 미소가 줄기줄기 피어올랐다.

그때 도근선이 불쑥 입을 열었다.

"오악검파가 오악파로 합병하기로 했다면, 우리 도곡육선도 따를 수밖에! 시대 흐름을 잘 아는 사람이 영웅이라고 하잖아."

좌냉선은 코웃음을 치면서 속으로 중얼거렸다.

'이번에는 좀 제대로 된 말을 하는군.'

도간선이 형님의 말을 받았다.

"어느 문파든 장문인이 있기 마련인데, 오악파의 장문인은 누가 되지? 물론 사람들이 우리 형제를 추천한다면 받아들여야지 어쩌겠어."

도지선이 맞장구를 쳤다.

"방금 악 선생이 무림의 공익을 위해서 합병하는 것이지 사사로운 이익 때문은 아니라고 했어. 그렇다면 오악파 장문인의 책임이 막중하고 일도 산더미처럼 많을 테니, 힘들겠지만 우리가 맡는 수밖에!"

도엽선은 한숨을 푹 쉬었다.

"다들 이렇게 열심인데 우리도 강호의 앞날을 위해 한 수 거들어야 하지 않겠어?"

여섯 형제가 서로 북 치고 장구 치며 이야기를 몰고 가니, 모르는 사람이 보면 정말 사람들이 그들 형제를 오악파 장문인으로 추천하기라도 한 줄 오해할 정도였다.

숭산파에서 몸집이 큼직한 노인이 일어나 큰 소리로 외쳤다.

"누가 너희를 오악파 장문인으로 추천했더냐? 미친 소리는 그만 집어치워라!"

좌냉선의 사제인 탁탑수 정면이었다. 그 말이 떨어지기 무섭게 숭산파 제자들이 일제히 들고일어났다.

"오악파가 합병하는 경사스러운 날만 아니었다면 너희 같은 미치광이들은 모조리 다리를 분질러놓았을 것이다!"

"영호 장문, 저 미치광이들이 돼먹지 못한 소리로 소란을 피우는데 어찌 가만히 계시오?"

정면이 영호충에게 따지자 도화선이 끼어들었다.

"방금 영호충에게 '영호 장문'이라고 했어? 그렇다면 영호충을 오악파 장문인으로 추천하는 거지? 좌냉선이 오늘부터 항산파니 화산파니 하는 이름은 쓰지 말라고 했으니, 영호충에게 장문이라고 부른 것은 분명 영호충을 오악파의 장문인으로 생각하기 때문이야."

도실선도 틈을 주지 않고 맞장구를 쳤다.

"영호충은 우리 형제들보다 조금 못하지만 아쉬운 대로 차선책으로 쓸 만은 하지."

도근선이 목청을 돋워 외쳤다.

"숭산파가 영호충을 오악파 장문인으로 추천했다! 다들 어떻게 생각해?"

"좋아요!"

아리따운 여자들의 목소리가 기다렸다는 듯 봉우리에 울렸다. 다름 아닌 항산파 제자들이었다.

별 생각 없이 '영호 장문'이라고 불렀다가 도곡육선에게 빌미를 준 정면은 난처해 얼굴까지 시뻘게진 채 허둥지둥 손을 내저었다.

"그… 그런… 그런 뜻이… 그런 뜻이 아니다! 영호충을 오악파 장문인으로 추천할 뜻은…."

도간선이 그의 말을 끊었다.

"영호충을 오악파 장문인으로 추천할 생각이 없다고? 그럼 우리 도곡육선더러 하라는 말이야? 그렇게까지 우리 형제를 받들어주는 줄도 모르고 함부로 굴어서 참 미안한걸."

도지선이 재깍 그 말을 받았다.

"이렇게 하자. 우선 우리가 1년 정도 장문인을 맡아 대국을 안정시키고 난 다음 좋은 인재를 구해 자리를 물려주는 거야. 어때?"

다섯 형제가 일제히 손뼉을 쳤다.

"맞아, 맞아. 아주 공평한 제안이야."

좌냉선의 싸늘한 목소리가 끼어들었다.

"여섯 분은 참으로 말씀이 많구려. 이 숭산 정상에서 겁도 없이 천하 영웅들조차 아랑곳하지 않고 떠들어대니 참으로 할 말을 잃었소. 다른 사람들에게도 말할 기회를 주는 것이 어떻겠소?"

"그럼, 그럼. 누가 말하지 말래? 할 말이 있으면 시원하게 하고 방귀가 나올 것 같으면 시원하게 뀌라고."

'방귀'라는 한마디에 봉선대 위는 쥐죽은 듯 고요해졌다. 무슨 말이라도 하면 당장 방귀 뀐 사람 취급을 받을 것이 분명했기 때문이었다.

한참이 지나도록 아무도 말이 없자 결국 좌냉선이 외쳤다.

"여러분, 부디 고견을 들려주시오. 저 미치광이들의 헛소리에 흥을 깨뜨릴 필요가 없소."

그 말이 떨어지기 무섭게 도곡육선이 일제히 코를 감싸쥐며 웅얼거렸다.

"아이고, 냄새야. 방귀 냄새 한번 지독하다!"

숭산파에서 야윈 노인 한 명이 일어나 외쳤다.

"오악검파는 결맹을 맺어 한 뿌리처럼 지내오면서 좌 장문을 맹주로 받들어왔습니다. 좌 장문께서 다섯 문파를 이끄신 지 오래고, 그 명망도 높으시니 오악파의 장문인은 좌 맹주께서 맡으셔야 합니다. 다른 사람이 맡는다면 필시 불복하는 사람이 나올 것입니다."

그는 유정풍의 금분세수를 방해하러 왔던 육백이었다. 그와 정면, 비빈 세 사람이 바로 유정풍의 가족과 직계 제자들을 잔인하게 살해한 장본인들이었다.

도화선은 고개를 내저으며 말했다.

"안 돼, 안 돼! 다섯 문파가 합병하는 일은 옛것을 버리고 새롭게 시작하는 거라고. 그러니 장문인도 옛것은 버리고 새로운 사람을 뽑아서 완전히 새롭게 시작해야 해!"

"아무렴! 좌냉선이 장문인이 되면 그릇만 바꾸고 내용물은 바꾸지 않는 격이고, 새 부대에 오래된 술을 붓는 격이니 참신함이라고는 찾아볼 수가 없어. 그럴 거면 뭐 하러 오악검파를 합쳐?"

"새로운 간판을 걸어놓고 예전과 똑같은 물건을 팔면 겉모습만 번 지르르하지 속은 그대로라 장사도 잘 안 될걸. 다른 사람은 누구든 오악파의 장문인이 될 수 있지만 좌냉선은 절대 안 돼."

"내 생각에는 말이야, 한 사람씩 돌아가면서 맡는 것이 좋겠어. 하루에 한 사람씩 사이좋게 장문인을 하면 다들 한 자리씩 해서 좋고 일이 어그러질 일도 없잖아. 이런 것을 두고 남녀노소 관계없이 공평한 거래라고들 하지. 오악검파가 합병하는 일이 어린아이 장난은 아니잖아. 어차피 무림동도끼리 사이좋게 지내자고 시작한 일이니, 이렇게 하면 싸우지도 않고 얼마나 좋아?"

말이 어찌나 청산유수 같은지 얼핏 들으면 그럴싸했다.

도근선이 손뼉을 치며 찬성했다.

"아주 좋은 방법이야. 그렇다면 가장 나이가 어린 사람부터 시작하자고. 오늘은 우리 항산파 진견 소사매가 장문인이 되는 거야."

도곡육선이 좌냉선을 막기 위해 이런 말을 하는 것을 잘 아는 항산파 제자들은 큰 소리로 찬성했다. 이름이 불린 진견도 예외 없이 손뼉을 쳐댔다.

오악검파의 합병과 무관한 사람들 가운데 소란스러운 것을 좋아하는 무리들도 우르르 그 대열에 합류해 숭산 꼭대기는 순식간에 아수라장이 되고 말았다.

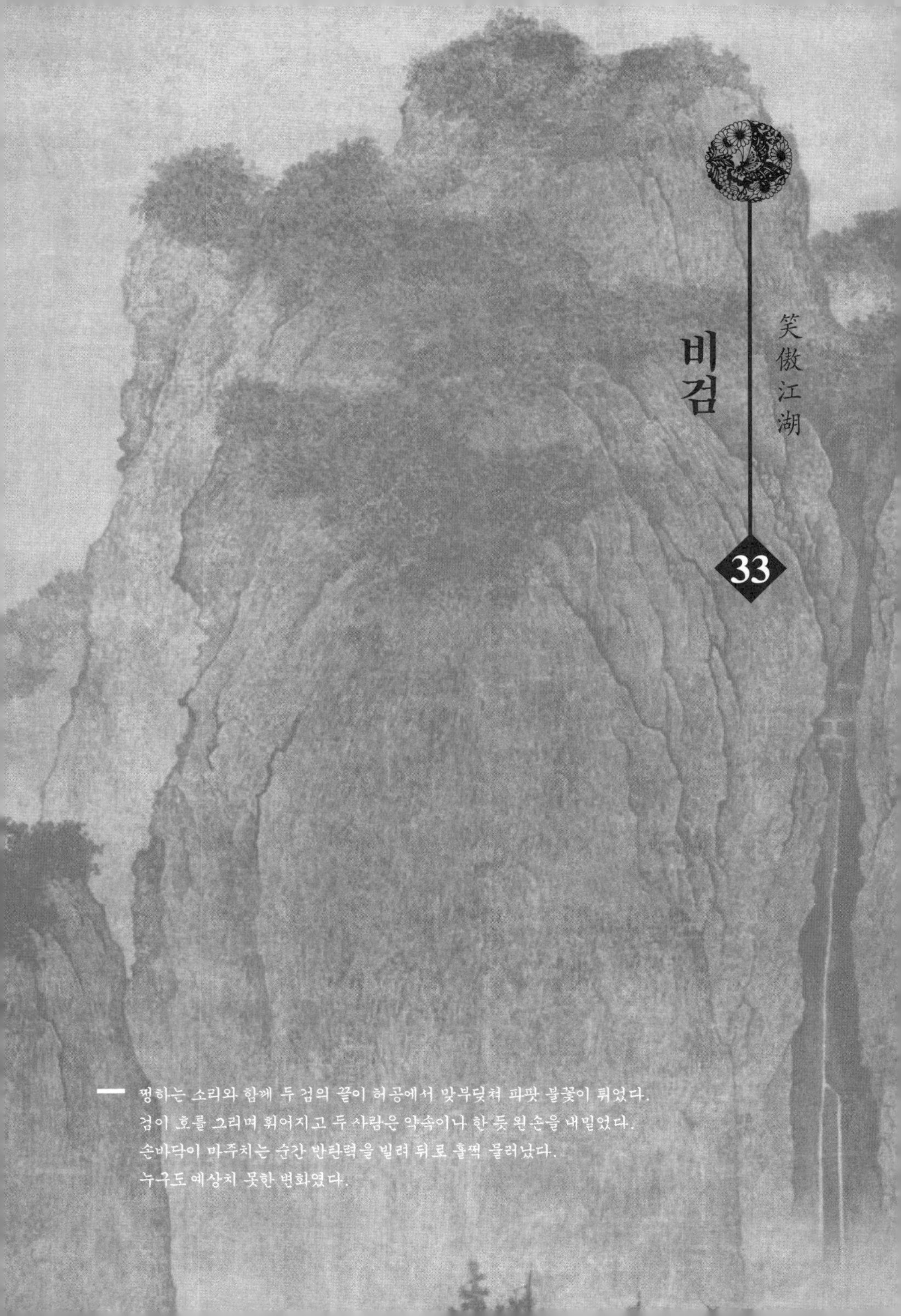

33 비검

笑傲江湖

— 쩡하는 소리와 함께 두 검의 끝이 허공에서 맞부딪쳐 파팟 불꽃이 튀었다.
검이 호를 그리며 휘어지고 두 사람은 약속이나 한 듯 왼손을 내밀었다.
손바닥이 마주치는 순간 반탄력을 빌려 뒤로 훌쩍 물러났다.
누구도 예상치 못한 변화였다.

태산파의 늙은 도사 한 명이 소리 높여 외쳤다.

"오악파의 장문인은 덕과 재능을 겸비하고 명망이 높은 선배 고인이 맡아야 하는 법, 돌아가면서 맡자니 어디 될 법한 소리인가?"

목소리가 워낙 커 시끌시끌한 와중에도 그 한마디가 귀에 박히듯 또렷하게 들렸다.

도지선이 대답했다.

"덕과 재능을 겸비하고 명망이 높은 사람이라고? 그 설명에 꼭 맞는 사람은 강호를 통틀어 소림사 방장이신 방증 대사밖에는 없을걸."

도곡육선이 한마디 할 때마다 사람들은 마치 희극을 즐기듯 박장대소를 터뜨렸지만, 방증 대사의 이름이 나오는 순간, 수천 명이 모인 숭산 봉선대는 바늘 떨어지는 소리마저 들릴 만치 조용해졌다. 드높은 무공과 자비로운 마음씨를 지닌 방증 대사는 무림에서 분쟁이 있을 때마다 앞장서서 정의를 수호했기 때문에 수십 년 동안이나 무림인들의 추앙을 받고 있었다. 게다가 소림파는 무림에서 제일가는 문파였으니, 방증 대사가 '덕과 재능을 겸비하고 명망이 높다'라는 말에 이의를 다는 사람은 아무도 없었던 것이다.

조용해진 틈을 타 도근선이 외쳤다.

"소림사 방증 대사는 덕과 재능을 겸비하고 명망이 높은 선배 고인이라고, 안 그래?"

그 자리에 있는 수천 명이 입을 모아 대답했다.

"물론이오!"

"좋아, 좋아! 모두들 인정하는군. 우리 도곡육선보다 방증 대사를 향한 열망이 더 높으니 민심을 따라야지. 오악파의 장문인은 방증 대사가 맡아야 해!"

숭산파와 태산파에서 여러 사람이 소리를 질러댔다.

"헛소리! 방증 대사는 소림파 장문인이신데 어찌 오악파의 장문인이 되시겠느냐?"

"방금 저 도사가 덕과 재능을 겸비하고 명망이 높은 '선배 고인'을 장문인으로 세워야 한다기에 가까스로 그런 분을 추천한 거야. 방증 대사가 덕과 재능이 없으시다는 거야, 명망이 부족하다는 거야? 아니면 선배 고인이 아니라는 거야? 대관절 무엇 때문에 반대하는 거야? 설마 하니 방증 대사가 덕도 재능도 없고 명망도 부족한 '후배 하인'이라는 말이야? 말도 안 되는 소리! 감히 그런 말로 방증 대사가 장문인이 되는 것을 반대하는 자가 있으면 우리 도곡육선이 가만 두지 않을 테야."

도간선도 거들었다.

"방증 대사는 벌써 10년 넘게 장문인을 해왔어. 소림파 장문인은 되는데 오악파 장문인이 되지 못할 까닭이 어디 있어? 오악파가 소림파보다 더 대단한 곳이야? 방증 대사가 장문인이 되어서는 안 된다고, 그럴 자격이 없다고 말할 사람 있으면 나와봐!"

태산파의 옥기자가 눈을 찡그리며 말했다.

"이 자리에 있는 사람 가운데 방증 대사의 덕망을 우러르지 않는 사람이 어디 있겠소? 허나 오늘 이 자리는 오악파의 장문인을 추거하는 자리요. 귀빈으로 참석하신 방증 대사를 어찌 이런 일에 끌어들이려 하시오?"

"그러니까 소림파와 오악파는 아무 관계도 없기 때문에 방증 대사가 오악파의 장문인이 될 수 없다는 거야?"

"그렇소."

"소림파와 오악파가 왜 관계가 없어? 어마어마한 관계가 있다고! 오악파에 속한 문파가 어디지?"

도간선이 끼어들자 옥기자는 눈을 찌푸리며 대답했다.

"귀하도 알다시피 오악파는 숭산파, 태산파, 화산파, 형산파, 그리고 항산파요."

도화선과 도실선이 약속이나 한 듯 소리쳤다.

"틀렸어, 틀렸어! 조금 전에 좌 선생은 오악검파가 합병했으니 숭산파니 태산파니 하는 이름은 쓰지 않는다고 했어. 그런데 왜 또 그 이름을 거론하는 거야?"

도엽선도 거들었다.

"아무래도 저 사람은 옛날 문파를 잊지 못하나 봐. 어떻게든 기회가 생기면 꼬투리를 잡아 오악파를 박살내고 태산파를 되살리려는 거야."

적잖은 호걸들이 그 말에 쿡쿡 웃음을 터뜨렸다.

'도곡육선은 미치광이 어릿광대같이 보이지만, 누구든 말 한마디만 잘못하면 잽싸게 말꼬리를 잡아 끈질기게 물어뜯는 솜씨가 보통이 아니군.'

도곡육선은 말을 하기 시작했을 때부터 형제들끼리 말꼬리를 잡으며 놀았기 때문에 수십 년간의 단련으로 입씨름에는 이골이 나 있었다. 더욱이 생각하는 머리도 여섯, 말하는 입도 여섯이니 보통 사람은 그들의 적수가 되지 못하는 것이 당연한 일이었다.

옥기자는 얼굴이 붉으락푸르락하며 분노를 터뜨렸다.

"오악파에 너희 같은 자들이 있다니, 참으로 재수가 없구나!"

도화선이 이죽댔다.

"오악파가 재수 없다고? 그래서 오악파 같은 곳에는 있기 싫은 모양이지?"

도실선도 거들었다.

"오악파가 처음 일어선 자리에서 재수가 없다고 저주를 퍼붓다니! 우리 오악파는 문호를 활짝 열어 인재들을 받아들이고, 무림에서 크게 명성을 떨쳐 소림파, 무당파와 나란히 모든 강호인들의 추앙을 받는 대문파가 될 곳이야. 그런데 왜 이 자리에서 그런 불길한 말을 하는 거야?"

도엽선이 끼어들었다.

"내가 말했잖아. 저 도사는 몸은 오악파에 있어도 마음은 태산파에 있다니까. 오악파가 만들어지지 않기를 빌고 또 빌었는데 첫날부터 그 희망이 와르르 무너졌으니 화가 날 수밖에. 마음 씀씀이가 저런 사람을 우리 오악파에 받아들일 수는 없어."

강호인들의 삶은 살얼음판을 걷는 것처럼 위험천만한 나날의 연속이었기에, 강호인이라면 누구나 길조나 흉조에 민감하고 꺼리는 것이 많았다. 그러니 도곡육선의 말이 전혀 일리가 없는 것은 아니었다. 옥기자가 아무리 화가 났더라도 즐거운 경삿날에 '재수 없다'는 말을 한 것은 크나큰 실수였던 것이다. 좌냉선마저 옥기자의 말에 불만스러운 표정을 짓자, 옥기자는 실수했다는 것을 깨닫고 입을 꾹 다물었지만 속은 부글부글 끓었다.

승세를 탄 도간선이 말했다.

"나는 소림사와 오악파가 관계가 있다고 했지만, 옥기 도인은 그렇지 않다고 했어. 누구 말이 맞을까?"

옥기자는 분기탱천해서 대꾸했다.

"관계가 있는 것이 좋으면 그렇게 하시지!"

"허, 세상일이란 오로지 이치에 따라야 하는데 그게 무슨 말이야? 자, 잘 생각해봐. 소림사가 어디에 있지? 그리고 숭산파는 또 어디에 있었지?"

도화선이 대답했다.

"소림사는 소실산에 있고 숭산파는 태실산에 있었어. 소실산과 태실산은 둘 다 숭산에 속해, 안 그래? 그런데 소림파가 오악파와 아무런 관계가 없다니?"

확실히 억지 논리는 아니었기 때문에 주위에 있던 호걸들도 고개를 끄덕였다.

도지선이 덧붙였다.

"조금 전에 악 선생은 각 문파가 하나가 되면 강호의 분쟁이 줄어들 테니 오악검파의 합병에 찬성한다고 했어. 그리고 무공이 비슷하거나 거리가 가까운 문파가 먼저 합병해야 한다고도 했지. 잘 봐, 거리가 가까운 곳이라고 하면 소림파와 옛날 숭산파만 한 곳이 또 어디 있어? 두 문파는 같은 산에 있으니 거리가 가깝기로는 이보다 더 가까운 곳이 없다고. 소림파와 숭산파가 합쳐지지 않으면 악 선생이 한 말은 아무래도… 그 있잖아, 엉덩이 가운데에서 나오는 방 어쩌고 하는 것이 되는 거야."

호걸들은 그가 '방귀'라는 말을 슬그머니 돌려 말하자 왁자그르르 웃음을 터뜨렸다. 물론 상식적으로도 소림파와 숭산파의 합병은 말이 안 되는 생각이었지만, 도지선의 말이 워낙 논리정연하고 악불군이 한 말과도 맞아떨어져 반박할 말을 찾을 수가 없었다.

영호충은 고개를 갸웃했다.

'말꼬리를 잡고 늘어지는 것은 도곡육선의 장기지만, 저 말은 저들이 생각해낸 것 같지 않아. 대체 누가 가르쳐주고 있는 것일까?'

그때 도근선의 목소리가 들려왔다.

"방증 대사는 널리 명망을 얻은 분이니 오악파의 장문인으로 추거하는 것이 당연하지만, 오악파 소속이 아니라서 그럴 수 없다는 사람이 있으니, 차라리 소림파와 오악파가 '소림오악파'로 합병하고 그 새로운 문파의 장문인으로 방증 대사를 세우는 것이 좋겠어."

도간선도 거들었다.

"아무렴. 당금 무림에서 방증 대사보다 장문인에 적당한 사람은 눈을 씻고 찾아봐도 없어. 그러니 어쩔 수 없지."

도실선이 끼어들었다.

"우리 도곡육선도 방증 대사라면 한 수 접어주는데, 누가 감히 이의를 달겠어?"

도화선도 맞장구를 쳤다.

"이의가 있는 사람은 이리 나와서 우리 도곡육선과 붙어보시지. 우리를 쓰러뜨리면 방증 대사와 겨루고, 그래도 이기면 소림파 달마당, 나한당, 계율원, 장경각의 대사들과 차례로 싸워서 이겨야 해. 달마당, 나한당, 계율원, 장경각의 고수들까지 꺾으면 무당파의 충허 도장과 겨룰 수도….”

도실선이 또 끼어들었다.

“다섯째 형, 어째서 무당파 충허 도장과 겨뤄야 해?”

“무당파와 소림파의 장문인들은 교분이 깊고 화복을 함께 나눈 사이잖아. 누군가 소림파 방증 대사를 쓰러뜨렸는데 무당파 충허 도장이 가만히 있겠어?”

도화선의 말에 도엽선도 고개를 끄덕였다.

“아무렴. 당연히 그래야지. 무당파 장문인인 충허 도장을 꺾으면 다시 한번 우리 도곡육선과 싸우는 거야.”

“어? 제일 먼저 싸웠는데 왜 또 싸워야 해?”

“우리 도곡육선이 한 번 졌다고 물러날 사람들이야? 찰거머리처럼 딱 달라붙어서 죽을 때까지 싸워봐야지.”

호걸들은 또다시 포복절도했다. 숫제 환호를 지르는 사람도 있었고 야유를 쏟아내는 사람도 있어 봉선대가 시끌시끌해졌다.

노기를 참다못한 옥기자가 벌떡 일어나 검자루에 손을 가져가며 외쳤다.

“네 이놈들, 이 옥기자와 한번 겨뤄보자!”

그쪽을 흘낏 바라본 도근선이 말했다.

“다 같은 오악파 문하끼리 싸우면 보기가 좋지 않을 텐데?”

“너희는 말이 너무 많아 귀신도 치를 떨며 달아날 것이다! 오악파에서 너희만 사라지면 세상이 다 평온해지겠지!"

"좋아, 좋아. 검자루를 쥔 걸 보니 살기가 동한 모양이군. 당장 검을 뽑아 샤샤샤삭 하고 우리 형제 여섯의 목을 베어버릴 속셈이지?"

옥기자는 코웃음을 쳤지만 그 말을 인정하듯 눈동자에 짙은 살기가 떠올랐다.

도지선이 말했다.

"오늘은 오악검파가 합병한 날인데, 첫날부터 태산 지부에서 우리 항산 지부의 육대 고수를 죽이면 앞으로 오악파가 과연 한마음이 되어 서로 협력할 수 있겠어?"

옥기자도 그 말에는 수긍했다. 이 자리에서 저들을 죽여 항산파 사람들이 복수를 하겠다고 나서면 오악파에 내분이 일어날 것이 분명했으므로 그는 별수 없이 노기를 억누르며 말했다.

"오악파가 서로 협력해야 한다는 것을 그리 잘 알면 결정에 방해가 되는 헛소리는 그만하도록 해라."

그는 겁을 주려는 듯이 검을 반쯤 뽑았다가 철컥 소리를 내며 도로 넣었다.

도엽선이 주눅 들지 않고 물었다.

"오악파의 앞길에 큰 도움이 되고 무림동도들에게도 좋은 일이면 말해도 돼?"

옥기자는 냉소를 지었다.

"흥, 너희 입에서 그런 말이 나올 리가 있느냐?"

"오악파의 장문인을 정하는 것은 우리 문파의 앞길과 무림동도들의 운명에 큰 영향을 주는 일이야. 우리는 오로지 전체를 위한 마음으로 누구에게나 존중을 받는 선배 고인을 추천했지만, 당신은 사심을 품고 사례금으로 황금 3천 냥에 미녀 네 명을 내준 사람을 장문인으로 세우자고 우기잖아."

옥기자는 대로하여 버럭 소리를 질렀다.

"허튼소리 작작 해라! 누가 내게 황금 3천 냥과 미녀 넷을 내주었다는 것이냐?"

"아차, 내가 틀렸구나. 받기는 받았지만 3천 냥이 아니라 4천 냥이었어. 미녀도 넷이 아니라 셋, 혹은 다섯일 거야. 설마 받아놓고 준 사람을 모른다는 것은 아니겠지? 당신이 장문인으로 추천한 사람이 바로 그 사람이지."

옥기자의 검이 쐐액 소리를 내며 뽑혔다.

"다시 한번 그런 헛소리를 지껄이면 피투성이로 만들어주마."

도화선은 그래도 낄낄거리며 가슴을 쭉 펴고 그에게 다가갔다.

"비열한 방법으로 태산파 장문인이었던 천문 진인을 죽이더니 피맛을 들여 손이 근질근질한 모양이야. 천문 진인도 당신 손에 피를 흘리고 쓰러졌으니, 동문을 찔러 죽이는 것은 당신 특기가 분명해. 이제 나하고도 동문이 되었으니 어디 똑같이 해보시지."

그가 바짝 다가가자 옥기자는 검을 쭉 뻗으며 매섭게 외쳤다.

"멈춰라! 한 발짝만 더 다가오면 나도 봐주지 않겠다."

도화선은 여전히 싱글벙글거렸다.

"언제는 봐줬어? 이곳 숭산은 네 땅도 아니잖아. 내 마음대로 이리저리 걷겠다는 데 무슨 상관이야?"

그가 한 발 더 다가가자, 옥기자와의 거리는 채 몇 자 되지 않을 만큼 가까워졌다. 말처럼 길쭉한 얼굴에 생김새는 흉측하고 누런 어금니를 드러내며 씩 웃는 그를 보자 옥기자는 역겨움을 참지 못하고 그의 가슴팍을 향해 검을 쑥 내질렀다.

도화선이 황급히 몸을 피하며 비난했다.

"어이쿠, 이놈이 진짜… 진짜 찌르는구나!"

태산파 검술의 정수를 익힌 옥기자는 한 번 검법을 펼치자 자연스레 다음 초식이 이어졌고, 속도도 비할 데 없이 빨라 도화선이 말하는 동안 잇달아 네 번이나 검을 찔렀다. 옥기자의 검이 갈수록 속도를 더해가자 도화선은 '으아악' 하고 비명을 지르며 허둥지둥 허리에 찬 철봉을 뽑으려 했지만 그럴 틈이 없었다. 검은 찬란한 검광을 뿌리며 도화선의 왼쪽 어깨를 푹 찔렀다.

바로 그때 옥기자의 손에서 검이 빠져나가 하늘 높이 날아올랐고, 동시에 그의 양팔과 양다리는 도근선과 도간선, 도지선, 도엽선의 손에 붙잡혀 허공으로 번쩍 솟구쳤다. 네 사람의 움직임은 토끼를 덮치는 매처럼 민첩하고 변화무쌍했다. 그때, 누런 그림자가 휙 날아들더니 번쩍이는 검광이 도지선의 머리 위로 떨어졌다. 옆에서 형제들을 보호하던 도실선이 재빨리 철봉을 뽑아 검을 막았다. 상대방이 훌쩍 날아올라 도근선의 가슴팍을 찌르려고 하자, 이번에는 도화선이 철봉을 뽑아 가로막았다. 적은 바로 숭산파 장문인 좌냉선이었다.

도곡육선이 어릿광대처럼 굴어도 놀라운 무공을 지니고 있다는 사실을 잘 아는 좌냉선은, 눈앞에서 옥기자가 그들 손에 붙잡히자 지난날 화산에 보낸 화산파 검종의 고수 성불우가 그들 손에 사지가 찢겨 죽은 것을 떠올리고, 당장 구하지 않으면 참혹한 광경이 벌어질까 오싹 소름이 끼쳤다. 숭산의 주인으로서 함부로 무기를 뽑을 수는 없는 노릇이지만 상황이 워낙 다급해 나서지 않을 수도 없었다.

그가 도지선과 도근선을 찌른 까닭은 두 사람이 손을 놓고 물러나게 하기 위함이었지만, 뜻밖에도 도곡육선은 넷이 적의 사지를 붙잡고 남은 둘이 옆을 지키는 식으로 물샐틈없이 방비를 하고 있었다. 좌냉선의 초식은 정묘하고 날카로웠으나 도실선과 도화선에게 가로막혀 원하는 결과를 얻어낼 수가 없었다.

옥기자의 목숨이 경각에 달려 있건만, 그 위기일발의 순간 좌냉선은 내공을 실은 도실선과 도화선의 철봉에 가로막혀 더 이상 가까이 다가가지 못했다. 두 사람을 물리치려면 최소한 6초를 써야 했으나 그 사이 옥기자의 몸은 갈가리 찢겨 흩어질 것이 분명했다. 좌냉선은 마음을 단단히 먹고 검을 옆으로 빙그르르 돌렸다. 검광이 눈부시게 허공을 수놓았다.

찢어지는 듯한 옥기자의 비명이 봉선대 위에 처량하게 울려퍼지더니, 그의 몸이 힘없이 툭 떨어졌다. 도근선과 도지선은 잘려진 팔 하나씩을, 도간선은 잘려진 다리 하나를 들고 어리둥절한 얼굴로 서로를 바라보았다. 도엽선의 손에 붙잡힌 다리에는 팔다리가 떨어지고 남은 몸뚱이만 덩그러니 이어져 있었다. 짧은 시간 내에 도곡육선을 물리치지 못한다는 사실을 깨달은 좌냉선이 도곡육선이 옥기자를 찢어발기지 못하도록 두 팔과 한쪽 다리를 잘라버린 것이었다. 잔인할 정도로 냉정한 행동이었지만, 목숨을 구하는 방법이기는 했다. 팔다리가 잘린 옥기자를 도곡육선이 더 이상 괴롭히지 않으리라는 것을 아는 그는 차갑게 코웃음을 치며 돌아섰다.

도지선이 그의 등 뒤에 대고 외쳤다.

"어이, 좌냉선. 옥기자에게 황금과 미녀를 주며 장문인이 되도록 도와달라고 부탁해놓고 왜 팔다리를 자르는 거야? 비밀을 지키기 위해 죽여 없애려는 거지?"

도근선도 끼어들었다.

"우리가 옥기자를 네 갈래로 찢을까 봐 제 딴에는 돕겠다고 그런 모양인데, 우리를 완전히 오해한 거야."

"혼자 온갖 똑똑한 척을 다 하더니… 참 딱한 사람이라니까. 우리는 말이야, 그저 장난이나 칠까 하고 옥기자를 붙잡았던 것뿐이야. 오늘은 오악파가 새로 선 경사스러운 날인데 무슨 배짱으로 살풍경하게 사람을 죽이겠어?"

도실선의 말에 도화선도 맞장구를 쳤다.

"옥기자는 분명 나를 죽이려고 했지만 우리는 동문의 정을 생각해서 전혀 그럴 마음이 없었다고. 옥기자는 본래 인정머리라고는 없는 사람이지만, 우리는 아니거든."

도간선도 덧붙였다.

"우리는 옥기자를 높이 던졌다가 떨어질 때 받아주려고 했어. 동문사형제끼리 늘 하는 단순한 장난이지! 그런데 좌냉선이 경솔하게 나서서 옥기자를 폐인으로 만들어버렸으니… 어쩜 저렇게 멍청할 수가 있지?"

도엽선이 한쪽 다리만 남아 피를 철철 흘리는 옥기자를 좌냉선 앞으로 질질 끌고 가서 털썩 내려놓으며 연신 고개를 내저었다.

"좌냉선, 멀쩡하던 옥기자를 이 지경으로 만들어놓다니, 너무 잔인하지 않아? 팔도 없고 다리는 한쪽만 남았으니 누가 사람 취급을 하겠어?"

좌냉선은 화가 머리끝까지 치밀었다.

'내가 조금만 늦었어도 네놈들이 옥기자를 그 꼴로 만들었을 것이다. 그런데 이제 와서 내게 덮어씌워? 허나 증거가 없으니 변명할 수도 없구나.'

도근선이 그런 좌냉선의 속을 더욱 긁어댔다.

"차라리 깨끗하게 죽였으면 좋았을걸. 팔다리를 잘라 죽은 것만 못한 삶을 살게 하다니, 너무 잔인하잖아. 인정머리라고는 없는 사람이야."

도간선도 거들었다.

"다 같은 오악파 동문인데 눈에 거슬리는 부분이 있어도 차근차근 이야기해서 풀어가야지, 다짜고짜 독수를 쓰면 어떡해? 동문의 의리 따위는 눈을 씻고 찾아봐도 없다니까."

탁탑수 정면이 참다못해 외쳤다.

"너희도 수틀리면 사람을 갈기갈기 찢는 것이 다반사가 아니더냐? 좌 장문께서 동문의 정을 보아 옥기 도장을 네놈들 손에서 구하셨는데 어디서 그런 헛소리를 늘어놓느냐?"

"우리는 옥기자에게 장난을 쳤을 뿐인데, 좌냉선이 진짜인 줄 알았던 거야. 진짜와 가짜도 구분하지 못하고 옳고 그른 것조차 모르니 어리석어도 참 어리석은 사람이군."

도지선이 혀를 차며 말하자 도엽선이 거들었다.

"남아대장부는 자기가 한 일은 책임을 지는 거야. 옥기자를 해쳤으면 내가 했소, 하고 선선히 인정할 것이지 우물우물하며 발뺌을 하니 누가 당신더러 용기가 있다 하겠어? 이 자리에 있는 영웅호걸 수천 명이 당신이 옥기자의 팔다리 자르는 것을 두 눈으로 똑똑히 보았는데도 발뺌할 수 있을 것 같아?"

도화선도 나섰다.

"인정머리 없고, 의리도 없고, 지혜도 없고, 용기도 없고… 이런 사람에게 오악파의 장문 자리를 맡길 수 있을까? 좌냉선, 꿈이 너무 큰 거 아니야?"

그 말이 떨어지자 여섯 형제는 약속이나 한 듯 일제히 고개를 가로저었다.

사실 좌냉선이 절륜한 검법으로 옥기자의 두 팔과 한쪽 다리를 자르지 않았다면, 태산파 장문인이 된 지 한 시진도 안 된 그 도사는 그 자리에서 사지가 찢겨나갔을 것이다. 봉선대에 있던 일류고수들은 그 상황을 보고 좌냉선의 정묘한 검법과 신속한 대응에 혀를 내둘렀지만, 도곡육선이 그럴싸한 논리를 들이밀어 반박하지 못하게 몰아붙이자 좌냉선이 억울한 것을 알면서도 속으로는 웃음을 참을 수가 없었다. 반면 상황을 읽지 못한 사람들은 좌냉선의 행동이 다소 경솔하고 잔인했다고 생각해 눈살을 찌푸렸다.

도곡육선과 오래 알고 지낸 영호충은 그들의 성품을 누구보다 잘 알기에 고개를 갸웃하지 않을 수 없었다.

'오늘따라 도곡육선이 하는 말이 마디마디 좌냉선의 정곡을 찌르는군. 저들이 언제부터 저렇게 똑똑했지? 역시 누군가 몰래 조종하고 있는 거야.'

그는 대관절 어떤 고인이 도와주고 있는지 궁금해 천천히 도곡육선에게 다가갔다. 그러나 도곡육선 곁에는 아무도 없었고 형제들만 옹기종기 모여 도화선의 어깨 상처를 지혈하느라 여념이 없었다. 영호충이 주위를 두리번거리다가 서쪽을 돌아보자 모깃소리같이 가느다란 목소리가 귓가에 울렸다.

〔충 오라버니, 나를 찾는 건가요?〕

영호충은 놀라우면서도 몹시 기뻤다. 작고 가느다란 소리였지만 분명히 영영의 목소리였다. 슬그머니 고개를 돌려 소리 나는 곳을 쳐다보니, 뚱뚱하고 수염을 덥수룩하게 기른 장한이 커다란 바위에 기대 나른하게 머리를 긁적이고 있었다. 지금 숭산 꼭대기에는 저런 수염쟁이가 줄잡아 100명 넘게 있으니, 아무도 주의해서 보지 않았다. 하지만 주의 깊게 살피자 그 장한의 눈동자에 약은 듯하면서도 사랑스러운 웃음이 어려 있는 것을 알 수 있었다. 그는 기쁨에 겨워 그쪽으로 다가갔다.

영영이 전음傳音으로 말했다.

〔가까이 오지 말아요. 들통이 날지도 몰라요.〕

비단실같이 가느다란 목소리가 멀리서부터 그의 귓속으로 쏙쏙 스며들었다. 영호충은 우뚝 걸음을 멈췄다.

'당신이 전음까지 할 수 있을 줄은 몰랐군. 필시 당신 아버지에게 전수받은 것이겠지.'

그는 속으로 중얼거리며 빙그레 웃었다.

'도곡육선이 한 말은 전부 당신이 알려준 것이었어. 어쩐지 저 투박한 친구들이 의리니 용기니 속속들이 꼽아가며 좌냉선이 장문인감이

아니라는 논리를 펴더라니….'

영호충은 기쁨으로 부풀어오르는 가슴을 주체하지 못하고 큰 소리로 외쳤다.

"도곡칠선의 말은 지극히 당연하오. 지금까지는 도곡육선인 줄 알았는데 이제 보니 총명하고 아름다운 칠선녀 도악선桃萼仙이 있었구려!"

영호충이 느닷없이 밑도 끝도 없는 말을 내뱉자 호걸들은 어리둥절한 얼굴로 그를 바라보았다.

영영이 전음으로 속삭였다.

〔지금처럼 중요한 때 항산파 장문인이라는 사람이 그런 이상한 소리를 하면 어떡해요? 좌냉선이 난처한 상황에 처했으니 당신이 오악파의 장문인이 될 절호의 기회잖아요.〕

영호충은 흠칫했다.

'영영은 내가 오악파 장문인이 되도록 돕기 위해 변장을 하고 여기까지 온 거야. 일월신교 교주의 딸은 정파 사람들에게는 죽어 마땅한 적이니 발각되는 순간 위험에 처하겠지. 그 위험을 알면서도 내가 무림에서 큰 공을 세우고 이름을 날리도록 도우러 오다니… 아아, 이 깊은 정을 대체… 대체 어떻게 갚아야 할까?'

그때 도근선이 말했다.

"방증 대사 같은 선배 고인도 장문인으로 받아들이지 않았으니, 옥기자의 팔다리를 자른 인정머리 없고 의리 없는 좌냉선은 당연히 장문 자리에 앉을 수 없어. 그러니 다른 사람을 오악파 장문인으로 추천하는 수밖에. 우리는 검술로는 당세에 따를 자가 없는 청년 영웅을 추천할 거야. 인정 못하겠거든 직접 그 사람과 검법으로 겨뤄보라고."

말을 마친 그는 보란 듯이 왼손을 쭉 뻗어 영호충을 가리켰다.
도간선도 덩달아 말했다.
"여기 이 영호 소협께서는 옛 항산파의 장문인이었고, 옛 화산파 악 선생과는 인연이 깊고, 옛 형산파 막대 선생과도 교분이 있어. 오악검파 가운데 세 문파가 영호 소협이 장문인이 되는 것을 찬성할 거야."
도지선이 덧붙였다.
"태산파 제자들도 바보 멍청이는 아니니까 당연히 반대보다는 찬성하는 사람이 많을걸."
도엽선도 끼어들었다.
"오악파 사람들은 대부분 검을 쓰기 때문에 오악검파라고 불렸어. 그러니 검법이 뛰어난 사람이 장문인이 되는 것이 아주 완전 당연히 불가불계한 일이야."
그는 뜻이 통하든 말든 '당연히' 뒤에 자연스럽게 '불가불계'라는 말을 붙였다. 조금 전까지 '완전당연히불가불계의 제자는 법명을 무엇이라고 지어야 할까' 하는 고민에 빠져 있었기 때문이었다. 도근선이 앞에는 말을 덧붙일 수가 없으니 뒤에 붙여야 한다며 '완전당연히불가불계하라'라는 법명을 지어냈는데, 영 말이 되지 않는 것은 아니었지만, 아무래도 딱 맞아떨어지지 않아 마음에 걸리던 차에 별안간 '완전당연히불가불계' 앞에 '아주'를 붙이면 되겠다는 영감이 떠올라 몹시 흡족했던 것이다.
도화선이 자신의 상처를 꾹 누르며 말했다.
"좌냉선, 인정 못하겠으면 영호 소협과 비검을 해서 이기는 사람이 오악파의 장문인을 하면 돼. 비검탈수比劍奪帥! 비검으로 우두머리를 정한다는 말은 바로 이런 경우를 두고 하는 말이지!"

이 자리에 모인 호걸들은 오악검파의 제자와 방증 대사, 충허 도인을 제외하면 대다수가 재미있는 구경이나 하려고 온 사람들이었다. 오악검파가 합병하기로 결정된 지금, 사람들이 가장 눈독 들이는 것은 바로 그 장문 자리였다. 강호인들은 장황한 논쟁을 싫어했다. 도곡육선이 좌냉선을 물고 늘어지며 입씨름을 할 때는 재미가 있어서 답답한 줄을 몰랐지만, 만에 하나 모두가 악불군처럼 인의도덕을 부르짖으며 해가 서산으로 질 때까지 장광설만 늘어놓았다면 일찌감치 속이 터져 쓰러졌을지도 모르는 일이었다. 그런데 때마침 도화선이 '비검으로 우두머리를 정하자'고 제안하자, 호걸들은 기다렸다는 듯이 산이 떠나가라 환호성을 질렀다.

그들이 숭산에 올라와서 본 것이라고는 천문 진인이 수치를 참지 못해 자결하고, 좌냉선이 옥기자의 팔다리를 자르는 장면뿐이었다. 가슴이 철렁 내려앉는 그 장면만으로도 아주 허탕을 친 것은 아니지만, 오악검파의 즐비한 고수들이 오악파의 장문인이 되기 위해 한바탕 싸움을 벌인다면 그야말로 진기명기가 펼쳐질 테니 더욱더 흥미진진할 수밖에 없었다. 이 때문에 호걸들의 박수갈채는 그 어느 때보다도 진실하고 열렬했다.

영호충은 방증 대사와 충허 도인을 바라보며 생각했다.

'나는 좌냉선이 오악파 장문인이 되어 무림에 해를 입히는 일이 없도록 힘껏 막겠다고 두 분께 약속했어. 그러니 사부님께서 장문인이 되셔야 해. 공평무사하고 정의로운 분이시니 모두 승복할 거야. 오악검파 중에서 그분 외에 그만한 중임을 맡을 사람이 어디 있겠어?'

결정을 내린 그가 큰 소리로 입을 열었다.

"누구보다 장문 자리에 어울리는 선배님이 계신데 어찌 다들 잊고 계시오? 군자검 악 선생 외에 오악파 장문인에 꼭 맞는 사람이 또 어디 있겠소? 악 선생은 무공이 높으시고 탁월한 식견까지 갖추셨소. 더욱이 성품 또한 인의롭다는 것을 여기 계신 모두가 알고 있소. 그렇지 않았다면 군자검이라는 별호를 얻지도 못하셨을 거요. 우리 항산파는 악 선생을 오악파 장문인으로 추천하오."

그의 말이 끝나자 화산파 제자들이 환호를 질렀다.

숭산파 제자가 나섰다.

"악 선생도 훌륭하신 분이나 좌 장문에 비하면 능력이나 명성이 아무래도 조금 떨어지지 않소?"

"좌 장문은 다년간 오악검파의 맹주 자리에 계셨소. 그분이 오악파 장문인이 되는 것이 순리인데, 구태여 다른 사람을 내세울 필요가 어디 있소?"

"내 생각에는 좌 장문께서 오악파 장문인이 되시고, 별도로 보좌인 네 사람을 세워 악 선생과 막대 선생, 영호 소협, 옥… 옥… 그러니까 옥… 경자나 옥음자 도장께서 옆에서 돕는 것이 적절할 것 같소."

도지선이 제꺽 끼어들었다.

"옥기자는 아직 살아 있어. 팔다리를 잘렸다고 사람 취급도 안 하는 거야?"

도엽선도 거들었다.

"비검으로 우두머리를 정하자, 비검으로! 무공이 높은 사람이 장문인이 되는 거야!"

구경하던 강호 호걸 천여 명도 따라 외쳤다.

"옳소, 옳소! 비검으로 정합시다!"

영호충은 사람들을 둘러보았다.

'보아하니 좌냉선부터 쓰러뜨려 숭산파 사람들의 기대를 꺾어놓아야겠군. 이대로는 사부님이 오악파 장문인이 되실 수 없어.'

그는 검을 들고 앞으로 걸어나갔다.

"좌 선생, 이 자리에 계신 영웅들이 저토록 바라시니, 제일 먼저 우리 두 사람이 겨뤄보는 것이 어떻겠소?"

이렇게 말하면서 그는 속으로 좌냉선의 무공을 가늠했다.

'좌냉선의 한빙진기는 무시무시했지. 권각술로는 저자의 발끝에도 미치지 못하지만, 검법으로는 지지 않을 자신이 있다. 좌냉선을 꺾은 뒤 사부님께 양보하면 아무도 시비를 붙이지 못할 거야. 설사 막대 선생께서 나서더라도 사부님을 이긴다는 보장은 없고, 태산파는 양대 고수 중 한 사람은 죽고 한 사람은 치명상을 입었으니 나설 수도 없겠지. 내가 좌냉선을 이기지 못하더라도 천 초 정도 끌어서 진기를 소모시키면 다음에 싸울 사부님께 도움이 될 거야.'

그는 검을 두어 번 획획 휘두른 뒤 말했다.

"좌 선생, 오악검파는 모두 검을 쓰는 문파니 검으로 승부를 가립시다."

권각이나 장법으로 겨루자는 말을 꺼내지 못하도록 사전에 차단하려는 속셈이었다.

호걸들이 박수갈채를 보냈다.

"영호 소협은 시원시원하구려! 당연히 검으로 승부를 내야지."

"이기는 사람은 장문인이 되고 지는 사람은 그 명을 따른다, 이 얼마나 공평하오? 더없이 좋은 방법이구려."

"좌 선생, 내려와서 비검을 하시오! 무얼 그리 망설이시오? 질까 두렵소?"

"결론도 나지 않는 논쟁을 하루 종일 해보아야 무엇 하오? 일찌감치 실력으로 승부를 보았어야지!"

숭산 꼭대기는 삽시간에 호걸들의 아우성으로 가득 찼다. 동참하는 사람이 많아질수록 너도 나도 따라서 소리를 질렀고, 평소 차분하고 신중한 사람들마저 마치 무엇에 홀린 듯 합세했다. 이들은 좌냉선의 초청을 받은 손님들로, 오악파의 장문인이 누가 되든, 어떤 방식으로 장문인을 선발하든 아무 관계도 없는 사람들이었다. 의견을 제시할 이유도, 자격도 없었지만 비검을 하면 볼거리가 많으니 구경꾼들로서는 신나게 한판 즐겨보고 싶었던 것이다.

그들의 목소리가 봉우리를 뒤덮자 주객이 전도되어, 비검을 하지 않고서는 장문인을 정하지 못할 지경에 이르렀다.

호걸들이 자신의 의견에 찬성을 표하자 영호충은 싱긋 웃으며 말했다.

"좌 장문, 이 몸과 비검을 하고 싶지 않으면 사람들 앞에서 오악파의 장문인이 되지 않겠다고 선포해도 무방하오. 비검은 다른 사람과 하겠소!"

"비검, 비검을 하시오! 비검을 하지 않으면 영웅이 아니오!"

호걸들이 큰 소리로 외쳐댔다.

정묘하기로 소문난 영호충의 검법을 겪어 아는 숭산파 제자들은 진

퇴양난이었다. 좌냉선의 승리를 확신할 수도 없고, 비검을 피할 만한 정당한 이유도 떠오르지 않아 눈을 찡그린 채 지켜보기만 할 뿐이었다.

그때, 소란한 외침 사이로 맑은 음성이 흘러나왔다.

"여러 영웅들께서 비검으로 오악파 장문인을 정하기를 원하시니, 중의를 거스를 수는 없겠군요."

악불군이었다.

호걸들이 화답했다.

"악 선생의 말씀이 옳소. 비검으로 승부하시오, 비검으로!"

악불군이 차분하게 말했다.

"비검으로 장문인을 정하는 것도 한 가지 방법이지만, 우리 오악검파가 합병한 까닭은 문파 간의 싸움을 해소하고 무림동도들이 다 함께 화목하게 지내기 위해서입니다. 그러니 비검을 하더라도 승부가 나면 즉각 공격을 멈춰 목숨이 상하지 않도록 해야 합니다. 그러지 않으면 합병의 의미가 퇴색됩니다."

호걸들은 옳다는 듯이 고개를 끄덕이며 입을 다물었다. 주위가 점점 조용해지자 누군가 물었다.

"좋은 방법이오만, 검에 눈이 달린 것도 아니니 상처를 입더라도 상대를 탓할 일은 아니지 않소?"

또 다른 사람도 맞장구를 쳤다.

"다치거나 죽는 것이 두려우면 집에 가서 아기나 보고 있을 것이지 무엇 하러 오악파의 장문인이 되려고 하시오?"

호걸들이 와하하 웃음을 터뜨렸지만 악불군은 여전히 차분했다.

"옳은 말씀입니다만, 가능하면 서로 의를 상하지 않는 것이 좋습니다. 얕은 소견이나마 제안할 것이 있으니 부디 들어주시기 바랍니다."
"거참, 빨리 싸우기나 할 것이지 또 무슨 말이 그리 많소?"
"어허, 아이들같이 떼쓰지 말고 악 선생의 말이나 들어봅시다."
"아이라니? 떼라니? 내가 아이인지 어른인지는 가서 당신 누이에게 물어봐!"
한쪽에서 거친 말다툼이 벌어지기 시작했지만 악불군은 아랑곳하지 않고 말을 이었다.
"이 비검에 참가하는 사람의 자격을 정할 필요가 있습니다."
그의 목소리에는 진기가 충만해 구석에서 흘러나오는 욕지거리를 순식간에 집어삼켰다.
"비검으로 우두머리를 정한다 하였으나, 이 우두머리는 바로 오악파의 수령입니다. 그러니 오악파 문하가 아니면 아무리 뛰어난 재주를 지닌 사람이라도 참가할 수 없습니다. 그러지 않으면 이 비검은 오악파의 장문인을 정하는 자리가 아니라 천하제일 검법 고수를 가리는 자리가 될 것입니다."
"옳소! 오악파 문하만이 참가하는 것은 당연한 일이오!"
대부분의 호걸들은 맞장구를 쳤지만 누군가 슬그머니 이의를 제기했다.
"이왕 모인 김에 천하제일 검법 고수를 가린다 한들 나쁠 것도 없지 않소?"
물론 누가 봐도 억지스러운 말이어서 아무도 대꾸하지 않았다.
악불군이 말했다.
"그리고 비검은 인명을 해치지 않고 동문 간의 의를 상하지 않는 범

위에서 진행해야 합니다. 좌 선생, 어찌 생각하시오?"

좌냉선은 싸늘하게 대답했다.

"무기를 꺼내 든 이상 인명을 해치지 않고 동문의 의를 상하지 않기란 어려운 일이오. 악 선생께 무슨 고견이라도 있소?"

"제 생각에는 방증 대사와 충허 도장, 개방의 해 방주, 청성파 여 관주같이 덕망이 높은 무림 선배들을 공증인으로 삼는 것이 좋을 것 같소. 공증인들의 판단에 따라 무공의 고하가 판가름 났을 때 비검을 중단시키면 위험한 상황까지 싸움이 지속되지는 않을 것이오."

방증 대사가 합장을 하며 말했다.

"선재로다, 선재로다! 무공의 고하가 판가름 났을 때 비검을 중단시키는 것은 참으로 좋은 생각이오. 이로써 의미 없는 피를 흘리지 않아도 될 터인즉, 좌 시주께서는 어찌 보시오?"

"대사께서 자비로 하시는 말씀이니 응당 따르겠소이다. 오악검파는 모두 다섯 문파니 한 문파에서 한 사람을 선발하여 비검에 참여시키는 것이 좋겠소. 문하 제자 수백 명이 모두 나서면 어느 세월에 끝이 나겠소?"

오악검파에서 한 사람씩만 나와 싸운다는 말에 호걸들은 김이 빠졌다. 하지만 각 문파의 장문인이 나서면 그 문하 제자들이 감히 도전할 리 없으니 제약을 두지 않아도 별로 달라질 것 같지 않았고, 때문에 숭산파 제자들이 입을 모아 찬성을 표하자 다른 사람들도 입을 다물었다.

도지선이 불쑥 말을 꺼냈다.

"태산파 장문인은 옥기자인데, 팔다리도 없는 땡도사더러 싸우라는 거야?"

도엽선이 대신 대답했다.

"팔다리가 없으면 싸우지 못한다는 법도 없잖아? 아직 다리 하나는 남아 있으니 비각으로 뻥뻥 걷어차면 되지."

그 말에는 호걸들 중 누구도 웃지 않았다.

태산파 옥음자가 노한 목소리로 외쳤다.

"네 이놈들! 옥기자 사형을 폐인으로 만든 것도 모자라 웃음거리로 삼을 작정이냐? 내가 네놈들의 팔다리를 하나하나 잘라주마! 자신이 있으면 이리 와서 이 어르신과 겨루자!"

그는 검을 홱 뽑아 들고 봉우리 한가운데로 나섰다. 옥음자는 키가 크고 마른 몸에 위엄이 넘치는 사람으로, 검을 뽑아 들고 우뚝 서자 그 기백이 예사롭지 않았다. 바람에 펄럭이는 도포가 그런 그의 모습에 당당함을 더해주었다.

적지 않은 호걸들이 그런 그를 향해 큰 소리로 환호하고 갈채를 보냈다.

도근선이 그에게 물었다.

"태산파에서 비검에 참가하는 사람이 당신이야?"

도엽선도 거들었다.

"동문들에게 허락은 받았어? 아니면 자진해서 나온 거야?"

옥음자는 버럭 화를 냈다.

"네놈이 무슨 상관이냐?"

"당연히 상관이 있지, 있다마다. 허락을 받고 나왔다면, 네가 패배했을 때 태산파에서 두 번째 참가자를 내놓을 수가 없거든."

"참가자를 내놓지 못하면 또 어떠냐?"

옥음자가 더욱더 화가 나 소리를 쳤지만, 뒤에서 누군가의 목소리가 들려왔다.

"옥음자 사제는 공식적인 대표가 아니다. 사제가 패하더라도 태산파에서는 다른 고수를 내세우겠다."

다름 아닌 옥경자의 목소리였다. 도화선이 그럴 줄 알았다는 듯이 대답했다.

"히히, 그 다른 고수라는 자가 당신이지?"

옥경자가 대답했다.

"그렇다, 바로 이 몸이시다."

도실선이 큰 소리로 외쳤다.

"잘들 보라고, 태산파에 또 내분이 일어났어. 천문 진인이 죽고 옥기자가 폐인이 되니까 이제 옥경자와 옥음자가 서로 태산파 장문인이 되겠다잖아!"

"헛소리 마라!"

옥음자는 버럭 소리를 질렀지만 옥경자는 냉소만 흘릴 뿐 아무 말도 하지 않았다. 도화선이 그런 그들을 부추겼다.

"그럼 말해봐. 태산파에서는 대체 누가 비검에 나올 거야?"

"나다!"

옥음자와 옥경자가 동시에 외치자 도근선이 낄낄거리며 말했다.

"좋아, 좋아. 너희 두 사람이 먼저 싸워서 강한 사람으로 정해. 말로 하는 것보다야 직접 싸우는 것이 백번 빨라!"

옥경자가 무리를 헤치고 나와 손을 내저었다.

"사제, 공연히 웃음거리가 되지 말고 물러나게."

"웃음거리라니요? 저는 옥기자 사형이 중상을 입어 복수를 하려는 겁니다."

"정말 복수를 하려는 건가, 아니면 장문 자리를 노리고 비검에 나서려는 건가?"

"우리 같은 실력으로 오악파의 장문인 자리가 가당키나 하겠습니까? 쓸데없는 망상이지요. 우리 태산파는 이미 숭산파 좌 맹주를 지지하기로 결정했는데 무엇 하러 그런 자리에 나서겠습니까?"

"그렇다면 더욱더 물러나야지. 지금 태산파의 최고 연장자는 나일세."

옥음자는 싸늘하게 웃음을 지었다.

"흥, 나이는 많지만 사형의 평소 행실로 보아 사람들이 따를 것 같습니까? 어느 누가 사형의 말을 듣겠습니까?"

옥경자의 안색이 싹 변했다.

"무슨 뜻으로 하는 말인가? 장유유서를 무시하고 윗사람을 업신여길 참인가? 본 파의 문규 제1조가 무엇인가?"

"허허, 잊으신 모양인데 이제 우리는 오악파가 되었습니다. 같은 날 같은 시각에 오악파에 들어간 동문이니 입문 순서도 사라졌지요. 더욱이 오악파의 문규는 아직 정해지지도 않았는데 제1조든 제2조든 제가 어찌 알겠습니까? 걸핏하면 태산파의 문규를 내밀며 저를 압박하시는데, 안타깝게도 이제 오악파만 남고 태산파는 사라졌습니다."

듣고 있던 도지선이 끼어들었다.

"오악파만 남고 태산파가 사라진 것은 더할 나위 없이 좋은 일인데 왜 '안타깝게도'라는 말을 붙여? 너희도 오악파를 무너뜨리고 태산파를 부흥시킬 속셈인 거지, 응? 옥음자, 어서 대답해보시지. 왜 '안타깝게도'라고 했어?"

그 질문에 옥음자와 옥경자는 말문이 턱 막혔다.

구경하던 사람들이 일제히 소리소리 질렀다.

"싸워라, 싸워라! 누가 더 강한지 싸워서 결판을 내라!"

옥경자의 손에 쥐어진 검이 부들부들 떨렸지만, 그는 끝내 앞으로 나서지 못했다. 비록 자신이 사형이었지만 평소 주색에 푹 빠져 지내느라 무공이나 검법에 있어 사제인 옥음자를 따르지 못하기 때문이었다.

오악검파가 합병했으나 오악파 사람들은 여전히 본래 문파가 있던 산에서 지내게 될 것이고, 그러기 위해서는 각 산에 우두머리를 세울 수밖에 없었다. 옥경자와 옥음자의 능력은 좌냉선에 비할 바가 아니었으니 오악파 장문인이 되는 것은 꿈도 꾸지 못할 일이었지만, 태산으로 돌아간 뒤 그 우두머리가 될 수는 있었다.

호걸들의 부추김으로 사형제가 무기를 맞대야 하는 상황에 몰렸지만, 옥경자는 차마 나설 용기가 없는 것은 물론이고 천하 영웅들 앞에서 옥음자에게 머리를 숙이는 것조차 썩 내키지 않았다. 이대로라면 좌냉선은 옥음자를 태산파의 우두머리로 세울 것이고, 그는 사제의 호령을 받으며 평생 고개를 들지 못한 채 살아가야 했다. 이런 속사정이 있어 사형제는 한동안 분노 어린 눈길로 서로를 노려보며 대치했다.

그때, 호걸들 속에서 날카로운 목소리가 터져나왔다.

"보아하니 당신 둘 다 태산파 무공의 정수를 절반도 익히지 못한 것 같은데, 낯부끄러운 줄도 모르고 나와서 아웅다웅 떠들어대는군. 여기 계신 영웅들의 시간이 아깝소."

사람들이 소리 나는 쪽을 돌아보니 훤칠한 청년이었다. 외모는 준

수했지만 안색이 너무 창백하고 입가에는 조소가 어려 있어 다소 신랄한 느낌을 주었다. 그는 바로 화산파의 임평지였다. 그를 알아본 사람이 옆 사람에게 일러주었다.

"화산파 악 선생이 얼마 전에 들인 사위일세."

영호충도 그쪽을 바라보며 속으로 중얼거렸다.

'얌전하고 말이 별로 없던 임 사제가 못 본 사이 완전히 달라졌구나. 천하 영웅들 앞에서 저 비열한 도사들에게 신랄하게 조소를 퍼부을 줄이야….'

옥경자와 옥음자가 옥기자와 손을 잡고 태산파 장문인 천문 진인을 죽음으로 몰아가고, 좌냉선에게 빌붙어 아첨을 일삼았을 때부터 두 사람에게 불만을 품었던 영호충은 임평지의 비웃음에 속이 시원했다.

옥음자가 분노 어린 눈길을 그에게로 돌렸다.

"내가 태산파 무공을 절반도 모른다고? 그러는 네놈은 태산파의 무공을 잘 안다는 말이냐? 어디 나와서 솜씨 좀 보여보시지."

'태산파'라는 단어를 특히 힘주어 말했는데, 이는 임평지가 화산파 제자인 만큼 아무리 무공이 높아도 화산파의 무공이지 태산파의 무공을 할 줄 알 리가 없기 때문이었다. 그러나 임평지는 싸늘하게 웃으며 말했다.

"태산파의 무공은 드높고 심오한데, 당신같이 적도에 빌붙어 동문을 죽이는 불초한 제자가 무슨 수로 깨달을 수…."

"평아!"

악불군이 그의 말을 잘랐다.

"옥음 도장은 선배시다. 무례하게 굴지 마라!"

"…예!"

임평지는 내키지 않는 듯이 대답하고 입을 다물었지만, 옥음자는 노여움을 참지 못했다.

"악 선생, 제자 한번 잘 가르치셨소! 새파랗게 젊은것이 태산파의 무공을 두고 함부로 지껄이다니!"

이번에는 여자의 목소리가 날카롭게 울렸다.

"함부로 지껄이다니요? 무슨 증거라도 있어요?"

기다란 치맛자락을 끌며 아리따운 새신부가 앞으로 나섰다. 허리에 묶은 띠는 바람에 팔랑팔랑 휘날리고 귀밑머리에 빠알간 꽃을 꽂은 그녀는 다름 아닌 악영산이었다. 악영산은 오른손을 뒤로 돌려 등에 멘 검자루를 쥐며 말했다.

"제가 태산파 검법으로 도장의 가르침을 받아보겠어요."

그녀가 악불군의 딸임을 알아본 옥음자는 언제 그랬냐는 듯 화난 표정을 거두고 미소를 지었다. 악불군은 오악검파 합병에 적극 찬성한 사람이었고, 좌냉선조차 예의를 갖춰 대했으니 그 딸에게 미움을 살 까닭이 없었던 것이다.

"악 낭자에게 경사가 있었는데 빈도가 찾아가서 축하주를 마시지 못했구려. 혹시 그 일로 화가 나셨소? 귀 파의 정묘한 검술에는 빈도 역시 탄복하는 바지만, 화산파 제자가 태산파의 검법을 쓸 줄 안다는 말은 태어나서 처음 듣소이다."

악영산이 고운 아미蛾眉를 살짝 올리며 말했다.

"아버지께서 오악파의 장문인이 되시려면 마땅히 오악검파의 검법을 두루 알아야 하지 않겠어요? 그렇지 않으면 설사 네 문파의 장문인을 꺾으시더라도 화산파의 승리일 뿐 진정한 오악파의 장문인이 될 수 없죠."

그녀의 한마디에 모여 있던 호걸들은 저마다 흠칫 놀랐다. 누군가 경악한 목소리로 중얼거렸다.

"악 선생도 오악파의 장문인이 되고 싶다는 건가?"

또 다른 사람은 숫제 큰 소리로 물었다.

"악 선생이 태산파, 형산파, 숭산파, 항산파의 무공을 모두 할 줄 안다는 것이오?"

악불군이 차분한 표정으로 대답했다.

"어린 딸이 생각 없이 내뱉은 말입니다. 물정 모르는 계집아이의 말을 진지하게 받아들이지 마십시오."

그러나 악영산은 물러서지 않았다.

"숭산파 좌 사백님, 사백님이 태산파, 형산파, 화산파, 항산파의 검법으로 각 문파의 고수를 쓰러뜨리신다면 기꺼이 오악파 장문인으로 인정해드리겠어요. 하지만 숭산파 검법으로 독보천하獨步天下한들 숭산파 검법 자랑에 불과할 뿐, 다른 네 문파의 우두머리가 될 수는 없어요."

호걸들은 그 말이 옳다고 생각했다. 이치로 따져봐도, 다섯 문파의 검법에 두루 정통한 사람이 있다면 그가 오악파의 장문인이 되는 것이 옳은 일이었다. 그러나 오악검파의 검법은 하루아침에 뚝딱 만들어진 것이 아니라 수백 년 동안 수많은 고수들이 피땀 흘려 갈고닦은 것인 만큼, 다섯 문파의 고수에게 검법을 전수받아 수십 년간 고되게 수련해도 전부 익힐 수 있을지 모르는 데다, 문파의 절기를 외부인에게 전수할 리도 없었다. 따라서 오악검파의 검법을 동시에 익힌다는 것은 불가능한 일이었다.

하지만 좌냉선은 생각이 달랐다.

'악불군의 딸이 저렇게 말하는 데는 필시 이유가 있을 것이다. 설마 하니 악불군이 오악파 장문 자리를 두고 나와 겨루겠다는 망상을 품은 것은 아니겠지?'

옥음자가 나섰다.

"이제 보니 악 선생께서 오악검파의 검법에 두루 정통하신 모양이구려. 오악검파가 생긴 이래로 처음 있는 일이오. 악 낭자가 태산파 검법을 잘 안다니 빈도가 가르침을 받아보겠소."

"좋아요!"

악영산이 대뜸 등에 멘 검을 뽑았다. 옥음자는 눈살을 찌푸렸다.

'네 아비보다도 한 항렬 높은 내 앞에서 감히 검을 뽑아?'

화산파에서 자신의 적수가 될 만한 사람은 악불군 부부뿐이라고 생각한 옥음자는 곧 악불군이 나서서 만류하리라 여겼지만, 뜻밖에도 악불군은 고개를 설레설레 저으며 한숨만 쉬었다.

"철없는 아이라 하늘 높은 줄을 모르는구나. 옥음자와 옥경자 선배님들은 태산파의 일류고수들이시다. 그런 분들 앞에서 태산파 검법을 펼치겠다니, 무슨 꼴을 당하려고 그러느냐?"

악불군의 말에 옥음자는 흠칫했다.

'보아하니 나와 싸우도록 내버려둘 참이구나.'

흘끗 살펴보니, 악영산은 검을 비스듬하게 아래로 내리고 왼손 손가락을 하나씩 접으며 숫자를 세고 있었다. 다섯까지 센 다음에는 엄지손가락부터 차례차례 펼쳐 다섯 손가락을 활짝 폈다가 다시 엄지손가락부터 차례차례 접었다. 이를 본 옥음자의 얼굴이 굳어졌다.

'저 계집애가 대종여하岱宗如何 초식을 어찌 알고…?'

그의 머릿속에 30여 년 전 사부에게 대종여하의 요결을 전수받으며 들었던 말이 떠올랐다.

대종여하는 태산파 검법 가운데에서도 최고의 절기로, 초식을 펼치는 오른손보다 숫자를 세는 왼손에 그 비결이 있다고 했다. 대종여하를 펼칠 때는 꾸준히 왼손 손가락을 꼽으며 적의 위치와 키, 무기의 크기, 무공의 갈래, 그리고 빛의 각도 등을 계산해야 하는데, 그 셈법은 몹시 복잡했지만 일단 셈이 끝나면 목표가 무엇이든 반드시 명중시킬 수 있었다. 당시 옥음자는 촌각을 다투는 싸움터에서 각종 요소를 일일이 확인해 셈을 하는 것은 자신의 능력 밖이라고 생각해 깊이 익힐 생각을 버리고 대강 흘려들었다. 그의 사부도 대종여하에 정통한 것은 아니어서 셈법을 알려준 뒤 이렇게 말했다.

"이 초식을 펼치는 것은 몹시 어려워 실제 싸움에서는 거의 쓸모가 없으나 그 위력은 짝을 찾아볼 수 없을 만큼 강력하다. 네가 흥미를 느끼지 못하는 것을 보니 이 초식과는 인연이 없다는 뜻이니 여기까지만 하자꾸나. 네 사형들은 너만큼 꼼꼼하지도 않으니 더욱더 익히기 어렵겠구나. 심오하기 이를 데 없는 본 파의 절초가 이대로 실전되는 것이 안타까울 따름이다."

사부가 억지로 초식을 가르치려 하지 않자 옥음자는 그저 반가웠다. 그 후 태산파에서 대종여하를 연마하는 사람을 본 적이 없는데, 수십 년이 지난 오늘 젊디젊은 악영산이 그 초식을 펼치고 있으니 옥음자의 이마에는 절로 땀이 송골송골 맺혔다.

사부에게서 이 초식을 깨뜨리는 방법을 들은 기억이 없었다. 자신이 익히지 않는 이상 다른 사람들은 손도 대지 못할 것이고, 그렇다면 파해법을 배울 필요도 없다고 생각했던 것이다. 하지만 세상일에는 항상 뜻하지 않은 이변이 발생하곤 한다.

옥음자는 초조함을 달래며 억지로나마 방도를 짜냈다.

'신속하게 위치와 높이를 바꾸며 계속 움직이면 저 계집애도 정확히 셈을 하지 못할 것이다.'

그는 미끄러지듯 오른쪽으로 세 걸음 옮긴 뒤 청천무운靑天無雲을 펼쳐 몸을 빙글 돌리고 살짝 숙이면서 검을 비스듬히 찔렀다. 그의 검은 악영산의 오른쪽 어깨에 닿기 직전에 급하게 방향을 틀며 준령횡공峻嶺橫空을 펼쳐냈다. 날아들 때도 바람같이 빨랐지만 물릴 때는 더더욱 날렵했다. 악영산은 서 있던 곳에서 한 발짝도 움직이지 않았다. 오른손에 든 검은 끊임없이 흔들렸고, 왼손 손가락은 접혔다 펼쳐졌다 하며 쉼 없이 움직였다.

옥음자는 초식을 펼치면서 오른쪽 왼쪽으로 신속하게 방향을 바꿨다. 태산십팔반泰山十八盤이라는 이름의 이 검법은 옛날 태산파의 명숙이 태산 어귀의 십팔반고개를 넘으며 다섯 걸음마다 한 번씩 방향을 꺾어야 하는 구불구불한 지형과 험준한 지세에서 깨달음을 얻어 창안한 것이었다. 험난한 지세를 검법에 녹여넣은 검법이라는 점에서, 그 방식은 달라도 의미나 움직임은 팔괘문의 팔괘유신장八卦遊身掌과 유사했다. 태산의 십팔반고개가 오를수록 깎아지른 듯 험한 길이 이어지듯, 이 검법 또한 초식이 거듭될수록 점점 더 날카로워졌다. 옥음자의 검은 매번 악영산의 몸을 꿰뚫을 것처럼 매섭게 찔러들어갔지만, 사실은 시종일관 진정한 살초는 쓰지 않고 있었다.

그의 두 눈동자는 펼쳤다 접었다를 반복하는 악영산의 왼손 손가락에서 한시도 떨어지지 않았다. 오래전 사부에게 들은 말이 계속해서 머릿속을 맴돌았다.

"이 대종여하는 우리 태산파 검법의 근본이다. 일단 펼치면 결코 빗나가는 일이 없기에 두 번째 초식을 펼칠 필요가 없다. 검법이 그런 경지에 올랐다는 것은 곧 범인의 수준을 넘어섰다는 의미지. 이 사부도 그 껍데기만 겨우 익혔을 뿐이다. 이런 검법을 완전히 깨우친다는 것이 어디 그리 쉽겠느냐?"

그 말이 떠오를 때마다 등줄기를 따라 식은땀이 주르륵 흘렀다.

태산 십팔반고개는 완십팔緩十八과 긴십팔緊十八로 나뉘는데, 정면으로 올라가는 길은 비교적 완만한 데 비해 측면의 언덕은 꺾어짐이 몹시 심하고 한 걸음 옮길 때마다 급격하게 높아져, 사람들은 이를 두고 '뒷사람은 앞사람의 발꿈치만 보이고, 앞사람은 뒷사람의 정수리만 보이는 곳'이라고 묘사했다. 이 가파르고 험한 지세에서 따온 태산십팔반 검법은 빨라지는가 하면 느려지고, 오른쪽으로 꺾는가 하면 어느새 왼쪽으로 돌아가는 등 몹시도 변화무쌍했다.

영호충은 악영산이 막기는커녕 피할 생각조차 하지 않고 숫자를 세듯 손가락만 접었다 폈다 하는 것을 보고 속이 마구 타들어갔다. 마음 같아서는 '소사매, 조심해!' 하고 소리를 치고 싶었지만, 그 한마디가 목구멍으로 올라올 때마다 꾹꾹 눌러 삼켰다.

옥음자의 검법은 끝을 향해 가고 있었지만, 그의 검은 시종 악영산에게서 두 자가량의 거리를 두고 멈추곤 했다. 그때 별안간 악영산이 검을 확 내밀어 잇달아 다섯 번을 찔렀다. 순식간이었지만 초식 하나 하나가 예스럽고 풍치가 있었다.

지켜보던 옥경자가 넋 나간 사람처럼 소리를 질렀다.

"오대부검五大夫劍!"

태산에는 매우 오래된 소나무가 있는데, 진나라 때 오대부송五大夫松으로 봉해졌다는 말이 전해지고 있었다. 이 소나무는 구불구불한 가지가 사방으로 뻗고 푸르른 잎이 무성했다. 옥경자와 옥음자의 사백조는 이 소나무에서 영감을 얻어 검법을 만들고, 이를 오대부검이라 불렀다. 이 검법의 초식은 예스럽고 질박하면서도 그 속에는 기발한 변화를 담고 있었다. 20여 년 전 이 검법을 배우고 숙달될 때까지 고된 연습을 했던 옥경자는 악영산이 펼친 다섯 초식이 자신이 배운 것과 유사한 것 같으면서도 확연하게 다른 것을 알 수 있었다. 하지만 그 위력은 본래 검법보다 훨씬 뛰어나, 놀란 와중에도 자세히 보고 싶어 슬그머니 가까이 다가갔다. 그때, 악영산이 가느다란 허리를 획 굽히며 그를 향해 검을 쭉 내밀었다.

"이것도 당신네 태산파 검법이죠?"

그녀의 외침 소리를 들으며 옥경자는 황급히 검을 들어 가로막았다.

"내학청천來鶴淸泉이 태산파 검법이 아니면 무엇이겠느냐? 허나 이 방향은…?"

검은 막아냈지만 그의 몸은 식은땀에 흠뻑 젖었다. 검이 찔러오는 방향이 그가 배운 바와는 완전히 달라서 하마터면 가슴을 찔릴 뻔했던 탓이었다.

악영산이 외쳤다.

"그럼 됐어요!"

쉬쉬쉭 소리와 함께 그녀는 다시 방향을 틀어 옥음자를 찔렀다.

옥경자가 놀란 목소리로 외쳤다.

"석관회마石關迴馬! 그… 그 초식은… 그렇게… 그렇게 쓰는 것이 아닌데…."

"초식 이름은 똑똑히 기억하는군요."

악영산은 그렇게 말하며 검을 빠르게 두 번 찔렀다. 그중 하나가 옥음자의 오른쪽 허벅지에 꽂히자 옥음자는 '으앗' 하고 비명을 질렀다. 거의 동시에 옥경자 역시 오른쪽 무릎에 검을 맞고 휘청거리다가 털썩 무릎을 꿇었다. 억지로 일어나보려고 들고 있던 검으로 황급히 땅을 짚었지만, 너무 급작스러운 데다 검이 찌른 곳이 단단한 바위였기 때문에 검이 쩡 소리를 내며 두 동강 났다. 옥경자의 입에서는 또 다른 외침이 터졌다.

"쾌활삼快活三까지…! 하, 하지만…."

악영산은 냉소를 지으며 팔을 뒤로 물렸다. 검이 철컥하고 등에 멘 검집으로 들어갔다.

젊고 아리따운 새신부가 태산파의 검법으로 태산파 고수 두 사람을 물리쳤다는 놀라운 사실에 호걸들은 요란스레 환호성을 질렀다. 그녀의 오묘하고 절묘한 검법은 보기만 해도 속이 뻥 뚫리는 것 같아, 그 환호성은 산골짜기를 쩌렁쩌렁 울릴 정도였다.

좌냉선과 숭산파 고수들은 걱정스러운 얼굴로 눈짓을 주고받았다.

'확실히 태산파 검법이다. 게다가 여기저기 손을 대 훨씬 날카롭고 위력적으로 바꿔놓았으니, 저 아이 스스로 깨우쳤을 리가 없다. 필시 악불군이 남몰래 익혔다가 딸에게 전수했을 것이다. 저 정도 검법을 익히기까지 적지 않은 시간을 들여야 했을 터, 저리 철저히 준비한 것을 보면 악불군도 커다란 웅심을 품고 있는 것이 분명하다.'

그때 옥음자가 날카롭게 외쳤다.

"그… 그건… 그건 진짜 대종여하가 아니다!"

검에 찔린 다음에야 악영산이 대종여하를 펼치는 흉내만 냈을 뿐, 실제로 셈을 하지 않았음을 깨달은 것이었다. 진짜 대종여하라면 1초 만에 승리를 얻을 수 있는데 무엇 하러 오대부검, 내학청천, 석관회마, 쾌활삼 같은 초식을 펼친단 말인가?

분통 터지는 일은 그뿐만이 아니었다. 악영산은 초식에서 가장 중요한 부분에 변화를 주어 그들 사형제를 혼란에 빠뜨렸다. 앞뒤 생각할 여유가 없었던 두 사람은 자연스레 수십 년간 몸에 익은 파해법을 펼쳤고, 그녀가 검의 방향을 바꾸자 꼼짝없이 당할 수밖에 없었다. 만약 다른 문파의 검법이었다면, 아무리 정묘한 초식이라도 갓 혼례를 올린 새신부 손에 쉽사리 당하지는 않았을 것이다. 그러나 그녀가 펼친 것은 하필이면 태산파의 검법이었다. 옥음자는 부끄럽고 당황스럽고 화가 나 도저히 패배를 인정할 수가 없었다.

악영산이 태산파 검법으로 적을 물리치는 광경을 보고 멍해진 영호충의 귀에 누군가 나지막이 속삭였다.

"영호 장문, 저 검법은 당신이 가르쳐준 게 아니오?"

그렇게 말한 사람은 전백광이었다. 영호충이 고개를 젓자 전백광은 빙그레 웃으며 말했다.

"오래전 우리가 화산 꼭대기에서 겨뤘을 때, 영호 장문이 저 내학청천인가 뭔가 하는 초식을 썼던 기억이 있소. 저만큼 능숙하지는 않았지만 말이오."

영호충은 그 말을 들었는지 말았는지 여전히 넋이 나간 얼굴이었다.

악영산이 검법을 펼치는 순간, 그는 단번에 화산 사과애 안쪽 동굴의 벽에 새겨진 태산파 검법이라는 것을 알아보았다. 사과애에서 벽화를 발견한 뒤로 그는 화산파의 그 누구에게도 이 사실을 알리지 않았고, 사과애를 떠날 때 안쪽 동굴 입구를 꼼꼼히 가려놓기까지 했다. 그런데 악영산은 대체 어떻게 그 동굴을 발견했을까?

'하긴… 내가 발견할 수 있었다면 소사매가 발견하지 못할 것도 없지. 하물며 내가 무심코 안쪽 동굴로 통하는 벽을 무너뜨렸으니 찾기가 더욱 쉬웠을 거야.'

그는 화산 사과애 안쪽 동굴에서 본 오악검파의 절초들과 마교 장로들이 고안해낸 파해법을 똑똑히 기억하고 있었지만, 그 초식들의 이름은 전혀 알지 못했다. 악영산이 마지막에 세 번 검을 찌른 동작은 물 흐르듯 부드러워 마치 유능한 마부가 익숙한 길을 내달리는 것처럼 능숙했을 뿐 아니라, 사과애 동굴 벽화의 초식이 되살아난 듯 생생하기까지 해서 절로 감탄이 쏟아졌다. 마침 그 초식을 본 옥경자가 '쾌활삼'이라고 외치자, 영호충은 자연스레 지난날 사부를 따라 다녀왔던 태산 수렴동水簾洞의 기나긴 언덕길이 '쾌활삼'이라 불렸던 것을 떠올렸다. 언덕에서 이어지는 3리의 길이 비스듬히 아래로 기울어져 쾌활하게 내려올 수 있다 하여 붙여진 이름이었는데, 바로 그 길에서 초식의 이름을 따온 모양이었다.

비쩍 마른 노인이 느릿느릿 앞으로 걸어나왔다.

"악 선생께서 오악검파의 검법에 두루 능통하시다면 실로 무림에 다시없는 놀라운 일이오. 이 늙은이는 본 파의 검법을 깊이 연구해왔으나 아직도 모르는 곳이 많아 악 선생께 가르침을 청하고자 하오."

그는 잘 닦아 반질반질하게 광채가 나는 호금을 왼손에 쥐고, 오른손으로 호금 손잡이 부분에서 검신이 몹시 가느다란 단검을 빼냈다. 그 노인은 다름 아닌 형산파 장문인 막대 선생이었다.

악영산이 허리를 굽히며 말했다.

"막 사백님, 제가 형산파 검법 몇 수를 제멋대로 익혔는데 어떤지 가르쳐주시기 바랍니다. 아직 상대가 되지 못하니 관대히 보아주세요."

막대 선생은 분명히 악불군에게 도전했지만, 뜻밖에도 악영산이 형산파 검법으로 싸우겠다고 대신 받아들인 것이었다. 막대 선생은 오랫동안 강호에서 명성을 누려온 사람이었다. 좌냉선의 입에서 숭산파 고수인 대숭양수 비빈이 그의 검 아래 죽었다는 말을 들은 호걸들은 악영산의 그런 행동에 놀라지 않을 수 없었다.

'악영산이 태산파 검법으로 태산파의 고수 두 명을 물리친 것도 놀라운데, 설마하니 형산파 검법으로 막대 선생까지 상대할 자신이 있다는 말인가?'

막대 선생은 빙그레 미소를 지었다.

"좋아, 좋아! 대단하구나, 아주 대단해!"

"제가 막 사백님을 이기지 못하면 그때 아버지께서 나서실 거예요."

막대 선생은 조용히 대답했다.

"아니지, 아니야. 이기지 못할 리가 있나!"

천천히 들어올린 단검이 별안간 파르르 떨리더니 휘리릭 소리를 내며 앞으로 쏘아져나갔다. 악영산은 공격을 막기 위해 검을 세웠지만, 막대 선생의 단검은 귀신같이 악영산의 등 뒤로 돌아갔다.

악영산은 재빨리 돌아섰으나, 귓가에 휘리릭 하는 날카로운 소리가 울리며 머리카락 한 줌이 팔랑팔랑 눈앞으로 날아갔다. 막대 선생의 검이 어느새 그녀의 머리카락을 싹둑 잘라버린 것이었다. 악영산은 놀라 멈칫했지만 곧 자신감을 되찾았다.

'막 사백님께서 봐준 거야. 그러지 않았으면 벌써 저 검에 찔려 죽었겠지. 나를 해칠 생각이 없으시니 마음 놓고 공격해도 되겠군.'

그녀는 공격에 아랑곳 않고 재빨리 검을 휘둘러 막대 선생의 아랫배와 이마를 찔렀다. 막대 선생은 흠칫했다.

'천명부용泉鳴芙蓉과 학상자개鶴翔紫蓋로구나! 분명 우리 형산파의 검법인데, 이 아이가 어떻게 배웠을꼬?'

형산 72봉 가운데 가장 높은 봉우리는 부용봉, 자개봉, 석름봉, 천주봉, 축융봉 다섯 곳이었는데, 형산파에는 다섯 갈래 검법이 있고 각각 이 봉우리들의 이름을 붙여 불렀다. 방금 악영산이 펼친 초식은 하나의 초식에 한 갈래 검법에 속하는 초식 수십 개의 정수를 섞어내는 일초포일로一招包一路라는 수법이었다. 형산파의 부용검법은 총 36초, 자개검법은 총 48초로 이루어져 있는데, 개중에 일초포일로인 천명부용과 학상자개는 부용검법과 자개검법의 여러 초식에 담긴 오묘함을 하나로 녹여내 짧은 초식 안에 공격과 수비를 모두 갖췄고, 그 위력 또한 형산파 검법 가운데 으뜸이었다. 형산파는 다섯 갈래 검법의 일초포일로를 합쳐 형산오신검衡山五神劍이라 칭했다.

챙챙챙 검이 부딪치는 소리가 어지러이 울렸다. 두 사람은 눈 깜짝할 사이에 몇 초나 펼쳐냈지만, 구경꾼들은 누가 공격을 했는지, 누가 수비를 했는지조차 알지 못했다.

막대 선생은 무슨 일이든 곰곰이 따져본 연후에 움직이는 사람이었고, 비검으로 장문인을 가리자는 제의가 채택되었을 때도 심사숙고해 대책을 마련했다. 그는 오악파 장문인이 될 생각이 추호도 없었고 자신이 좌냉선이나 영호충의 적수가 되지 못한다는 것도 잘 알았지만, 형산파 장문인으로서 자라처럼 목을 움츠리고 물러서 있을 수만은 없는 노릇이었다.

본래는 좌냉선의 앞잡이가 되어 천문 진인을 핍박한 옥경자에게 몹시 화가 나 그와 한판 싸울 계획이었지만, 뜻밖에도 태산파 고수 세 명이 차례차례 패배해 상대해볼 만한 사람은 화산파 악불군만 남게 되었다. 지난번 소림사에서 악불군의 무공을 낱낱이 지켜본 막대 선생은 그에게 지지 않을 자신이 있었기 때문에 도전했지만, 그를 맞아 싸운 사람은 악불군의 딸 악영산이었다.

어리게만 봐온 악영산이 자신 있게 형산파 검법을 펼쳐내자 막대 선생 역시 놀라움을 감출 수가 없었다. 더욱이 그녀가 펼친 검법이 형산파 검법 중에서도 최상승의 수법인 일초포일로였으니 가슴이 철렁 내려앉을 만도 했다.

막대 선생의 사조와 사숙조는 화산 꼭대기에서 벌어졌던 마교 십장로와의 싸움에서 나란히 목숨을 잃었다. 당시 막대 선생의 사부는 아직 젊어, 부용검법이나 자개검법 등의 다섯 가지 검법은 모두 익혔으나 천명부용과 학상자개 같은 형산오신검은 겨우 흉내만 내는 정도였다. 그러니 막대 선생 역시 사부로부터 형산오신검을 전수받지 못했는데, 다른 문파의 젊은 여자가 그 초식을 펼칠 줄을 어찌 예상이나 했겠는가?

다행히 악영산 역시 초식을 흉내 내기만 했을 뿐 그 의미를 충분히 깨우치지 못했기에, 비록 그가 놀라고 당황했으나 큰 피해는 입지 않았다. 그렇지 않았다면 이어지는 두 번째 초식에 허무하게 나가떨어졌을 것이다.

막대 선생이 가까스로 두 초식을 막아내자, 악영산은 곧바로 석름서성石廩書聲과 천주운기天柱雲氣를 펼쳤다. 천주검법은 구름과 안개의 변화를 본떠 만든 검법으로, 몹시 기괴하고 쉼 없이 움직여 종잡을 수 없는 특징을 갖고 있었다. 막대 선생은 악영산이 천주운기를 펼치는 것을 보자마자 막지 않고 물러섰다. 말이야 그럴싸하지만 사실인즉 싸워 이길 자신이 없어 달아난 것과 마찬가지였다. 하지만 막대 선생의 검법이 워낙 복잡하고 변화막측해, 달아나면서도 검을 좌우로 어지러이 찔러 시야를 교란시킨 덕분에 남들은 그의 목적이 삼십육계 줄행랑이라는 사실을 쉽사리 알아차릴 수가 없었다.

형산오대신검 중 가장 무서운 초식은 바로 안회축융雁迴祝融이었다. 형산 다섯 봉우리 가운데 가장 높은 것이 축융봉이듯, 안회축융도 형산오신검 가운데 가장 정묘하고 심오한 초식이었다. 막대 선생의 사부조차 이 초식을 잘 알지 못한다며 애매모호하게 설명해주었을 정도라, 악영산이 안회축융까지 펼친다면 목숨은 건질망정 크나큰 추태를 보이게 될 것이 자명했다. 이를 헤아린 막대 선생은 부지런히 발을 놀리고 단검을 빠르게 휘두르며 속으로 곰곰이 생각했다.

'이 아이가 절초를 배우기는 한 모양이나 펼칠 줄만 알지 임기응변할 줄은 모르는구나. 그렇다면 모험을 해서라도 한번 부딪쳐보는 수밖에 없다. 이렇게 계속 물러나기만 해서야 강호에 발을 딛고 있을 낯이 없지.'

마침 악영산이 멈칫하는 것이 보였다. 그녀가 쫓아가야 할지 기다려야 할지 갈피를 잡지 못한 듯하자 막대 선생은 속으로 손뼉을 쳤다.

'옳거니! 역시 젊은이들은 경험이 부족하구나.'

악영산이 천주운기를 펼쳐 막대 선생을 물러나게 만들었을 때도 그의 교묘한 눈속임 덕분에 추호도 패색이 느껴지지 않았지만, 무공이 높은 사람들은 그가 초식을 당해내지 못해 달아났다는 사실을 똑똑히 알 수 있었다. 만약 악영산이 검을 거두고 '막 사백님, 양보해주셔서 감사합니다'라고 한마디만 했다면 승부는 판가름 난 것이나 마찬가지였다. 막대 선생같이 높은 자리에 있는 사람이 그런 말을 듣고도 한참 어린 여자에게 고집스레 달려든다는 것은 보통 민망한 일이 아니었다. 그러나 악영산은 망설이고 있었고, 막대 선생에게는 천재일우의 기회가 찾아온 것이다.

마침내 결심을 한 악영산이 배시시 웃으며 무슨 말을 할 것처럼 앵두 같은 입술을 달싹였지만, 바로 그 순간 막대 선생의 단검이 휘리릭 소리를 내며 그녀를 덮쳤다. 평생의 공력을 쏟아부은 일격이었다. 검에서 흐느끼는 듯한 호금 소리가 울리고, 둥그런 빛무리가 빙글빙글 돌며 삽시간에 악영산을 번쩍이는 검광 속에 가뒀다. 악영산은 비명을 지르며 허둥지둥 물러났다. 하지만 그녀가 안회축융을 펼치도록 내버려둘 막대 선생이 아니었다. 그의 손에 들린 단검은 갈수록 속도를 더해 마치 구름을 휘말아올리듯이 백변천환형산운무십삼식을 어지럽게 펼쳐냈다. 구경꾼들은 그 빠르기에 머리가 어질어질할 정도였다. 막대선생이 몰아붙이는 상대가 젊은 여자가 아니었다면, 요란스레 박수갈채가 터져나왔어도 이상한 일이 아니었다.

악영산이 천명부용을 펼쳤을 때부터, 영호충은 가슴 가득하던 의문이 싹 풀리는 것 같았다. 그녀가 펼친 검법은 분명히 화산 사과애 안쪽 동굴에서 배운 것이었다.

'소사매가 무슨 일로 사과애에 올라갔을까? 딸을 애지중지하시는 사부님과 사모님이 소사매에게 그런 황량한 절벽에서 면벽 수행하라고 하셨을 리 없어. 아무리 큰 잘못을 했어도 기껏해야 엄하게 꾸지람만 하셨을 텐데…. 사과애는 화산 주봉과 무척 가깝지만 지세가 가파르고 위험해서 다른 사매들도 보내신 적이 없어. 그렇다면 임 사제가 그곳에서 벌을 받느라 매일 밥을 날라주었던 것일까? 예전에 내게 그랬던 것처럼…?'

지난 일이 떠오르자 그의 가슴은 불을 지핀 듯 뜨겁게 달아올랐다.

'임 사제는 과묵하고 규칙을 잘 지켜서 사부님을 쏙 빼닮은 소군자검小君子劍이라고 할 수 있지. 더군다나 사부님과 사모님, 소사매에게 무척 사랑받고 있는데 사과애에 올라갈 만큼 큰 잘못을 저질렀을 리가 있을까? 하물며 사부님은 일찍부터 소사매를 임 사제와 짝지어줄 생각을 하고 계셨으니 그럴 리가 없어. 절대 그럴 리가 없지!'

그렇게 생각하자 가슴이 철렁했다.

'설마 소사매가… 소사매가…?'

머릿속에 하나의 가정이 떠올랐지만, 너무나도 황당한 생각이라 떠오르기 무섭게 꾹꾹 눌러야 했다. 머리가 멍해지는 바람에 그 자신조차 방금 떠오른 생각이 무엇이었는지 잘 생각나지 않았다.

바로 그때, '아앗!' 하는 악영산의 비명 소리가 들려왔다. 검이 그녀의 손에서 빠져나가 빙글빙글 날아올랐고, 그녀 자신은 발이 미끄러져 바닥에 털썩 쓰러졌다. 막대 선생이 단검으로 악영산의 왼쪽 어깨를 겨누며 빙그레 웃었다.

"조카, 그만 일어나거라. 놀랄 것 없다!"

갑자기 퍽 하는 소리와 함께 막대 선생이 든 단검이 뚝 부러졌다. 악영산이 땅에서 돌멩이를 주워 막대 선생의 검을 때린 것이었다. 단검은 워낙 얇아 돌멩이조차 이겨내지 못하고 단숨에 동강이 났다. 악영산은 여기서 멈추지 않고 왼쪽으로 돌멩이 하나를 힘껏 던졌다. 무기가 부러져 당혹스러워하던 막대 선생은 그녀가 아무도 없는 곳으로 돌멩이를 던지자 영문을 몰라 멍한 표정을 지었다. 그런데 돌멩이는 허공에서 뱅글뱅글 돌더니 방향을 틀어 막대 선생의 오른쪽 가슴으로 날아들었다. 또다시 퍽 하는 소리가 들리더니, 막대 선생의 갈빗대가 우두둑 소리를 내며 부러졌다. 놀란 막대 선생이 입을 열었지만 소리 대신 새빨간 피가 분수처럼 터져나왔다.

실로 예상 밖의 광경이었다. 악영산의 동작이 무척 빠르고 깔끔했기 때문에 구경하던 호걸들조차 어찌 된 노릇인지 헤아리지 못하고 입을 떡 벌렸다. 막대 선생이 승기를 잡고도 공격하지 않고, 악영산에게 일어날 시간을 준 것은 장내에 있는 사람들이 모두 목격한 사실이었다. 일반적으로 강호의 선배들이 후배를 몰아붙였을 때 늘 일어나는 일이었기에 전혀 뜻밖의 장면은 아니었다. 하지만 악영산이 돌멩이로 막대 선생의 검을 부러뜨리고 가슴을 때린 것은 귀신도 예측하지 못한 일이었다.

악영산의 이 움직임이 바로 마교의 장로가 형산파 검법의 절초를 깨뜨리기 위해 만든 초식이라는 것을 아는 사람은 영호충뿐이었다. 한 가지 다른 점이라면, 마교의 장로가 쓴 것은 돌멩이가 아닌 동추銅鎚 한 쌍이었다. 동추 대신 돌멩이를 무기 삼아 싸우면 오래 버티기 힘들지만, 한 번 던져 다시 돌아오게 만드는 것은 진기를 다스리는 법만 잘 알면 동추나 돌멩이나 다를 바가 없었다.

악불군이 번쩍 몸을 날려 딸 앞에 내려서더니 철썩 소리가 나도록 그녀의 뺨을 올려붙였다.

"막대 사백께서 넓은 아량으로 양보해주셨거늘, 감히 이렇게 무례한 짓을 벌이다니!"

그는 호되게 꾸짖은 뒤 막대 선생을 향해 깊숙이 허리를 숙였다.

"막 형, 딸아이가 호의도 모르고 함부로 굴었습니다. 제가 대신 이렇게 사과드립니다. 부디 용서하십시오."

막대 선생은 쓴웃음을 지었다.

"장군 가문에는 호랑이 같은 딸만 난다더니 과연 비범한 따님이구려."

그는 그 말을 겨우 끝내고 또다시 선혈을 왈칵 토했다. 형산파 제자 두 명이 달려와 그를 부축했다. 악불군은 노한 눈길로 딸을 노려본 뒤 옆으로 물러났다.

악영산의 왼쪽 뺨은 통통 부어오르고 손가락 자국이 선명하게 찍혀, 악불군이 사정 봐주지 않고 때렸다는 것을 누구나 알 수 있었다.

악영산은 금방이라도 눈물을 쏟을 것처럼 글썽이며 몹시 억울한 듯 입을 삐죽였다.

그 모습을 본 영호충은 문득 옛날 생각이 났다.

'소사매와 함께 화산에서 지낼 때가 그립구나. 장난을 치다 사부님과 사모님께 야단을 들으면, 소사매는 늘 억울한 듯 저렇게 가엾고 사랑스러운 표정을 지었어. 그때마다 나는 온갖 방법을 동원해 소사매를 기쁘게 만들곤 했지. 소사매가 제일 좋아하던 것은 내가 비무에서 져주는 것이었어. 물론 일부러 져주었다는 것을 눈치채지 못하도록 교묘하게 실수한 것처럼 꾸며야 했지만….'

여기까지 생각하자, 억지로 눌러 희미해졌던 생각이 별안간 뚜렷하게 그의 머릿속을 채웠다.

'소사매는 어째서 사과애에 올라갔을까? 아마도 혼례를 올리기 전후로 예전에 내가 보여준 정이 그리워져 홀로 그 절벽에 올라 옛일을 추억하려고 했을 거야. 안쪽 동굴 입구는 돌멩이로 단단히 막아놓았으니, 그곳에 오래 머물지 않으면 결코 발견할 수 없어. 그러니 소사매는 사과애에 간 것이 단 한 차례는 아니었을 거야. 그리고 가서는 한참 동안 있었겠지.'

그는 저도 모르게 임평지 쪽을 흘끗 돌아보았다.

'임 사제와 소사매는 한창 깨가 쏟아져야 할 신혼인데 어째서 저렇게 울적한 표정일까? 소사매가 사부님께 뺨을 맞았는데도 달려가 달래주지는 못할망정 무관심하게 눈길조차 주지 않다니, 남편이라는 사람이 정말 인정머리가 없구나.'

악영산이 자신에 대한 그리움으로 사과애에 올라가 지난 정을 되새

졌으리라는 생각은 그의 간절한 바람이 자아낸 추측에 불과했다. 하지만 그의 눈앞에는 낭떠러지 끝에 서서 눈물을 뚝뚝 흘리며 임평지에게 시집간 것을 후회하고, 깊디깊은 그의 정을 저버린 것을 안타까워하는 악영산의 모습이 생생하게 떠올랐다.

고개를 들어보니 악영산은 허리를 굽혀 떨어진 검을 줍고 있었는데, 새파란 풀잎 위로 눈물이 똑똑 떨어졌다. 가녀린 풀잎이 눈물방울을 견디지 못하고 휘어지는 것을 보자, 영호충의 가슴은 빠르게 뛰었다.

'달래줘야 해! 소사매가 다시 웃을 수 있도록 달래줘야 해!'

지금 그에게 이곳 숭산의 봉선대는 화산의 옥녀봉이었고, 까맣게 몰려 있는 수천 명의 호걸들은 그저 봉우리를 둘러싼 나무에 불과했다. 그의 눈에는 오로지 뼈에 사무칠 만큼 그리워하고 밤낮 잊지 못하는 사랑하던 사람, 아버지에게 꾸지람을 듣고 눈물을 흘리는 소사매밖에 보이지 않았다. 지금껏 살아오면서 우는 그녀를 달랜 적이 몇 번이었던가? 셀 수 없이 많은 날들을 그녀를 달래며 보냈는데 오늘이라고 해서 못할 까닭이 없었다.

그는 성큼성큼 앞으로 나섰다.

"소사…."

입을 여는 순간, 그녀를 웃게 만들기 위해서는 비검에서 반드시 져야 한다는 생각이 떠올라 가슴이 쿵쿵 뛰기 시작했다.

"악 낭자, 태산파와 형산파 장문인을 쓰러뜨린 낭자의 검법은 정말 대단하나, 우리 항산파는 승복할 수 없소. 항산파 검법으로 나와 겨뤄 보는 것이 어떻겠소?"

악영산은 천천히 몸을 돌렸지만 무슨 고민이 있는 듯 곧바로 고개를 들지 않았다. 한참 후에야 느릿느릿 고개를 든 악영산의 뺨은 빨갛게 물들어 있었다.

영호충이 말했다.

"악 선생의 무공이 뛰어나다는 것은 나도 알지만, 오악검파의 검법에 두루 능통하다는 말은 믿을 수가 없소."

악영산이 그를 바라보며 물었다.

"영호 장문께서도 본래부터 항산파 사람은 아니었어요. 항산파 장문인이기는 하지만 항산파의 검법에 정통하다고 할 수는 없지 않아요?"

발그레한 뺨에는 아직도 눈물 자국이 남아 있었다.

부드럽고 우호적인 그녀의 목소리를 듣자 영호충은 기쁨을 감출 수가 없었다.

'반드시 진짜처럼 해야 해. 일부러 져준 걸 소사매가 알면 안 돼.'

영호충은 그렇게 생각하며 대답했다.

"정통하다고까지는 할 수 없지만, 항산파에 몸담게 되었으니 본 파의 검법을 익히는 것은 당연한 일이오. 이번에도 항산파 검법으로 가르침을 받을 테니 악 낭자도 항산파 검법을 펼쳐보시오. 만에 하나 항산파 검법이 아닌 다른 검법을 펼친다면 승부를 떠나 그 사람이 진 것으로 합시다. 어떻소?"

영호충의 검법이 악영산보다 뛰어나다는 것은 이 자리에 있는 모든 사람이 알고 있었다. 거짓으로 져주면 단박에 간파당할 것이고, 악영산도 믿지 않을 것이었다. 그 때문에 그는 이렇게 말해놓고, 마지막에 무의식적으로 그런 것인 양 독고구검이나 화산파 검법을 펼쳐 그녀를 쓰러뜨릴 작정이었다. 그렇게 되면 실제로는 이기더라도 약속에 따라 아무런 의심도 받지 않고 비검에서 패할 수 있었다.

"좋아요! 한번 겨뤄봐요!"

악영산은 그렇게 대답하고는 검으로 반원을 그리며 비스듬히 영호충을 찔렀다. 항산파 여제자들이 동시에 '앗' 하고 비명을 질렀다. 항산파의 검법을 잘 모르는 사람도 있었지만, 놀라움과 감탄에 찬 그녀들의 비명 소리에 악영산이 항산파 검법을 펼친 것은 물론이고, 초식 또한 날카롭고 비범하다는 것을 알 수 있었다.

그녀가 펼친 것은 역시 사과애 안쪽 동굴 벽화에 남겨진 초식이었고, 영호충도 그 초식을 항산파 제자들에게 전수한 적이 있었다. 영호충은 곧 검으로 공격을 가로막았다. 항산파 검법은 초식이 면밀하게 이어지는 것이 장점이며, 초식마다 부드럽고 섬세한 기운이 담겨 있었다. 적을 상대할 때는 10초 가운데 9초는 수비에 치중하다가 허점을 노리고 기습적으로 찔러들어가는 방식을 많이 사용했다. 항산파 제자들과 함께 지낸 지 오래고 정정 사태가 적들을 쓰러뜨리는 모습을 지켜보았던 영호충은 이미 항산파 검법의 정수를 깊이 체득해, 한 번 초식을 펼치자 부드러우면서도 끊임없이 이어졌다.

방증 대사와 충허 도인, 개방 방주, 좌냉선 등 오랫동안 항산파 검법을 보아온 사람들은 영호충이 비록 항산파 출신은 아니지만, 초식에 한 치의 어긋남이 없고 평범한 초식 속에 날카로움을 실어 면리장침綿裏藏針이라 일컫는 항산파 무공의 요체를 녹여내는 것을 보고 속으로 찬탄을 금치 못했다.

항산파는 수백 년 여승이 그 문호를 맡아왔다. 출가인의 근본은 자비심이고, 특히 여자들은 함부로 창칼을 휘두르는 것을 좋아하지 않았기 때문에, 항산파 문하는 오로지 몸을 보호하기 위한 목적으로 무학을 익혔다. 면리장침이란 곧 단단한 바늘을 숨긴 솜과 같은 것이었다. 건드리지만 않으면 부드럽고 가볍고 폭신폭신한 솜은 아무런 위협이 되지 않지만, 움켜쥐면 솜 안에 숨겨진 바늘이 손바닥을 꿰뚫을 수 있었다. 바늘이 얼마나 깊이 들어가는지는, 바늘의 단단함이나 솜의 크기가 아니라 사람이 움켜쥐는 힘에 달려 있었다. 약하게 쥐면 경상에 그치지만 힘껏 쥐면 중상에 이르는 이치였고, 이는 바로 불가에서 말하는 인과응보와 업연業緣 사상에 그 뿌리를 두고 있었다.

독고구검을 배운 뒤로 영호충은 각양각색의 무공 저변에 깔린 의미를 터득할 수 있게 되었다. 그가 사용하는 검법은 초식에 얽매이기보다는 그 의미를 따르는 것을 중요하게 여겼고, 그래서 항산파 검법을 펼칠 때 그 방향이나 변화가 본래의 초식과는 달랐지만 의미만큼은 명확하게 실려 있었다. 고수들 가운데에는 항산파 검법에 익숙한 사람도 있었지만, 세세한 움직임보다는 대강의 개요만을 파악하고 있었기 때문에 영호충의 검법이 본래 초식과 다르다는 것을 느끼기는커녕 그 의미를 완벽히 담아냈다고 생각했다.

'저 청년이 요행으로 항산파 장문인이 된 것은 아니구나! 일찍부터 정한 사태와 정정 사태의 진전을 이어받은 것이 틀림없다.'

의화나 의청 같은 항산파 제자들만이 그가 펼친 초식이 사부가 전수한 것과 정확히 일치하지는 않는다는 것을 알았지만, 초식은 달라도 항산파 검법의 요결이 생생하게 담겨 있고 훨씬 노련했기에 오히려 감탄했다.

영호충과 악영산 모두 사과애 안쪽 동굴 벽화에서 항산파 검법을 배웠지만, 영호충의 기본이 훨씬 튼튼했고 항산파 제자들과 함께 지내는 동안 체득한 것도 있어, 악영산은 결코 그를 따를 수가 없었다. 영호충이 봐주지 않았다면 단 몇 초 만에 승리를 거머쥐었을 것이다.

30여 초 만에 동굴 벽화에서 본 초식을 모두 펼친 악영산은 처음부터 다시 시작할 수밖에 없었다. 다행히 이 초식들은 복잡하고 오묘한 데다 자연스럽게 서로 이어져 제1초에서 제36초까지가 마치 하나의 초식 같았기에 영호충을 제외하고는 그녀가 똑같은 초식을 반복한다는 것을 아무도 알아보지 못했다.

악영산의 검법은 빈틈이 없었지만, 영호충은 배운 대로 하나하나 깨뜨려나갔다. 두 사람이 배운 초식은 하나같이 항산파 검법의 정수가 담긴 것들이고, 같은 곳에서 배웠기에 손발이 척척 들어맞고 짜임새도 좋아 보기만 해도 눈이 즐거웠다. 흥이 난 호걸들은 아끼지 않고 박수갈채를 퍼부었다.

그들 중 누군가 말했다.

"영호충은 항산파 장문인이니 항산파 검법을 멋들어지게 펼쳐도 신기할 것이 없지만, 악 낭자는 화산파 사람인데 어떻게 항산파 검법을 쓸 수 있지?"

옆 사람이 대답했다.

"영호충도 원래는 악 선생의 제자였지. 그러니 저 검법을 익힌 게 아니겠소? 악 선생이 친히 전수하지 않았다면 공격과 수비가 저렇게 척척 들어맞을 리가 없소."

또 다른 사람도 이야기에 동참했다.

"악 선생은 화산파와 태산파, 형산파, 항산파 검법에 모두 통달했으니, 숭산파 검법도 예외는 아닐 듯하오. 아무래도 오악파의 장문인 자리는 악 선생 차지가 되겠군."

"꼭 그렇지는 않네. 숭산파 좌 장문의 검법이 악 선생보다 훨씬 높지. 다양함보다는 정통함을 더 높이 쳐주는 것이 무공 아니겠나? 천하 무공을 두루 할 줄 안다 해도 솜씨가 어설프면 무슨 소용인가? 좌 장문은 숭산파 검법 하나로도 다섯 문파의 검법을 펼치는 악 선생을 쓰러뜨릴 수 있다네."

제일 먼저 말한 사람이 끼어들었다.

"당신이 어찌 아시오? 흰소리는!"

그러자 상대방도 버럭 화를 냈다.

"흰소리라니? 그리 자신이 있으면 은자 쉰 냥을 걸고 내기라도 합시다!"

"겨우 쉰 냥으로 무얼 하자는 거요? 그냥 100냥으로 합시다! 무조건 진짜 은덩이로 지불해야 하오. 나중에 딴말하면 항산파 제자인 줄 아시오."

"좋소, 100냥 걸지! 그런데 항산파 제자라니, 그 무슨 말이오?"

"졌는데도 은자를 내놓지 않으면 여승이란 말이오!"

"에이, 재수 없게!"

그 사람은 투덜거리며 땅에 침을 탁 뱉었다.

그사이 악영산은 공격 속도를 점점 더 올렸다. 이리저리 움직이는 그녀의 가녀린 몸을 보자, 영호충은 지난날 화산에서 함께 연검하던 광경이 떠올라 점점 눈앞이 아득해지기 시작했다. 멍한 상태에서 검이 엇질러오자 반사적으로 초식을 펼쳐 막았지만, 그 초식이 항산파 검법이 아니라는 것조차 알아차리지 못했다. 악영산이 당황한 듯 조그맣게 소리쳤다.

"청매여두靑梅如豆!"

그녀가 검을 뻗어 영호충의 이마를 찌르자 영호충 역시 당황한 소리로 중얼거렸다.

"유엽사미柳葉似眉."

두 사람 모두 자신이 펼치는 항산파 검법의 초식은 알지만 그 이름은 알지 못했다. 그런데 방금 주고받은 초식은 항산파 검법이 아니라 화산에서 함께 연검하며 만들어낸 충영검법이니 이름을 모를 리 없었다. 당시 그들은 장난삼아 이 검법을 만든 뒤 영호충의 이름에서 '충' 자를 따고, 악영산의 이름에서 '영' 자를 따 충영검법이라 이름 지었다.

영호충은 악영산보다 훨씬 재능이 뛰어났고, 무슨 일이건 규칙에 얽매이지 않고 새롭게 하는 것을 좋아했기에 두 사람이 함께 만들어냈다고는 해도 기실 대부분 그가 생각해낸 것들이었다. 그때 두 사람의 무공 수준은 보잘것없어 별달리 위력적인 초식은 만들어내지 못했지만, 늘 아무도 없는 곳에서 몸에 익을 정도로 열심히 연습했다. 그 때문에 영호충이 무의식중에 청매여두를 펼치자 악영산도 자연스레 유엽사미로 응대한 것이었다. 별다른 의미가 있어 펼친 것은 아니었지만, 그 순간 두 사람의 얼굴이 발그레 물들었다.

영호충은 속도를 늦추지 않고 곧바로 무중초견霧中初見을 펼쳤고, 악영산도 우후사봉雨後乍逢으로 답했다. 화산에 있을 때 셀 수 없이 연습한 검법이지만, 악불군이나 악 부인에게 야단맞을까 봐 단 한 번도 남들에게 보여준 적이 없었는데, 오늘은 부끄러움조차 잊고 천하 영웅들 앞에서 그 검법을 펼치기 시작한 것이다.

두 사람은 순식간에 10여 초를 주고받았다. 영호충은 어느덧 오래 전 화산에서 연검하던 때로 돌아가 있었다. 악영산 역시 자신이 이미 혼례를 올렸다는 사실도, 수천에 이르는 강호 영웅들 앞에서 아버지의 명예를 걸고 대신 싸우고 있다는 사실도 까맣게 잊었다. 오로지 잘생기고 든든한 대사형과 자신이 함께 만들어낸 검법을 연습한다는 생각밖에 없었다.

그녀의 표정이 점점 부드러워지고 방금 아버지에게 뺨을 맞은 일을 잊은 듯 눈에서 기쁨의 빛이 출렁이자, 영호충은 더없이 만족스러웠다.

'안색이 초췌하고 내내 우울한 표정이더니, 이제야 기분이 좋아졌구나. 아아, 이 충영검법이 평생 펼쳐도 끝나지 않을 만큼 길었더라면….'

사과애에서 악영산이 복건성의 민요를 흥얼거리던 그날 이후, 악영산이 그를 이렇듯 정답게 대한 것은 오늘이 처음이었다. 그 사실만으로도 영호충은 기뻐서 날아갈 것 같았다.

또다시 20초가 지났다. 악영산이 검으로 그의 왼쪽 다리를 찌르자 영호충은 왼발로 그녀의 검을 찼다. 악영산의 검이 아래로 내려와 그의 발바닥을 노렸다. 영호충은 재빨리 검을 휘둘러 그녀의 오른쪽 허리를 찔렀고 악영산은 검끝을 홱 올려 가로막았다. 땡 하는 소리와 함께 검 두 자루가 서로 부딪쳐 검신이 파르르 떨렸다. 두 사람은 동시에 검을 앞으로 뻗어 상대방의 목을 노렸다. 비할 데 없이 빠른 움직임이었다.

날아드는 기세로 보아 아무도 두 사람을 구할 수 없을 것 같았다. 두 사람이 동귀어진同歸於盡(파멸의 길로 함께 들어감)할지도 모르는 상황에 처하자 구경꾼들 사이에서 놀란 비명이 터졌다. 그러나 뜻밖에도 쩡 하는 소리와 함께 두 검의 검끝이 딱 맞부딪치며 불꽃이 팟팟 튀었다. 검 두 자루가 호를 그리며 휘어졌다. 두 사람은 약속이나 한 듯 왼손을 내밀었고 손바닥이 마주치는 순간 반탄력을 빌려 뒤로 훌쩍 물러났다. 아무도 생각지 못한 변화였다. 질풍같이 뻗어나간 두 자루의 검이 허공에서 서로 검끝을 부딪치는 것은 수천, 아니 수만 번에 한 번 있을까 말까 한 일이었다. 그런데 두 사람이 동시에 목숨을 잃을지도 모르는 위급한 상황에서 그 일이 벌어진 것이었다.

하지만 영호충과 악영산에게는 그리 놀라운 일이 아니었다. 이렇게 검끝을 부딪치기 위해, 두 사람은 수만 번이나 연습을 거듭했고 비로소 그 요령을 터득했기 때문이었다. 두 사람이 동시에 검법을 펼쳐 정확히 계산된 방향으로 정해진 힘만 실어 찔러야만, 빠르게 움직이는 상황에서도 검끝이 서로 마주쳐 검을 둥글게 휘어지도록 만들 수 있었다. 적을 쓰러뜨리는 데는 아무 소용도 없는 검법이었지만, 영호충과 악영산에게는 어려우면서도 재미있는 놀이였고, 이 초식을 완벽하게 익힌 다음에는 한 발 더 나아가 검끝이 부딪칠 때 불꽃이 튀게끔 만들기까지 했다.

초식이 완성되었을 때, 악영산은 초식에 이름을 붙이자고 제안했다. 영호충이 그녀의 의견을 묻자 악영산은 생글생글 웃으며 말했다.

"두 사람이 자기 목숨은 아랑곳하지 않는 것처럼 상대방을 향해 질풍처럼 검을 찌르는 것이니, '동귀어진'이라고 부르면 어때요?"

"동귀어진이라고 하면 우리 두 사람이 불공대천의 원수라도 되는 것 같잖아. 차라리 '너 죽고 나 살자'가 낫겠어!"

악영산은 입을 삐죽였다.

"흥, 어째서 내가 죽고 사형만 사는 거예요? '너 죽고 내가 살자'라고 해야죠."

"내가 말한 것이 그거야. 너 죽고 나 살자."

"너라느니 나라느니 하는 단어는 헷갈려서 못 쓰겠어요. 결과적으로 아무도 죽지 않으니 동생공사同生共死(서로 생사를 함께함)라고 해요."

영호충도 손뼉을 치며 찬성했다. 하지만 악영산은 두 사람이 동생공사한다는 말이 너무 친밀하게 느껴져 부끄러움에 검을 내던지고 마구 달아나버렸다. 영호충에게는 몹시도 아련한 추억이었다.

두 사람이 동귀어진할 것 같던 위험에서 아슬아슬하게 빠져나오자 호걸들은 겨우 안도했지만, 손에 땀을 쥐는 위험천만한 상황에 놀라 박수를 치는 것마저 까맣게 잊고 말았다.

지난번 소림사에서도 악불군이 영호충을 다시 화산으로 불러들이기 위해 충영검법을 펼쳤지만, 그때 사용한 것은 이 초식이 아니었다. 그는 두 사람이 연검하는 모습을 몰래 훔쳐보며 충영검법의 초식을 낱낱이 알게 되었지만, 어렵기만 하고 쓸모라고는 전혀 없는 동생공사에 심혈을 낭비할 까닭이 없어 다시는 눈길을 주지 않았던 것이다. 그 초식을 잘 아는 그는 두 사람이 서로 죽일 듯이 검을 뻗었을 때도 태연하게 바라보기만 했으나, 방증 대사와 충허 도인, 좌냉선 같은 고수들조차 그 광경에 화들짝 놀랐다. 영영은 더더욱 말할 것도 없었다.

허공에 표표히 떠 있는 두 남녀의 입가에는 따사로운 미소가 떠올라 있었다. 편안한 자세와 표정을 보면 마치 살랑거리는 봄바람을 쐬며 산책이라도 하는 사람 같았다.

두 사람의 검이 다시 날아올랐다. 화산에서 이 검법을 창안할 때만 해도 그들은 마음이 잘 통하고 서로에게 정을 품은 사이였기 때문에, 이 초식들은 상대방을 해치기보다는 다정다감하게 장난을 치는 의미가 훨씬 짙었다. 오랜만에 그 초식으로 검을 마주하자, 두 사람은 저도 모르는 사이 오래전 그날로 돌아가 청매죽마青梅竹馬하던 시절의 정다움을 고스란히 드러내 보였다. 말이 비검이지 사실은 검무를 추는 것이나 다름이 없었다. 더욱이 남들에게 보여주기 위한 검무가 아니라 오로지 자신들의 즐거움을 위해 추는 검무였다.

그때 군중들 사이에서 '흥' 하는 차가운 웃음소리가 들려왔다. 남편인 임평지의 목소리를 알아들은 악영산은 흠칫 몸을 떨었다.

'대사형과 이런 초식으로 싸워서는 안 돼.'

그녀는 재빨리 검을 끌어당겼다가 아래에서 위로 비스듬히 걷어올렸다. 바람같이 빠른 움직임에 자태 또한 비할 데 없이 우아한 이 초식은 다름 아닌 화산파의 옥녀검 십구식이었다.

임평지의 냉소 소리는 영호충의 귀에도 들렸다. 그 소리가 신호라도 되는 양 악영산이 별안간 초식을 바꿔, 충영검법을 펼칠 때와는 달리 사정없이 찔러오자 영호충은 가슴이 시큰했다. 그리 오래되지 않은 지난 일들이 그의 가슴속에서 폭발했다. 사부에게 벌을 받아 사과애에서 면벽 수행하던 일, 소사매가 매일 밥을 가져다준 일, 폭설이 내리던 날 함께 하룻밤을 지낸 일, 그리고 소사매가 병이 나 오래도록 만나지 못하자 그리움에 애태우던 일까지. 그러나 그즈음 어찌 된 영문인지 임평지가 소사매의 마음을 얻었고 그 후로 두 사람 사이의 골은 점점 깊어졌다. 그러다가 소사매가 사모에게 옥녀검 십구식을 배워 시합을 하자고 찾아왔을 때, 그는 옹졸하게도 그녀의 비위를 맞춰주지 못했다.

짧은 순간 그 많은 일들이 머릿속에 번개처럼 스쳐갔다. 때마침 악영산의 검이 그의 가슴팍으로 날아들자 상념에 젖어 있던 영호충은 저도 모르게 왼손 가운뎃손가락을 튕겨 쩡하고 악영산의 검을 때렸다. 악영산은 반탄력을 이기지 못해 손을 놓았고, 검은 빙글빙글 돌며 하늘 높이 솟구쳤다.

'아뿔싸!'

영호충은 속으로 비명을 질렀다. 악영산은 씁쓸한 얼굴이었다. 억지로 웃음을 지어 보이려는 듯했지만 웃음이 나올 리가 없었다. 지난날 사과애에서도 영호충은 바로 이 방법으로 그녀가 아끼고 아끼던 벽수검을 까마득히 깊은 골짜기 아래로 떨어뜨렸고, 그 일로 두 사람 사이는 돌이킬 수 없을 정도로 어긋나고 말았다. 그런데 지금 이 자리에서 그 장면이 재연되고 있는 것이었다. 그날 이후로 영호충은 밤마다 생각을 거듭해 악영산의 검을 날려버린 자신의 행동 뒤에는 임평지에 대한 질투심이 자리하고 있었다는 사실을 깨달았다. 그때 자신의 옹졸함에 얼마나 치를 떨고 후회를 했던가? 그런데 오늘도 임평지의 냉소 한 번에 악영산의 태도가 싹 바뀌자 똑같이 옹졸한 짓을 저지르고 만 것이다. 사과애에서도 손가락을 튕겨 악영산의 검을 날려버릴 수 있었는데, 그때보다 훨씬 내공이 깊어진 지금은 손가락의 힘이 더욱 강해져, 하늘로 솟구친 악영산의 검은 한참이 지나도 아래로 떨어질 기미가 보이지 않았다.

영호충은 속으로 쓴웃음을 지었다.

'비검에서 져주어 소사매를 기쁘게 만들 생각이었는데, 도리어 검을 튕겨 천하 영웅들 앞에서 체면을 깎아버렸구나. 소사매가 내게 보여준 정을 이토록 비열한 방식으로 갚다니…!'

그때 높이 올라갔던 검이 마침내 방향을 바꿔 아래로 떨어지기 시작했다. 그 순간 좋은 생각이 떠올랐다.

"역시 항산파 검법은 대단하오!"

그는 큰 소리로 외치며 몸을 날렸다. 떨어지는 검을 피하려는 듯한 움직임이었지만 사실은 검을 향해 몸을 날린 것이었다. 힘차게 떨어져 내린 검이 퍽 소리를 내며 그의 오른쪽 어깨를 꿰뚫었다. 영호충은 앞으로 털썩 쓰러졌고 어깨를 뚫고 나온 검이 흙바닥에 박혔다.

너무나 갑작스러운 사태에 호걸들이 요란하게 비명을 질렀다.

악영산마저 놀라 눈을 동그랗게 떴다.

"대… 대사형…, 어떻게…?"

구레나룻을 기른 남자가 뛰쳐나와 검을 뽑고 영호충을 부축해 일으켰다. 영호충의 어깨에서는 새빨간 피가 분수처럼 쏟아졌다. 항산파 제자 10여 명이 그를 둘러싸고 금창약을 꺼내 바르는 등 바삐 움직였다. 악영산은 그의 생사가 걱정되어 황급히 그쪽으로 달려갔지만, 별안간 양쪽에서 검광이 번쩍번쩍하며 앞을 가로막았다. 검을 휘두른 여승이 날카롭게 외쳤다.

"물러나시오! 독한 여자 같으니라고!"

악영산은 어떻게 해야 할지 갈피를 잡지 못하고 멍하니 뒤로 물러섰다.

그때, 악불군이 시원스레 웃음을 터뜨렸다.

"허허허, 산아, 네가 태산파와 형산파, 항산파의 검법으로 각 문파의 장문인들을 쓰러뜨리다니, 참으로 놀랍구나!"

누구나 알다시피 악영산이 검을 놓친 것은 영호충이 손가락을 튕겨 그 검을 날려버렸기 때문이었다. 그러나 영호충이 그녀의 검에 중상을 입은 것 또한 부인할 수 없는 사실이었다. 그 초식이 정말 항산파 검법인지 아닌지 따져보려는 사람은 없었다. 영호충과 악영산이 충영검법을 사용했을 때부터 구경꾼들은 보기에만 그럴싸하고 아무짝에도 쓸모없는 초식들의 의미를 헤아리지 못해 혼란에 빠져 있었고, 마지막에 벌어진 갑작스러운 사태에 넋이 나가는 바람에, 악불군이 나서서 딸이 세 문파의 검법으로 장문인들을 쓰러뜨렸다고 선언하자 떨어지는 검으로 적을 쓰러뜨리는 것도 항산파의 검법인가 보다 하고 생각했던 것이다. 항산파의 검법과는 전혀 다르다고 의심하는 사람도 있었지만, 명확한 증거도 없이 공공연히 악불군에게 반대할 수도 없었다.

악영산은 땅에 떨어진 검을 주워들었다. 피로 빨갛게 물든 검신을 보자 그녀의 가슴은 미친 듯이 뛰었다.

'대사형은 살아 있을까? 제발… 제발 무사해야 할 텐데… 그렇게만 된다면 나는… 나는….'

우두머리 정하기

笑傲江湖

34

— 좌냉선은 천천히 검을 들어 그의 가슴을 겨눴다. 악불군은 넓은 소매에 두 손을 집어넣고 가슴팍에서 세 치밖에 떨어지지 않은 검날을 눈 하나 깜짝 않고 바라봤다. 좌냉선의 오른쪽 소매가 바람을 머금은 돛처럼 둥글게 부풀어올랐다.

웅성거리는 소리 사이로 누군가의 목소리가 쩌렁쩌렁 울렸다.

"악 선생께서 깊이 연구하신 덕분에 화산파는 태산파, 형산파, 항산파의 검법까지 익혔소. 단순히 익히기만 한 것이 아니라 깊이 정통하였으니 탄복을 금할 수가 없구려. 악 선생을 제외하고 오악파 장문인이 될 만한 사람이 또 어디 있겠소?"

너덜너덜한 옷을 입은 그 사람은 다름 아닌 개방 방주 해풍이었다. 해풍 역시 방증 대사, 충허 도인과 같은 생각을 하고 있었다. 좌냉선이 오악검파를 병합해 손아귀에 넣으면 무림에 큰 해를 끼칠 것이요, 개방에도 화가 미칠 것이라 짐작한 그는 야심만만한 좌냉선보다는 점잖은 악불군이 오악파 장문인이 되는 것이 훨씬 낫다고 여겼다.

강호에서 만만치 않은 저력을 지닌 개방의 방주가 하는 말이니, 감히 토를 다는 사람이 없었다.

잠깐의 침묵이 흐른 뒤, 누군가 으스스한 목소리로 입을 열었다.

"태산파와 형산파, 항산파 검법에 두루 능한 것은 여간 대단한 일이 아니오. 악 낭자가 숭산파 검법으로 내 손에 든 검을 꺾는다면, 우리 숭산파도 기꺼이 악 선생을 장문인으로 모시겠소."

좌냉선이었다.

그가 천천히 앞으로 나서며 왼손에 든 검집을 툭 치자 검이 쑥 빠져

나와 허공에서 시퍼런 광채를 흩뿌렸다. 좌냉선은 자연스럽게 오른손을 뻗어 허공에 뜬 검자루를 움켜쥐었다. 실로 우아하고 멋들어진 동작이었다. 왼손을 살짝 튕겨 검을 뽑아낸 것을 보면 강호에서 보기 드물게 깊은 내공을 지녔음이 분명했다. 숭산파 제자들이 큰 소리로 환호를 지른 것은 물론이고, 다른 문파의 호걸들도 우레같이 박수를 쳤다.

악영산이 말했다.

"저… 저는… 딱 13초만 쓰겠어요. 그 안에 좌 사백님을 이기지 못하면…."

그 말을 듣자 좌냉선은 속이 부글부글 끓어올랐다.

'네깟 계집애가 감히 나와 맞서려는 것도 모자라 대담무쌍하게 13초만 쓰겠다고? 이 좌냉선이 안중에도 없다는 게냐?'

그는 싸늘한 목소리로 물었다.

"13초 안에 내 목을 취하지 못하면 어찌하겠느냐?"

"제… 제가 어떻게 좌 사백님의 상대가 될 수 있겠어요? 다만 아버지께서 숭산파 검법 가운데 열세 가지 초식만 전수해주셨기에 그 13초만으로 좌 사백님께 가르침을 청하고자 합니다."

좌냉선이 코웃음을 쳤지만 악영산은 계속 말을 이었다.

"아버지께서는 제가 배운 열세 가지 초식이 숭산파에서 손꼽는 절초지만, 제 배움이 얕아서 단 1초 만에 좌 사백님께 무너져 두 번째 초식은 펼쳐보지도 못할 것이라고 말씀하셨어요."

좌냉선은 이번에도 코웃음만 칠 뿐 가타부타 대답이 없었다.

악영산은 처음에는 앞선 싸움의 여파 때문인지 아니면 좌냉선 같은 무림 고수 앞에 서자 두려웠기 때문인지 잔뜩 주눅 든 것처럼 말을 더듬었지만, 시간이 지날수록 평온을 되찾았다.

“그때 저는 이렇게 말했어요. 좌 사백님께서 숭산파의 제일고수인 것은 의심할 바 없는 사실이지만, 좌 사백님께서 아버지처럼 오악검파의 검법에 두루 정통하실 리는 없으니 오악검파를 통틀어서 제일 고수라고는 할 수 없을 것이라고요. 그랬더니 아버지께서는 웃으시며, 어찌 정통하다는 말을 그리 함부로 입에 담느냐 꾸짖으셨어요. 아버지께서는 그저 몇 가지 초식을 흉내만 낼 뿐이니, 믿기지 않으면 갓 배운 어설픈 검법으로 좌 사백님께 가르침을 받아보라 하셨죠. 만약 제가 천하를 뒤흔드는 좌 사백님의 숭산검법을 상대로 단 3초라도 펼칠 수 있다면 칭찬을 해주시겠다고요.”

좌냉선은 냉소를 지으며 대답했다.

“네가 3초 만에 나를 물리친다면 악 선생에게 더할 나위 없는 선물이 되겠구나.”

“좌 사백님께서는 신묘한 검법을 지니셨고, 숭산파 사상 보기 드문 기재신데, 이제 막 숭산파 검법을 배우기 시작한 제가 어찌 그런 망상을 하겠어요? 그렇지만… 아버지께서는 단 3초만 펼쳐도 충분하다 하셨어도, 저는 13초를 모두 펼쳐보겠다는 헛된 희망을 포기하지 않았어요. 잘될지 어떨지는 모르겠지만요.”

좌냉선은 속으로 코웃음을 쳤다.

‘네가 13초는 고사하고 단 3초만이라도 펼친다면 이 좌냉선이 무슨 낯으로 사람들을 보겠느냐?’

그가 왼손 엄지와 식지, 중지로 검끝을 잡고 검자루를 잡았던 오른손을 놓자, 검자루가 튕기듯이 앞으로 튀어나가 파르르 떨렸다.

"자, 오너라!"

좌냉선이 절기를 선보이자 호걸들이 술렁대기 시작했다. 왼손으로 검을 쓰기도 어려운데 그는 세 손가락만으로 검날을 잡고 검자루로 대신 싸우려는 것이었다. 이런 방식은 맨손으로 싸우는 것보다 열 배는 더 힘들었다. 손가락으로 검날을 잡으면 검이 조금만 흔들려도 손가락을 베일 것이니 힘주어 쥘 수도 없었다. 좌냉선이 이렇게 나온 까닭은 악영산을 얕잡아봤기 때문이기도 하지만, 깜짝 놀랄 만한 신공으로 기선을 제압하고자 하는 목적도 있었다.

그 모습을 본 악영산은 가슴이 철렁했다.

'저건 무슨 무공이지? 아버지께 들은 적도 없는데….'

은근히 두려움이 솟았지만 마음을 굳게 먹었다.

'여기까지 와서 두려워한들 무슨 소용이야?'

항산파 제자들 쪽을 흘끗 바라보니, 여승들이 여전히 영호충을 둘러싸고 있었지만 울음소리는 들리지 않는 것으로 보아 영호충의 상태가 심각해도 목숨에는 지장이 없는 것 같았다. 겨우 안심한 그녀는 검을 세워 머리 높이로 들어올리고 허리를 깊이 숙였다. 만악조종萬岳朝宗이라는 이 초식은 바로 숭산파의 정통 검법이었다.

만악조종은 공경의 뜻을 담고 있었기 때문에 숭산파 제자들 사이에서 만족스러운 환호성이 터져나왔다. 숭산파의 제자들은 문파 선배와 대련할 때, 선배와 싸우고자 하는 것이 아니라 가르침을 청한다는 뜻으로 반드시 이 초식을 제일 먼저 써야 했다.

좌냉선은 가볍게 고개를 끄덕였다.

'그 초식을 쓰다니 제법 눈치는 있구나. 오냐, 네가 예의를 차렸으니 너무 몰아붙이지는 않겠다.'

만악조종을 끝까지 펼친 다음, 악영산의 검은 찬란한 검광으로 하얀 무지개를 그리며 좌냉선에게 날아들었다. 장중하면서도 힘이 넘치는 것이 틀림없이 숭산파 검법의 정수를 고스란히 담은 초식이었지만, '내팔로內八路 외구로外九路'라 불리는 열일곱 가지 숭산파 검법에 모두 통달한 좌냉선조차 생전 보지 못한 것이었다.

'저것은 무슨 초식인가? 우리 숭산파 열일곱 가지 검법 중에 저런 초식은 없다. 기이한 일이구나.'

숭산파의 종사이자 당대 무림 고수이기도 한 그는 웅장하고 정묘한 그 초식을 보자 호기심이 일었다. 찔러오는 악영산의 검에는 별달리 강한 내공이 실려 있지 않아 가까이 왔을 때 손가락으로 튕기기만 해도 검을 날려버릴 수 있으니, 초식이 끝나고 괴이한 변화가 뒤따르는지 지켜본 뒤 움직여도 나쁘지 않을 것 같았다. 그러나 악영산은 검이 그에게서 한 자 거리로 가까워지는 순간 홱 끌어당기더니, 몸을 비스듬히 눕히며 왼쪽 어깨를 향해 다시 찔러왔다.

이 초식은 숭산파 검법 중 천고인룡千古人龍과 비슷하지만 좀 더 초연한 대신 질박함이 없고, 첩취부청疊翠浮靑과 비슷하면서도 훨씬 가볍고 기백은 부족했다. 언뜻 보면 옥정천지玉井天池와도 닮은 구석이 있었지만, 옥정천지는 위엄이 넘치는 초식인 반면 젊은 여자인 악영산이 펼친 초식은 그보다 훨씬 아리땁고 하늘하늘한 느낌이었다.

좌냉선은 보는 눈이 날카로울 뿐 아니라 평생을 숭산파 검법에 바친 사람이었다. 숭산파의 초식이라면 하나도 빼놓지 않고 그 장단점과

세밀한 변화까지 마음 깊이 새기고 있었던 터라 악영산의 초식에 숭산파 절초들의 장점이 스며 있고 그 허점을 보완하는 방법까지 들어 있는 것을 한눈에 알아볼 수 있었다. 그는 놀랍고도 기뻐 손바닥이 뜨겁게 달아오르는 것을 느꼈다. 마치 하늘에서 보물이라도 뚝 떨어진 기분이었다.

오래전 화산에서 두 차례에 걸쳐 벌어졌던 오악검파와 마교 십장로의 싸움에서 오악검파 고수들은 수없이 죽거나 다쳤고, 그로 인해 각 문파의 절초들도 사라지고 말았다. 좌냉선은 살아남은 숭산파 노선배들을 불러모아 정묘하든 서툴든 관계없이 그들의 머릿속에 남은 초식들을 모조리 기록하게 해 검보를 만들었다. 그리고 수십 년에 걸쳐 취할 것은 취하고 버릴 것은 버려 간추리고, 위력이 부족하거나 자세가 우아하지 못한 것들은 하나하나 고쳐 열일곱 가지 검법을 완벽하게 다듬었다. 비록 새로운 검법을 창안하지는 못했지만 숭산파 검법을 집대성한 점에서는 좌냉선만 한 공신이 없었다.

그런데 악영산이 펼친 초식은 그 검보에도 없을뿐더러 현존하는 숭산파 검법의 그 어느 초식보다 훨씬 심오하고 정묘했으니, 좌냉선이 찬탄 어린 눈길로 두 손 놓고 지켜보기만 하는 것도 전혀 이상한 일이 아니었다.

이 검법을 펼친 사람이 임아행이나 영호충, 혹은 방증 대사나 충허도인 같은 강적이었다면, 좌냉선도 정신을 바짝 차리고 상대했을 것이다. 그런 상대가 숭산파의 절초를 펼친다면 지금처럼 여유롭게 구경하기는커녕 전력을 다해 대항해야 했다. 그러나 내공과 경험이 부족한 악영산을 상대할 때는 위험이 목전에 이르렀을 때 살짝 검을 튕겨

내면 된다고 생각해, 오로지 그녀의 움직임과 검이 자아내는 변화에만 집중했다.

허공에서 춤추듯 휘둘리는 악영산의 검은 일부러 양보하는 것인지 아니면 두려움 때문인지, 매번 좌냉선의 몸에서 한 자 떨어진 곳에서 급히 물러나곤 했다. 반면 좌냉선은 혼이 나간 사람처럼 꼼짝하지 않고 서서, 기쁨과 근심이 섞인 표정을 하고 있었다. 지금껏 한 번도 이런 시합을 본 적이 없는 호걸들은 도통 영문을 알 수 없어 어리둥절한 표정으로 서로 쳐다보기만 할 뿐이었다.

그러나 숭산파 제자들은 달랐다. 그들은 초식 하나라도 놓칠세라 눈 한 번 깜빡이지 않고 두 사람의 비검을 지켜보았다.

악영산이 쓰는 초식은 사과애 안쪽 동굴에서 배운 것이었다. 동굴 벽에 새겨진 숭산파의 초식은 일흔 가지 정도였는데, 악불군은 그중 마흔여 가지는 좌냉선이 아는 초식이고, 몇 가지는 정묘하지만 크게 눈에 띄지는 않는다고 판단했다. 좌냉선이 눈을 휘둥그레 뜨고 지켜보게 만들 만한 초식은 나머지 열세 가지뿐이었다. 기실 동굴 벽에 새겨진 초식은 죽은 것이고 더 이상 변화할 수도 없어 악영산은 그저 그림에서 본 대로 펼쳤을 뿐이었지만, 숭산파 검법에 능숙한 좌냉선은 자연스레 머릿속으로 그 앞과 뒤에 초식을 보충하며 지켜보았기 때문에 보면 볼수록 무궁무진한 변화와 의미를 담은 것처럼 느껴졌다.

열세 가지 초식을 모두 펼친 악영산은 다시 처음의 초식을 반복했다. 이 모습을 본 좌냉선은 퍼뜩 정신이 들었다.

'계속 지켜볼 것인가, 아니면 저 검을 쳐서 날려버릴 것인가?'

좌냉선에게는 둘 다 손바닥 뒤집듯 쉬운 일이었다. 계속 지켜보더라도 악영산의 검술 따위로는 그를 해칠 수 없었고, 검을 쳐서 날려버리는 것도 손가락만 까딱하면 그만이었다. 하지만 둘 중 하나를 결정하는 것은 너무나도 어려운 일이었다. 짧은 순간이지만 그의 마음속에서는 수많은 상념들이 스쳐 지나갔다.

'우리 숭산파 검법에 저토록 기묘한 초식들이 있다니… 이 순간이 지나면 저 초식을 다시 볼 기회는 찾아오지 않을 것이다. 저 계집아이를 죽이는 것은 쉬우나 그렇게 되면 저 초식들을 어디서 다시 볼 수 있겠는가? 악불군에게 매달려 빌 수는 없는 노릇이다. 하지만 계속 초식을 펼치도록 내버려두면 이 좌냉선이 화산파의 새파란 계집아이를 꺾지 못했다고 수군댈 것이고 내 체면이 크게 깎일 터인데…. 아차, 벌써 13초가 지났구나!'

'13초'라는 조건이 떠오르는 순간, 무림을 발아래 두고자 하는 야망이 무학을 향한 의지를 짓눌렀다. 그가 왼손 세 손가락을 빙글 돌리자, 손에 든 검이 튕기듯이 날아올라 땡 하고 악영산의 검을 때렸다. 이어 팅팅팅 하는 맑은 금속성이 어지럽게 들려왔다. 어느새 악영산의 손에는 검자루만 덩그러니 남았고 검신은 조각조각 부서져 바닥에 흩어져 있었다.

악영산은 몇 장 정도 뒤로 물러서서 낭랑하게 말했다.

"좌 사백님, 제가 사백님 앞에서 숭산파 초식을 몇 초나 썼지요?"

좌냉선은 두 눈을 꼭 감고 악영산이 펼친 초식들을 하나하나 떠올렸다. 마침내 눈을 뜬 그가 말했다.

"13초로구나! 훌륭하다!"

악영산은 허리를 숙여 예를 갖췄다.

"모두 사백님 덕분이에요. 좌 사백님께서 봐주신 덕분에 부족한 솜씨나마 열세 가지 초식을 모두 펼칠 수 있었어요."

절세의 신공으로 악영산의 검을 부러뜨린 좌냉선의 솜씨에 호걸들은 탄복을 금치 못했다. 그러나 악영산이 앞서 말한 것처럼 좌냉선 앞에서 13초를 펼치는 것이 그녀의 목적이었다. 호걸들 대부분은 그녀가 13초는커녕 단 3초만 펼쳐도 대단한 일이라고 여기고 있었는데, 좌냉선은 넋이 나간 사람처럼 멍하니 서 있다가 14초째가 되어서야 출수했으니 모두들 고개를 갸웃할 수밖에 없었다. 비뚜름하게 생각하기를 좋아하는 몇몇 사람들은 좌냉선이 원체 색을 좋아해, 미모의 새 신부가 나서자 그 고운 자태에 넋을 잃었기 때문이라고 수군댔다.

숭산파에서 야윈 노인이 앞으로 나왔다. 선학수라 불리는 육백이었다.

"모두 보셨다시피 좌 장문께서는 개세의 신공을 지니셨을 뿐 아니라 아량도 넓으시오. 악 낭자는 우리 숭산파 검법을 껍데기만 익혀 좌 장문 앞에서 추태를 보였으나, 좌 장문께서는 선배로서 후배가 그 재주를 모두 펼칠 때까지 기다리셨다가 일거에 제압하신 것이오. 무학이란 본시 다양함보다는 정통함을 중요하게 생각하는 법, 어느 문파의 무공이든 한 가지만 등봉조극登峯造極의 경지에 오르면 무림에 우뚝 설 수 있지 않겠소."

그의 말은 사람들의 마음을 정확히 꼬집었기 때문에 호걸들은 저마다 고개를 끄덕였다. 소수의 고수를 제외하면 강호의 영웅호걸들 대부분은 한 문파의 무공만 익혔으니, 다양함보다는 정통함이 더 중요하다는 육백의 말에 찬성하는 것이 당연했다. 물론 자신이 익힌 무공에 정통하다고 자신할 수 있을지는 모르나 다양함을 갖추기란 너무나 어려운 일이었다.

육백의 말이 이어졌다.

"악 낭자는 잔꾀를 부려 다른 문파의 제자들이 연검하는 것을 훔쳐보고 몇 가지 초식을 익힌 뒤 오악검파의 검법에 정통하다고 꾸며냈소. 각 문파에는 함부로 전하지 않는 사문의 심법이 있기 마련인데, 초식의 껍데기만 흉내 내는 것을 어찌 정통하다고 할 수 있겠소?"

호걸들은 또다시 고개를 끄덕였다.

'다른 문파의 무공을 훔쳐 배우는 것은 무림의 금기다. 악불군이 명확히 밝히고 책임을 져야 한다.'

그들이 이런 생각을 하는 동안 육백은 계속 말했다.

"누군가 다른 사람의 정묘한 초식을 보고 따라 한다 해서 그 문파의 무공에 정통하다고 자부한다면, 무엇을 두고 독문비기獨門秘技라 할 것이며, 문파의 절초는 또 어디에 남아 있겠소? 서로가 서로의 무공을 훔쳐 배우면 이 강호에는 크나큰 혼란이 찾아올 것이오."

그 말이 끝나자 호걸들 가운데 많은 사람들이 큰 소리로 웃음을 터뜨렸다. 악영산이 형산파 검법으로 막대 선생을 물리치고, 항산파 검법으로 영호충을 물리친 것은 모두 두 사람이 양보한 덕분이었지만, 태산파 검법으로 옥경자와 옥음자를 물리친 것은 진짜 실력이었다. 그녀가 펼친 초식은 옥경자나 옥음자의 초식보다 훨씬 정묘했고, 그들의 허를 찌른 것도 주효했다. 비록 약간의 계교를 부리기는 했으나, 검법만으로도 두 사람을 이길 솜씨는 충분했다. 또 계교라고 해도 거짓으로 대종여하를 펼치는 척한 것이 전부였는데, 태산파의 몇몇 고수를 제외하고는 아무도 눈치채지 못했다.

그러나 누군가가 각 문파의 무공을 두루 알기를 원치 않는 것이 바로 이곳에 있는 호걸들의 속마음이었다. 육백의 말이 떨어지자 숭산파 제자뿐만 아니라 많은 사람들이 동조한 것도 그런 까닭이었다.

육백은 그 반응에 몹시 흐뭇해하며 목청을 가다듬고 외쳤다.

"따라서 오악파의 장문인이 되실 분은 좌 장문밖에 없소. 오늘 시합에서 알 수 있듯이, 한 가지의 무공을 노화순청爐火純靑의 경지까지 익히는 것이 감당하지도 못할 무공을 잡다하게 익히는 것보다 훨씬 훌륭한 일이오."

대놓고 악불군을 비난하는 말이었다. 숭산파 제자들 중 젊은 사람 수십 명이 큰 소리로 찬성을 표했다. 육백이 계속 말했다.

"오악검파 제자 가운데 좌 장문을 무공으로 꺾을 자신이 있는 사람은 나와서 솜씨를 보여주시오."

그는 두 번이나 똑같은 말을 외쳤지만, 답하는 사람이 없었다.

도곡육선이 나서서 한바탕 소란을 피울 만도 했지만, 영영은 영호충을 간호하느라 그들에게 지시를 내려줄 틈이 없었고, 도곡육선도 초조한 마음에 서로 눈짓을 주고받았지만 어떻게 트집을 잡아야 할지 좋은 생각이 떠오르지 않았다.

탁탑수 정면이 기회를 놓치지 않고 나섰다.

"도전할 사람이 아무도 없으니, 여러분의 바람을 받들어 좌 장문께서 오악파의 장문인이 되셔야 마땅하오."

좌냉선은 일부러 겸양을 떨었다.

"오악파에는 인재가 즐비하다. 덕도 없고 재주도 없는 이 몸이 어찌 그런 중임을 맡겠나?"

숭산파 십삼태보 중 여섯째인 탕영악이 낭랑하게 외쳤다.

"오악파의 장문인에게는 막중한 책임이 따릅니다. 좌 장문께서는 부디 그 어려움을 사양하지 마시고, 천 명에 이르는 오악파 제자들과 강호의 동도들을 위해 힘써주십시오. 좌 장문을 단상으로 모시자!"

북소리가 둥둥 울리고 요란스레 폭죽이 터졌다. 숭산파 제자들이 일찌감치 준비해둔 것들이었다.

타타탁 하고 어지러이 귀를 때리는 폭죽 소리 속으로 숭산파 제자들과 좌냉선이 힘을 보태달라고 청한 친구들이 목이 터져라 외쳐댔다.

"좌 장문을 단상으로! 좌 장문을 단상으로!"

좌냉선은 훌쩍 몸을 날려 가볍게 봉선대 위로 올라갔다. 살굿빛 장포가 서쪽으로 지는 석양을 받아 그의 몸을 눈부시게 휘감자 번쩍이는 금빛 광채가 자못 그 위엄을 더했다. 좌냉선은 포권을 하고 봉선대 아래의 호걸들을 향해 차례차례 읍했다.

"여러 친구들께서 이토록 아껴주시니, 이 어려운 자리를 거듭 거절하면 이 몸이 몸보신에 급급하여 무림동도를 돌보지 않는다는 말을 들을 것 같구려."

숭산파 문하 제자 수백 명이 우레와 같은 환호와 박수로 답했다.

그 함성 사이로 높은 여자 목소리가 끼어들었다.

"좌 사백님, 사백님께서는 제 검을 산산조각 내셨어요. 그렇게만 하면 오악파의 장문인이 될 수 있는 건가요?"

다름 아닌 악영산이었다.

좌냉선이 그녀를 돌아보며 대답했다.

"이 자리에 계신 영웅들의 뜻을 받들어 비검으로 장문인을 정하기로 했다. 네가 내 검을 산산조각 냈더라면 모두들 너를 오악파의 장문인으로 떠받들었을 것이다."

"제게는 좌 사백님을 꺾을 힘도 재주도 없지만, 우리 오악파에 좌 사백님보다 무공이 높은 사람이 없는 것은 아니에요."

오악파 고수들을 통틀어 좌냉선이 진심으로 꺼리는 사람은 영호충뿐이었다. 그러나 그는 악영산과의 비검 도중에 중상을 입었기 때문에 더 이상은 걱정거리가 되지 못했다.

"그래, 이 오악파에 무공이나 검법으로 나를 이길 사람이 누구라고 생각하느냐? 영존이나 영당을 말하는 것이냐? 아니면 신혼의 단꿈에 빠진 네 낭군이냐?"

숭산파 제자들이 껄껄 웃음을 터뜨렸지만 악영산은 아랑곳하지 않고 말했다.

"제 부군은 무림의 후배로서 좌 사백님에 비하면 아직 부족하고, 어머니의 검술은 좌 사백님과 비등하게 겨룰 정도시죠. 허나 아버지께서는 좌 사백님보다 한 수 위십니다."

숭산파 제자들이 휘파람을 불거나 땅을 쿵쿵 차며 야유를 보냈다.

좌냉선은 여유롭게 악불군을 돌아보았다.

"악 선생, 따님은 악 선생의 무공을 깊이 숭배하고 있는 모양이오."

악불군이 빙그레 웃으며 말했다.

"딸아이가 내키는 대로 하는 말이니 너무 믿지 마시오. 이 몸의 무공이나 검법은 소림파 방증 대사나 무당파 충허 도인, 개방의 해 방주와 같은 선배 영웅들의 발끝에도 미치지 못하오."

좌냉선의 얼굴이 시퍼렇게 변했다. 악불군이 방증 대사 등을 거론하면서도 좌냉선의 이름은 일부러 쏙 뺐으니, 자신이 좌냉선보다는 뛰어나다는 뜻이 분명했다.

정면이 큰 소리로 물었다.

"그렇다면 좌 장문에 비하면 어떻소?"

"나와 좌 형의 교분은 몹시 오래되었고 다년간 서로를 존중하며 지내왔소. 또한 숭산파와 화산파의 검법은 각기 장점이 있어 수백 년 동안 고하가 가려지지 않았으니 정 형의 그 질문에는 대답하기가 심히 난처하구려."

"말투를 들어보니 좌 장문보다 강하다고 생각하시는 것 같소만?"

악불군은 차분하게 말했다.

"공자 왈, 무릇 군자는 남들과 다투지 않으며, 반드시 겨뤄야 할 때에는 정당한 시합을 치러야 한다 하셨소. 자고로 현자들 또한 재주의 고하를 가리는 일을 피하기 어려웠다 하여, 이 몸 또한 오래전부터 좌 형의 가르침을 청할 뜻을 가지고 있었소. 허나 오늘은 오악파가 새롭게 시작하는 날이고 장문인도 정해지지 않았으니, 여기서 좌 형과 비무를 하면 우리가 오악파 장문인 자리를 놓고 다퉜다는 말이 사람들 입에 오르내릴 것이오."

좌냉선은 냉소를 지었다.

"악 형이 내 검을 꺾을 수만 있다면 오악파 장문 자리는 악 형의 차지가 될 것이오."

악불군은 손을 내저었다.

"무공의 높음이 곧 인품의 높음을 뜻하는 것은 아니오. 더욱이 이 몸이 좌 형을 이긴다 하더라도 오악파 다른 고수들을 이긴다 자신할 수도 없소."

겸손한 말이었지만, 자신이 좌냉선보다는 한 수 위라는 뜻은 확실했다. 좌냉선은 들으면 들을수록 노기가 치솟아 차갑게 코웃음을 쳤다.

"악 형의 별호가 군자검인 것은 세상에 모르는 사람이 없소. 악 형이 군자라는 사실은 누구나 인정하지만, 그 '검'이 얼마나 대단한지는 소문만 무성할 뿐 직접 본 사람이 많지 않소. 마침 이 자리에 천하의 영웅들이 계시니 부디 그 고명한 검법을 펼쳐 우리의 안목을 크게 틔워주시기 바라오!"

듣고 있던 사람들이 환호를 질렀다.

"단상으로 오르시오! 단상으로 오르시오!"

"말만 늘어놓고서야 어찌 영웅이라 할 수 있겠소?"

"단상에 올라 검으로 고하를 가리시오. 자화자찬해봐야 소용없소!"

악불군은 뒷짐을 지고 서서 아무 말도 하지 않았지만, 표정은 숙연하고 미간에는 근심이 가득했다.

좌냉선은 오악검파를 합병하려는 마음을 먹었을 때 제일 먼저 네 문파 고수들의 무공을 꼼꼼하게 분석했고, 그들 가운데 자신을 꺾을 사람이 없다는 확신이 든 다음에야 합병 계획을 추진했다. 만에 하나 고강한 무공을 지닌 자가 있어 오악검파가 합병한 후 장문 자리를 채가면 자신은 십중팔구 닭 쫓던 개 꼴이 될 것이기 때문이었다.

악불군이 검법에 뛰어나고 자하신공의 조예도 깊다는 사실은 일찍부터 알고 있었다. 봉불평과 성불우 등 검종의 고수들을 화산으로 보내 싸우게 하고, 다른 문파 고수 10여 명을 약왕묘에 매복시켜 공격한 것은 그를 경계했기 때문이었다. 비록 그 일은 실패로 돌아갔지만, 악불군의 무공을 파악하는 데는 큰 도움이 되었다. 그 후 소림사에서 그가 영호충과 싸우는 것을 친히 지켜본 좌냉선은, 악불군의 검법이 정묘하나 자신의 적수가 되지는 않는다는 것을 알고 크게 안심했다. 더구나 악불군은 영호충을 걷어차다가 도리어 자기 다리를 부러뜨렸으니 내공도 그저 그런 수준이었다.

반면 영호충은 골칫덩이였다. 갑작스레 검법이 크게 정진한 까닭은 알 수 없으나 갈 데 없는 방랑아 하나가 두려워 십수 년간 준비해온 대계를 포기할 수는 없었다. 하물며 영호충은 검술만 뛰어나고 권각술은 형편없어, 만에 하나 검술로 제압하지 못하더라도 권법이나 장법으로 목숨을 취할 수는 있었다. 그런데 하늘이 도우셨는지, 영호충은 악영산의 검에 중상을 입어 자연스레 나가떨어졌다.

악불군 부녀가 자신을 이길 수 있다고 큰소리를 치자 좌냉선은 속으로 코웃음을 쳤다.

'너희가 무슨 수로 오악검파의 실전된 절초를 알아냈는지 몰라도 오만방자하기 짝이 없구나. 나와 싸울 때 갑자기 그 초식을 썼더라면 내가 놀라 실수를 했을 수도 있겠지. 허나 멍청하게 딸을 시켜 다 보여주었는데 다시 써본들 무슨 소용이 있겠느냐?'

그는 악불군을 가만히 바라보았다.

'저자는 심계가 깊으니 다시는 고개를 들지 못하도록 호걸들 앞에서 철저히 짓밟아주어야 한다. 그러지 않고 오악파에 남겨두었다가는 큰 후환이 될 것이다.'

이렇게 생각한 그가 말했다.

"악 형, 영웅들께서 악 형의 솜씨를 보고 싶어 하시니 그 바람을 이루어드리시오."

악불군은 빙그레 웃었다.

"좌 형께서 그리 말씀하시니 따를 수밖에 없구려."

그는 계단을 한 걸음 올라갔다. 재미있는 구경거리가 생긴 호걸들은 신나서 손뼉을 치고 환호했다.

악불군은 두 손을 포개 들며 말했다.

"좌 형, 좌 형과 나는 동문이 되었으니 오늘 이 시합도 무예를 연구하는 수준에서 끝내는 것이 어떻겠소?"

"물론이오. 가능한 한 악 형이 다치지 않도록 애써보겠소."

숭산파 제자들이 마구 소리를 질렀다.

"싸우기도 전에 봐달라는 수작을 부리느니 차라리 그만두시오!"

"검에 눈이 달린 것도 아닌데 일단 싸우기 시작하면 다치지 않으리라는 보장이 어디 있소?"

"다치는 것이 두렵거든 순순히 패배를 인정하고 내려가시오. 아직 늦지 않았소!"

악불군은 보일락 말락 미소를 지으며 높은 소리로 말했다.

"검에는 눈이 없으니 싸우기 시작하면 다칠 수밖에 없다는 말은 참으로 옳소."

그는 고개를 돌려 화산파 제자들을 바라보았다.

"화산파 제자들은 들어라. 나와 좌 사백은 무예를 연구하고자 하는 뜻에서 검을 대는 것이지 결코 원한이 있어서가 아니다. 만약 좌 사백이 실수로 나를 죽이거나 중상을 입히더라도, 치열한 싸움에서 전력을 다하다 보니 어쩔 수 없이 벌어진 일일 뿐이니 한 치도 좌 사백을 원망하지 말 것이며, 숭산파 제자들에게 원한을 품어 오악파 동문의 정을 해쳐서는 아니 된다."

악영산을 비롯한 제자들이 큰 소리로 알겠다고 대답했다.

좌냉선으로서는 몹시 뜻밖이었다.

"악 형이 대의를 위해 동문의 의를 가장 중요하게 여기니 참으로 잘 되었소."

악불군은 빙그레 웃었다.

"다섯 문파가 하나가 되는 것은 몹시 어려운 일이오. 우리 두 사람의 비검으로 화목함이 깨지고 오악파 동문 간에 분쟁이 벌어지면, 문파를 합병한 본래의 의미가 무색해질 것이오."

"물론이오!"

좌냉선은 그렇게 대답하며 속으로 빙그레 웃었다.

'저자가 벌써 겁을 집어먹었구나. 기세를 몰아 단숨에 제압해야겠다.'

고수의 싸움에서는 내공이나 초식도 중요하지만, 기세 하나로 승패가 갈라지는 일도 종종 있었다. 악불군이 처음부터 약하게 나오자 좌냉선은 남몰래 몹시 기뻐하며 망설임 없이 검을 뽑았다. 검이 검집에서 솟아나는 동안 봉우리 전체가 천둥이라도 치듯 우르르 떨렸다. 좌냉선이 진기를 끌어올려 검을 뽑는 동안 검날이 검집에 부딪쳐 커다란 소리를 내게 만든 것이었다. 영문을 모르는 사람들은 놀라서 눈이 휘둥그레졌고, 숭산파 제자들은 기다렸다는 듯이 박수갈채를 보냈다.

악불군은 허리에 찬 검을 검집째로 풀어 봉선대 한쪽에 내려놓은 다음 천천히 검을 뽑았다. 검을 뽑는 동작만 봐도 이번 시합의 승부는 뻔했다.

영호충은 검이 어깻죽지를 꿰뚫고 가슴 앞으로 튀어나올 만큼 세게 찔려 몹시 위중한 상태였다. 이를 본 영영은 초조한 나머지 변장을 했다는 것조차 잊고 달려가 검을 뽑아내고 그를 부축했다. 그때 항산파 제자들도 우르르 달려왔다. 의화가 허둥지둥 백운웅담환 다섯 알을 꺼내 영호충의 입에 넣었다. 영영이 가슴과 등 뒤의 혈도 네 곳을 막아 쏟아지던 피가 멈추자, 의청과 정악이 황급히 천향단속교를 발라주었다. 장문인이 상처를 입었는데 제자들에게 아까울 것이 무엇이겠는가? 천금을 주고도 사기 힘든 영약이지만 그들은 진흙이라도 칠하듯 아낌없이 쏟아부었다.

상처는 심했지만 정신은 멀쩡한 영호충은 영영과 항산파 제자들의 초조하고 당황한 모습을 보자 몹시 미안했다.

'소사매를 달래려고 한 일인데 영영과 항산파 사저, 사매들을 걱정시켰구나.'

그는 억지로 미소를 지어 보이며 말했다.

"어쩌다가 실수로… 실수로 찔리고 말았소. 그… 그리 심각하지는 않으니 너무… 너무 걱정하지…."

"말하지 말아요."

영영이 속삭였다. 억지로 거친 목소리를 내고 있었지만 고운 여자의 음성은 여전했다. 항산파 제자들은 수염투성이 남자가 아리따운 목소리를 내자 몹시 이상하게 생각하며 그쪽을 바라보았다.

"저… 저 시합을 봐야겠소…."

영호충이 말하자 의청이 그의 앞에 선 사매들을 물러서게 해 악영산과 좌냉선의 비검을 볼 수 있게 해주었다.

악영산이 숭산파 검법을 펼친 뒤 좌냉선이 그녀의 검을 부러뜨리고, 이어 좌냉선과 악불군이 봉선대에 오르는 광경까지, 영호충은 몽롱한 의식의 끝을 붙잡으며 지켜보았다.

악불군은 검을 아래로 향하게 한 후 몸을 돌려 미소를 지어 보였다. 좌냉선과의 거리는 두 장 정도 되었다.

호걸들이 긴장해 숨을 죽이자, 숭산 꼭대기에는 쥐죽은 듯이 고요한 정적이 내려앉았다.

하지만 영호충은 불경을 외는 나지막한 소리를 똑똑히 들을 수 있었다.

"흉악한 짐승에게 포위되어 날카로운 이빨과 발톱이 두려울 때, 관세음보살을 부르면 먼 곳으로 달아날 수 있나니. 구렁이나 전갈이 독을 뿜을 때, 관세음보살을 부르면 알아서 물러가리니. 먹구름 끼어 천둥 번개가 치고 폭우와 우박이 쏟아질 때, 관세음보살을 부르면 때맞춰 날이 개리니. 중생이 곤경에 빠지고 수많은 고뇌가 찾아들 때, 관세음보살의 신비한 지혜는 세상을 고통에서 구하리니…."

간절하고 진심 어린 그 목소리를 듣자, 영호충은 의림이 자신을 위해 관세음보살에게 기도를 올리며 고난과 어려움에서 중생을 구제하는 보살께 자신의 고통을 없애달라 청원하는 것임을 알 수 있었다. 아주아주 오래전, 형산성 밖 교외에서도 의림은 이 경문을 왼 적이 있었다. 영호충은 소리 나는 쪽을 돌아보지 않았지만, 정을 담뿍 담은 의림의 눈동자와 단아하고 고운 얼굴이 생생하게 눈앞에 떠올랐다. 그의 가슴속에 따스한 정이 요동쳤다.

'영영뿐만 아니라 의림 사매도 나를 목숨보다 귀하게 생각해주는구나. 이 몸이 부서지고 가루가 되어도 저 깊은 정을 다 갚지 못할 거야.'

좌냉선은 악불군이 가슴 앞에 검을 가로눕히고 왼손으로는 마치 글씨를 쓰듯 검결을 짚는 것을 보자 화산파 검법 중 시검회우詩劍會友임을 알아보았다. 이는 화산파가 동문이나 친구들과 겨룰 때 쓰는 기수식起手式으로, 문인들은 시를 지음으로써 친구를 사귀고 무인들은 무예를 연마함으로써 친구를 사귄다는 뜻을 담고 있었다. 이 초식을 펼친다는 것은 곧 상대방에게 적의가 없으니 목숨 걸고 싸우지 않겠다는 뜻이었다.

좌냉선은 입가에 한 줄기 미소를 띠었다.

"너무 겸손해하지 마시오."

그는 이렇게 말하면서도 속으로는 차갑게 비웃었다.

'악불군은 군자라 불리나 군자보다는 위군자의 기질이 다분한 자다. 적의를 드러내지는 않았지만 속마음도 그러리라는 보장은 없다. 내가 두려우니 가능한 한 경계를 늦추도록 만들어 급작스럽게 살수를 펼치려는 것이겠지.'

그는 왼손을 밖으로 내밀고 오른손에 든 검을 오른쪽으로 쭉 뻗었다. 숭산파 초식인 개문견산開門見山이었다. 가식 떨지 말고 싸우려면 제대로 싸우자는 의미를 내포한 이 초식은 상대방을 위군자라고 조롱하는 것이기도 했다.

악불군은 숨을 들이쉬며 검을 중궁中宮(북극성이 있는 방향)을 향해 똑바로 찔렀다. 검끝은 잠시도 가만히 있지 않고 파르르 떨리다가 도중에 위로 방향을 홱 바꿔 화산파 초식 청산은은靑山隱隱을 펼쳤다. 있는 듯 없는 듯 변화가 무상한 초식이었다.

좌냉선은 검을 위에서 아래로 내리쳤다. 바위라도 깨뜨릴 것 같은 어마어마한 기세에 구경꾼 가운데 적지 않은 사람들이 '아앗' 하고 소리를 질렀다. 본래 숭산파 검법에는 이런 초식이 없었다. 좌냉선은 검을 주먹 삼아 권각술의 초식을 펼친 것이었다. 독벽화산獨劈華山이라 불리는 이 초식은 평범하기 그지없어 조금이라도 권각술을 익힌 사람은 누구나 알고 있었다.

오악검파는 수백 년간 서로 왕래하며 사이좋게 지내왔다. 숭산파의 검법 가운데 이런 초식이 있다손 치더라도 그 이름이 화산파를 모욕하는 것으로 느껴질 수 있으니 일찌감치 버렸거나 형태를 바꿨을 것이다. 좌냉선이 원래 없는 검법을 고의로 펼친 까닭은 악불군을 격노시키려는 의도였다. 숭산파의 검법은 기세와 위용을 장점으로 삼았기 때문에 평범하디평범한 독벽화산이라는 초식조차 숭산파 검법의 의미를 담아 펼치자, 윙윙 바람 가르는 소리를 내며 그 이름처럼 산을 무너뜨리고 바위를 부술 것 같은 위력을 뽐냈다.

악불군은 옆으로 피하면서 검을 엇질러 고백삼삼古柏森森이라는 초식을 펼쳤다. 이를 본 좌냉선은 그가 몹시 신중하게 실수를 최소한으로 줄이면서 싸움을 오래 끌려는 속셈임을 깨달았다. 개문견산과 독벽화산으로 그를 자극했는데도 전혀 노기를 드러내지 않는 것을 보자 새삼 상대하기 껄끄러운 강적으로 느껴졌다. 지금처럼 상대를 얕보는 마음으로 새로운 초식만 펼치다가는 선기를 빼앗길 수도 있다는 생각이 들자, 좌냉선은 정신을 바짝 차리고 검을 왼쪽에서 오른쪽으로 베어나갔다. 바로 숭산파 정통 검법인 천외옥룡天外玉龍이었다.

숭산파 제자라면 누구나 배우는 초식이었으나 이토록 힘차고 드높은 기상을 담아 펼칠 수 있는 사람은 없었다. 허공을 가로로 힘차게 긋는 동안 검신이 휘어지는가 싶다가도 다시금 곧게 뻗으며 마치 살아 있는 생물처럼 생생하게 약동하자, 장내에는 우레와 같은 환호성이 터져나왔다.

본래 다른 문파의 호걸들 가운데에는 숭산파 제자들이 북을 울리고 폭죽을 터뜨리며, 좌냉선이 무슨 말을 하든 환호하면서 선동을 해대자 혐오감에 눈을 찌푸리던 사람이 부지기수였다. 그러나 이번만큼은 숭산파 제자들이 환호를 지를 만했고, 그 자신들도 속으로 감탄사를 내뱉었다.

좌냉선의 천외옥룡은 생명이 없는 검을 마치 재빠른 뱀이나 신룡으로 탈바꿈시킨 듯했다. 검을 쓰는 사람은 물론이고 다른 무기를 쓰는 무인들조차 감탄을 금치 못했다. 태산파와 형산파의 고수들도 이 초식을 보자 저도 모르게 안도의 숨을 내쉬었다.

'저 봉선대에서 좌냉선과 싸우는 사람이 내가 아니라 악불군이어서 참으로 다행이구나!'

좌냉선과 악불군은 각각 숭산파와 화산파의 검법을 펼치며 싸움을 시작했다. 숭산파 검법은 천군만마가 내닫고 창칼에 뿌연 모래 먼지가 이는 것처럼 기상이 드높았고, 화산파 검법은 봄날 제비 한 쌍이 버드나무 사이로 자유롭게 날아다니는 것처럼 가볍고 기민했다. 악불군은 당장 쓰러질 것 같지는 않았으나, 봉선대 위를 휘젓는 검기 가운데 8할은 숭산파 검법이었다. 악불군의 검은 가능한 한 상대의 검에 부딪히지 않으려는 듯 이리저리 피하고 달아났다. 검법 자체는 정묘했지만 단순히 정묘함만으로는 웅장하고 힘이 넘치는 숭산파 검법의 적수가 되지 못하는 듯했다.

그들과 같은 무학 종사들은 비무를 할 때 반드시 정해진 길만 따르지는 않았다. 좌냉선은 열일곱 가지 숭산검법을 다양하게 섞었고, 악불군은 사용하는 검법은 많지 않아도 복잡하고 변화가 많은 화산검법의 장점을 잘 활용해 끊임없이 초식을 펼쳤다.

20여 초가 지난 후, 좌냉선이 갑자기 오른손을 번쩍 쳐들고 왼손으로 장법을 펼쳐 힘차게 앞으로 내밀었다. 그러자 악불군의 상반신에 있는 요혈 서른여섯 곳이 모두 이 일장의 범위에 들어가, 급히 피한다고 해도 검에 상처를 입을 수밖에 없었다. 위험한 순간, 악불군이 얼굴을 보랏빛으로 물들이며 왼손을 내밀었다. 두 사람의 손바닥이 펑 하는 굉음을 내며 부딪쳤다. 그 충격에 악불군은 뒤로 훌쩍 날아갔지만 좌냉선은 그 자리에 우뚝 서 있었다.

악불군이 외쳤다.

"그 장법도 숭산파 무공이오?"

이 광경을 본 영호충은 사부의 안위가 염려되어 저도 모르게 비명을 질렀다.

좌냉선의 음랭한 진기가 얼마나 무서운지 그는 누구보다 잘 알고 있었다. 임아행같이 내공이 깊은 사람도 그 진기에 당하자 심각한 발작을 일으켰고, 도와주려던 영호충을 비롯해 네 사람을 한꺼번에 눈사람으로 만들어놓지 않았던가? 악불군이 오랫동안 기공을 익혀왔다지만 임아행을 따를 정도는 되지 못하니, 좌냉선의 장력을 몇 차례 더 받으면 그 자리에서 얼어붙지는 않더라도 자유자재로 움직이기는 힘들어질 터였다.

좌냉선이 웃으며 말했다.

"이 몸이 직접 창안한 장법이오. 훗날 오악파 제자들을 선발하여 재능에 따라 전수할까 하오."

"그랬구려. 허면 좌 형께 좀 더 가르침을 청해야겠소."

"좋소."

좌냉선은 그렇게 대답하며 속으로 혀를 내둘렀다.

'화산파의 자하신공이 대단하기는 하구나. 내 한빙신장寒冰神掌을 맞고도 목소리 한 번 떨리지 않다니.'

그는 검을 춤추듯이 휘두르며 악불군을 찔러갔고 악불군은 검으로 가로막았다. 몇 초를 주고받은 뒤 또다시 펑 소리가 나며 두 손이 부딪쳤다. 악불군은 검을 빙그르르 돌리며 좌냉선의 허리를 베었다. 좌냉선은 검을 똑바로 세워 막은 뒤 왼손에 진기를 끌어올려 악불군의 등을 내리쳤다. 위에서부터 아래로 내리치는 힘이라 위력이 어마어마했고 기세도 맹렬했다. 악불군이 재빨리 왼손을 뒤집어 들어올리자 두 사람의 손바닥이 세 번째로 부딪쳤다. 악불군은 몸을 낮추고 좌냉선의 공세 밖으로 훌쩍 피했다.

좌냉선은 왼손에 찢어지는 듯한 통증을 느끼고 손바닥을 들어보았다. 손바닥 한가운데 조그마한 구멍이 생겨 까만 피가 배어나오고 있었다. 놀라고 분노한 그가 대뜸 소리를 질렀다.

"간악한 놈! 부끄러움도 모르는구나!"

악불군이 손에 침을 숨겨두었다가 불시에 그의 손바닥을 찌른 것 같은데, 피가 새까만 것을 보면 침에 독을 바른 것이 분명했다. 아무리

그라도 군자검이라 불리는 사람이 이토록 비열한 짓을 할 줄은 예상하지 못했다. 좌냉선은 호흡을 가다듬고 오른손으로 왼쪽 어깨의 혈도 세 곳을 점해 독이 몸에 퍼지지 않도록 조치했다.

'그깟 독침으로 나를 쓰러뜨릴 수 있다고 생각했다면 오산이다! 하지만 놈이 시간을 끌지 못하도록 속전속결해야겠구나.'

그의 검이 질풍처럼 쏘아져나갔다. 검을 휘둘러 반격하는 악불군의 초식도 처음보다는 훨씬 맹렬하고 날카로워졌다.

하늘은 차츰차츰 어두워졌다.

봉선대 위의 싸움이 더 이상 무학을 논하는 자리가 아니라 목숨 건 결투로 바뀌었다는 것을 아래에서 구경하는 사람은 누구나 알 수 있었다. 방증 대사가 외쳤다.

"선재로다, 선재로다! 어찌하여 이리도 살기가 짙어지셨소?"

수십 초가 지나도록 악불군의 방어가 흐트러질 것 같지 않자, 좌냉선은 독이 퍼질 것이 염려되어 더욱더 힘차고 빠르게 검을 놀렸다. 악불군은 허둥지둥 오른쪽 왼쪽으로 검을 휘둘렀지만 쉽사리 막아내지 못할 것 같았다. 바로 그때, 그의 검법이 싹 바뀌었다. 검날이 늘어났나 싶게 쭉 뻗어나가다가 별안간 휙 거두어지는 등 신출귀몰하게 움직였고 초식은 여태 누구도 본 적이 없을 만큼 기괴했다.

이 검법을 본 호걸들 사이에서 웅성웅성 소란이 일었다.

"저게 무슨 검법이지?"

태반이 이렇게 물었지만 모두들 고개만 저을 뿐 대답하는 사람은 없었다.

영영에게 기대 비검을 지켜보던 영호충도 사부가 펼치는 빠르면서도 기괴한 검법이 화산파의 검법과는 너무나도 달라 어리둥절했다. 곧 이어 좌냉선의 검법도 바뀌었는데 놀랍게도 사부가 펼치는 검법과 몹시 유사했다.

두 사람은 공격과 수비가 빈틈 하나 없이 손발이 척척 맞아, 수십 년간 함께 검법을 익힌 동문 사형제라 해도 믿을 것 같았다. 20여 초가 지나자 좌냉선이 악불군을 바짝 몰아붙였고, 악불군은 계속해서 뒤로 물러났다. 상대방 무공의 빈틈을 파악하는 데 능한 영호충은 사부의 초식에 허점이 점점 늘어나 위태위태한 지경에 이르자 초조한 마음에 주먹을 불끈 쥐었다.

좌냉선의 승리가 점쳐지자 숭산파 제자들이 소리를 질러 응원했다. 좌냉선의 검은 갈수록 속도를 더해갔다. 허둥지둥하는 악불군의 반응으로 보아, 10초 안에 그의 손에서 검을 떨어뜨릴 수 있을 것 같자, 좌냉선은 속으로 히죽 웃으며 더욱더 빠르게 검을 휘둘렀다. 예상대로 그가 검을 가로로 찌를 때 악불군이 검을 들어 막았지만 힘이 실려 있지 않았다. 좌냉선은 검을 빙그르르 돌렸다가 재빨리 다시 찔렀고, 악불군의 검은 그의 손에서 벗어나 하늘 높이 날아올랐다. 숭산파 제자들이 우레와 같이 환호했다.

돌연 악불군이 맨손으로 좌냉선에게 달려들며 두 손으로 금나수를 펼쳤다. 제법 날카로운 공격이었다. 그의 몸은 귀신처럼 봉선대 위를 휘리릭 날며 빙빙 돌기 시작했다. 보통 사람은 상상도 못할 만큼 빠르고 기괴한 움직임이었다.

"이… 이런…!"

좌냉선 역시 당황해 황급히 검을 들어 막았다. 악불군의 검은 어느

새 아래로 내려와 봉선대에 박혔지만, 아무도 신경 쓰지 않았다.

그때 영영이 나지막하게 외쳤다.

"동방불패!"

영호충도 같은 생각을 하고 있었다.

지금 사부가 쓰는 초식은 바로 지난번 동방불패가 수침으로 그들과 싸울 때 펼쳤던 무공이었다. 그는 너무 놀란 나머지 지독한 통증도 까맣게 잊고 벌떡 일어났다. 옆에서 나긋나긋한 손이 나타나 그의 팔을 붙잡아 지탱해주었지만 그것조차 눈치채지 못했다. 고운 눈동자가 넋이 나간 듯 자신을 바라보고 있는 것도 몰랐다.

이곳 숭산 꼭대기에 있는 수천 개의 눈동자가 눈 한 번 깜짝하지 않고 좌냉선과 악불군의 싸움만을 응시했지만, 의림의 눈동자는 처음부터 끝까지 영호충에게서 떨어진 적이 없었다.

그때 좌냉선이 길게 비명을 질렀고, 악불군은 주르륵 밀려나 봉선대 서남쪽 구석 가장자리에서 채 한 자도 떨어지지 않은 곳에 겨우 멈춰섰다. 몸이 휘청휘청해 당장이라도 아래로 떨어질 것 같았다. 좌냉선은 오른손으로 춤추듯이 검을 휘둘렀다. 모두 숭산파의 검법이었고, 갈수록 속도가 빨라져 몸에 있는 모든 요혈을 단단히 보호했다. 그의 검법은 정묘하면서도 힘이 넘쳤고, 휘두를 때마다 휭휭 바람 가르는 소리를 내, 가까이서 보는 사람들은 저마다 감탄을 터뜨렸다.

시간이 흘러도 좌냉선은 계속 그 자리에서 검을 휘두를 뿐 악불군을 공격할 기미가 없었다. 사람들은 그제야 뭔가 이상하다는 것을 알아차렸다. 좌냉선의 초식은 수비를 위한 것이지 악불군을 공격하는 것이 아니었다. 이런 검법으로 어떻게 적을 쓰러뜨릴 수 있겠는가?

갑자기 좌냉선이 검을 앞으로 휙 내밀었다가 우뚝 멈췄다. 그리고 무슨 소리가 들리지 않는지 귀를 기울이듯 고개를 살짝 갸웃했다. 놀랍게도 돌아선 그의 두 눈에서 새빨간 핏줄기가 흘러내려 뺨을 타고 턱 끝에서 방울방울 떨어지고 있었다.

"눈이 멀었다!"

누군가 소리쳤다.

별로 큰 소리는 아니었지만, 좌냉선은 대로하여 버럭 소리를 질렀다.

"아니다, 아니야! 나는 눈이 멀지 않았다! 어떤 놈이 감히 내가 눈이 멀었다고 하느냐? 악불군, 이 간악한 도적놈, 자신이 있으면 이리 와서 300초를 싸워보자!"

목이 터져라 외치는 그의 목소리에는 분노와 고통과 절망이 진하게 묻어 있어, 상처 입은 짐승이 죽기 전에 내는 울부짖음을 연상시켰다. 악불군은 단상 끝에 선 채 빙그레 웃고만 있었다.

이제 좌냉선이 악불군의 손에 두 눈이 멀었다는 사실을 누구나 알 수 있었다. 모두들 이 뜻밖의 결과에 놀라 입을 떡 벌렸지만, 영호충과 영영에게는 전혀 이상한 일이 아니었다.

악불군이 검을 놓친 뒤 펼친 초식은 동방불패의 무공과 흡사했다. 흑목애에서 임아행과 영호충, 상문천, 상관운 네 사람이 힘을 합쳐 동방불패를 상대했지만 적수가 되기는커녕 모두 수침에 찔려 크고 작은 상처를 입었다. 영영이 양연정을 공격한 후에야 겨우 승리를 얻을 수 있었지만, 그럼에도 불구하고 임아행은 결국 눈을 찔려 생사를 달리할 뻔했던 것이다. 민첩하고 빠른 악불군의 움직임은 비록 동방불패에는 미치지 못했으나 좌냉선 혼자 싸워서는 결코 이길 수 있는 상대가 아니었다. 그들이 예상한 대로 좌냉선은 끝내 두 눈을 침에 찔리고 말았다.

사부가 이겼지만 영호충은 조금도 기쁘지 않았다. 아니, 오히려 말 못할 두려움이 솟구쳤다. 악불군은 온화한 성품에 항상 친절하게 그를 대해주었기에 그는 어려서부터 사부를 존경하면서도 두려워하기보다는 가깝고 친밀하게 느꼈다. 사문에서 쫓겨났을 때도 사부의 가르침을 따르지 않고 제멋대로 행동한 자신의 잘못이라고 여겨 사부와 사모가 용서해주기만을 빌었고, 단 한 번도 과한 처벌이라고 원망한 적이 없었다.

넓은 옷소매를 펄럭이며 봉선대 위에 서 있는 사부의 모습은 여전히 우아하고 고상했지만, 어찌 된 영문인지 마음속에서부터 억누를 수 없는 혐오감이 치솟았다. 악불군이 펼친 무공이 괴상망측한 동방불패의 모습을 떠올리게 했거나, 정정당당하지 못한 방식으로 비검에서 승리했기 때문인지도 몰랐다. 잠시 갈피를 잡지 못하고 멍하게 서 있던 그는 상처에서 전해지는 날카로운 통증을 이기지 못하고 털썩 주저앉았다. 영영과 의림이 동시에 손을 뻗어 그를 부축하며 물었다.

"괜찮으세요?"

영호충은 고개를 저으며 억지로 미소를 지어 보였다.

"괜… 괜찮소."

비분에 찬 좌냉선의 목소리가 또다시 귀를 때렸다.

"악불군, 이 간악한 놈! 어서 이리 와서 결전을 치르자! 수치심도 없는 소인배처럼 달아나지 마라! 어서… 어서 이리 오지 못할까!"

숭산파의 탕영악이 주변 제자들을 둘러보며 말했다.

"가서 너희 사부를 모셔오너라."
"예!"
대제자인 사등달과 적수가 봉선대로 몸을 날렸다.
"사부님, 내려가시지요!"
제자들이 말했지만 좌냉선은 듣지 못한 것 같았다.
"악불군! 당장 이리 오지 못하겠느냐?"
"사부님…."
사등달이 그를 부축하려고 손을 뻗는 순간, 한광이 번쩍하며 좌냉선의 검이 그의 왼쪽 어깨에서부터 허리까지 획 베었다. 검광은 거기서 멈추지 않고 다시금 날아들어 적수의 몸까지 베었다. 그의 공격은 보통 사람은 흉내도 낼 수 없을 만큼 날카롭고 빨라 단번에 숭산파 대제자 두 사람을 네 동강으로 갈라놓은 것이다.
아래쪽에서 호걸들의 놀란 외침이 터졌다.
악불군은 봉선대 한가운데로 나아가 말했다.
"좌 형, 좌 형은 이미 폐인이 되었으니 내 어찌 그런 사람을 상대할 수 있겠소? 상황이 이렇게 되었는데도 오악파의 장문 자리를 놓고 이 몸과 싸울 셈이오?"
좌냉선은 천천히 검을 들어 그의 가슴을 겨눴다. 악불군의 손에는 무기가 없었다. 그가 쓰던 검은 허공으로 떠올랐다가 떨어져 봉선대에 깊이 박혀서 산바람에 흔들흔들 떨리고 있었다. 악불군은 넓은 소매에 두 손을 집어넣고 가슴팍에서 세 치밖에 떨어지지 않은 검날을 눈 하나 깜짝 않고 바라보았다. 검날에서 새빨간 피가 방울방울 떨어져 바닥에 똑똑 소리를 냈다.

좌냉선의 오른쪽 소매가 바람을 머금은 배 돛처럼 둥글게 부풀어올랐다. 반면 왼쪽 소매는 어디서나 볼 수 있는 모양으로 축 늘어져 있어, 그가 전신의 공력을 오른팔에 끌어모았다는 것을 알 수 있었다. 용솟음치는 진기로 옷소매가 찢어질 것처럼 부풀어오르는 것은 흔한 장면이 아니었다. 그가 지금 오른손에 든 검을 찌르면 필시 무시무시한 힘을 발휘할 것이 분명했다.

갑자기 하얀 그림자가 번쩍했다. 악불군이 뒤로 한 장 정도 물러났다가 다시 돌아온 것인데, 어찌나 빠른지 눈 한 번 깜짝하는 시간밖에 걸리지 않은 것 같았다. 그는 잠시 서 있더니, 다시 왼쪽으로 훌쩍 물러났다가 재빨리 원위치로 돌아왔다. 그의 가슴은 여전히 좌냉선의 검끝에 바짝 닿아 있었다. 마침내 사람들도 그 움직임의 의미를 깨달았다. 좌냉선이 혼신의 힘을 다해 펼친 일격이 제아무리 무시무시해도 결국 악불군의 털끝 하나 건드리지 못할 것이었다.

좌냉선의 머릿속에 무수한 생각들이 스쳐갔다. 일검에 악불군을 찌르지 못한다면 앞을 보지 못하는 자신은 고분고분 처분을 기다리는 수밖에 없었다. 하지만 평생 심혈을 기울여 이룩한 오악검파의 합병이라는 과실을, 암산을 당해 눈앞에서 놓치게 되었다는 사실을 도저히 받아들일 수가 없었다. 그는 가슴이 턱 막히고 피가 거꾸로 솟아 참지 못하고 울컥 피를 토했다.

어느새 옆으로 피한 악불군은 얼굴에 득의의 미소를 띠고 있었다.

좌냉선은 오른손에 힘을 주어 검을 뚝 부러뜨리고는 부러진 검을 내팽개치고 하늘을 향해 껄껄 웃었다. 그 웃음소리가 골짜기에 쩌렁쩌렁 울려퍼졌다. 그는 그렇게 웃으며 돌아서서 성큼성큼 봉선대를 내려갔다. 도중에 방향이 틀어져 왼발을 헛디뎠지만, 이미 준비를 하고 있었는지 살짝 오른발을 걷어차서 몸을 날려 우아하게 땅으로 내려설 수 있었다.

숭산파 제자들이 우르르 달려와 입을 모아 외쳤다.

"사부님, 저희가 힘을 합쳐 화산파를 짓밟아놓겠습니다."

좌냉선은 낭랑하게 대답했다.

"대장부는 한 번 뱉은 말은 지켜야 하는 법! 비검으로 장문인을 정하기로 했으니 무공이 높은 사람이 이기는 것이다. 악 선생의 무공이 나보다 뛰어나니 악 선생을 장문인으로 모시는 데 어찌 이견이 있을 수 있겠느냐?"

처음 눈이 멀었을 때는 그 역시 놀라움과 분노를 참지 못하고 마구 욕을 퍼부었지만, 마음을 가라앉힌 다음에는 무학의 대종사다운 모습으로 돌아온 것이었다. 그가 군말 없이 승복하는 것을 보자 호걸들은 과연 일대의 호걸다운 태도라며 감탄을 금치 못했다. 수적으로 우세할 뿐 아니라 조력자도 많고 지리적인 이점도 가진 숭산파가 화산파를 공격한다면 악불군이 아무리 무공이 높아도 대적할 방도가 없었다. 하지만 좌냉선의 한마디는 참혹한 결과를 가져올 싸움을 사전에 차단해 주었다.

오악검파 사람들과 구경하러 온 호걸들 가운데에는 권력에 빌붙으려는 무리가 제법 많았다. 그들은 좌냉선이 패배를 인정하자 기다렸다는 듯이 소리를 질러댔다.

"악 선생이 오악파의 장문인이오! 악 선생이 오악파의 장문인이 되셨소!"

화산파 제자들도 목소리를 드높여 환호에 가세했지만, 너무 뜻밖의 일이라 그들조차 눈앞의 현실을 믿을 수가 없었다.

악불군은 단상 가장자리로 걸어나와 두 손을 포개 올리며 말했다.

"이 몸은 좌 사형과 무예를 겨루고자 하는 마음뿐이었으나, 좌 사형의 무공이 너무도 높아 검을 놓치고 위험에 처해 어쩔 수 없이 전력을 다해 싸울 수밖에 없었습니다. 스스로를 보호하기 위해서였다지만 실수로 좌 사형의 눈에 해를 입혔으니 마음이 심히 불편합니다. 반드시 명의를 찾아 좌 사형의 눈을 치료해드리도록 합시다."

단상 아래에서 누군가 외쳤다.

"검에 눈이 달린 것도 아닌데 누가 다치지 않으리라 보장할 수 있겠소?"

"죽이지 않은 것만 해도 아량을 베푼 것이오!"

악불군은 고개를 저었다.

"당치 않은 말씀입니다!"

그는 그렇게 말했으나 단상에서 내려올 생각은 없어 보였다. 구경꾼 중에 누군가 큰 소리로 외쳤다.

"오악파 장문인이 되고 싶은 사람이 있으면 올라가서 악 선생과 겨뤄보시오!"

"그렇소, 솜씨가 있으면 악 선생을 물리쳐보시오!"

수백 개나 되는 목소리가 일제히 외쳐댔다.

"악 선생이 오악파 장문인이다! 악 선생이 오악파 장문인이 되셨다!"

악불군은 그 소리가 잦아들기를 기다렸다가 소리 높여 말했다.

"여러분이 이토록 아껴주시는데 어찌 거절할 수 있겠습니까? 오늘 오악파가 새로이 탄생하여 할 일이 산더미처럼 많습니다. 저는 오로지 그 일을 마무리할 수 있도록 솔선수범할 뿐입니다. 형산의 일은 막대 선생께서 맡아주시고, 항산의 일은 영호 형제가 맡아주십시오. 태산의 일은 옥경자와 옥음자 두 분께서 천문 사형의 제자인 건제 도장과 상의하여 처리하시기 바랍니다. 그리고 숭산은 좌 사형의 눈이 불편하시니…."

그는 여기서 잠시 멈추고 숭산파 사람들을 둘러본 뒤 천천히 입을 열었다.

"이 몸의 생각으로는 우선 정면 사형과 육백 사형, 탕영악 사형께서 좌 사형을 도와 일상적인 업무를 처리하는 것이 좋을 것 같습니다."

육백은 몹시 의외라는 얼굴로 더듬더듬 입을 열었다.

"그… 그런…."

숭산파뿐 아니라 다른 문파의 제자들도 놀라기는 마찬가지였다. 정면은 오랫동안 좌냉선을 도와 숭산파의 일을 처리했고, 탕영악도 최근 들어 좌냉선의 신임을 얻고 있었으니 그럴 만했지만, 육백은 조금 전만 해도 악불군을 공격하고 비웃고 무례하게 군 사람이었다. 그런데 악불군은 그 허물을 탓하지 않고 그를 지목해 숭산의 일을 맡긴 것이다. 숭산파 제자들은 좌냉선이 눈을 다친 일에 분개해 기회를 봐서 반드시 갚아주리라 이를 갈고 있었는데, 악불군이 직접 숭산을 다스리지 않고 정면과 육백, 탕영악, 좌냉선에게 숭산의 일을 맡겨 본래 숭산파의 질서를 유지할 수 있게 해주자 금세 분이 가라앉았다.

악불군이 말을 이었다.

"우리 오악검파는 오늘로써 하나가 되었습니다. 서로 한마음이 되지 못하면 다섯 문파의 합병 또한 허명에 불과합니다. 이제부터 모두 한집안 사람이니 다시는 우리와 너희를 가르지 말아야 합니다. 이 몸은 덕도 재주도 없으나 잠시 본 파를 맡게 되었습니다. 낡은 것을 없애고 새로운 것을 받아들이기 위해 독선을 부리지 않고 여기 계신 여러 형제들과 논의하여 천천히 결정하고자 합니다. 벌써 날이 어두워지고 있으니 그만 내려가 숭산의 본원에서 술과 음식을 먹으며 쉬도록 합시다!"

호걸들은 환호로 답하고 분분히 아래로 내려가기 시작했다.

악불군이 봉선대에서 내려가자 방증 대사와 충허 도인 등이 다가가 축하 인사를 건넸다. 방증 대사와 충허 도인은 좌냉선이 오악파를 손에 넣은 뒤 소림파와 무당파를 병탄해 무림에 해악을 끼칠 것을 염려했는데, 점잖은 군자로 알려진 악불군이 오악파의 장문인이 되자 마음이 놓여 진심을 다해 축하했다.

방증 대사가 나지막하게 말했다.

"악 선생, 숭산의 적지 않은 사람들이 다른 마음을 품고 있으니 악 선생에게 몹시 불리하오. 옛말에 '남을 해칠 마음을 품지 말되 경계하는 마음 또한 놓으면 아니 된다'라고 하였소. 숭산에 있는 동안 매사 조심하시오."

"예, 방장의 가르침에 감사드립니다."

"소실산은 이곳 숭산과 지척이니 서로 돕기가 용이할 것이오."

그 말에 악불군은 깊이 읍했다.

"방장의 고마우신 말씀, 마음 깊이 새기겠습니다."

그는 돌아서서 충허 도인, 해 방주와 몇 마디 나눈 뒤 종종걸음으로 영호충에게 다가갔다.

"충아, 상처는 어떠냐?"

영호충을 화산에서 쫓아낸 후로 이토록 다정한 얼굴로 '충아'라고 부른 것은 이번이 처음이었다. 그러나 영호충은 도리어 가슴이 서늘하게 식는 것 같아 말을 더듬었다.

"괜… 괜찮습니다."

"나를 따라 화산으로 가서 요양하자꾸나. 네 사모와 함께 오순도순 지내면 얼마나 좋겠느냐?"

악불군이 몇 시진 전에 이런 제의를 했더라면 영호충은 기뻐 어쩔 줄 모르며 단박에 따라나섰겠지만, 지금은 화산으로 돌아가는 것이 두려워 주저주저했다.

악불군이 의아한 듯 물었다.

"어찌 그러느냐?"

"항산파의 금창약이 상처에 좋으니… 우선… 우선 그곳에서 치료한 뒤 사부님과 사모님을 찾아뵙겠습니다."

악불군은 고개를 갸웃하며 마치 속마음을 가늠하듯 그의 얼굴을 뚫어지게 쳐다보더니 한참 후에야 고개를 끄덕였다.

"그렇게 하거라! 마음 편히 쉬며 상처를 다스리도록 해라. 어서 빨리 화산에서 볼 수 있기를 기대하마!"

"예!"

영호충이 억지로 일어나 인사를 하려 했지만 악불군은 그의 오른팔을 잡아 누르며 부드럽게 말했다.

"그리 예를 차릴 것 없다!"

그의 손이 닿자 영호충은 몹시 두려운 듯 몸을 움츠렸다. 악불군은 다소 노한 기색으로 코웃음을 쳤지만, 재빨리 미소를 지으며 보란 듯이 한숨을 쉬었다.

"네 소사매는 아직 이렇게 철이 없구나. 비검을 하더라도 사정을 보아가며 싸웠어야지. 아무튼 크게 다치지 않아 다행이구나!"

이렇게 말한 그는 의화, 의청 등 항산파 제자들과 고개를 끄덕여 인사를 나눈 뒤 천천히 돌아섰다.

수 장 밖에서 그를 기다리던 수백 명의 호걸들은 악불군이 다가오자 그를 에워싸고 온갖 찬사를 늘어놓았다. 무공이 고강하다느니, 성품이 온화하고 자비롭다느니, 매사 예의 바르고 단정하다느니 하는 아첨의 물결 속에서 악불군과 그 일행들은 차츰차츰 봉우리 아래로 사라졌다.

영호충은 희미해져가는 사부의 뒷모습과 각 문파 사람들의 모습을 가만히 바라보았다. 문득 뒤에서 분에 찬 여자의 목소리가 들려왔다.

"위군자!"

영호충은 몸을 움찔했다. 상처의 통증이 견디기 힘들 정도로 그의 몸을 짓눌렀다. '위군자'라는 단어가 묵직한 망치라도 된 양 그의 가슴을 힘차게 내리치는 것 같아 숨이 턱턱 막혔다.

笑傲江湖

35 복수

샘물처럼 맑디맑은 달빛이 널따랗고 곧게 뻗은 관도를 비추고, 관도 옆 수풀 위로는 엷은 안개가 내려앉아 한가로운 광경이 연출되고 있었다. 오랫동안 술을 마시지 못한 영호충이지만 행복에 푹 잠겨 마치 알딸딸하게 취한 기분이었다.

하늘은 더욱더 어두워졌고 이제 숭산 봉선대에는 항산파 외에 아무도 남아 있지 않았다.

의화가 영호충에게 물었다.

"장문 사형, 우리도 내려가야 하지 않겠습니까?"

그를 '장문 사형'이라고 부른 것은 오악검파의 합병을 인정하지 않겠다는 뜻이자, 악불군을 장문인으로 여기지 않는다는 뜻이었다.

"오늘 밤은 여기서 보냅시다. 어떻소?"

가능하면 악불군과 멀리 떨어져 있고 싶은 마음에 숭산 본원으로 가기가 내키지 않았다.

그의 말이 떨어지자 항산파 제자들이 환호성을 질렀다. 사람 마음은 다 같은지, 그들 역시 다른 오악검파 무리와 얽히고 싶지 않았던 것이다. 지난날 복주성에서 사부들이 위험에 처했다는 소식을 듣고 화산파에 구원을 청했지만 악불군은 '오악검파는 한 뿌리'라는 의리를 저버리고 냉정하게 거절했고, 항산파 제자들은 그때의 일을 내내 마음에 두고 있었다. 오늘도 영호충이 악영산 손에 중상을 입은 데다 악불군이 오악파 장문 자리를 차지하자 인정하고픈 마음이 들지 않았다. 내키지 않는 자리에서 악불군이 축하를 받는 것을 구경하느니 이 봉선대에서 하룻밤을 보내며 귀와 눈을 맑게 하는 것이 나을 듯했다.

의청이 말했다.

"장문 사형께서 움직이기 불편하시니 여기서 쉬는 것이 좋겠지요. 그런데 이 호걸께서는…."

그녀가 영영에게로 시선을 옮기며 묻자 영호충이 웃으며 말했다.

"호걸이 아니라 임 대소저라오."

줄곧 영호충을 부축하고 있던 영영은 엉겁결에 신분이 밝혀지자 몹시 부끄러워 허둥지둥 손을 놓고 달아났다. 그 바람에 영호충이 균형을 잃고 휘청하자, 옆에 있던 의림이 재빨리 그의 왼팔을 잡았다.

"조심하세요!"

의화와 의청 등은 영영과 영호충이 서로에게 품은 정을 잘 알고 있었다. 한 사람은 낭군을 위해 소림사에 목숨을 바치려 했고, 또 한 사람은 연인을 위해 강호 호걸들을 이끌고 소림사로 쳐들어가지 않았던가? 더욱이 영호충이 항산파 장문인이 되었을 때에도 임 대소저는 몸소 찾아와 축하했고, 마교의 간계를 깨뜨려 항산파에 큰 은혜를 베풀었다. 그래서 수염투성이 남자가 임 대소저라는 말을 듣자 항산파 제자들은 놀라면서도 몹시 기뻐했다. 그들은 임 대소저를 미래 장문인 부인으로 점찍어놓았기 때문에 그녀를 무척 친밀하게 대했다.

의화 일행이 건량과 물을 사람들에게 나눠주었고, 끼니를 때운 사람들은 봉선대 주위에 누워 잠을 청했다.

중상을 입어 몹시 고단했던 영호충은 오래지 않아 깊은 잠에 빠졌다. 한밤중이 되었을 때, 멀리서 날카로운 여자의 음성이 고요한 정적을 깨뜨렸다.

"누구냐?"

영호충은 비록 중상을 입었지만 내공이 깊어 잠결에도 그 소리를 듣고 벌떡 일어났다. 야경을 서던 항산파 제자가 누군가를 발견하고 외친 소리였다. 상대방이 대답하는 소리가 들려왔다.

"오악파 동문이오. 장문인이신 악 선생의 제자 임평지라 하오."

"야심한 밤에 이곳에는 어쩐 일이오?"

항산파 제자가 묻자 임평지는 공손하게 대답했다.

"이 봉선대에서 누군가를 만나기로 했소. 사저들께서 쉬고 계신 줄은 몰랐으니 용서하시오."

그때 서쪽 끝에서 노쇠한 음성이 들려왔다.

"이놈, 오악파의 동문들을 숨겨놓고 머릿수로 이 몸을 쓰러뜨리려는 계책이냐?"

영호충은 청성파 장문인 여창해의 목소리를 알아듣고 흠칫 놀랐다.

'여창해는 임 사제의 부모님을 죽인 철천지원수다. 이런 곳에서 만나기로 했다면 복수를 하려는 것이 틀림없어.'

임평지가 대답하는 소리가 들렸다.

"나 또한 항산의 사저들께서 이곳에서 쉬고 계신 줄은 몰랐다. 단잠을 방해할 수는 없으니 자리를 옮겨 마무리를 짓자."

여창해는 껄껄 웃음을 터뜨렸다.

"단잠을 방해할 수 없다? 하하하, 실컷 소란을 피워놓고 가증스럽게 위선을 떠는구나. 그 장인에 그 사위답도다! 내게 할 말이 있거든 속히 하고 물러가거라. 그래야 다들 편안하게 단잠을 잘 것이 아니냐?"

임평지는 차갑게 말했다.

"평생 편안하게 단잠을 잘 생각은 일찌감치 버리시오. 청성파에서 숭산에 온 사람은 당신을 포함해서 모두 서른네 명이오. 모두 함께 나오라고 했는데 어찌 세 명밖에 없소?"

여창해는 앙천대소했다.

"네깟 놈이 무엇이라고 감히 나더러 이래라저래라 하느냐? 네 장인이 오악파의 신임 장문인이 되었기에 그 체면을 보아 말이라도 들어줄까 하고 나왔으니, 속이 답답하면 시원하게 방귀를 뀌든지 검을 뽑아라. 너희 임가의 벽사검법이 얼마나 발전했는지 구경이나 하자꾸나."

영호충은 천천히 일어나 그쪽을 바라보았다. 희뿌연 달빛 아래 임평지와 여창해가 세 장가량의 거리를 두고 대치해 있었다.

'예전에 형산에서 상처를 입었을 때 여창해가 나를 죽이려 했지만, 임 사제가 나서서 도와준 덕분에 목숨을 구했어. 그때 여창해의 일장을 맞았다면 오늘의 영호충은 있지도 않았겠지. 임 사제는 화산파에 들어온 뒤 무공이 크게 늘었지만 여창해에 비하면 아직 멀었어. 복수를 하려고 여창해를 불러낸 것을 보면 사부님과 사모님이 도와주시기로 한 모양인데, 만에 하나 두 분이 오시지 않으면 나라도 나서야겠다.'

영호충이 그런 생각을 하는 동안 여창해가 냉소를 터뜨렸다.

"그리 용기가 있거든 청성산으로 찾아와 복수를 할 것이지, 의심쩍게 비구니들을 매복시켜놓고 슬그머니 이곳으로 불러내다니 참으로 가소롭구나, 하하하!"

이 말을 들은 의화가 참다못해 나섰다.

"이보시오, 난쟁이 도사! 저 청년이 당신과 은혜가 있건 원한이 있건 우리 항산파와 무슨 상관이 있다는 말이오? 허튼소리를 함부로 입에 담지 마시오! 당신들이 여기서 죽기 살기로 싸워도 우리는 구경만 할 것이오. 두려우니 공연히 우리 항산파에게 트집을 잡는군!"

스님이 싫으면 입고 있는 가사도 밉다더니, 평소 악영산에게 악감정이 깊은 의화는 그녀의 남편인 임평지도 밉살맞아 돕고 싶은 마음이 전혀 없었다.

여창해와 좌냉선은 사이가 나쁘지 않았다. 오늘도 좌냉선이 두 차례나 서신을 보내 구경도 하고 위세도 돋워달라고 청했기에 찾아온 것이었다. 숭산에 오를 때만 해도 여창해는 좌냉선이 오악파의 장문인이 되리라 확신하고 있었다. 따라서 화산파 제자와의 원한 따위는 아랑곳하지 않고 마음 편히 구경을 했는데, 뜻밖에도 악불군이 장문 자리를 채가자 숭산에 남아 있어봐야 좋을 일이 없다 싶어 일찌감치 떠나기로 마음을 먹었다.

그런데 청성파가 숭산 꼭대기에서 내려갈 때 임평지가 그에게 따라붙어 나지막한 소리로 오늘 밤 자시에 봉선대에서 만나자는 것이었다. 작고 조용한 목소리였지만, 표정이나 말투가 몹시 무례해 여창해는 홧김에 덥석 그 제의를 받아들였다.

'화산파가 오악파의 장문인을 배출했다고 기세등등한 모양이구나. 허나 네놈은 주둥이에 털도 가시지 않은 어린놈이고 오악파가 아직 한마음이 된 것도 아니니 내 어찌 네놈을 두려워하겠느냐? 조력자를 불러와 협공하는 것만 경계하면 될 것이다.'

그래서 그는 일부러 느릿느릿 움직여 임평지의 뒤를 따르며 조력자를 청하는지 살폈다. 임평지가 혼자 봉우리로 올라가자 그는 속으로 기뻐하며 제자 두 명만 거느린 채 약속 장소로 향했다. 나머지 제자들은 봉우리 근처를 지키며 도우러 오는 사람이 있으면 소리쳐 알리는 역할을 맡았다. 그런데 봉선대가 있는 꼭대기에 올라보니 제법 많은 사람들이 누워 있어 흠칫 놀라지 않을 수 없었다.

'아뿔싸, 원숭이도 나무에서 떨어진다더니, 내가 함께 오는 조력자만 생각하고 미리 숨겨둔 조력자를 생각지 못했구나. 매복에 빠졌으니 무슨 수로 빠져나간다?'

여창해 역시 항산파의 무공이나 검법이 청성파보다 못하지 않다는 것을 잘 알았다. 선배 고수 세 명이 원적하고 영호충도 중상을 입어 위협이 될 만한 고수는 없지만, 아무래도 사람 수가 많고 제법 위력적인 검진도 갖추고 있어 쉬운 상대는 아니었던 것이다. 그런 마당에 의화가 비록 무례하게 '난쟁이 도사'라는 말을 입에 담았지만, 절대로 돕지 않겠다고 천명하자 다소 마음이 놓였다.

"여러분이 구경만 한다니 아주 잘되었소. 눈 크게 뜨고 우리 청성파와 화산파의 검법이 어떤지 잘 보시오."

그는 주위를 둘러본 후 말을 이었다.

"악불군이 운이 좋아서 숭산의 좌 사형을 쓰러뜨렸다고 생각하는 사람이 있는 모양이던데, 기실 악불군의 검법도 결코 약하지 않소. 허나 무림의 문파들은 각기 절기를 가지고 있으니 화산파 검법이 천하무적일 수는 없소. 빈도가 보기에는 항산파 검법이 화산파 검법보다는 훨씬 훌륭하오."

그 말 속에 숨은 의도를 항산파 제자들이 알아듣지 못할 리 없었다. 그러나 의화는 여창해와는 아무 관계도 맺고 싶지 않아 냉랭하게 대답했다.

"싸우려면 어서 빨리 싸우기나 하시오. 한밤중에 재잘재잘 쓸데없는 말이나 하며 남의 단잠을 방해하는 것은 예의가 아니오."

여창해는 불끈 화가 치밀었다.

'오냐, 오늘은 이 몸 혼자고 저 어린놈부터 처치해야 하니 더러운 비구니들은 놓아주겠다. 나중에 강호에서 내 손에 걸리면 쓴맛을 톡톡히 볼 줄 알아라.'

쩨쩨하고 속이 좁은 성품에 자기 잘난 줄만 알고 살아온 여창해는 무림의 후배들이 예의를 차리지 않으면 몹시 불쾌해했다. 오늘이 아니라 다른 날 의화가 저런 말을 했다면 펄펄 날뛰며 화를 내고도 남았을 것이다.

임평지가 두 걸음 다가서며 말했다.

"여창해, 네놈은 우리 집안 검보에 눈독을 들여 내 부모님을 해쳤다. 복위표국의 식구 수십 명도 당신네 청성파 손에 목숨을 잃었으니, 오늘 네 피로 그 혈채血債를 갚아라."

여창해는 화가 머리끝까지 치밀었다.

"내 아들이 짐승 같은 네놈 손에 죽었다! 네가 찾아오지 않았어도 언젠가 네놈을 갈기갈기 찢어줄 생각이었는데, 화산파에 들어가 악불군의 보호를 받으면 무사할 줄 알았느냐?"

검이 철컹 소리를 내며 뽑혔다. 여창해는 작달막했지만 검은 몹시 길었다. 마침 보름이라 하늘에 뜬 달이 휘영청 밝았다. 서로 어우러진 달빛과 검광이 그 앞에서 물결처럼 출렁이자 기세가 남달라 보였다.

그 모습을 보고 항산파 제자들은 속으로 감탄했다.

'오랫동안 이름을 날린 사람이라 역시 보통이 아니구나.'

임평지는 여전히 검을 뽑지 않고 다시 두 걸음 더 다가갔다. 여창해와의 거리가 한 장 정도 되자 그는 고개를 삐딱하게 숙이고 여창해를 응시했다. 눈동자에서 불꽃이 튀는 것 같았다.

오만하게 검을 뽑지도 않는 그를 보자 여창해는 화가 치밀었다.

'이놈이 아주 오만방자하구나. 여기서 벽연등교碧淵騰蛟를 펼치면 네놈 배에서 목젖까지 쭉 찢어놓을 수 있다만, 네놈이 후배인지라 먼저 손을 쓰지 못하는 것뿐이다!'

그는 눈을 부라리며 외쳤다.

"어서 검을 뽑아라!"

잔뜩 진기를 끌어올렸다가 임평지가 검자루를 잡아 뽑으려는 순간 벽연등교를 펼쳐 배를 갈라버릴 심산이었다. 그렇게 되면 항산파 제자들도 그의 신속무비한 움직임을 찬탄하면 했지, 기습을 했다고는 하지 못할 터였다.

여창해의 검끝이 쉼 없이 떨리는 것을 보자 영호충은 걱정이 앞서 큰 소리로 외쳤다.

"임 사제, 자네 아랫배를 노리고 있으니 조심하게."

임평지는 냉소를 흘리더니 벼락같이 앞으로 달려나갔다. 빠르기가 마치 사냥꾼 앞에서 달아나는 토끼 같아, 눈 깜짝할 사이 여창해의 코앞에 바짝 다가서 있었다. 보통 사람은 상상하지도 못할 만큼 괴상한 움직임이었고, 속도 또한 말로는 설명할 수 없을 정도로 빨랐다.

갑작스레 거리가 좁혀지자 여창해가 든 검끝은 임평지의 등 뒤 허공을 겨누는 꼴이 되었다. 검이 구부러지지 않는 한 이 자세에서 임평지의 등을 찌르는 것은 불가능했다. 임평지의 입장은 반대였다. 그는 재빨리 왼손으로 여창해의 오른쪽 어깨를 움켜쥐고 오른손으로 심장을 꾹 눌렀다. 여창해는 견정혈이 시큰하며 오른팔에서 힘이 쭉 빠지는 것을 느꼈다. 들고 있던 검도 힘없이 툭 떨어졌다.

단 1초에 여창해를 제압한 임평지의 초식은 악불군이 좌냉선과 싸울 때 쓴 초식을 쏙 빼닮았고 방법도 똑같았다. 영호충은 흠칫 놀라며 영영을 돌아보았다. 시선이 마주치자 두 사람은 약속이나 한 듯 나지막이 외쳤다.

"동방불패!"

그들의 눈동자에는 놀라움과 당황함이 짙게 배어 있었다. 확실히 임평지의 초식은 동방불패가 흑목애에서 사용했던 무공이었다.

임평지는 심장을 누른 손에 진기를 쏟아내지 않았지만, 휘영청 밝은 달빛 아래 비친 여창해의 눈동자에서는 극한 공포의 빛이 떠올랐다. 임평지는 그 모습이 몹시 만족스러워, 철천지원수를 단숨에 죽여주지는 않으리라 결심했다.

그때 멀리서 악영산의 외침이 들려왔다.

"평지! 여보! 아버지께서 오늘은 그 사람을 살려주라고 하셨어요!"

곧이어 그녀의 모습이 봉우리 위에 나타났다. 그녀는 바짝 붙어서 있는 임평지와 여창해를 보고 약간 놀란 듯 멈칫하더니, 다급하게 다가가 임평지가 여창해의 가슴을 누르고 있는 것을 본 후에야 겨우 안도의 숨을 내쉬었다.

"여 관주께서는 손님으로 와 계시니 이렇게 괴롭히는 것은 예의가 아니라고 하세요."

임평지는 코웃음을 치고 여창해의 견정혈을 누른 왼손에 천천히 진기를 불어넣기 시작했다. 여창해는 혈도 부위가 저릿저릿 아파오는 것을 느꼈지만, 곧 혈도를 제압당하기는 했어도 내공의 깊이로 따지면 임평지가 자신의 발치에도 미치지 못한다는 것을 깨달았다. 그 사실을 알고 나자 더욱더 분통이 터졌다. 하지만 적을 가볍게 보고 방심하는 바람에 10년이 지나도 상대가 되지 않을 형편없는 자의 괴상한 초식에 당했으니 남을 탓할 수도 없었다.

악영산이 다시 말했다.

"아버지께서 오늘만큼은 저 사람을 용서해주라고 하셨어요. 당신이 복수를 결심한 이상 저 사람이 하늘 끝까지 달아난들 무슨 소용이 있겠어요?"

임평지는 말없이 왼손을 들어 여창해의 따귀를 철썩철썩 올려붙였다. 여창해는 불같이 화가 났지만 적의 손이 심장을 누르고 있다는 데 생각이 미쳤다. 내공은 형편없지만 약간만 힘을 주면 심맥 정도는 쉽사리 끊을 수 있었다. 그렇게 죽어버리면 차라리 좋겠으나, 만에 하나 저 비실비실한 진기로 죽지도 살지도 못하게 만들면 그만큼 처참한 일도 없었다. 짧은 순간, 그는 일의 경중과 실리를 저울질한 뒤 치미는 화를 억누르며 고스란히 따귀를 맞았다.

임평지는 껄껄 웃더니 살짝 몸을 날려 어느새 세 장 밖으로 물러나 고개를 삐딱하게 하고 말없이 여창해를 노려보았다. 여창해는 검을 뽑고픈 마음이 굴뚝같았지만, 일파의 종주로서 단 1초 만에 적에게 제압당하고도 재차 달려드는 짓은 비무에서 지는 것보다 열 배는 더 부끄러운 일이었기 때문에, 한 걸음 뗀 다음에는 더 이상 움직이지 못했다. 임평지는 차갑게 냉소를 터뜨리고는 홱 돌아서서 봉우리를 내려갔다. 자신을 찾으러 온 새신부에게는 아는 척도 하지 않았다.

악영산은 멈칫거리다 봉선대 옆에 앉은 영호충을 발견하고 그에게 다가왔다.

"대사형, 상처는… 상처는 좀 어때요?"

그녀의 목소리가 들렸을 때부터 심장이 쿵쿵 뛰던 영호충은 이 질문에 넋이 쏙 빠져 말을 더듬었다.

"나… 나는… 나는…."

의화가 악영산을 향해 쌀쌀하게 말했다.

"당신 소원대로 죽어주지는 않을 것이오!"

악영산은 그 말은 들은 체 만 체하고 영호충을 물끄러미 바라보며 나지막하게 중얼거렸다.

"검이 손에서 빠져나가서… 나도… 나도 대사형을 해칠 마음은 없었어요."

"알아, 당연히 알지. 당연히…."

평소에는 소탈하고 시원시원한 영호충이지만, 소사매 앞에서는 미련한 곰처럼 괜찮다는 말 한마디 제대로 못해 횡설수설하고 있었다.

악영산이 말했다.

"상처가 심해서 정말 미안한 마음뿐이에요. 일부러 그런 것이 아니니 용서해주세요."

"아… 아니… 아니야. 용… 용서할 일이 어디 있어?"

악영산은 가만히 탄식하더니 고개를 푹 숙였다.

"그만 가볼게요!"

"가… 가려고?"

그렇게 되묻는 영호충의 목소리에는 실망한 기색이 잔뜩 묻어났다.

악영산은 고개를 숙인 채 천천히 걸음을 옮겼다. 내려가는 산길에 막 들어섰을 때, 문득 그녀가 걸음을 멈추고 뒤를 돌아보며 말했다.

"대사형, 아버지께서 화산에 온 항산파 사저 두 분 일은 실례가 많았다고 전하라 하셨어요. 화산으로 돌아가면 곧바로 두 분께 사죄하고 항산으로 보내주시겠대요."

"그… 그래, 잘됐구나. 잘… 잘됐어!"

악영산이 봉우리를 내려가는 모습을 눈으로 뒤쫓던 영호충은 그 모습이 소나무 뒤로 완전히 사라지자 새삼스레 옛일을 떠올렸다. 그가 사과애에서 면벽 수행을 하던 초기에는 악영산이 매일 밥을 가져다주었고 떠날 때는 늘 아쉬워하며 한마디라도 더 나누려고 했다. 그러나 임평지에게 마음을 빼앗긴 후로 상황은 완전히 달라지고 말았다.

지난날을 떠올리며 감정이 북받쳐오른 그의 귓가에 의화의 차가운 웃음소리가 들려왔다.

"저 여자는 어디 한 군데도 좋은 점이 없구나. 마음은 갈대 같고 사람을 진심으로 대할 줄도 모르니, 우리 임 대소저의 발끝에도 미치지 못해."

영호충은 그제야 영영이 곁에 있다는 것을 떠올리고 화들짝 놀랐다. 소사매에게 넋이 나가 멍청하게 구는 모습을 영영이 처음부터 끝까지 보았다고 생각하자 얼굴이 화끈 달아올랐다. 흘끗 돌아보니 영영은 봉선대에 기대 잠이 든 양 눈을 감고 있었다.

'정말 잠이 들었으면 좋을 텐데….'

그렇지만 영영같이 섬세한 사람이 이런 상황에서 마음 편히 잠들리 만무했다.

영영 앞에서는 꾀 많은 여우처럼 총명해지는 영호충이었다. 부끄러운 장면을 들켜 할 말이 없을 때는 말을 하지 않는 것이 최선의 방법이요, 그보다 더 좋은 것은 다른 일을 벌여 조금 전에 있었던 일을 생각하지 못하게 하는 것이었다. 그는 천천히 몸을 눕히며 등의 상처가 아픈 듯 조용히 신음했다. 과연 영영은 그의 상처가 염려되어 다가와서 물었다.

"괜찮아요?"

"견딜 만하오."

영호충은 그렇게 대답하며 그녀의 손을 꼭 잡았다. 영영은 그 손을 뿌리치려고 했지만 영호충이 더욱 힘주어 잡자 과하게 움직이면 상처가 덧날까 두려워서 하자는 대로 내버려두었다. 피를 무척 많이 흘린 영호충은 금세 피로를 느껴 얼마 지나지 않아 몽롱하게 잠이 들었다.

이튿날 아침 눈을 떠보니 해가 뜬 지 한참이 지났는지 온 산이 햇빛을 받아 불그스름하게 물들어 있었다. 항산파 제자들은 그를 깨우지 않으려고 큰 소리조차 내지 않았던 것이다. 영영이 언제 손을 뺐는지 영호충의 손안은 텅 비어 있었지만, 그 대신 그녀는 친절하고 관심 어린 눈동자로 그를 가만히 바라보고 있었다. 영호충은 영영을 향해 빙긋 미소를 지어준 뒤 일어나 앉았다.

"그만 항산으로 돌아갑시다!"

전백광이 나무를 베어 들것을 만들어왔고, 불계 화상과 함께 영호충을 들것에 실어 메고 봉우리를 내려갔다. 숭산 본원 앞에서는 악불군이 나와 만면에 웃음을 띠고 배웅했다. 악 부인과 악영산은 곁에 없었다.

“사부님, 일어나서 절을 올리지 못해 죄송합니다.”

“아니다, 아니야. 몸을 잘 추스르고 나중에 다시 깊이 이야기를 나누자꾸나. 내 오악파 장문인이 되었지만 힘이 되어줄 사람이 없다. 앞으로 네 도움이 필요한 일이 많을 것이다.”

영호충은 억지로 웃음을 지어 보였다.

불계 화상과 전백광은 그를 메고도 나는 듯이 달려 순식간에 그곳에서 멀찍이 벗어났다.

산길은 숭산 모임에 참석했다가 돌아가는 호걸들로 북적북적했다. 산기슭에 이르자 일행은 나귀가 끄는 수레를 몇 대 구해 영호충과 영영 등을 태웠다.

저녁나절에 작은 마을에 이르렀는데, 길가 찻집의 천막 아래에 청성파 사람들이 그득히 앉아 있었다. 여창해도 함께였다. 항산파 제자들이 나타나자 여창해는 안색이 싹 바뀌어 몸을 획 돌렸다. 마을에 찻집이라고는 이곳밖에 없는지라 항산파 제자들은 그들 맞은편 처마 아래의 돌계단에 앉아 잠시 숨을 돌렸다. 정악과 진견이 뜨거운 차를 주문해 영호충에게 주었다.

그때, 말발굽 소리가 들리고 큰길에서 먼지가 뽀얗게 일더니 말 두 마리가 바람같이 내달아왔다. 마을 어귀에서 고삐를 당겨 멈춘 말 위에는 다름 아닌 임평지와 악영산 부부가 타고 있었다.

임평지가 외쳤다.

“여창해, 내가 쫓아올 줄 알면서 빨리 달아나지 않고 무얼 하느냐? 죽기를 기다리고 있는 것이냐?”

수레 안에서 임평지의 목소리를 들은 영호충이 물었다.

"임 사제가 쫓아왔소?"

수레 앞에 앉아 차를 따라주던 진견이 밖을 볼 수 있도록 수레의 가리개를 걷어주었다.

여창해는 그쪽을 쳐다보지도 않고 등받이 의자에 앉아 차를 한 모금 한 모금 음미할 뿐이었다. 한 잔을 모두 마신 후에야 이윽고 그가 입을 열었다.

"네가 죽으러 오기를 기다렸다."

"좋다!"

임평지는 그 한마디를 내뱉기 무섭게 검을 뽑아 말에서 내리더니 힘껏 앞으로 찌른 다음 다시 훌쩍 말 등에 올랐다. 채찍 소리와 함께 그와 악영산은 언제 왔었나 싶게 저 멀리 사라졌다. 길가에 서 있던 청성파 제자 한 명이 가슴에서 선혈을 뿜으며 느릿느릿 쓰러졌다.

임평지의 이 출수는 너무도 기괴해 세상에 존재하는 초식이라고는 믿을 수 없을 정도였다. 그가 검을 뽑고 말에서 내렸을 때만 해도 공격 대상은 여창해가 분명했다. 여창해로서는 몹시 반가운 일이었다. 그러지 않아도 원하던 차에 스스로 달려와주면 단박에 그의 목숨을 취해 간밤의 치욕을 씻을 수 있기 때문이었다. 훗날 악불군이 찾아와 따지더라도 나중 일이었다. 그런데 적은 도중에 목표를 바꿔 청성파 제자 한 명을 번개같이 찔러 죽이고는 말을 타고 사라진 것이다. 분노에 찬 여창해가 몸을 날려 뒤를 쫓았지만, 말을 타고 가는 사람을 따라잡을 수는 없었다.

신비막측하고 빠르기 그지없는 임평지의 검법에 영호충마저 벌어진 입을 다물 수가 없었다.

'만약 저 검이 노리던 것이 나였다면, 맨손으로는 도저히 막아내지 못하고 찔려 죽었을 거야.'

검술로만 논한다면 임평지는 아직 자신보다 한참 멀었다고 자부했지만, 방금 임평지가 보여준 빠른 초식은 깨뜨릴 방법이 떠오르지 않았다.

여창해는 임평지의 말이 남긴 짙은 먼지를 삿대질하며 발을 동동 구르고 욕을 퍼부었다. 그러나 이미 멀리 사라진 임평지와 악영산은 그 욕을 들을 수도 없었다. 울화가 쌓이는데 풀 곳이 없자 그는 홱 몸을 돌려 애꿎은 항산파에 욕을 하기 시작했다.

"더러운 비구니들! 저 임가놈의 사주를 받고 길 안내를 맡았구나. 오냐, 그 짐승 같은 놈은 달아났으니 용기가 있으면 썩 나서보아라!"

항산파 제자들의 수가 청성파 사람보다 배는 많았고, 불계 화상과 영영, 도곡육선, 전백광 같은 고수들이 함께 있어 싸움이 벌어지면 청성파가 이길 희망은 전혀 없었다. 쌍방의 세력 차이를 모르는 바는 아니지만, 너무 화가 난 나머지 신중하고 계산이 빠른 그답지 않게 입에서 나오는 대로 소리친 것이었다.

의화가 검을 뽑아 들며 노한 목소리로 대답했다.

"좋소, 싸우려면 싸워봅시다. 누가 당신을 겁낼 줄 아시오?"

"의화 사저, 그냥 내버려두시오!"

영호충이 황급히 만류했다.

영영이 도곡육선에게 뭐라고 속삭이자 도근선과 도간선, 도지선, 도엽선이 훌쩍 몸을 날려 천막 밖에 묶어놓은 말에게 달려들었다. 바로 여창해의 말이었다. 곧이어 말의 구슬픈 울부짖음이 울려퍼졌다. 도곡사선이 각각 말 다리를 하나씩 잡고 힘껏 잡아당긴 것이었다. 쩌억 하고 뭔가 갈라지는 소리와 함께 말의 몸뚱이가 네 갈래로 찢어져 오장육부와 피가 사방으로 튀었다. 몸집이 큰 건마를 손쉽게 찢어 죽이는 도곡육선의 힘은 실로 놀라울 정도여서 청성파 제자들은 안색이 싹 변했고, 항산파 사람들조차 쿵쾅거리는 심장을 가라앉힐 수가 없었다.

영영이 말했다.

"이보시오, 여 관주. 저 임가는 당신을 쫓아왔을 뿐이고 우리는 도와준 적도 없소. 그러니 이 일에 우리를 끌어들이지 마시오. 정말로 싸운다면 당신들은 우리 적수가 못 되니 힘을 아끼는 게 좋을 것이오!"

여창해 역시 무시무시한 광경에 겁을 먹었는지 슬며시 검을 집어넣었다.

"우리 서로 얽힌 바가 없으니 각자 갈 길을 갑시다. 먼저 떠나시오."

"아니, 우리는 당신과 함께 움직이겠소."

여창해는 눈을 찌푸렸다.

"남은 일이라도 있소?"

"솔직히 말해, 저 임가의 검법이 무척 괴상하여 확실히 살펴보려는 것이오."

영영이 한 말이 자신의 생각과 꼭 같아 영호충은 저도 모르게 흠칫했다. 임평지의 검술은 독고구검으로도 깨뜨릴 수 없을 것처럼 너무도 기이했기 때문에 반드시 확실하게 살펴볼 필요가 있었던 것이다.

여창해가 투덜거렸다.

“그놈의 검법을 구경하는 것과 나와 함께 움직이는 것이 무슨 상관이 있소?”

그러나 말이 끝나기 무섭게 자신의 멍청함에 기가 질렸다. 그와 임평지는 불공대천의 원수였고, 청성파 제자 한 사람만 죽이고 물러날 임평지가 아니니 언젠가 다시 그를 찾아올 것이 분명했다. 항산파는 임평지의 검이 청성파 제자들을 어떻게 살육하는지 자세히 살펴보겠다는 뜻이었다.

무학을 익힌 사람이라면 독특한 무공이 있다는 소문만 들어도 한 번 보고 싶어 안달을 하기 마련이니, 검을 쓰는 항산파 제자들이 이처럼 독특한 검술을 구경할 기회를 놓치고 싶어 하지 않는 것은 당연했다. 그러나 청성파와 함께 움직이겠다는 말은, 청성파를 제사상에 올려 이제나저제나 백정의 칼이 떨어지기만을 기다리는 소나 양처럼 여긴다는 뜻이었다. 사람을 멸시해도 유분수지, 세상에 이토록 고약한 말이 또 어디 있겠는가?

여창해는 속이 부글부글 끓어 한바탕 말싸움을 하려고 입을 열었지만, 결국 그 말을 꿀꺽 삼킨 채 코웃음만 쳤다.

‘그놈이 괴상한 초식을 써서 비열하게 기습을 하는 바람에 두 번이나 꼼짝없이 당했다마는, 그깟 놈에게 정말 대단한 실력이라도 있을까 보냐? 무공에 그토록 자신이 있다면 정정당당하게 겨루지, 이렇게 귀신 놀음 같은 짓을 할 리 없다. 오냐, 따라와서 이 어르신이 그 짐승 같은 놈의 살점을 한 점 한 점 저미는 것을 똑똑히 보아라.’

그는 홱 돌아서서 시원한 그늘막 아래에 앉아 찻주전자를 기울였다. 주전자에서 딸그락딸그락 소리가 나서 바라보니 뜻밖에도 주전자를 든 오른손이 덜덜 떨리고 있었다. 임평지가 눈앞에 있을 때만 해도 태산처럼 느긋하게 앉아 아무 일도 없는 것처럼 천천히 차를 마셨는데, 이상하게도 지금은 몹시 불안했다.

'어째서? 어째서 손이 이렇게 떨리지? 어째서?'

운기행공을 해 억지로 마음을 가라앉혔지만 찻주전자는 여전히 딸그락거렸다. 문하 제자들은 사부가 화가 머리끝까지 났다고 생각했으나, 기실 여창해는 마음속 깊은 곳에서 뼈가 저릴 만큼 두려움에 떠는 자신을 느끼고 있었다. 임평지의 검이 자신을 향해 날아든다면 결코 막아낼 수 없을 것만 같았다.

차 한 잔을 마신 뒤에도 떨림은 가라앉을 기미가 없었다. 여창해는 제자들에게 죽은 제자를 마을 밖 황무지에 매장하고 나머지는 그늘막에서 한숨 자라고 명했다. 멀리서 싸움이 벌어지고 사람이 죽는 것을 본 마을 주민들은 겁을 집어먹고 문을 꼭꼭 닫아건 채 그들에게는 눈길조차 주지 않았다.

항산파 일행도 점포와 민가의 처마 밑에 흩어져 자리를 잡았다. 영영은 수레를 탔지만 영호충이 탄 수레에서 멀찌감치 떨어져 있었다. 그녀와 영호충의 관계를 세상이 다 아는데도 그녀는 여전히 부끄러움을 이기지 못해 항산파 제자들이 영호충의 약을 갈아붙일 때에도 쳐다보려고 하지 않았다. 정악과 진견이 그 마음을 읽고 계속해서 영호충의 상태를 확인해 전해주었지만, 영영은 고개만 살짝 끄덕이고는 아무 말도 하지 않았다.

영호충은 임평지의 검법을 곰곰이 되짚어보았다. 초식 자체는 특이한 데가 없지만, 출수가 너무 갑작스럽고 사전에 그 어떤 조짐도 없어 절정의 고수라도 쉽게 막아내지 못할 것 같았다. 지난날 흑목애에서 동방불패와 싸웠을 때, 동방불패의 손에는 가느다란 수침 하나밖에 없었지만 고수 네 명이 제대로 맞서보지도 못했다. 가만히 생각해보면, 이는 동방불패의 내공이 몹시 높았기 때문도 아니요, 초식에 능란했기 때문도 아니었다. 오로지 번개같이 빠르고 언제 어디로 튈지 모르는 움직임 때문이었다. 임평지가 봉선대 옆에서 여창해를 제압했을 때나 조금 전 청성파 제자를 죽였던 방법 또한 동방불패와 비슷했다. 악불군이 좌냉선의 두 눈을 멀게 한 동작 역시 그와 똑같은 무공이 틀림없었다. 벽사검법과 동방불패가 익힌 《규화보전》의 무공은 뿌리가 같다고 했으니, 악불군과 임평지가 펼친 것은 필시 벽사검법일 것이었다.

영호충은 저도 모르게 고개를 설레설레 저으며 중얼거렸다.

"벽사辟邪, 사악한 것을 물리친다…. 무공 자체에 사악함이 넘치는데 무얼 물리친다는 것인지…."

그는 생각을 더듬었다.

'당금 세상에서 저 검법에 대적할 수 있는 사람은 풍 태사숙님뿐일 거야. 상처가 나으면 다시 화산으로 가서 태사숙께 파해법을 알려달라고 가르침을 청해야겠다. 풍 태사숙님은 다시는 화산파 사람을 만나지 않겠다고 하셨지만, 나는 더 이상 화산파 사람이 아니니 만나주시겠지.'

그러나 문득 생각이 바뀌었다.

'동방불패는 죽었고, 사부님과 임 사제가 저 검법으로 나를 공격하는 일은 없을 거야. 그런데 꼭 파해법을 알아내야 할까?'

그때 무언가가 번개같이 머릿속을 스쳐 그는 벌떡 일어나 앉았다.

갑작스러운 움직임에 수레가 흔들리고 상처가 욱신거리기 시작하자 저절로 신음이 났다.

가까이 있던 진견이 다가와 물었다.

"왜 그러세요? 차를 더 드릴까요?"

영호충은 고개를 저었다.

"차는 됐소. 임 대소저를 좀 불러주시오."

진견이 고개를 끄덕이고 사라진 뒤 얼마 지나지 않아 영영과 함께 나타났다. 영영이 조용히 물었다.

"무슨 일이에요?"

"갑자기 생각이 났소. 당신 아버지께서 일월신교에 있던《규화보전》을 동방불패에게 주었다 하셨을 때 나는《규화보전》에 담긴 무공이 당신 아버지가 익히신 신공보다 못하리라 생각했소. 그런데…."

"그런데 나중에 보니 아버지의 무공이 동방불패만 못했다는 말이지요?"

"그렇소. 도무지 어떻게 된 영문인지 모르겠소."

무학을 익힌 사람이라면 무공 비급을 손에 넣은 뒤 스스로 익히지 않고 남에게 주는 경우는 거의 없었다. 부자간이나 부부, 사제, 친형제 혹은 죽고 못 사는 사랑하는 사이라도 함께 익히거나 먼저 익힌 다음 주지, 자신보다 먼저 익히도록 하는 것은 상식 밖의 일이었다.

영영이 말했다.

"나도 궁금해서 아버지께 여쭤보았더니, 첫째는 그 무공은 익히면 몸에 몹시 해롭기 때문이고, 둘째는 그 무공이 그토록 위력적인 줄 몰랐기 때문이라고 하셨어요."

"익히면 몸에 해롭다니? 어째서 그렇소?"
영영의 고운 얼굴이 발그레 물들었다.
"내가 어떻게 알겠어요?"
그녀는 잠시 망설이다가 덧붙였다.
"동방불패의 모습을 생각해보세요. 좋아 보이던가요?"
영호충은 신음을 하며 고개를 끄덕였다. 내심 사부 역시 동방불패와 같은 길을 가고 있다는 불안감이 엄습했다. 사부가 좌냉선을 물리치고 오악파의 장문인이 되었지만, 영호충은 조금도 기쁘지 않았다.
천추만재, 일통강호. 흑목애에서 본 괴이한 광경과 귀 따갑도록 들은 찬사와 아부들이 점점 악불군의 모습과 뒤섞이기 시작했다.
영영이 나지막이 말했다.
"쓸데없는 생각 말고 마음 편히 몸을 추스르세요. 나도 이만 자러 가겠어요."
"알겠소."
영호충이 수레의 가리개를 걷자 물처럼 찰랑찰랑한 달빛이 영영의 고운 얼굴을 비추고 있었다. 그는 문득 몹시 미안한 마음이 들었다.
영영은 천천히 돌아서서 멀어지다가 문득 생각난 듯 말했다.
"당신의 임 사제는 옷을 참 화려하게 입었더군요!"
그 말만 남기고 그녀는 자기 수레 쪽으로 사라졌다.
영호충은 고개를 갸웃했다.
'임 사제가 화려한 옷을 입었다고? 무슨 뜻일까? 갓 혼례를 올린 신랑이니 화려하게 입어도 이상한 일은 아닌데…. 검법은 보지 않고 옷차림만 눈여겨보다니, 여자들이란 참 재미있군.'

눈을 감고 기억을 떠올려봤지만 임평지가 검을 찌를 때의 눈부신 검광만 떠오를 뿐 무슨 옷을 입었는지는 전혀 기억에 없었다.

그렇게 잠이 들고 한밤중이 찾아왔다. 어렴풋한 말발굽 소리가 들리고 서쪽에서 말 두 마리가 달려왔다. 영호충이 일어나 수레 가리개를 걷자, 항산파 제자들과 청성파 제자들도 하나둘 잠에서 깨어나는 것이 보였다. 항산파 제자들은 곧장 일곱 명씩 무리를 지어 검진을 만들고 맡은 방위를 철저히 지켰지만, 청성파 제자들은 항산파 제자들만큼 냉정을 찾지 못하고 길가로 달려가거나 벽에 바짝 붙어서거나 하며 불안해했다.

큰길 위로 말 두 마리가 모습을 드러냈다. 환한 달빛에 비친 두 사람은 바로 임평지와 악영산이었다.

임평지가 외쳤다.

"여창해, 너는 우리 임가의 벽사검법을 훔치기 위해 내 부모님을 해쳤다. 그리 바라던 벽사검법을 하나하나 펼칠 테니 잘 보아라."

그가 고삐를 당겨 말을 세우고 훌쩍 뛰어 바닥에 내려서더니, 검을 등에 멘 채 재빨리 청성파 무리를 향해 짓쳐갔다.

영호충은 정신을 바짝 차리고 그를 살폈다. 임평지가 입은 옷은 비췻빛 비단 장삼이었는데, 가장자리와 소맷부리에는 진노랑색 꽃을 수놓고 금빛 선을 둘러 유난히 눈에 띄었다. 특히 허리에 두른 금색 의대는 그가 움직일 때마다 번쩍번쩍 빛을 발했다. 확실히 호화찬란한 차림이었다.

'임 사제는 항상 검소했는데 결혼한 뒤로 완전히 달라졌구나. 이상한 일도 아니지. 사랑하는 사람을 아내로 맞이했으니 기쁜 마음에 옷

차림에 신경을 많이 썼을 거야.'

지난밤 봉선대에서 임평지가 맨손으로 여창해를 제압했을 때도 지금과 똑같은 움직임이었다. 청성파 제자들이 같은 수법에 두 번 당할 리가 있겠는가?

여창해가 높이 소리를 지르자 제자 네 사람이 검을 뽑아 들고 곧장 앞으로 달려갔다. 네 자루의 검 가운데 두 자루는 임평지의 가슴을, 다른 두 자루는 양 다리를 각각 노리고 있었다.

임평지는 오른손을 뻗어 상상할 수 없을 만치 빠른 속도로 청성파 제자 두 명의 손목을 때리고, 곧이어 팔을 홱 돌려 다리를 공격하는 두 사람의 팔꿈치를 슬쩍 밀쳤다. 네 사람이 참혹하게 내지르는 비명 소리와 함께 두 사람이 풀썩 고꾸라졌다. 그들의 검은 본래 임평지의 가슴을 노리고 있었지만, 임평지가 그 손목을 때리자 방향을 바꿔 주인의 아랫배를 찌른 것이었다.

임평지가 다시 외쳤다.

"벽사검법 제2초와 제3초다! 잘 보았느냐?"

그는 휙 몸을 날려 말안장 위에 오르더니 쏜살같이 말을 달려 사라졌다.

청성파 사람들은 너무 놀란 나머지 그 자리에 뻣뻣하게 굳어 쫓아갈 엄두조차 내지 못했다. 함께 공격했던 나머지 두 사람은 각자의 검으로 상대방의 가슴을 찌른 채 죽어 있었다. 숨은 끊어졌지만 오른손으로 검자루를 꽉 움켜쥐고 있어 서로의 몸에 연결된 검의 힘으로 쓰러지지 않았던 것이다.

손목을 때리고 팔꿈치를 밀치는 임평지의 동작을 처음부터 끝까지 똑똑히 지켜본 영호충은 경악하면서도 혀를 내둘렀다.

'지극히 고명한 수법이다. 검이 아니라 맨손으로 펼쳤지만 금나수가 아니라 두말할 것 없는 검법이었어.'

환한 달빛 아래, 작달막한 여창해가 넋이 빠진 얼굴로 시신들 옆에 서 있는 것이 보였다. 청성파 제자들이 그 주위로 몰려들었지만 함부로 말을 건네지 못하고 멀찌감치 떨어져 눈치만 살폈다.

한참 후에 영호충이 다시 밖을 바라보니 여창해는 여전히 그 자리에 붙박인 듯이 서 있었다. 작은 몸이 만들어내는 그림자가 점점 길어져가는 광경이 어딘지 괴상망측하게 느껴졌다. 청성파 제자들은 슬그머니 물러나거나 그 자리에 앉았지만, 여창해는 끝내 석상처럼 서 있기만 했다. 그 모습을 바라보던 영호충의 가슴속에서 불쑥 연민이 치솟았다. 청성파의 일대 종사인 그가 손 한 번 제대로 쓰지 못하고 속수무책으로 당하는 기분이 어떨지 절절히 느껴졌기 때문이었다.

영호충은 피로를 견디지 못하고 다시 눈을 감았다. 잠결에 수레가 흔들리고 뭐라고 외치는 소리가 들리는 듯했다. 몽롱하게 깨어나 보니 날이 훤히 밝아 모두들 떠날 채비를 하는 중이었다. 그는 가리개 사이로 머리를 내밀고 밖을 살폈다. 곧게 뻗은 큰길 위로 청성파 제자들이 말을 타거나 걷거나 하며 길을 재촉하고 있었다. 어깨가 축 처진 그들의 뒷모습에서는 뭐라고 표현할 수 없는 처량함이 묻어나, 마치 도축장으로 끌려가는 소나 양을 보는 것 같았다.

'저들도 임 사제가 다시 올 것을 알고 있지만 대항할 방법이 없는 거야. 살겠다고 흩어져서 달아나면 청성파는 무너지겠지. 설마하니 임 사제가 청성산까지 쫓아가더라도 막을 사람이 없을까?'

정오쯤 되자 커다란 마을이 나타났다. 청성파 제자들은 주루에서 밥과 술을 주문했고, 항산파 제자들은 맞은편 식당에서 식사를 했다. 청성파 제자들은 고기를 뜯고 술을 마시는 등 게걸스럽게 음식을 해치우면서도, 단 한마디도 서로 이야기를 나누지 않았다. 목숨이 경각에 달렸으니 먹을 수 있을 때 많이 먹어두는 것이 좋다고 생각한 모양이었다.

식사를 마친 일행이 미시까지 걸어 어느 강변에 이르렀을 때, 또다시 말발굽 소리가 들리고 임평지 부부가 나타났다. 의화가 휘파람을 불자 항산파 제자들은 걸음을 멈췄다.

붉은 해가 하늘 높이 솟아 대지를 환히 비추는 가운데 말 두 마리가 강가를 따라 질주해왔다. 일행과 가까워지자 악영산은 말을 세웠지만 임평지는 계속 달려왔다. 여창해가 손을 휘두르자, 이를 본 제자들은 몸을 돌려 강의 남쪽으로 달리기 시작했다.

임평지는 큰 소리로 웃었다.

"난쟁이야, 내 앞에서 달아날 수 있을 것 같으냐?"

그의 말이 여창해에게 달려들었다.

달려가던 여창해가 느닷없이 몸을 돌리며 검을 휘둘렀다. 검광이 무지개처럼 호를 그리며 임평지에게 날아들었다. 바위라도 쪼갤 듯 무시무시한 기세에 임평지는 화들짝 놀라 황망히 검을 뽑아 가로막았고, 그 틈을 타 청성파 제자들이 돌아와 그를 에워쌌다. 여창해의 검은 점점 더 속도를 올려 아래위 좌우로 번개같이 방향을 바꾸며 검광으로 적을 휘감았다. 그는 예순 살가량의 노인이었지만 마치 한창때의 청년처럼 온통 공격적인 초식만 쏟아냈다. 청성파 제자 여덟 명은 칼춤을 추듯 무기를 휘두르며 임평지가 탄 말 주위를 단단히 포위하되 말을 공격하지는 않았다.

몇 초를 지켜본 영호충은 여창해의 속셈을 깨달았다. 임평지의 검법은 변화막측하고 빠른 것이 장점인데 말 위에서는 그 장점을 발휘하기가 어려웠다. 앞으로 내달려 공격하려 해도 말이 귀신같은 그의 속도를 따르지 못하기 때문이었다. 어지러이 검을 휘두르며 단단히 포위망을 갖춘 청성파 제자들의 목적은 바로 임평지를 말에서 내리지 못하게 하는 것이었다.

'청성파 장문인은 과연 남다르구나. 저런 방법을 생각해내다니!'

영호충은 속으로 찬탄을 터뜨렸다.

임평지의 검법이 아무리 변화무쌍하고 기묘해도 말을 타고 있는 동안에는 여창해의 힘으로 막아낼 만했다. 영호충은 좀 더 지켜보다가 멀리 떨어져 있는 악영산에게로 시선을 돌렸다. 그녀의 모습이 시야에 들어온 순간, 가슴이 철렁했다.

청성파 제자 여섯 명이 그녀를 포위해 점차 강가로 밀어붙이고 있었다. 얼마 지나지 않아 그녀의 말은 검에 배를 찔려 구슬프게 울부짖으며 날뛰다가 그녀를 떨어뜨리고 말았다. 악영산은 옆으로 굴러 날아드는 검 두 자루를 피한 후 일어났다. 청성파 제자들은 목숨조차 아깝지 않은 사람들처럼 필사적으로 그녀를 쫓았다. 그 속에는 영호충이 잘 아는 후인영과 홍인웅도 있었다. 왼손으로 검을 쓰는 후인영은 기운이 넘치고 용맹했다.

사과애 안쪽 동굴 벽에서 오악검파의 검법을 배운 악영산이지만, 청성파의 검법은 잘 알지 못했고 벽에 새겨진 초식들도 그녀가 익히기에는 수준이 높았기 때문에 아버지의 가르침을 받아 대강 흉내만 낼 뿐 완전히 체득한 것도 아니었다. 숭산 봉선대에서 태산파와 형산파 검법으로 두 문파의 고수들을 물리칠 수 있었던 것도 뜻밖의 초식으로 상대를 당황하게 만들어 선기를 점한 덕분이었는데, 청성파 제자들에게는 전혀 효과가 없었다.

단 몇 초만 보고도 악영산이 적들을 막아낼 수 없음을 깨달은 영호충은 몹시 초조했다. 그때, 청성파 제자 한 사람이 '으악' 하고 비명을 질렀다. 악영산이 형산파의 절초를 펼쳐 그의 왼팔을 베어버린 것이었다. 영호충은 속으로 환호성을 지르며, 적들이 겁을 집어먹고 달아나기만을 기대에 찬 눈길로 바라보았다. 그런데 예상과는 달리 무사한 사람들은 물론이고 왼팔이 잘린 사람까지 더욱더 기를 쓰고 달려들었다. 피칠갑이 되어 달려드는 적을 보자 악영산은 두려움에 주춤주춤 물러나다가 그만 발을 헛디뎌 강가의 자갈밭으로 쓰러졌다.

영호충은 깜짝 놀라 소리를 질렀다.

"이 비겁한 놈들! 여럿이서 한 사람을 공격하다니 부끄럽지도 않으냐?"

영영의 목소리가 귓가에 들려왔다.

"우리도 동방불패를 상대할 때 저 방법을 썼지요."

언제 왔는지 그녀가 곁에 서 있었다.

영호충도 그 말을 수긍했다. 그날 흑목애의 싸움에서 그들은 네 사람이 함께 공격하고도 패색이 짙었지만, 영영이 양연정을 공격해 동방불패의 마음을 흩뜨린 덕분에 겨우 쓰러뜨릴 수 있었다. 지금 여창해도 똑같은 책략을 쓰고 있었다. 그들이 무슨 수로 동방불패를 쓰러뜨렸는지 여창해가 알 리 없겠지만, 궁하면 통한다는 말이 있듯이 위기에 몰리자 똑같은 방법을 떠올린 것이었다. 사랑하는 아내가 위험에 빠지면 불안해진 임평지가 당장 구하러 달려가리라 예상했는데, 뜻밖에도 그는 전력을 다해 여창해와 싸울 뿐 아내가 위험하든 말든 신경 쓰는 기색조차 없었다.

악영산은 다시 일어나 검을 마구 휘둘렀다. 청성파 제자 여섯은 문파의 존망과 자신들의 목숨이 이번 싸움에 달려 있음을 깨닫고 앞뒤 가리지 않고 끈질기게 공격을 퍼부었다. 팔이 잘린 사람은 숫제 검을 내던지고 데굴데굴 굴러 오른팔로 악영산의 다리를 붙잡았다. 악영산이 화들짝 놀라 소리쳤다.

"평지! 여보, 어서 도와줘요!"

임평지는 또랑또랑한 목소리로 외쳤다.

"이 난쟁이가 벽사검법을 보고 싶어 안달이니 죽어도 편히 눈을 감을 수 있도록 똑똑히 보여줄 참이오!"

그는 갖가지 기괴한 초식들로 여창해를 숨도 쉬지 못하게 밀어붙였다. 여창해는 일찍이 벽사검법의 초식들을 상세히 연구해 손바닥 들여다보듯 훤히 알고 있었지만, 평범하기 짝이 없던 초식들이 천변만화하며 번개 같은 속도로 날아들자 연신 노성을 지르며 밀리기만 했다. 임평지의 내공이 워낙 약해 그의 검을 후려치기만 하면 떨어뜨릴 수 있다는 것은 잘 알았지만, 도무지 그의 검을 건드릴 수가 없었다.

그 광경을 보던 영호충은 분노가 펄펄 끓어올랐다.

"네… 네가 어떻게…?"

임평지가 여창해에게 발이 묶여 악영산을 도울 틈이 없는 줄만 알았는데, 듣자하니 오로지 여창해를 조롱할 생각에만 사로잡혀 악영산의 안위 따위는 안중에도 없는 것 같았다. 환하게 빛나는 햇빛 덕분에 멀리서도 임평지가 입술을 살짝 일그러뜨리고 흥분과 통쾌함으로 물든 표정을 짓고 있는 것이 보였다. 짜릿한 복수의 쾌감에 흠뻑 빠진 모습이었다. 쥐를 실컷 가지고 놀다가 물어 죽이는 고양이와도 비슷했지만, 기실 고양이는 쥐에게 이토록 사무치는 원한을 가지고 있지는 않았다.

악영산이 다시 외쳤다.

"여보, 빨리 와서 도와줘요!"

몹시 긴박한지 목소리가 갈라지고 있었다.

"곧 갈 테니 조금만 더 버티시오. 이 난쟁이에게 벽사검법을 다 보여준 다음 도와주겠소. 이자는 아무 원한도 없이 오직 벽사검법 때문에 우리 집안을 해쳤소. 그러니 그 벽사검법을 처음부터 끝까지 똑똑히 보여주어야 하지 않겠소? 안 그렇소?"

태연자약한 말투로 보아 아내에게 하는 말이 아니라 여창해가 들으라고 하는 말이 분명했다. 더군다나 여창해가 알아듣지 못할까 봐 숫제 한마디 덧붙이기까지 했다.

"그렇지 않으냐, 난쟁아?"

그의 신법은 무척 아름다웠고 검으로 펼쳐내는 초식은 하나같이 우아하기 짝이 없었다. 마치 화산파 여제자들이 익히는 옥녀검 십구식처럼 고운 움직임이었지만 어딘지 음산하게 느껴지는 사악한 기운이 묻어 있었다.

영호충의 목적은 벽사검법을 자세히 살펴보는 것이었으니 지금이야말로 더없이 좋은 기회였다. 그러나 악영산의 안위가 마음에 걸려, 설령 임평지가 훗날 이 검법으로 그를 죽이겠다고 선언했다 한들 집중해 살펴볼 여유가 없었다. 도움을 요청하는 악영산의 초조한 목소리가 연신 귀를 때리자 그는 결국 참지 못하고 외쳤다.

"의화 사저, 의청 사저. 어서 가서 악 낭자를 구해주시오. 더는… 더는 버티지 못할 거요."

"이 싸움에 나서지 않겠다고 말했으니 끼어들 수가 없습니다."

의화가 난처한 목소리로 말했다.

본시 무림인들은 신의를 가장 중요하게 여겨 전백광 같은 채화음적도 한 번 한 약속은 반드시 지켰다. 물론 영호충도 의화의 말이 옳다는 것을 알고 있었다. 며칠 전 봉선대에서 여창해의 면전에 항산파는 이 일에 끼어들지 않겠다고 선언했으니 지금 나서서 악영산을 구하는 것은 항산파의 명예를 땅에 떨어뜨리는 행동이었다.

그는 몹시 초조해 다시 외쳤다.

"불계 대사와 불가불계는 어디 있소?"

진견이 대답했다.

"어젯밤에 도곡육선과 함께 떠났어요. 저 난쟁이를 보기만 해도 화가 치밀어 술을 마셔야겠다고 했어요. 게다가 그분들도 모두 항산파 문하예요…."

그때, 영영이 휙 몸을 날려 강가에 내려섰다. 어느새 양손에 단검 두 자루가 들려 있었다.

"잘 들어라, 나는 항산파 제자가 아니라 일월신교 임 교주의 딸 임영영이다. 남자 여섯이 합세하여 여자 하나를 괴롭히다니 두고 볼 수가 없구나! 이 임 낭자께서는 불공평한 일을 보고도 지나치는 사람이 아니다!"

영영이 나서자 영호충은 몹시 기뻐 안도의 숨을 내쉬었다. 긴장이 풀리자 여태 느끼지 못했던 상처의 통증이 찌르르 밀려와 쓰러지듯이 털썩 수레에 앉았다.

청성파 제자들은 영영에게는 눈길도 주지 않고 오로지 악영산에게만 공격을 퍼부었다. 악영산은 주춤주춤 물러나다가 결국 왼발이 첨벙 강물에 빠졌다. 물질을 전혀 할 줄 모르는 악영산은 발에 물이 닿자 크게 당황해 검법이 더욱 어지러워졌다. 때를 놓치지 않고 적의 검이 날아들어 왼쪽 어깨를 찔렀고, 팔을 잘린 사람은 뭍에 남은 그녀의 오른쪽 다리를 와락 부둥켜안았다. 악영산은 검으로 그의 등을 내리찍었지만 그자도 물러서지 않고 온 힘을 다해 그녀의 다리를 꽉 깨물었다. 악영산은 눈앞이 새까매지는 것을 느꼈다.

'이대로 죽는 걸까?'

멀리서 임평지가 왼손으로 검결을 짚으며 비스듬히 검을 찔러 허공에 아름다운 호를 그리는 모습이 보였다. 자세가 몹시 우아했고, 표정이나 태도는 마치 한가롭게 검법을 자랑하는 사람 같았다. 그 모습을 보자 슬픔과 씁쓸함이 가슴을 먹먹하게 짓눌렀다. 막 정신을 잃고 쓰러지려는 찰나, 검 두 자루가 눈앞으로 날아들더니 청성파 제자 두 명이 첨벙첨벙 소리를 내며 물속으로 나가떨어졌다. 악영산은 정신이 아뜩해지며 바닥으로 쓰러졌다.

영영은 단검을 춤추듯 휘둘러 10여 초 만에 청성파 제자 다섯 명에게 상처를 입혔다. 그들은 검을 놓치고 별수 없이 뒤로 물러났다. 영영은 팔이 잘려 죽어가는 사람을 걷어차고 악영산을 부축해 강가로 끌어냈다. 반쯤 물에 빠지다시피 한 악영산은 치마가 흠뻑 젖고 옷은 피투성이였다.

임평지의 목소리가 들려왔다.

"어떠냐? 우리 임가의 벽사검법을 똑똑히 보았느냐?"

번쩍이는 검광이 그의 말을 에워싼 청성파 제자 가운데 한 사람의 미간으로 날아들었다. 그는 통쾌하게 웃으며 다시 외쳤다.

"방인지, 이 악독한 놈! 이렇게 죽여주는 것을 고맙게 여겨라!"

그의 채찍이 날아오르자 말은 방인지의 시신을 훌쩍 뛰어넘어 앞으로 달려갔다. 기력이 쇠한 여창해는 그 뒤를 쫓을 힘조차 없었다.

임평지는 고삐를 당겨 말을 세우고 주위를 둘러보다가 버럭 외쳤다.

"가인달! 거기 있었구나!"

임평지의 말이 가인달을 향해 질주했다. 멀찌감치 구석에 숨어 있던 가인달은 그가 달려들자 비명을 지르며 달아났다. 임평지는 놀리듯이 슬금슬금 뒤를 쫓다가 검을 날려 그의 오른쪽 허벅지를 찔렀다. 가인달이 앞으로 털썩 고꾸라지자 임평지는 채찍을 힘껏 휘둘렀다. 말발굽이 쓰러진 그의 몸을 짓밟고 지나가자 가인달은 참혹한 비명을 질렀지만 당장 숨이 끊어지지는 않았다. 임평지는 껄껄 웃으며 말머리를 돌려 다시 한번 그의 몸을 짓밟았다. 몇 차례 왔다갔다 하는 동안 가인달의 비명은 점점 잦아들었고 마침내 숨소리조차 들리지 않게 되었다.

임평지는 청성파 제자들은 쳐다보지도 않고 악영산과 영영 곁으로 말을 몰아와 아내에게 말했다.

"타시오!"

악영산은 화난 눈길로 그를 올려다보더니 한참 만에야 이를 악물고 말했다.

"혼자 가요!"

"당신은 어쩌려고?"

"언제부터 내게 그리 관심이 많았죠?"

임평지는 항산파 제자들을 흘끔 바라보더니 싸늘한 웃음을 흘리고는 먼지를 일으키며 사라졌다.

임평지가 신혼의 부인에게 몹시 매정하게 굴자 영영은 아연실색하며 악영산에게 권했다.

"임 부인, 내 수레로 가서 잠시 쉬어요."

악영산은 눈시울이 촉촉해져 당장이라도 눈물을 뚝뚝 흘릴 것 같은 표정으로 입을 열었다.

"괜… 괜찮아요. 당신은 왜… 왜 나를 구했죠?"

목소리가 잔뜩 잠겨 있었다. 영영이 부드럽게 말했다.

"내가 구한 것이 아니에요. 당신 대사형이 구하고 싶어 했어요."

악영산은 가슴 한구석이 시큰해 참지 못하고 눈물을 쏟았다.

"미안하지만 말을… 말을 좀 빌려줘요."

"좋아요."

영영은 말 한 마리를 끌고 와 그녀에게 고삐를 건넸다.

"고… 고마워요…."

악영산은 목멘 소리로 말하며 말 등에 올랐다. 그녀의 말은 임평지가 간 방향과는 정반대인 동쪽으로 달려갔다. 숭산으로 돌아가는 모양이었다.

두 부부가 따로 떠나가자 여창해는 자못 의아했지만 그 연유까지 헤아릴 여유는 없었다.

'하룻밤이 지나면 그 짐승 같은 놈이 또 찾아올 것이다. 제자들을 하나하나 죽여 나 혼자 남으면 그때서야 나를 공격할 심산이겠지.'

영호충은 혼비백산한 그의 모습을 지켜보다못해 고개를 돌렸다.

"그만 갑시다!"

"예!"

수레를 모는 사람이 큰 소리로 대답하고 채찍을 높이 들어올렸다. 짝 하는 경쾌한 소리와 함께 나귀가 수레를 끌고 터덜터덜 앞으로 나아가기 시작했다. 영호충은 저도 모르게 '아차' 하고 낮은 비명을 질렀다. 악영산이 동쪽으로 돌아갔기 때문에 당연히 그녀를 쫓을 생각이었지만, 나귀는 서쪽을 향해 가고 있었다. 그는 마음이 무거웠지만 차마 다시 동쪽으로 가자는 말은 못하고 가리개를 걷어 뒤를 돌아보았다. 악영산의 뒷모습은 이미 멀리 사라진 뒤였다.

'상처 입은 몸으로 돌볼 사람도 없이 혼자 떠났는데 괜찮을까?'

그때 진견이 그에게 말했다.

"악 낭자는 숭산으로 돌아갔어요. 부모님에게 돌아가면 아무 일도 없을 테니 안심하세요!"

"하긴 그렇구려."

영호충은 마음이 놓여 고개를 끄덕이며 진견을 바라보았다.

'진 사매는 아주 세심하구나. 한눈에 내 마음을 알아차리다니.'

일행은 다음 날 정오쯤 작은 식당에 들러 요기를 했다. 고작 큰길 옆에 초막을 치고 탁자 몇 개를 놓아 차나 음식을 파는 노점으로 식당이라고 부를 만한 곳도 아닌 데다 항산파 일행이 들이닥치자 그들을 먹일 쌀조차 없었다. 하지만 항산파 일행이 쌀은 물론이고 솥과 수저까지 구비해왔기 때문에 초막 아래 솥을 걸고 밥을 지어 먹을 수 있었다.

한참 동안 수레에 있었던 영호충은 몹시 답답했다. 항산파의 금창약을 바르고 환약을 먹어 상태가 좋아진 그는 정악과 진견의 부축을 받아 수레에서 내려와 초막 아래 앉아 휴식을 취했다.

'소사매가 다시 올까?'

그가 동쪽을 바라보며 악영산 생각을 하는데, 길에서 먼지가 부옇게 일며 한 무리의 사람들이 나타났다. 바로 여창해와 청성파 제자들이었다. 제자들이 초막 밖에 말을 세우고 밥을 짓기 시작했고, 여창해는 홀로 탁자를 잡고 앉아 일언반구도 없이 넋을 놓고 있었다. 이미 운명이 정해졌음을 알기 때문일까, 항산파 사람들을 꺼리는 기색도 없었다. 어차피 그의 앞에 남은 일은 죽음뿐이니 항산파 사람들이 자신이 어떻게 죽는지 지켜보든 말든 관심조차 없는 것 같았다.

얼마 지나지 않아 멀리 서쪽에서부터 말발굽 소리가 들리더니 말 한 마리가 느릿느릿 그들에게 다가왔다. 말 위에는 화려한 비단옷을 입은 임평지가 앉아 있었다. 그는 초막 밖에 말을 세웠지만, 청성파 사람들은 그에게 눈길조차 주지 않고 밥을 짓거나 차를 마시는 등 하던 일을 계속했다. 임평지에게는 이런 광경이 퍽 의외였지만 아랑곳없이 껄껄 웃으며 말했다.

"너희가 달아나든 여기 꼼짝없이 앉아 있든 내 마음은 변함없다. 차례차례 죽여주지!"

그가 말에서 내려 말 엉덩이를 툭 치자 말은 느릿느릿 길가를 거닐며 자유롭게 풀을 뜯었다. 초막 아래에는 빈 탁자가 두 개 있었고, 임평지는 그중 하나를 향해 걸어갔다.

그가 초막으로 들어서는 순간 짙은 향기가 코를 찔렀다. 영호충은 그를 자세히 살폈다. 잘 모르는 그가 보기에도 몹시 신경을 쓴 차림이었다. 옷에는 향료를 바르고, 모자에는 비취를 달고, 손가락에는 빨간 보석이 박힌 반지를 꼈고, 신발 끝에는 진주를 두 개씩 붙여, 어느 모로 보나 무림인이라기보다는 부잣집 귀한 공자 같았다.

'임 사제의 집안은 표국을 운영했으니 본디 부잣집 공자였지. 강호에서 몇 년 고생을 했으니 이제 본래 모습으로 돌아가 예전처럼 살고 싶은 것이겠지.'

임평지는 품에서 새하얀 비단 손수건을 꺼내 얼굴을 톡톡 찍어 닦았다. 곱상하게 생긴 그가 손수건을 꺼내 얼굴을 닦고 옷자락을 탁탁 털기까지 하자 영락없이 희극 무대에 오른 여자 배우 같았다. 임평지는 자리를 잡고 앉은 뒤 담담한 목소리로 인사를 건넸다.

"영호 형, 안녕하셨소?"

영호충은 고개를 끄덕이며 인사를 받았다.

"안녕하신가?"

임평지는 고개를 돌려 여창해에게 뜨거운 차를 따르는 청성파 제자를 바라보았다.

"너는 우인호구나. 오래전 우리집을 찾아와 난장을 쳤을 때 너도 한몫을 톡톡히 했지. 네놈이 재가 된다 해도 알아볼 것이다."

우인호는 찻주전자를 쾅 소리가 나도록 내려놓더니 홱 몸을 돌려 검자루에 손을 대고 두어 걸음 물러섰다.

"오냐, 이 몸이 바로 우인호 나리시다. 어쩔 테냐?"

말투는 거칠었지만 목소리가 바르르 떨리고 안색도 새파랗게 질려 있었다. 임평지는 빙그레 웃으며 말했다.

"청성사수는 영웅호걸이라고 하던데 그중 셋째인 네놈에게서 영웅호걸다운 기개는 추호도 보이지 않는구나. 하하하, 가소롭군!"

'청성사수는 영웅호걸'이라는 구호는 청성파에서 무공이 가장 뛰어난 제자 네 사람을 일컫는 말로, 후인영과 홍인웅, 우인호, 나인걸이 그들이었다. 그중 나인걸은 회안루에서 영호충의 손에 죽었고 나머지 세 사람만 지금 이 자리에 있었다.

임평지는 냉소를 흘리며 말했다.

"여기 계신 영호 형께서는 '청성사수는 멍멍꿀꿀'이라고 했지. 네놈들을 개돼지에 비유한 것도 퍽 높게 봐준 것이다. 내 눈에는 짐승만도 못한 놈들인데 말이야."

우인호는 화가 나기도 하고 두렵기도 해 안색이 더욱 파래졌다. 손은 검자루를 잡고 있었지만 그 검은 끝끝내 뽑힐 기미가 없었다.

바로 그때, 동쪽에서 다급한 말발굽 소리가 들리며 말 두 마리가 달려왔다. 초막 가까이에 이르자 앞장선 사람이 고삐를 당겨 말을 세웠는데, 그쪽을 돌아본 사람들의 입에서 '엇' 하는 당황한 목소리가 새어 나왔다. 말을 탄 사람은 뚱뚱하고 작달막한 꼽추, 새북명타 목고봉이었고, 함께 온 다른 말에는 악영산이 타고 있었던 것이다.

악영산을 본 영호충은 가슴이 뜨거워지고 기쁨이 솟구쳤지만, 악영산의 두 손이 꽁꽁 묶이고 말고삐는 목고봉이 꽉 쥐고 있는 광경을 보자 화가 머리끝까지 치밀었다. 당장 나서서 그녀를 구하고 싶었지만, 문득 그래서는 안 된다는 생각이 들었다.

'남편이 여기 있으니 외부인인 내가 나설 자리가 아니야. 남편이 모른 척하면 그때 움직여도 늦지 않겠지.'

목고봉이 나타나자 임평지는 마치 하늘에서 보물이라도 뚝 떨어진 양 몹시 기쁜 표정을 지었다.

'저 꼽추도 부모님을 해친 놈들 중 하나인데 저 스스로 찾아오다니 하늘이 나를 돕는구나.'

그러나 목고봉은 임평지를 알아보지 못했다. 형산 유정풍의 집에서 만난 적이 있으나 당시 임평지는 꼽추로 변장하고 얼굴에 고약을 발라 지금 같은 옥골선풍이 아니었고, 가짜 꼽추 노릇을 했다는 것이 밝혀진 후에도 임평지의 본모습을 볼 기회가 없었던 것이다.

목고봉이 악영산을 돌아보며 말했다.

"여기 여러 친구들이 계시니 우리는 다른 곳으로 가자."

청성파와 항산파를 알아보고, 그들이 악영산을 구하려 할까 봐 일찌감치 자리를 피하려는 것이었다.

악영산은 상처를 입은 채 홀로 숭산으로 돌아가는 길에 목고봉과 마주쳤다. 속이 좁은 목고봉은 지난날 악불군과 내공을 겨루다 패하고 임진남 부부 역시 악불군이 구해가자 이를 마음에 새기고 있었다. 더욱이 임진남의 아들 임평지가 화산파에 들어가 악불군의 딸을 아내로 맞았다는 소문을 들은 후로는 임가의 〈벽사검보〉 또한 화산파 손에 들어갔으리라 여기고 분을 참지 못했다. 곧이어 오악파가 새로 만들어졌다는 소문이 들려왔지만, 오악검파는 본래 목고봉 같은 사람을 높이 치지 않았기 때문에 좌냉선도 그를 초청하지 않았고 그의 분노는 절정에 달했다. 참다못한 그는 숭산 부근에 숨어 오악파의 제자들이 나타나기를 기다렸다. 무리를 짓거나 고수들과 함께 있는 자들은 모른 척 보내주고 홀로 다니는 사람만 골라 혼쭐을 내 화풀이를 하기 위해서였다. 숭산에서 내려온 호걸들은 수십에서 수백 명씩 함께 움직여 손을 쓰기 어렵던 차에 이게 웬 떡이냐 싶게 악영산이 혼자 말을 타고 달려오는 것이 보였다.

본래 목고봉의 상대가 아닌 데다 다치기까지 한 악영산은 느닷없이 기습을 당하자 싸워보지도 못하고 붙잡혔다. 겁을 먹고 물러나기를 바라면서 자신이 악불군의 딸임을 밝혔지만, 목고봉은 도리어 더욱 기뻐하며 그녀를 은밀한 곳에 숨긴 뒤 〈벽사검보〉와 맞바꾸자며 악불군을 위협하기로 마음먹었다. 그런데 뜻하지 않게 이곳에서 청성파, 항산파와 딱 마주친 것이었다.

그들을 보자 악영산도 정신이 번쩍 들었다.

'지금 달아나지 못하면 다시는 기회가 없어!'

이렇게 생각한 그녀는 다친 팔은 아랑곳하지 않고 몸을 비틀어 말등에서 굴러떨어졌다.

"어허!"

목고봉이 말에서 내려 그녀의 뒷덜미를 꽉 움켜쥐었다.

아내가 눈앞에서 모욕을 당하는데 가만히 있을 남편이 어디 있겠는가? 당연히 임평지가 나서서 도우리라 생각한 영호충이었지만, 뜻밖에도 임평지는 눈 하나 깜빡하지 않고, 왼쪽 소맷자락에서 금칠한 손잡이가 달린 접선을 꺼내 태연하게 살랑살랑 흔들 뿐이었다. 비췻빛 부채가 아른아른 눈앞을 어지럽혔다. 북쪽은 아직 얼음도 채 녹지 않은 3월 봄날에 무슨 부채질이 필요할까? 오로지 느긋함을 과시하려고 일부러 꾸며낸 동작이 분명했다.

"떨어지지 않도록 조심해야지."

목고봉은 악영산을 번쩍 들어올려 말안장 위에 앉히고는, 자신도 말에 올라 다시 채찍질을 했다.

임평지가 느릿느릿 입을 열었다.

"어이, 꼽추. 여기 계신 친구분 말씀으로는 네 무공이 시시하기 짝이 없다던데, 네 생각은 어떠냐?"

목고봉은 멈칫하며 그쪽을 돌아보았다. 홀로 떨어져 앉은 것으로 보아 청성파 사람도, 항산파 사람도 아닌 것 같은데 단번에 출신을 알아볼 수가 없었다.

"너는 누구냐?"

그가 눈을 찡그리며 묻자 임평지는 픽 웃었다.

"그런 것을 물어 무엇 하려느냐? 내가 네 무공을 시시하다고 한 것은 아니지 않으냐?"

"누가 그런 말을 했느냐?"

임평지는 탁 소리를 내며 부채를 접더니, 부채 끝으로 여창해를 가리켰다.

"바로 청성파의 여 관주시다. 저분께서 최근 천하제일이라고 할 수 있는 절묘한 검술을 구경하셨는데, 그 이름이 벽사검법인가 뭔가라고 하더군."

'벽사검법'이라는 네 글자에 목고봉은 안색이 싹 바뀌어 여창해를 흘끗 바라보았다. 여창해는 임평지의 말은 귀에 들어가지도 않은 양 찻잔을 움켜쥔 채 멍한 표정으로 앞만 바라보고 있었다.

목고봉이 슬그머니 말을 붙였다.

"여 관주, 벽사검법을 구경하다니 참 좋으시겠구려. 설마하니 가짜는 아니었겠지?"

여창해가 멍한 얼굴로 대답했다.

"그렇소! 처음부터 끝까지 모든 초식을 똑똑히 보았소."

그 대답에 목고봉은 놀라움과 기쁨이 교차해, 급히 말에서 뛰어내려 여창해의 탁자로 다가갔다.

"그 검보는 화산파 악불군 손에 들어갔다고 들었는데 어떻게 보았소?"

"검보를 본 것이 아니오. 그 검법을 펼치는 사람을 보았소."

"오호, 그랬구먼. 벽사검법에는 가짜와 진짜가 있는데, 복주 복위표국의 후예들은 바로 그 벼락 맞을 가짜 벽사검법을 익혀 천하의 웃음거리가 되었지. 여 관주가 본 것은 진짜였소?"

"진짜인지 가짜인지는 모르나, 그 검법을 펼친 사람은 분명 복위표국의 후예였소."

목고봉은 낄낄 웃어댔다.

"일파의 종주라는 자가 검법의 진위조차 구분하지 못하다니, 인생을 헛살았구려. 복위표국의 임진남이 바로 당신 손에 죽지 않았소?"

"이 몸은 벽사검법의 진위를 구분하지 못하나, 견식이 뛰어나신 목대협께서는 필히 알아보실 수 있으리라 믿소."

여창해의 무공과 경륜을 잘 아는 목고봉은 무림에서 일류고수에 속하는 그가 이런 말을 하자 숨겨진 의미가 있으리라 생각해, 마른 웃음을 흘리며 재빨리 주위를 둘러보았다. 돌이킬 수 없는 심각한 말실수라도 한 듯 모든 사람들이 괴상한 표정으로 자신을 쳐다보는 것을 깨달은 그가 재빨리 말했다.

"내 눈으로 직접 볼 수만 있다면 진위는 알아낼 수 있겠지."

여창해가 멍하니 대답했다.

"목 대협께서 원한다면 그리 어려운 일은 아니오. 그 검법을 할 줄 아는 사람이 이 자리에 있으니 말이오."

목고봉은 가슴이 철렁해 사람들을 쭉 훑어보았다. 남들과 달리 태연자약한 표정을 짓고 있는 임평지의 모습이 눈에 들어오자 그가 물었다.

"저 청년 말이오?"

"놀랍구려! 한눈에 알아보시다니 목 대협의 안목은 역시 대단하오."

목고봉은 임평지를 꼼꼼히 살폈다. 화려한 복장으로 봐서는 어느 부잣집의 귀한 공자 같았다.

'저 난쟁이가 무슨 음모를 꾸미고 있구나. 저쪽은 수가 많다. 호걸은 뻔히 보이는 손해를 피할 줄 안다고 했으니 저놈과 얽히지 말고 일찌감치 이곳을 뜨자. 딸이 내 손아귀에 있는데 악불군이 무슨 배짱으로 검보를 내놓지 않고 배기겠느냐?'

결심을 한 그는 허허 웃으며 손을 내저었다.

"오랜만에 만났는데도 여전히 농을 좋아하는구려. 애석하게도 오늘은 바쁜 일이 있어 그럴 겨를이 없소. 벽사검법이건 항마검법이건 이 몸의 관심사가 아니니 이만 가보겠소."

그러고는 훌쩍 몸을 날려 말 등에 내려앉았다. 실로 날렵하기 짝이 없는 동작이었다.

그때, 사람들의 눈앞으로 무언가가 휙 지나갔다. 임평지가 잽싸게 몸을 날려 목고봉이 탄 말 앞으로 갔다가 어느새 다시 원래 자리로 돌아와 언제 그랬냐는 듯이 부채를 팔락이고 있었다. 사람들이 의아한 얼굴로 서로를 바라보는 가운데 목고봉은 말을 재촉해 자리를 뜨려 했다. 조금 전 임평지가 목고봉이 탄 말에 무언가 수작을 부리는 것을 똑똑히 본 사람은 영호충과 영영, 여창해 같은 고수들뿐이었다.

과연 말은 몇 발짝 못 가 느닷없이 발작을 일으키며 초막의 기둥을 들이받았다. 그 어마어마한 힘에 초막이 와지끈 소리를 내며 반이나 무너져내렸다. 여창해는 훌쩍 날아올라 초막 밖으로 몸을 피했다. 그 자리에서 꼼짝하지 않았던 영호충과 임평지의 머리 위로 짚이며 나무 부스러기가 우수수 떨어졌는데, 영호충의 머리에 쌓인 짚은 정악이 털어주었지만, 임평지는 제 손으로 털어낼 생각조차 없는지 눈 한 번 깜빡하지 않고 뚫어져라 목고봉을 응시할 뿐이었다.

목고봉은 잠시 망설이다가 말에서 내려 고삐를 놓았다. 말은 이리저리 날뛰다가 또다시 기둥을 받고 구슬프게 울부짖다가 털썩 쓰러졌다. 말 머리에서 피가 철철 흘렀다. 제멋대로 날뛰며 소동을 피운 것을 보면 필시 앞이 보이지 않는 것이 분명했다. 임평지가 말 앞으로 왔다가 돌아갔을 때 그 눈을 찔러 멀게 만든 것이었다.

임평지는 느긋하게 부채를 흔들어 왼쪽 어깨에 떨어진 짚을 털어내며 말했다.

"맹인이 눈먼 말까지 타다니… 원, 그리 위험한 짓을!"

목고봉은 거칠게 웃어댔다.

"이놈아, 오만방자하게 굴더니 제법 솜씨가 있구나. 네놈이 벽사검법을 할 줄 안다니… 좋다, 이 어르신께 구경 좀 시켜다오."

"좋다, 원치 않아도 보여줄 참이었다. 우리 집안의 벽사검법을 얻고자 내 부모님을 해쳤으니 네놈의 죄 역시 결코 여창해 못지않다."

목고봉은 화들짝 놀랐다. 눈앞에 있는 부잣집 공자가 임진남의 아들이라니 실로 뜻밖이었다.

'이놈이 대담하게 덤비는 것을 보니 필시 믿는 구석이 있구나. 오악검파가 합병했으니 저 항산파 비구니들은 반드시 저놈을 돕겠지.'

그는 가만히 상황을 헤아리고 슬그머니 악영산을 붙잡았다.

'중과부적이니 요 계집애를 이용해야겠구나. 제 마누라를 붙잡고 있는데 제까짓 놈이 고분고분 굴지 않으면 어쩌겠느냐?'

그런데 예상치 못하게 등 뒤에서 검 한 자루가 바람을 가르며 날아들었다. 목고봉이 황급히 피하며 바라보니 악영산이었다. 영영이 사람들의 시선을 피해 그녀를 묶은 밧줄을 끊고 혈도를 풀어준 다음 검까지 건네주었던 것이다. 검을 휘둘러 목고봉을 물러나게 만든 악영산이지만 혈도가 막힌 지 오래라 사지가 저리고 상처도 찢어질 듯 아파 마음과는 달리 뒤쫓을 기력이 없었다.

임평지는 냉소를 터뜨렸다.

"오랫동안 이름을 날린 무림의 고수가 부끄러움조차 모르는군. 살고 싶거든 이 어르신께 엉금엉금 기어와서 세 번 절하고 '할아버지' 하고 부르거라. 그러면 1년 동안은 목숨을 부지할 수 있게 해주지. 어떠냐?"

목고봉은 고개를 젖히고 껄껄 웃었다.

"네 이놈, 형산 유정풍의 집에서 있었던 일을 깡그리 잊었느냐? 꼽추 분장을 하고 내게 절을 하며 '할아버지, 할아버지' 하면서 제자로 거둬달라고 싹싹 빌었지만, 내가 받아주지 않자 홀랑 악불군에게로 달아나 저 계집애를 꼬드겨 마누라로 삼은 자가 네놈이 아니더냐? 내 말이 틀렸느냐?"

임평지는 대답하지 않았다. 눈에서 분노의 불길이 활활 타올랐지만 얼굴은 묘하게 흥분한 표정이었다. 그는 부채를 탁 접어 왼손으로 옮기고는 오른손으로는 장포 자락을 살짝 걷고 성큼성큼 초막을 나서 곧장 목고봉에게로 향했다. 훈풍이 불어와 짙은 향기가 사방으로 퍼졌다.

그때 윽 하는 신음 소리가 들려왔다. 청성파 우인호와 길인통의 안색이 새파랗게 질리더니 나란히 가슴팍에서 피를 뿜으며 쓰러졌다. 곁에 있던 사람들은 비명조차 지를 겨를이 없었다. 분명히 목고봉을 공격하려던 임평지였는데 언제 어떻게 검을 뽑아 두 사람을 찔렀는지 도통 짐작이 가지 않았다.

임평지는 두 사람을 찌르기 무섭게 검을 검집에 넣었기 때문에, 영호충 같은 몇몇 고수를 제외하면 눈앞에 한광이 번쩍하는 것만 느꼈을 뿐, 검을 뽑는 장면도, 두 사람을 찌르는 장면도 전혀 보지 못했다.

'전백광의 쾌도를 처음 대했을 때만 해도 막을 방법이 없었는데, 독고구검을 배운 뒤로는 막기가 그리 어렵지 않았어. 임 사제의 쾌검은 그보다 더 빠르니 전백광이 나서더라도 3초밖에 막아내지 못하겠지. 그렇다면 나는 어떨까? 나는 몇 초나 버틸 수 있을까?'

그런 생각을 하자 손바닥이 땀으로 축축하게 젖었다.

목고봉은 허리춤에서 검 한 자루를 꺼냈다. 주인처럼 둥그렇게 허리가 굽은 괴상한 모양의 타검駝劍이었다. 임평지는 싸늘한 미소를 흘리며 한 걸음 한 걸음 다가갔다. 별안간 목고봉이 이리가 울부짖듯 괴상한 소리를 지르며 그에게 달려들었다. 타검이 허공에 호를 그리며 임평지의 옆구리를 낚아챌 듯 날아들었다. 임평지는 검을 뽑아 목고봉의 가슴을 찔렀다. 시작은 늦었지만 속도는 훨씬 빨랐고, 위력이나 정확성 면에서도 어느 하나 버릴 것이 없는 초식이었다.

목고봉이 다시 괴성을 지르며 튕기듯이 뒤로 물러났다. 그의 앞섶에는 커다란 구멍이 뚫려 시커먼 가슴털이 훤히 들여다보였다. 임평지의 검이 두 치만 더 찔러들어갔어도 목고봉은 가슴을 꿰뚫려 피를 쏟고 쓰러졌을 것이다. 사람들은 눈이 휘둥그레져서 탄성을 질렀다.

구사일생으로 살아났지만 천성이 흉맹하기 짝이 없는 목고봉은 두려운 기색조차 없이 연신 괴성을 지르며 임평지에게 달려들었다.

임평지는 잇달아 두 번 검을 찔렀으나 모두 타검에 막혔다. 그는 냉소를 터뜨리며 점점 더 속도를 높였고, 목고봉은 이리 뛰고 저리 뛰어 피하는 한편 타검을 마구 휘둘러서 검망을 이뤄 몸을 보호했다. 임평지는 아랑곳없이 그 속으로 검을 쑥 찔러넣었지만, 검이 타검과 부딪치는 순간 팔이 저릿하게 아파왔다. 목고봉의 내공이 그의 내공보다 훨씬 강하기 때문에 조금만 실수하면 검을 놓쳐버릴 수 있었다. 이후 임평지의 움직임은 훨씬 신중해져 빈틈이 보일 때만 재빨리 검을 찔러 공격하는 식으로 바뀌었다.

목고봉은 타검을 어지러이 휘둘러 바람 한 점 새어들어오지 못하도록 수비를 단단히 했다. 임평지의 검법이 아무리 뛰어나도 이만한 수비 앞에서는 손쓸 방법이 없었다. 하지만 이런 싸움이 계속되면 그가 패할 리도 없었다. 목고봉을 쓰러뜨리기는 어렵지만, 목고봉 역시 반격할 여력이 없기 때문이었다. 반격을 하는 순간 검망에 틈이 생길 테고, 임평지의 쾌검이 그 틈을 파고들면 목고봉으로서는 막을 수가 없는 것이다. 더욱이 이렇게 계속 검을 휘두르면 내력 소모가 극심하고, 앞뒤 초식이 물 흐르듯이 이어지도록 초식마다 전력을 쏟아부어야 하니, 아무리 내공이 깊은 사람이라도 종국에는 기진맥진해 쓰러질 수밖에 없었다.

타검이 자아내는 검망 속에서 목고봉은 끊임없이 함성을 질러댔다. 오르락내리락 높낮이가 제멋대로인 고함 소리는 쌩쌩 바람을 가르는 검소리에 어우러져 그 위엄을 더했다. 임평지는 몇 차례 검망을 찔렀지만 그때마다 타검에 막혀 물러날 수밖에 없었다.

한참을 지켜보던 여창해는 물샐틈없는 검망에 조그마한 틈이 생겨난 것을 발견했다. 목고봉의 내력이 바닥을 드러내기 시작한 것이었다. 눈치 빠른 여창해는 때를 놓치지 않고 날카롭게 검을 뽑아 쉭쉭쉭 세 번 내질렀다. 검은 임평지의 등 뒤 급소를 노리고 있었다. 임평지가 황급히 검을 돌려 막자, 목고봉의 타검이 날아들어 그의 하반신을 휩쓸었다. 여창해와 목고봉 같은 선배 고수가 손을 잡고 젊은이 한 사람을 공격하는 것은 강호의 상리로 볼 때 몹시 낯부끄러운 짓이었다. 그러나 임평지가 청성파 제자들을 잔인하게 살해하는 것을 지켜본 항산파 제자들은 그가 결코 사정을 봐줄 사람이 아니라는 것도, 여창해가 그의 적수가 되지 못한다는 것도 잘 알기에 두 고수가 협공을 하는 것이 당연하다고 생각했다. 한마음으로 힘을 합치지 않으면 여창해와 목고봉이 무슨 수로 임평지의 번개 같은 쾌검을 막아낼 수 있을 것인가?

여창해가 힘을 보태자 목고봉은 재빨리 초식을 바꿔 공격과 수비를 적절히 섞었다. 세 사람이 싸운 지 고작 20여 초가 지났을 때, 임평지가 왼손을 쭉 뻗어 들고 있던 부채 손잡이를 쑥 내밀었다. 별안간 부채 손잡이에서 한 치 반가량의 뾰족한 침이 튀어나와 목고봉의 오른쪽 다리 환도혈을 찔렀다. 목고봉은 흠칫 놀라 허둥지둥 타검을 내리쳤지만 어느새 왼쪽 허벅지마저 딱딱하게 굳는 것이 느껴졌다. 그는 차마 걸음을 옮기지 못한 채 미친 듯이 검을 휘둘러 몸을 보호했으나, 점차 두 다리에 힘이 빠져 맥없이 주저앉았다.

임평지는 큰 소리로 웃었다.

"이제 와서 무릎 꿇고 절을 해도 늦었다!"

그 말이 끝나기 무섭게 그의 검이 여창해에게 날아들었다.

목고봉은 무릎을 꿇은 상태에서도 손에 든 타검을 쉬지 않고 휘둘러 날카롭게 임평지를 찔렀다. 패배가 결정된 이상 차라리 동귀어진이라도 하자는 생각인지, 초식 하나하나가 매섭고 필사적이었다. 조금 전만 해도 수비에 치중하던 그가 이제는 목숨이라도 내놓을 것처럼 오로지 공격만 퍼붓고 있는 것이었다.

여창해도 시간이 없다는 것을 알아차렸다. 수 초 안에 승리를 얻지 못하면 목고봉이 쓰러진 다음 홀로 외롭고 어려운 싸움을 해야 한다는 생각이 들자, 그의 검은 폭우를 몰고 오는 광풍처럼 사납게 움직였다. 그런데 돌연, 임평지의 날카로운 웃음소리가 귀를 때리더니 눈앞이 까매지면서 아무것도 보이지 않았다. 이어서 양쪽 어깨가 서늘해지며 두 팔이 몸에서 떨어져나갔다.

임평지가 미친 듯이 웃음을 터뜨렸다.

"이대로 죽이지는 않겠다! 두 팔을 잃고 앞도 보지 못하는 몸으로 혼자 강호에서 살아가거라! 네 제자들과 가족은 남김없이 죽여, 가족도 친지도 없이 오로지 원수만 있는 세상을 누리게 해주마!"

여창해는 팔이 잘려나간 통증으로 기절할 것 같았지만 그 목소리를 듣자 가슴이 서늘했다.

'단칼에 죽이는 것보다 만 배는 잔인한 짓이구나. 이 몸으로 살아남아봤자 무공을 쓸 수도 없으니 지나가는 비렁뱅이마저 마음껏 괴롭히고 모욕할 것이 아니냐?'

그는 이를 악물고 목소리가 들리는 쪽으로 힘껏 달려들었다.

임평지는 껄껄 웃으면서 슬쩍 뒤로 물러섰다.

부모님을 해치고 집안을 무너뜨린 철천지원수에게 복수를 했다는 열렬한 기쁨에 사로잡힌 그는 바로 뒤에 목고봉이 있다는 사실조차 까맣게 잊고 있었다. 목고봉이 기다렸다는 듯이 타검을 찌르자 황급히 검을 들어 막았지만, 목고봉은 검을 내던지고 그의 두 다리를 꽉 부둥켜안았다. 놀란 임평지의 눈에 수십 명이나 되는 청성파 제자들이 검을 들고 달려드는 모습이 보였다. 마구 발버둥을 쳤지만 목고봉의 팔은 차꼬(죄수의 발목에 채우던 형벌 도구)라도 채운 듯 꼼짝도 하지 않았다. 다급해진 그는 검을 높이 들어 불룩 튀어나온 목고봉의 등을 힘껏 찔렀다. 퍽 하는 소리와 함께 등에서 지독한 악취를 풍기는 시꺼먼 물이 솟구쳤다.

갑작스러운 사태에 임평지는 피하려고 몸을 돌렸으나 두 다리가 꽉 붙잡혀 있어 움직일 수가 없었다. 냄새나는 물이 얼굴에 닿는 순간 심장이 부르르 떨리는 듯한 통증에 그는 마구 비명을 질러댔다. 이제야 알게 된 사실이지만, 목고봉은 남몰래 등에 가죽주머니를 숨겨두었는데 그 안에는 지독한 극독이 들어 있었다. 임평지는 왼손으로 얼굴을 가리고 두 눈을 꽉 감은 채 목고봉의 몸을 마구 난도질했다. 너무도 빠른 움직임이었기에 목고봉은 피할 생각조차 없이 악착같이 그의 다리에만 매달렸다.

그때 두 사람의 고함 소리를 듣고 위치를 파악한 여창해가 와락 달려들어 임평지의 오른쪽 뺨을 깨물었다. 짐승처럼 뒤엉킨 세 사람은 누구랄 것도 없이 제정신이 아니었다. 청성파 제자들이 달려와 임평지의 몸을 찔러댔다.

이 광경을 똑똑히 지켜본 영호충은 몹시 당황했지만 임평지가 포위되어 청성파 제자들에게 공격을 당하자 황급히 외쳤다.

"영영! 영영, 어서 임 사제를 구해주시오!"

영영이 그쪽으로 날아가 단검을 뽑아 들었다. 땡땡땡 하는 맑은 소리와 함께 청성파 제자들이 몇 걸음 밖으로 물러났다.

목고봉의 고함 소리가 점점 낮아졌지만, 임평지는 여전히 검으로 그의 몸을 찌르느라 여념이 없었다. 여창해 역시 온몸에 피칠갑을 한 채 임평지의 뺨을 꽉 깨물고 있었다. 한참이 지난 다음에야 정신을 차린 임평지가 왼손을 휘둘러 여창해를 멀리 내동댕이쳤지만, 그와 동시에 자신도 미친 듯이 비명을 질렀다. 여창해가 어찌나 꽉 물었는지 살덩이가 뜯겨져나가 오른쪽 뺨에서 피가 철철 흐르고 있었다. 목고봉은 이미 숨이 끊어졌지만 두 팔은 아직도 임평지의 다리를 단단히 붙잡고 있었다. 임평지가 왼손을 더듬어 그 팔을 확인하더니 검을 휘둘러 두 팔을 싹둑 잘라냈다. 그 공포스러운 광경에 영영마저 저도 모르게 주춤 물러섰다. 청성파 제자들도 더 이상 임평지와 맞서 싸울 생각을 하지 않고 우르르 사부에게 달려갔다.

울먹이는 외침이 터져나왔다.

"사부님, 사부님!"

"사부님께서 돌아가셨다! 돌아가셨어!"

그들은 임평지가 쫓아와 죽일까 봐 두려운지 여창해의 시신을 들고 멀찌감치 물러났다.

임평지는 통쾌하게 웃음을 터뜨렸다.

"복수를 했다! 내가 복수를 했다!"

항산파 제자들은 눈앞에 펼쳐진 잔혹하고 무시무시한 광경에 하얗게 질렸다.

악영산이 임평지 곁으로 천천히 다가가 말했다.

"평지, 드디어 복수를 했군요. 축하해요."

임평지는 미친 사람처럼 웃으며 반복해서 외쳤다.

"내가 복수를 했다! 복수를 했다고!"

두 눈을 꼭 감은 그를 보자 악영산이 걱정스레 말했다.

"눈은 어때요? 독을 씻어내야겠어요."

그 말에 임평지가 입을 꾹 다물고 쓰러질 것처럼 휘청거렸다. 악영산은 재빨리 그의 팔을 붙잡아 비틀거리는 그를 초막 안으로 데려가 앉힌 다음, 깨끗한 물을 떠 머리 위로 천천히 쏟아부었다. 임평지는 몹시 고통스러운지 참혹한 비명을 질러댔다.

멀찌감치 서 있던 청성파 제자들은 그 소리에 오금이 저려 주춤주춤 뒤로 물러섰다.

영호충이 권했다.

"소사매, 상처에 바르는 약을 임 사제의 얼굴에 바르고 쉴 수 있도록 내 수레에 눕혀."

"고… 고마워요."

악영산은 더듬더듬 감사 인사를 했지만 임평지가 큰 소리로 외쳤다.

"집어치워! 저자의 친절 따위는 필요 없어! 이 임평지가 죽든 말든 저자와 무슨 상관이 있다는 거야?"

영호충은 깜짝 놀랐다.

'내가 임 사제에게 무슨 잘못을 했기에 저렇게까지 나를 미워하지?'

악영산은 부드러운 목소리로 남편을 달랬다.

"항산파의 약은 잘 듣기로 유명해요. 쉽게 얻을 수 있는 것도 아니고…."

임평지는 버럭 화를 냈다.

"그래서?"

악영산은 한숨을 쉬고는 말없이 그의 머리 위로 물을 붓기만 했다. 임평지는 코웃음을 치더니 이를 악물고 더는 비명을 지르지 않았다.

잠시 후 그가 퉁명스레 말했다.

"저자는 당신에게 퍽 관심이 많고 당신도 입만 열면 저자의 칭찬을 하지 않았소? 그러니 저자나 따라가시오. 무엇 때문에 내 곁에 있는 거요?"

이 말을 들은 항산파 제자들은 안색이 싹 바뀌었고, 특히 성질 급한 의화는 참지 못하고 소리쳤다.

"그… 그 무슨 수치스러운 말이오?"

의청이 재빨리 그녀의 옷자락을 잡아당기며 말렸다.

"사저, 저 사람은 상처를 입어 기분이 좋지 않아요. 구태여 상대하실 필요가 어디 있겠어요?"

"흥! 속이 터져서 참을 수가 있어야지!"

의화는 분통을 터뜨리며 투덜거렸다.

그사이 악영산은 손수건을 꺼내 임평지의 뺨에 난 상처를 살짝 눌러 닦았는데, 뜻밖에도 임평지가 힘껏 그녀를 밀쳐냈다. 아무런 경계도 하지 않았던 악영산은 힘없이 튕겨나 초막 밖의 토담에 쾅 부딪혔다.

"이…!"

영호충은 대로하여 주먹을 꽉 움켜쥐었지만, 두 사람은 이미 부부가 되었고 제삼자가 부부싸움에 끼어드는 것은 옳지 못하다는 생각이 들어 억지로 입을 다물었다. 하물며 임평지의 말 속에는 악영산과 자신 사이에 대한 질투와 의심이 짙게 묻어 있었다. 그가 오랫동안 악영산을 짝사랑해온 것은 임평지 역시 알고 있었다. 중상을 입은 몸으로 그들 일에 나서봤자 상황이 악화될 뿐이라고 생각해 꾹 참았지만, 분노로 몸이 덜덜 떨리는 것까지는 참을 수가 없었다.

임평지는 냉소를 터뜨렸다.

"수치스러운 말이라고? 대체 무엇이 수치스럽다는 것이냐?"

그는 초막 밖을 손가락질하며 외쳤다.

"저 난쟁이와 꼽추는 우리 임가의 벽사검법을 빼앗으려고 내 부모님을 죽였다. 흉악하고 잔인한 놈들이지만 강호의 악당답게 자기가 한 짓을 숨기려고는 하지 않았지. 그런데…."

그의 손가락이 악영산에게로 향했다.

"그런데 당신 아버지 위군자 악불군은 비열하고 교활한 수단으로 우리 집안의 검보를 훔쳤다!"

토담을 짚고 일어서던 악영산은 그 말을 듣자 몸을 부르르 떨며 또 다시 털썩 주저앉았다.

"그… 그런 적 없어요."

그녀가 떨리는 목소리로 반박했지만 임평지는 차가운 웃음을 터뜨리며 말했다.

"수치심도 모르는 비열한 놈! 너희 부녀는 한통속이 되어 나를 살살 꼬드겼지. 화산파 장문인의 딸 악 대소저께서 궁지에 몰려 돌아갈 집조차 없는 나 같은 놈에게 시집을 온 까닭이 무엇일까? 우리 임가의 〈벽사검보〉 때문이 아니냐? 검보가 너희 손에 들어간 이상 이 임평지에게 더 이상 무슨 볼일이 남아 있겠느냐?"

악영산은 울음을 터뜨렸다.

"당… 당신, 너무해요. 내게… 내게 그런 마음이 한 치라도 있었다면 천벌을 받아… 지옥으로 떨어질 거예요."

"나도 처음에는 너희가 꾸민 간악한 계교에 아무것도 모르는 멍청이처럼 속아넘어갔지. 하지만 이제 두 눈이 멀어도 똑똑히 볼 수 있다. 너희 부녀에게 그런 속셈이 없었다면 무엇 때문에… 대체 무엇 때문에…?"

악영산은 천천히 그에게 다가가 부드럽게 말했다.

"제발 이상한 생각은 하지 말아요. 당신을 향한 내 마음은 처음부터 지금까지 결코 변함이 없어요."

임평지는 큰 소리로 코웃음을 쳤다. 악영산이 계속 말했다.

"우리 그만 화산으로 돌아가요. 당신 눈이 낫든 말든 아무 상관없어요. 만에 하나 내가 딴마음을 품었다면… 여창해보다 더… 더 무참하게 죽여도 좋아요."

임평지는 냉소를 흘렸다.

"흥, 또 무언가 노리는 것이 있어 듣기 좋은 말을 하는 모양이군."

악영산은 그 말을 듣지 못한 척 영영을 돌아보았다.

"언니, 수레를 한 대 빌려줄 수 있을까요?"

"물론이지요. 가는 길이 위험할지 모르니 항산파 사저 두 분께서 화산까지 함께 가면 어떻겠어요?"

악영산은 흐느낌을 억눌러 참으며 대답했다.

"괜… 괜찮아요. 신경 써주셔서… 고마워요."

영영이 수레를 끌고 와 나귀의 고삐와 채찍을 악영산의 손에 쥐여주었다.

악영산은 임평지의 팔을 부축하며 말했다.

"자, 수레에 타요!"

임평지는 몹시 내키지 않는 얼굴이었지만 앞이 보이지 않아 혼자서는 한 걸음도 움직일 수 없었기 때문에 잠시 망설이다가 못 이기는 척 수레에 올랐다. 악영산은 이를 악물고 수레 앞자리에 뛰어올라 영영에게 몇 번이고 고개를 숙여 감사를 전한 뒤 채찍을 휘둘러 서북쪽으로 나귀를 몰아갔다. 그러는 동안 영호충에게는 내내 눈길조차 주지 않았다.

점점 멀어지는 수레를 응시하던 영호충은 가슴이 답답하고 눈시울이 촉촉해지는 것을 느꼈다.

'임 사제는 두 눈을 잃었고 소사매는 상처를 입었어. 의지할 데라고는 없는 두 사람이 그 먼 길을 어떻게 갈까? 청성파 제자들이 복수를 하러 쫓아가기라도 하면 큰일이야.'

청성파 제자들은 여창해의 시신을 싸서 말 등에 태운 뒤 서남쪽을 향해 길을 떠났다. 임평지와 악영산이 간 방향과는 반대였지만, 도중에 북쪽으로 방향을 틀어 두 사람을 쫓을지 모르는 일이었다.

임평지와 악영산이 나눈 대화를 곰곰이 되새겨보면, 뭔가 숨겨진 사정이 있는 것이 분명했다. 부부 사이의 감정이야 제삼자가 속속들이 알 수 없는 것이 당연하지만, 임평지와 악영산이 혼례를 올린 뒤로 사이가 썩 좋지 않았다는 것은 알 수 있었다. 악영산은 젊고 활발한 소녀로, 부모님은 외동딸을 보물처럼 아꼈고 동문 사형제들도 항상 그녀를 존중하고 보호해주곤 했다. 그런 그녀가 임평지에게 모욕을 당하는 것을 직접 보자 마음이 찢어지는 듯이 아프고 눈에는 눈물이 고였다.

항산파 일행은 그 마을을 떠나 10여 리쯤 간 뒤 폐허가 된 사당에서 하룻밤을 보내기로 했다. 영호충은 밤새 악몽에 시달려 몇 차례나 잠에서 깼다. 잠이 든 듯 만 듯 몽롱한 정신 속으로 조용한 속삭임이 파고들었다.

"충 오라버니! 충 오라버니!"

정신을 차린 그는 곧 영영의 목소리를 알아들었다.

"이리 나와보세요. 할 말이 있어요."

영호충은 벌떡 일어나 사당 밖으로 나갔다. 영영이 두 손으로 턱을 괴고 돌계단에 앉아 하얀 구름 사이로 빠끔히 얼굴을 내민 달을 올려다보고 있었다. 영호충은 그녀에게 다가가 나란히 앉았다. 인적 없는 깊은 밤이라 사방은 쥐죽은 듯 고요했다.

한참 만에야 영영이 입을 열었다.

"소사매가 마음에 걸리지요?"

"그렇소. 무언가 사정이 있는 것 같은데 도무지 알 수가 없구려."

"남편에게 모욕을 당할까 걱정이 되는 건가요?"

영호충은 한숨을 푹 쉬었다.

"내가 무슨 권리로 부부 사이의 일에 나서겠소?"

"그럼 청성파 제자들이 그들을 괴롭힐까 봐 걱정인가요?"

"청성파 제자들은 복수심에 불타고 있을 거요. 더욱이 소사매 부부가 둘 다 중상을 입었으니 그들을 해치기란 아주 쉬운 일이오."

"그렇다면 가서 도와야 하지 않겠어요?"

영호충은 또다시 한숨을 쉬었다.

"임 사제는 나를 몹시 싫어하는 것 같았소. 호의라고는 해도 내가 나섰다가 두 사람 사이가 더 나빠질까 봐 걱정이오."

"그것도 이유 중 하나지만, 또 다른 이유가 있어요. 내가 기꺼워하지 않을까 봐 그러는 거예요, 아닌가요?"

영호충은 고개를 끄덕이고는 그녀의 손을 꼭 잡았다. 그녀의 손이 몹시 차갑게 느껴져 그는 더욱더 부드러운 목소리로 말했다.

"영영, 이 세상에 나와 가까운 사람은 당신밖에 없소. 당신과 나 사이에 틈이 벌어지면 내 무슨 의미로 이 세상을 살아갈 수 있겠소?"

영영은 살며시 고개를 숙여 그의 어깨에 머리를 기댔다.

"당신 마음이 그렇다면 우리 사이에 틈이 벌어질 까닭이 어디 있겠어요? 지체할 일이 아니니 당장 떠나요. 이것저것 가리다가 평생의 한을 남길지도 몰라요."

영호충은 흠칫 놀랐다.

"평생의 한…, 평생의 한이라…!"

마치 직접 본 것처럼, 청성파 제자 수십 명이 임평지와 악영산이 탄 수레를 에워싸고, 수레 위로 검을 마구 찔러대는 광경이 선명하게 눈앞에 떠올라 몸이 부르르 떨렸다.

영영이 말했다.

"가서 의화 사저와 의청 사저를 깨우겠어요. 두 분에게 먼저 항산으로 돌아가라고 이르고, 우리는 몰래 당신 소사매의 뒤를 밟아 안전하게 화산으로 가는 것을 확인한 다음 백운암으로 돌아가도록 해요."

의화와 의청은 상처가 낫지 않은 영호충이 걱정스러웠지만, 그의 결심이 굳건하고 상황이 긴박해 구태여 붙잡지 않고 영약을 듬뿍 챙겨 보내주었다.

영호충이 의화와 의청에게 분부를 내리는 동안 영영은 차마 두 사람의 얼굴을 바라보지 못하고 고개를 돌린 채 서 있었다. 젊은 남녀가 한밤중에 같은 수레를 타고 간다는 사실이 웃음거리가 될까 봐 도저히 고개를 들 수 없었던 것이다. 수레가 사당을 떠나 한참을 달린 후에야 그녀는 겨우 안도의 숨을 내쉬었고, 빨갛게 달아올랐던 뺨도 다시금 본래 빛깔을 되찾았다.

영영은 방향을 가늠하고 서북쪽으로 길을 잡았다. 이곳에서 화산으로 가는 길은 관도 하나뿐이었으니 길을 잘못 들 일은 없을 것 같았다. 수레를 끄는 나귀들이 힘이 좋고 튼튼해 한참을 달려도 지친 기색이 없었다. 밤길은 몹시 고요해, 끼익끼익 하는 수레바퀴 소리와 나귀들의 발소리 외에는 아무 소리도 들리지 않았다.

영호충은 그녀에게 크게 감동했다.

'영영은 나를 위해서라면 뭐든지 하는구나. 내가 소사매를 걱정하는 것을 알고 함께 가주기까지 하다니, 전생에 무슨 복을 지었기에 이런 홍안지기紅顏知己를 만나게 되었을까?'

영영은 나귀를 재촉해 바람처럼 달리다가 한참 만에야 속도를 늦추며 말했다.

"악 낭자를 몰래 보호하기로 했으니, 위험이 닥쳤을 때 나서더라도 두 사람에게 들키지 않아야 해요. 그러니 역용을 하는 것이 좋겠어요."

"그렇구려. 지난번 당신이 한 것처럼 수염투성이 사나이로 변장합시다!"

영영은 고개를 저었다.

"안 돼요. 그때 내가 나서서 당신을 돕는 것을 악 낭자가 보았잖아요."

"그럼 어찌해야겠소?"

영영은 채찍을 들어 저 앞에 보이는 농가를 가리키며 말했다.

"저곳에서 옷을 훔쳐… 그… 그러니까 시골… 시골 남매처럼 변장하는 거예요."

'부부'라고 말하려다가 옳지 않다는 것을 깨닫고 재빨리 '남매'라고 말을 바꾼 것이었다. 영호충은 뻔히 알아차리고도 그녀가 몹시 부끄러워하는 것을 알고 히죽거리기만 할 뿐 아무 말도 하지 않았다.

영영은 히죽히죽 웃음을 짓는 그를 보고 얼굴이 빨개지며 물었다.

“왜 웃는 거예요?”

영호충은 빙긋 웃으며 대답했다.

“웃긴 누가 웃었다고 그러오? 그저 이런 시골에는 젊은 여자가 드무니 당신이 할머니 옷을 입을 수밖에 없겠구나 생각한 것뿐이오. 저 집에 나이 지긋한 할머니와 어린 손자가 살고 있으면 내가 또다시 당신을 할머니라고 불러야 하겠구려.”

영영은 까르르 웃음을 터뜨렸다. 처음 만났을 때 그가 자신을 할머니라고 부르던 것을 떠올리자 절로 가슴이 따뜻해지는 것 같았다. 그녀는 웃으며 수레에서 뛰어내려 농가로 달려갔다.

영호충은 그녀가 담장을 폴짝 뛰어넘는 것을 지켜보았다. 멍멍 하고 개 짖는 소리가 들려왔지만 영영이 걷어차 기절이라도 시켰는지 곧 조용해졌다. 한참 후, 그녀가 옷가지를 품에 안고 나왔는데 이상하게도 웃을 듯 말 듯 묘한 표정을 짓고 있었다. 수레로 달려와 옷가지를 안에 던져넣은 그녀는 더 이상 참지 못하고 끌채(수레 양쪽에 대는 긴 채로, 말이나 소 등의 멍에를 고정시킴)에 기대 깔깔 웃기 시작했다.

어리둥절한 영호충이 옷가지를 들어 달빛에 비춰보니, 늙은 농부와 부인의 옷이었다. 특히 부인의 옷은 품이 넉넉하고, 가장자리에는 흰 바탕에 파란 꽃이 그려져 있어 젊은 처녀나 새색시가 입을 옷이라고는 상상조차 할 수 없는 구닥다리였다. 옷가지 외에도 남자가 쓰는 모자와 곰방대, 여자의 머리싸개까지 있었다.

영영이 쿡쿡 웃으며 말했다.

“당신은 점쟁이가 될 소질이 있나 봐요. 저 농가에 할머니가 살고 있는 줄도 훤히 알았잖아요…. 하지만 아쉽게도 손자는 없고 대신….”

그녀는 말하다 말고 두 빰을 빨갛게 물들였다. 영호충이 빙그레 웃으며 말했다.

“아아, 손자 대신 할머니 할아버지 남매가 살고 있었나 보군. 장가도 시집도 안 가고 여든이 될 때까지 함께 살고 있으니 아주 사이좋은 남매인가 보오.”

영영은 입을 삐죽였다.

“아니라는 걸 알잖아요.”

“오호, 남매가 아니란 말이오? 그것 참 이상한 일이군.”

그의 너스레에 영영은 웃음을 참지 못하고 깔깔거리며 수레 뒤로 돌아가 노부인의 치마를 겹쳐입고 머리도 둘둘 말아올렸다. 진흙까지 얼굴에 발라 외모를 감춘 뒤에야 그녀는 다시 돌아와 영호충에게 농부의 옷을 입혀주었다. 그녀의 고운 얼굴이 닿을 듯이 가까워지고 향기로운 숨결까지 느껴지자, 영호충은 그녀를 끌어안고 입맞춤을 하고 싶어 가슴이 콩닥콩닥 뛰었다. 그러나 행실이 단정해 경박한 행동을 몹시 꺼려하는 그녀의 성격을 떠올리고는 그녀에게 다가가려는 손을 꾹 누르며 억지로 정신을 가다듬었다. 그런 행동을 했다가 그녀가 화를 내기라도 하면 무슨 일이 벌어질지 몰랐다.

그가 이상한 표정을 지었다가 꾹 참는 듯이 뻣뻣하게 굴자 영영은 그 마음을 알아차리고 생긋 웃었다.

“그럼, 그럼. 이렇게 착하게 굴어야 이 할미가 예뻐해주지.”

그녀는 농을 하며 진흙 묻힌 손을 그의 얼굴에 문질렀다. 영호충은 눈을 감았다. 따스하고 부드러운 그녀의 손바닥이 얼굴을 스치자 말로 표현할 수 없을 만큼 기분이 좋아져 이 손이 영원히 떨어지지 않았으면 싶었다.

잠시 후 영영이 말했다.

"다 됐어요. 캄캄한 밤이니 당신 소사매도 단박에 알아보지는 못할 거예요. 대신 말을 하지 않도록 조심하세요."

"목에도 진흙을 좀 발라야 할 것 같소."

영호충이 슬그머니 권하자 영영은 웃음을 터뜨렸다.

"누가 목까지 살펴본다고 그래요?"

목에도 자신의 손길이 닿기를 바라는 영호충의 속마음을 깨달은 그녀는 가운뎃손가락으로 그의 이마를 톡 때리고는 돌아서서 수레 앞자리에 올랐다. 시원한 채찍 소리와 함께 나귀가 앞으로 달리기 시작했지만, 그녀는 웃음을 참을 수가 없었는지 느닷없이 배꼽을 잡고 한참 동안 깔깔거렸다.

영호충이 빙그레 웃으며 물었다.

"왜 그러는 거요? 저 농가에서 또 무엇을 보았기에?"

영영은 웃다가 눈물까지 고인 채 대답했다.

"그리… 그리 우스운 광경은 아니었어요. 저 농가에 사는… 할아버지와 할머니 부부가…."

영호충이 씩 웃으며 끼어들었다.

"아아, 남매가 아니라 부부였구려?"

"자꾸 그러면 말하지 않겠어요."

"알았소, 알았소. 부부가 아니라 남매였소, 남매."

"그만 좀 끼어들라니까요. 내가 담장을 뛰어넘었을 때 개가 짖어대기에 재빨리 때려서 기절시켰어요. 그런데 그 소리에 할아버지와 할머니가 깨어났지 뭐예요. 할머니가 그러더군요. '아모 아버지, 또 족제비가 닭을 잡으러 왔나 보우.' 그랬더니 할아버지는 '검둥이가 짖다 말지 않는가? 족제비는 아닐 거요' 하더군요. 그러자 할머니가 웃음을 터뜨리면서 '그 족제비란 놈이 당신이 하는 양을 보고 배웠나 보우. 당신도 한밤중에 소고기나 말고기를 가져와 개에게 던져주고 내 방으로 숨어들었잖수' 하지 뭐예요."

영호충은 히죽 웃으며 말했다.

"어허, 그 할머니 참 나쁜 사람이구려. 당신더러 족제비라고 욕을 하지 않았소!"

영호충은 부끄러움을 잘 타는 영영이 시골 노부부가 젊은 시절 사랑을 나누던 이야기에 수줍어하며 말을 돌릴까 봐 일부러 전혀 모르는 척 딴소리를 했다. 그래야 영영이 이야기를 계속할 것 같아서였다.

영영은 생글거리며 말을 이었다.

"할머니는 두 사람이 혼례를 올리기 전에 만났다는 이야기를 한 거예요…."

여기까지 말한 다음, 그녀는 재빨리 자세를 바로잡으며 채찍을 휘둘렀다. 나귀가 속도를 높여 달리기 시작하자 영호충이 뒤에서 중얼거렸다.

"혼례를 올리기 전에 만나서 어쨌다는 거요? 틀림없이 단정하게 예의를 지켰겠지. 한밤중에 단둘이 수레를 타고 가면서도 끌어안거나 입맞춤도 하지 않았을 거요."

영영은 '피' 하고 입을 삐죽거리기만 했다. 영호충이 계속 재촉했다.

"이보시오, 누이, 우리 착한 누이. 두 사람이 무슨 말을 했는지 좀 더 들려주시오."

영영은 미소를 지은 채 아무 말도 하지 않았다.

어두운 밤, 나귀의 발굽이 다각다각 관도를 두드려대는 소리가 유난히 선명하게 퍼져나갔다. 영호충이 먼 곳으로 시선을 던져보니, 샘물처럼 맑디맑은 달빛이 널따랗고 곧게 뻗은 관도를 비추고 엷은 안개가 관도 옆 수풀 위로 내려앉아 한가로운 광경을 연출하고 있었다. 수레가 느릿느릿 그 안개 속으로 들어가자 먼 곳의 풍경은 물론이고 앞에 앉은 영영의 뒷모습조차 부연 안개에 희미해졌다. 막 봄으로 접어들어 들꽃 향기가 코끝에 어른거리고 산들바람이 얼굴을 어루만져 기분이 상쾌했다. 오랫동안 술을 마시지 못한 영호충이지만 행복에 푹 잠겨 마치 알딸딸하게 취한 듯한 기분이었다.

영영은 내내 미소를 띤 채 조금 전 농가에서 들은 늙은 부부의 대화를 곱씹고 있었다.

할아버지는 이렇게 대답했다.

"사실 그날 밤엔 말일세, 집에 고기가 한 점도 안 남아 있지 뭔가! 해서 옆집에서 닭 한 마리를 훔쳐다가 임자 집 개에게 먹였다네. 고 녀석 이름이 뭐였더라?"

할머니가 웃음 섞인 목소리로 말했다.

"꽃님이였잖우."

"옳거니, 꽃님이였지! 닭을 반 마리쯤 먹였더니 꽃님이가 아주 순하게 말을 잘 들었다네. 임자 아버지와 어머니는 꿈에서도 모르셨지. 우리 아모가 바로 그날 밤에 생기지 않았는가."

"당신은 당신 생각만 하고 나는 죽건 말건 나 몰라라 했잖우. 배가 불러오자 아버지는 나를 죽일 듯이 때리셨다우."

할아버지가 허허 웃으며 말했다.

"배가 불러왔기에 망정이지, 그렇지 않았다면 임자 아버지가 나 같은 가난뱅이에게 임자를 내주었겠는가? 그때는 어떻게든 임자 배가 불러오기만을 기다렸지!"

그러자 할머니는 별안간 화를 냈다.

"이런 몹쓸 늙은이 같으니! 일부러 그래놓고 여태 모른 척했구려! 내 절대… 절대 용서 못하우!"

"어허, 조용히 하라니까! 그 아모가 다 자라서 손주까지 보아놓고 이제 와서 그런 말을 해봤자 무슨 소용인가!"

여기까지 들은 후 영영은 영호충이 걱정되어 재빨리 옷가지를 챙기고 탁자에 은자를 놓아둔 뒤 농가를 빠져나왔다. 두 사람은 늙고 둔한 데다 옛날이야기에 푹 빠져 빠르고 가벼운 그녀의 움직임을 전혀 눈치채지 못했다.

다시금 두 사람의 대화를 떠올리자 영영은 귓불까지 빨개졌다. 캄캄한 밤이었기에 망정이지, 그렇지 않았다면 그녀의 얼굴을 본 영호충이 또다시 실컷 놀려댔을 것이다.

점차 마음을 가라앉힌 그녀는 나귀의 속도를 늦췄고 수레는 천천히 앞으로 나아갔다. 한참을 달려 굽이를 돌자 커다란 호수가 펼쳐졌다. 호숫가에는 수양버들이 가지를 축 늘어뜨린 채 서 있었고, 둥그런 보름달이 수면에 둥둥 떠올라 물결이 칠 때마다 은빛으로 반짝반짝 빛났다.

영영이 조그만 소리로 영호충을 불렀다.

"충 오라버니, 잠들었나요?"

"잠들었소, 꿈을 꾸는 중이오."

그의 대답에 영영은 생긋 웃으며 물었다.

"무슨 꿈을 꾸고 있지요?"

"먹음직스러운 소고기 한 덩이를 들고 흑목애에 숨어들어 당신 집 개에게 먹이고 있소."

영영은 웃음을 터뜨렸다.

"경박한 사람! 꿈속에서도 단정치 못한 행동만 하는군요."

두 사람은 수레 위에 나란히 앉아 호수를 바라보았다. 영호충이 오른손을 뻗어 영영의 왼손에 포갰다. 영영의 손이 살며시 떨렸지만 손을 치우지는 않았다. 영호충은 행복한 생각에 푹 빠졌다.

'영원히 이대로 있을 수만 있다면… 다시 피비린내 나는 무림으로 돌아가지 않고 이렇게 살 수 있다면, 신선도 부럽지 않겠구나….'

영영이 속삭였다.

"무슨 생각을 하나요?"

영호충이 방금 했던 생각을 털어놓자, 영영은 손바닥을 뒤집어 그의 손을 꼭 잡았다.

"충 오라버니, 정말 기뻐요."

"나도 그렇소."

영영이 조용히 말했다.

"당신이 호걸들을 이끌고 소림사를 공격했을 때도 무척 감동했지만 이렇게 기쁘지는 않았어요. 내가 단순한 친구였더라도 당신은 강호의 의기에 따라 소림사에 갇힌 나를 구하기 위해 달려왔을 테니까요. 하지만 지금은 달라요. 지금 당신 마음속에는 오로지 나밖에 없어요. 당신의 소사매조차 잊고….”

그녀의 입에서 ‘소사매’라는 말이 나오자 영호충은 퍼뜩 정신이 들어 외쳤다.

“아차! 소사매를 잊고 있었군. 어서 갑시다!”

영영은 가벼운 목소리로 말을 이었다.

“이제야 확신이 들어요. 이제 당신은 소사매를 생각하는 것보다… 나를 더 생각하게 되었다는 확신이….”

그녀가 고삐를 잡아당겨 방향을 돌리자, 나귀가 끄는 수레는 호숫가를 떠나 큰길로 들어섰다. 맑은 채찍 소리가 허공에 울려퍼지고 나귀는 빠른 속도로 달리기 시작했다.

수레는 단숨에 20리를 달렸고, 마침내 나귀도 지쳐 걸음이 느려졌다. 두어 번 더 굽이를 돌자 널따란 평지가 나타났다. 길옆으로 펼쳐진 수수밭은 출렁이는 달빛을 받아 마치 널따란 대지 가득 초록빛 그물을 펼쳐놓은 것 같았다. 끝 간 데 없이 펼쳐진 길 저 끝에 수레 한 대가 멈춰서 있었다. 영호충이 속삭였다.

“임 사제가 타고 간 수레 같군.”

영영이 고개를 끄덕였다.

“천천히 가서 살펴보아요.”

그녀가 고삐를 움직여 느릿느릿 그쪽으로 수레를 몰았다. 임평지가 수레바퀴 소리를 알아차리지 못하게 하기 위해서였다.

좀 더 다가가서 보니 수레는 멈춘 것이 아니라 몹시 느리게 움직이고 있었다. 수레 옆에서 걷는 사람은 다름 아닌 임평지였고, 수레를 모는 사람은 뒷모습으로 보아 악영산이 분명했다.

영호충은 의아해하며 고삐를 당겨 수레를 멈추게 했다.

"어떻게 된 거요?"

영호충이 소리 죽여 묻자 영영은 고개를 저었다.

"여기서 기다리세요. 내가 가서 살펴보겠어요."

수레를 몰고 가면 발각될 것이 뻔했기 때문에 경공을 펼쳐 몰래 다가가야만 했다. 영호충도 함께 가고 싶었지만 아직 몸이 낫지 않아 경공을 펼칠 수가 없기에 하는 수없이 고개를 끄덕였다.

"부탁하오!"

영영은 수레에서 내려 수수밭으로 몸을 숨겼다. 수수가 빽빽하게 자라나면 대낮에 숨어들더라도 발견하기 어렵겠지만, 아직 수수가 다 자라지 않아 키가 작고 잎도 듬성듬성했기 때문에 똑바로 서면 머리가 드러났다. 때문에 영영은 허리를 숙이고 수레 소리가 나는 쪽으로 달려가 악영산이 모는 수레 옆으로 갔다.

임평지의 목소리가 들렸다.

"내 검보는 이미 당신 아버지에게 다 내주었고, 내 손에는 아무것도 없소. 그런데 무엇 하러 나를 쫓아오는 거요?"

"자꾸만 아버지가 당신 검보를 훔치려 했다고 하는데, 그렇지 않아요. 양심에 대고 물어봐요. 당신이 처음 화산파에 들어왔을 때만 해도 검보 같은 것은 가지고 있지 않았어요. 하지만 나는… 나는… 그때부터 당신과 가까이 지냈는데 무슨 딴마음이 있었겠어요?"

"우리 임가의 벽사검법은 천하가 다 아는 유명한 검법이오. 여창해와 목고봉도 아버지에게서 검보를 얻지 못하자 나를 찾아왔소. 당신이 일찍이 부모님의 명을 받아 일부러 나와 가깝게 지낸 것이 아닌지 내 어찌 알겠소?"

악영산은 목이 메었다.

"정말 그렇게 생각한다면 난들 어쩌겠어요?"

임평지는 분을 참지 못하고 씩씩거렸다.

"설마 내가 오해라도 했단 말이오? 결국 당신 아버지가 내 손에서 〈벽사검보〉를 빼앗아가지 않았소? 〈벽사검보〉를 얻으려면 임가의 멍청한 후손에게 손을 써야 한다는 것을 모르는 사람이 어디 있소? 여창해, 목고봉, 그리고 악불군. 세 사람 다 똑같은 자들이오. 다른 것이라면 이 싸움에서 이긴 악불군은 왕이 되고 진 여창해와 목고봉은 악당이 되었다는 것뿐이지."

악영산도 더는 참지 못했다.

"내 앞에서 아버지를 모욕하다니… 도대체 나를 어떻게 보는 거예요? 만약에… 만약에…."

그 말에 임평지는 걸음을 멈추고 버럭 소리를 질렀다.

"만약에 뭐요? 만약 내가 눈이 멀지 않고 몸도 멀쩡했다면 나를 죽이기라도 하겠다는 거요? 흥, 따지고 보면 내 눈은 벌써 오래전에 멀었소!"

"나를 만나 잘해준 것이… 눈이 멀었기 때문이라는 말이군요?"

악영산은 고삐를 당겨 수레를 세웠다.

"그렇소! 당신이 이렇게 속이 깊고 꿍꿍이가 많은 사람인 줄은 미처 몰랐소. 〈벽사검보〉 하나 얻자고 기어코 복주까지 와서 술집을 열지 않았소? 청성파의 그 더러운 놈이 당신을 희롱했지만 사실 당신의 무공은 그놈보다 훨씬 높았소. 그런데도 연약한 척 내가 나서도록 유인했지. 흥, 이 임평지는 앞뒤 분간 못하는 멍청이 장님이었소. 그깟 보잘것없는 무공으로 감히 정의를 지키겠답시고 나서다니! 당신은 당신 부모의 금지옥엽인데, 어마어마한 음모가 아니고서야 그런 곳에 던져 넣어 술을 파는 천한 짓을 시켰을 리가 있소?"

"본래 아버지는 둘째 사형만 보내실 생각이었는데, 내가 밖에 나가 놀고 싶다고 억지로 따라나선 거라고요."

"당신 아버지는 문하 제자들에게 무척 엄격한 사람이오. 아니라고 생각했다면 당신이 사흘 밤낮 울고불고 매달려도 결코 허락하지 않았을걸. 아마 둘째 사형을 믿지 못해서 감시역으로 당신을 딸려보내셨을 거요."

악영산은 아무 대답도 없었다. 임평지의 추측이 아주 일리가 없지는 않다고 생각하는 모양이었다.

잠시 후 그녀가 다시 입을 열었다.

"믿어도 좋고 믿지 않아도 상관없어요. 어쨌든 나는 복주에 가기 전까지 〈벽사검보〉라는 말은 단 한 차례도 듣지 못했어요. 아버지는 그저 대사형이 청성파 제자를 때려눕혀 두 문파의 사이가 나빠진 와중에 청성파가 대거 복주로 움직이자 우리 화산에 불리한 일이 벌어질까 봐 둘째 사형과 나더러 뒤를 밟아보라고 하신 것뿐이라고요."

임평지는 마음이 약해졌는지 한숨을 푹 쉬었다.

"좋소, 한 번 더 당신을 믿어주겠소. 하지만 나는 이런 꼴이 되어버렸으니 나를 따라와서 좋을 것이 없소. 우리는 이름만 부부일 뿐 실제로 부부인 적은 없었으니 당신은 여전히 순결한 몸이오. 그러니… 그러니 영호충에게 돌아가시오!"

이 말을 들은 영영은 깜짝 놀랐다.

'이름만 부부고 실제로는 부부가 아니라니, 대체 무슨 까닭일까?'

임평지가 한 말을 곱씹는 사이 공연히 얼굴이 빨개지고 목이 홧홧 달아올랐다.

'남들 부부의 사생활을 엿듣는 것도 옳지 못한 일인데 그 까닭까지 궁금해하다니 나도 참….'

그녀는 황급히 몸을 돌렸지만, '영호충에게 돌아가라'는 임평지의 말이 떠올라 몇 걸음 못 가 걸음을 멈췄다. 그녀 자신과도 밀접한 관계가 있는 일이었기에 호기심을 누를 수가 없어, 그녀는 또다시 두 사람의 대화에 귀를 기울였다. 두렵고 부끄러워 처음처럼 가까이 가지 못하고 멀찌감치 떨어졌지만, 두 사람의 목소리는 또렷하게 들려왔다.

악영산이 아련한 목소리로 말했다.

"혼례를 올린 지 사흘 만에 당신이 나를 깊이 증오하고 있다는 것을 알았어요. 같은 방을 썼지만 당신은 한 번도 나와 같은 침상에 누우려 하지 않았죠. 그렇게 나를 미워하면서 어째서… 어째서 혼례를 올렸죠?"

임평지는 한숨을 쉬었다.

"당신을 미워하지 않소."

"미워하지 않는다고요? 그렇다면 어째서 낮에는 내게 친절하고 다정하게 대해주다가도 밤만 되면 한마디도 하지 않는 건가요? 아버지와 어머니는 당신이 잘해주는지 세 차례나 물으셨고, 그때마다 나는 그렇다고 했어요… 정말 잘해준다고… 으흑….”

악영산은 북받쳐오르는 감정을 참지 못하고 울음을 터뜨렸다.

임평지가 수레에 훌쩍 뛰어올라 양손으로 그녀의 어깨를 움켜쥐고 다그쳤다.

“뭐라고 했소? 당신 아버지가 내가 잘해주는지 세 차례나 물었다고? 정말이오?”

악영산이 흐느끼며 대답했다.

“정말이고말고요. 그런 것을 속여 무엇 하겠어요?”

임평지가 다시 물었다.

“나는 당신에게 차갑게 굴고 함께 잔 적도 없는데, 어째서 잘해준다고 했소?”

악영산은 눈물을 뚝뚝 흘렸다.

“당신에게 시집을 간 이상 나는 이미 임가의 사람이잖아요. 진심을 보여주면 오래지 않아 당신이 마음을 돌리리라 생각했다고요. 그런데 무엇 하러… 무엇 하러 남편의 흉을 보겠어요?”

임평지는 아무 말도 없이 이를 악물었다.

한참 후 이윽고 그가 느릿느릿 말했다.

“흥, 당신 아버지가 딸 걱정에 나를 살려주었다고 생각했는데 이제 보니 당신이 거짓말을 한 덕분이었군. 당신이 그렇게 말하지 않았다면 나는 일찌감치 화산 꼭대기에서 목숨을 잃었을 거요.”

악영산은 훌쩍거리며 물었다.

“그럴 리가요? 갓 결혼한 부부가 조금 싸웠다고 해서 장인이 사위를 죽이다니, 말도 안 되는 소리예요.”

여기까지 들은 영영은 살금살금 걸음을 옮겨 좀 더 다가갔다.

임평지가 이를 갈며 외쳤다.

“그자가 나를 죽이려는 까닭은 내가 당신에게 잘해주지 않아서가 아니라 벽사검법을 익혔기 때문이오!”

“더욱더 모를 말만 하는군요. 최근 들어 당신과 아버지는 이상하기 짝이 없지만 몹시 위력적인 검법을 펼치더군요. 설마… 설마 아버지가 좌냉선을 쓰러뜨리고 오악파 장문인이 되신 것도, 당신이 여창해와 목고봉을 쓰러뜨린 것도… 모두 벽사검법이었던 거예요?”

“그렇소! 그것이 바로 우리 복주 임가의 벽사검법이오! 지난날 증조부이신 원도공께서는 이 72로 벽사검법으로 악당들을 덜덜 떨게 만들고 복위표국을 창설하여 천하 영웅들로부터 존경을 받으셨소.”

이렇게 말하는 임평지의 목소리가 절로 높아졌다. 자부심으로 가득 찬 목소리였다.

“하지만 내게는 한 번도 그 검법을 익혔다는 말을 하지 않았잖아요.”

악영산의 말에 임평지는 코웃음을 치며 대답했다.

“내가 무슨 용기로 그런 말을 하겠소? 영호충이 복주에서 가사를 빼앗아갔지만, 검보를 옮겨놓은 그 가사는 결국 당신 아버지 손에 들어갔고….”

악영산이 날카롭게 소리를 질렀다.

“아니, 아녜요! 아버지는 대사형이 검보를 가져갔다고 하셨어요. 내가 대사형을 찾아가서 검보를 내놓으라고 한 적도 있다고요. 대사형은 끝내 내놓지 않았지만.”

임평지는 차갑게 코웃음을 쳤다. 악영산이 포기하지 않고 설명했다.

“대사형은 갑자기 검술이 높아져 아버지조차 꺾지 못할 정도였어요. 설마 대사형이 펼친 것이 벽사검법이 아니라는 거예요? 당신 집안의 〈벽사검보〉에서 훔쳐 배운 것이 아니라고요?”

임평지는 또다시 냉소를 터뜨렸다.

“영호충도 간교한 놈이지만 당신 아버지에 비하면 애송이요. 더욱이 품위도 규칙도 없는 그 엉망진창 검법을 어찌 우리 집안의 벽사검법과 비교할 수 있겠소? 숭산의 비검에서는 당신조차 이기지 못하고 중상을 입었는데… 흥, 그까짓 검법 따위를 감히 벽사검법에 비하다니?”

악영산이 나지막이 속삭였다.

“대사형은 일부러 내게 져준 거예요.”

임평지가 코웃음을 쳤다.

“하긴… 그자는 당신에게 정이 아주 깊었지!”

며칠 전에 이 말을 들었더라면, 영영은 영호충이 악영산에게 일부러 져준 것을 진작에 알고 있었으면서도 몹시 분하고 불쾌했을 것이다. 그러나 오늘 밤 호숫가에서 서로의 마음을 확인한 덕분에 그런 말을 들어도 도리어 달콤한 기분만 들었다.

‘그래, 그 사람은 한때 당신을 무척 좋아했지. 하지만 지금은 나를 훨씬 더 소중하게 생각해. 그 사람의 잘못이 아니야. 그 사람이 변심한 탓이 아니라 당신이 너무나 모질게 굴었기 때문이야.’

그러는 동안 악영산이 다시 말했다.

“대사형의 검법이 벽사검법이 아니라면, 어째서 아버지는 줄곧 대사형이 〈벽사검보〉를 훔쳤다고 하셨죠? 대사형을 사문에서 쫓아내던 날 열거하신 죄목에도 〈벽사검보〉를 훔친 것이 가장 큰 죄라고 되어 있었어요. 당신 말대로라면 나도… 나도 대사형을 오해하고 있었군요."

임평지는 냉소를 지으며 말했다.

"흥, 영호충이 검보를 훔칠 생각이 없었던 것도 아닌데 오해는 무슨 오해? 뛰는 놈 위에 나는 놈 있다고, 그자가 중상을 입고 쓰러졌을 때 당신 아버지가 그 몸을 뒤져 검보를 훔치고는 그자가 훔쳤다고 뒤집어씌워 이목을 가린 거요. 도둑이 도둑 잡으라고 소리친다더니 딱 그 꼴이지…."

악영산은 바락 화를 냈다.

"도둑이라니, 어떻게 우리 아버지에게 그런 말을 할 수 있죠?"

"당신 아버지가 친히 벌인 짓인데 듣고 있기가 거북하오? 그자는 그런 짓을 할 수 있는데 나는 말조차 못한다는 거요?"

악영산은 한숨을 쉬었다.

"그날 향양항에서 숭산파의 악당들이 그 가사를 빼앗아갔어요. 대사형은 그들을 죽이고 가사를 되찾았을 뿐 훔칠 생각은 없었을 거예요. 대사형은 성품이 시원시원하고 어려서부터 남의 물건을 탐낸 적이 없어요. 아버지께서 대사형이 당신의 검보를 훔쳐갔다고 말씀하셨을 때도 나는 도저히 믿을 수가 없었죠. 하지만 아버지께서 계속 그렇게 주장하시고, 대사형의 검술이 아버지까지 쓰러뜨릴 정도로 높아지는 것을 보자 믿지 않을 수가 없었던 거예요."

영영은 속으로 고개를 살랑살랑 흔들었다.

'그런 생각을 하다니, 한때나마 당신을 마음에 둔 충 오라버니의 진

심만 안됐군….'

임평지는 냉소를 터뜨렸다.

"그렇게 그자가 좋은데 어서 찾아가지 않고 여기서 뭐 하는 거요?"

"여보, 아직도 내 마음을 모르겠어요? 대사형과 나는 어려서부터 함께 자랐고 나는 항상 대사형을 친오라버니로만 여겼어요. 대사형을 친밀하게 대한 것도 오라버니라고 생각했기 때문이지, 결코 정인으로 생각한 적은 없어요. 당신이 화산에 온 그날부터 나는 당신에게 마음을 빼앗겨 한시라도 당신을 보지 못하면 마음이 무겁고 견딜 수가 없었지요. 당신을 향한 내 마음은 영원히… 영원히 변치 않을 거예요."

"당신은 본래 당신 아버지와는 다른 사람이오. 당신 어머니를… 훨씬 더 닮았지."

악영산의 진심에 마음이 흔들렸는지 그의 목소리는 한결 부드럽고 다정해져 있었다. 두 사람은 한동안 말이 없었다.

얼마쯤 지난 뒤 악영산이 입을 열었다.

"여보, 당신이 아버지를 이토록 깊이 원망하고 있으니 우리 두 사람 사이가 좋아지기는 어렵겠군요. 하지만 여자는 출가하면 남편의 집안을 따라야 한다고 했으니, 나도… 나도 언제까지나 당신만을 따르겠어요. 이곳에서 멀리 떠나 아무도 없는 곳으로 들어가서 행복하게 살아요."

임평지는 냉소를 흘렸다.

"팔자 편한 생각을 하는군. 내가 여창해와 목고봉을 죽였다는 이야기가 강호에 두루 퍼졌을 텐데, 내가 벽사검법을 익혔다는 것을 알면 당신 아버지가 나를 살려둘 것 같소?"

악영산은 한숨을 내쉬었다.

"아버지가 당신 집안의 검보를 노리셨다는 말이 사실이라면 나도 변명할 말이 없어요. 하지만 당신이 벽사검법을 익혔다는 이유로 아버지께서 당신을 죽인다는 이야기는 믿을 수가 없어요. 세상에 그런 일이 어디 있어요? 〈벽사검보〉는 당신 집안의 가보예요. 당신이 그 검법을 익히는 것이 너무나 당연한데, 설령 아버지께서 말이 통하지 않는 분이라고 해도 당신을 죽일 까닭은 없잖아요?"

"당신 아버지가 어떤 사람인지 모르니 그런 말이 나오는 거요. 〈벽사검보〉가 대체 무엇인지도 모르지 않소?"

"당신을 향한 마음은 변함없지만, 당신이 대체 무슨 생각을 하는지는 도저히 모르겠어요."

"물론 모르겠지! 모르는 것이 당연하오! 그런데 무엇 하러 억지로 알고자 하는 거요?"

임평지는 또다시 흥분해서 소리치기 시작했다.

악영산은 그를 자극하고 싶지 않아 순순히 고개를 끄덕였다.

"알았어요, 그만하고 가요."

"어디로 말이오?"

"당신이 원하는 곳이라면 어디든지요. 세상 끝까지 가더라도 당신을 따르겠어요."

임평지가 재차 물었다.

"정말이오? 훗날 무슨 일이 벌어져도 후회하지 않을 거요?"

"당신과 함께하고 싶어 혼례를 올렸어요. 내 평생을 당신에게 맡기기로 결심했는데 무슨 후회가 있겠어요? 당신 눈이 이렇게 되었지만 치료하지 못한다는 법도 없고, 설령 그렇다 하더라도 영원히 당신 곁에서 당신의 시중을 들 거예요. 죽을 때까지…."

진심이 절절하게 느껴지는 악영산의 말에 수수밭에 숨은 영영조차 크게 감동했다.

그러나 임평지는 여전히 믿기지 않는 듯 코웃음만 쳤다.

악영산이 부드럽게 말했다.

"여보, 아직도 나를 의심하고 있군요. 그렇다면 오늘… 오늘 밤… 내 모든 것을 당신에게 바치겠어요. 그러면… 그러면 당신도 나를 믿을 수 있을 거예요. 오늘 밤 이곳에서 동방화촉을 밝히고 진정한 부부가 되어요. 오늘 밤이 지나면 우리는… 진짜 부부가 되어…."

그녀의 목소리는 점점 낮아져 거의 들리지 않을 정도가 되었다.

영영도 또다시 수줍음을 이기지 못하고 얼굴을 발그레 물들였다.

'이런 말을 듣고도 계속 남아 있으면 사람이 아니지!'

그녀는 황급히 돌아서며 속으로 한숨을 쉬었다.

'악 낭자는 부끄러움도 없나 봐! 훤히 트인 큰길에서 어찌 그런… 그런….'

그때 임평지의 처절한 비명이 귀를 때렸다.

"꺼져! 다가오지 마!"

영영은 깜짝 놀랐다.

'무슨 일이지? 왜 저렇게 흉악하게 구는 걸까?'

이어 악영산의 울음소리가 터져나왔다.

임평지가 미친 듯이 외쳤다.

"비켜, 비키란 말이다! 썩 꺼져! 너를 가까이할 바에야 네 아버지 손에 죽겠다!"

악영산이 울며 외쳤다.

"어째서 이렇게까지 나를… 나를 미워하는 거죠? 도대체… 도대체 내가 무슨 잘못을 했나요?"

"나… 나는…."

임평지가 주저주저하며 입을 열었다.

"그건 내가… 내가…."

그가 다시 입을 다물자 악영산이 말했다.

"하고 싶은 말이 있으면 망설이지 말고 해봐요. 내가 정말 무언가를 잘못했다거나 아니면 아버지 때문에 결코 용서할 수 없어서라고 똑바로 말해요. 그러면 당신이 직접 나서지 않아도 나 스스로 자결할 테니까요."

그녀의 검이 쐐액 하고 검집에서 빠져나왔다.

영영은 가슴이 철렁했다.

'악 낭자가 임평지 때문에 죽을지도 몰라. 반드시 구해야 해!'

그녀는 황급히 발걸음을 돌려 때맞춰 도울 수 있는 거리까지 돌아갔다.

임평지가 더듬거리며 입을 열었다.

"나… 나는…."

그는 한참을 더 망설이다가 비로소 길게 탄식을 하며 대답했다.

"당신 잘못이 아니오. 문제는 내게 있소."

악영산은 흐느끼며 물었다.

"차라리 나를 때리거나 찔러 죽여요. 그런 알쏭달쏭한 말로 피하려

하지 말란 말이에요."

"좋소, 당신이 진심을 보여주었으니 나도 사실대로 말하겠소. 그래야 당신도 포기하겠지."

"그게 무슨 말이죠?"

"무슨 말이냐고? 우리 임가의 벽사검법은 무림에서 크게 이름을 날렸소. 여창해와 당신 아버지같이 뛰어난 검술을 지닌 한 문파의 장문인마저 그 검보를 손에 넣기 위해 백방으로 노력할 정도였는데, 실제로 우리 아버지의 무공은 보잘것없었소. 아버지가 악당들에게 능욕을 당하고도 반항조차 하지 못할 만큼 하찮은 무공만 익힌 까닭이 무엇일 것 같소?"

"시아버지께서 무예를 익힐 만한 자질이 아니셨거나, 어려서부터 몸이 허약하셨던 게 아닐까요? 무림세가의 자제라고 해서 모두 무공이 뛰어난 것은 아니잖아요."

"틀렸소. 설사 아버지께서 집안의 무공을 능숙하게 익히지 못해 검술이 보잘것없었다 하더라도 내공이 약하고 검법에 대한 조예가 얕으면 그뿐이었을 거요. 하지만 사실 아버지가 내게 가르쳐주신 벽사검법은 애당초 잘못된 것이었소. 처음부터 끝까지 완전히 틀렸단 말이오."

악영산은 어리둥절했다.

"그… 그럴 수가…."

"알고 보면 이상한 일도 아니지. 내 증조부이신 원도공이 본래 어떤 사람이었는지 아시오?"

악영산은 고개를 저었다.

"몰라요."

"그분은 본래 출가한 승려였소."

"그랬군요. 강호에 장렬한 업적을 남긴 무림 영웅들 중에는 노년에 세상의 이치를 깨달아 출가한 사람도 있었지요."

"아니오. 증조부께서는 노년에 출가하신 것이 아니라 본래 승려였다가 나중에 환속하신 거요."

"젊은 시절 출가한 영웅들도 많아요. 명나라 개국 황제인 태조 주원장도 어렸을 때 황각사에서 출가해 승려가 되었잖아요."

영영은 속으로 한숨을 쉬었다.

'악 낭자가 안됐어. 남편의 옹졸한 성품을 알고 성미를 건드리지 않기 위해 온갖 좋은 말로 달래는구나.'

악영산이 계속 말했다.

"원도공께서 젊은 시절 출가하셨다는 사실은 시아버지께서 알려주셨군요?"

"아버지는 한 번도 그런 말씀을 하신 적이 없소. 아마 아버지도 모르셨을 거요. 나와 함께 향양항에 있는 옛집에 들렀을 때 불당이 있었던 것을 기억하겠지?"

"기억해요."

"벽사검법이 가사에 쓰여 있었던 까닭이 무엇이겠소? 바로 그분이 승려였기 때문이오. 그분은 검보를 본 뒤 남몰래 그 내용을 가사에 옮겨 달아나셨소. 그리고 환속한 뒤에도 집안에 불당을 지어 보살을 모시며 근본을 잊지 않으셨지."

"당신 추리도 일리가 있어요. 하지만 어떤 고승이 본래부터 가사에 쓰여 있던 검보를 원도공께 전해주었는지도 모르잖아요. 원도공께서

몰래 훔친 것이 아니라 정정당당하게 얻으셨을 거예요."

"아니오."

임평지가 고개를 젓자 악영산은 재빨리 동의했다.

"당신이 그렇게 추측했다면 당신 말이 맞을 거예요."

"추측이 아니라 원도공께서 친히 가사에 그렇게 써놓으셨소."

"아, 그랬군요."

"검보의 말미에는 그분이 본래 승려였는데 특별한 인연을 얻어 누군가의 입에서 검보를 들었고, 그것을 가사에 써놓았다고 되어 있었소. 더불어 이 검법은 몹시 잔인할 뿐 아니라 몸에 막중한 해를 끼쳐 자손이 끊어지게 되니, 승려가 익히면 불가의 자비심을 잃게 되고 속인은 더더욱 익혀서는 안 된다는 경고까지 남기셨지."

"하지만 그분도 익히셨잖아요."

"나도 처음에는 그렇게 생각했소. 자손이 끊어지는 검법이라지만 그 검법을 익힌 원도공께서는 멀쩡하게 부인을 맞아들이고 아들을 낳아 가문을 잇지 않았소?"

"그래요. 하지만 아들을 낳은 후에 검법을 익히셨을지도 모르죠."

임평지는 고개를 저었다.

"절대 그렇지 않소. 조금이라도 무학을 익힌 사람이라면, 아무리 자제심이 강하고 의지가 굳세도 일단 그 검보를 본 다음에는 익히지 않고는 버틸 재간이 없소. 첫 번째 초식을 익힌 다음에는 두 번째 초식이 궁금해지고, 두 번째 초식을 익힌 다음에는 세 번째 초식이 궁금해 몸이 달지. 보지 않았다면 모를까, 본 다음에는 그 내용에 푹 빠져 끝까지 익히지 않고서는 벗어날 수 없게 되오. 그때쯤이면 그 검법이 몸에 어마어마한 해를 끼친다는 사실은 아무런 장애도 되지 않소."

그 말을 듣자 영영은 아버지가 한 말이 떠올랐다.

'아버지는 〈벽사검보〉가 신교에 전해지던 《규화보전》과 뿌리가 같기 때문에 그 원리 또한 다르지 않다고 하셨어. 악불군과 임평지의 검법이 동방불패와 유사해 보인 것도 당연해. 《규화보전》의 무공은 얻는 것보다 잃는 것이 많지만, 무학을 배운 사람이라면 그 속에 담긴 심오한 무학을 보는 순간 몸에 해롭다는 것을 알면서도 빠져나올 수 없게 된다지. 《규화보전》을 펼쳐볼 생각조차 하지 않으셨던 아버지가 가장 옳았어.'

이렇게 생각하자 문득 한 가지 의문이 머리를 스쳤다.

'그런데 어째서 동방불패에게 《규화보전》을 주셨을까?'

그 답은 금세 떠올랐다.

'아버지는 그때 이미 동방불패의 야심을 눈치채시고 일부러 《규화보전》을 주신 거야. 상 숙부께서는 아버지가 동방불패의 속임수에 넘어가 아무것도 모르신다고 초조해하셨지만, 아버지같이 눈치 빠르신 분이 그렇게 오랫동안 속고 계셨을 리가 없어. 안타깝게도 동방불패가 예상보다 빨리 움직이는 바람에 서호 지하 감옥에 갇히셨지만…. 만약 동방불패가 독한 성품이라 단칼에 아버지를 죽였거나 음식을 딱 끊었다면 아버지에겐 보수설한報讐雪恨할 기회조차 주어지지 않았을 거야. 게다가 우리가 동방불패를 죽인 것도 요행이었지. 충 오라버니가 돕지 않았다면 아버지와 상 숙부, 상관운, 그리고 내 힘만으로는 단숨에 동방불패의 먹잇감이 되었을 것이고, 또 양연정 때문에 심기가 흐트러지지 않았다면 동방불패는 여전히 동방불패로 남았을 거야.'

이렇게 생각하니 새삼스레 동방불패가 가엾었다.

'아버지를 지하 감옥에 가둔 뒤에도 그는 나를 몹시 어여삐 여기고 깍듯이 대해주었어. 덕분에 나는 일월신교에서 공주나 다름없는 대우를 받았는데, 친아버지가 교주가 된 지금은 도리어 지난날보다 위세가 못하지. 상관없어. 내게는 충 오라버니가 있으니, 아무짝에도 쓸모없는 위세 따위가 무슨 소용이람?'

지난날을 돌이켜보며 깊이 모를 아버지의 심계를 깨닫자 어쩐지 가슴이 철렁 내려앉는 것 같았다.

'아버지는 아직도 서로 다른 진기를 융합하는 방법을 충 오라버니에게 알려주려 하지 않으셔. 충 오라버니의 몸에 있는 진기들을 고루 섞어놓지 못하면 상태가 점점 나빠져 언젠가 큰 화를 입겠지. 아버지는 충 오라버니가 신교에 들어오면 그 비술을 전수하고 후계자로 선포하겠다 하셨지만, 충 오라버니는 절대 숙이고 들어올 사람이 아니니 정말 큰일이구나.'

그녀는 기쁨과 근심이 교차해 수수밭 안에서 멍하니 생각에 잠겼다. 온갖 상념이 머리를 스쳤지만 오래도록 그녀의 마음을 휘어잡은 것은 다름 아닌 영호충의 몸 상태였다.

무슨 까닭인지 임평지와 악영산도 한동안 말이 없었다.

한참 후 임평지의 목소리가 들려왔다.

"원도공께서는 그 검보를 보자마자 당장 연공을 시작하셨소."

"그럼 그 검법은 당장 해를 끼치는 것이 아니라 몇 년이 지난 다음에 발작하는 모양이군요. 원도공께서 부인을 얻어 아들을 낳으신 것은 발작하기 전이었고요."

"아… 아니오."

짧은 한마디였지만 임평지는 몹시 망설여지는지 그 말을 길게 늘어뜨리며 뱉어냈다. 그런 다음에도 머뭇거리다가 한참 만에야 다시 입을 열었다.

"나도 처음에는 당신처럼 생각했지만, 며칠 지나지 않아 아니라는 것을 알게 되었소. 사실 조부께서는 원도공의 친아들이 아니오. 아마 양자를 얻으신 거겠지. 원도공이 혼례를 올리고 아들을 낳은 척한 것은 오로지 남들의 이목을 속이기 위해서였소."

악영산이 깜짝 놀라 떨리는 목소리로 물었다.

"이목을 속이기 위해서라니… 왜, 왜 그런…?"

그는 대답 없이 콧방귀를 뀌었지만, 얼마 지나지 않아 다시 말했다.

"그 검보를 보았을 때는 이미 당신과의 혼사가 정해진 후였소. 혼례를 올리고 당신과 진정한 부부가 된 다음 검법을 익히려고 몇 번이나 생각했지만, 그 검보의 초식은… 무학을 아는 사람이라면 결코 항거할 수 없는 마력을 지니고 있었소. 그래서 결국… 결국… 내 손으로 거세를 하고 연검을 시작했소…."

악영산이 실성한 듯 비명을 질렀다.

"당… 당신… 당신 스스로 거세를 했다고요?"

임평지가 음산한 목소리로 대답했다.

"그렇소. 〈벽사검보〉의 첫 번째 요결은 바로 '무림의 영웅이 되고자 하는 자는 검을 들어 생식기를 잘라낼지어다'였소."

"어… 어째서…?"

"벽사검법을 익히려면 가장 먼저 내공을 수련해야 하고, 그다음 내

단內丹을 연마하기 위해 따뜻한 성질이 있는 약을 먹어야 하오. 생식기를 잘라내지 않으면 약을 먹을 때 정욕이 들끓어 주화입마에 빠지거나 몸이 마비되어 죽게 되오."

"그런… 그런…?"

악영산의 목소리는 모기처럼 가늘어 거의 들리지 않을 정도였다.

영영도 그제야 천하제일의 무공을 지닌 동방불패 같은 일대의 효웅이 여인의 복장을 하고 수를 놓으며 양연정 같은 수염투성이 저속한 남자에게 푹 빠진 연유를 알 수 있었다. 그 사악한 무공을 익히기 위해 스스로를 남자도 여자도 아닌 괴상한 몸으로 만들었기 때문이었다.

악영산은 훌쩍훌쩍 울며 중얼거렸다.

"원도공이 남의 이목을 속이기 위해 거짓으로 부인을 얻어 아들을 낳은 척했듯, 당신도… 당신도…?"

"그렇소. 생식기를 잘라내고도 여전히 당신과 혼례를 올린 것은 이목을 속이기 위해서였소. 하지만 내가 속이려던 사람은 당신 아버지 단 한 사람뿐이었소."

악영산은 비통함에 잠겨 소리 죽여 흐느꼈다.

임평지가 말을 이었다.

"이제 사실을 모두 털어놓았으니 죽이고 싶을 만큼 내가 원망스러울 거요. 그만 가시오."

악영산은 꽉 막힌 목소리로 대답했다.

"원망하지 않아요. 당신도 상황 때문에 어쩔 수 없었던 거겠죠. 나는 그저… 그 〈벽사검보〉를 제일 처음 쓴 사람이 원망스러울 뿐이에요. 어째서… 그런 것을 남겨 이토록 사람들을 해치는지…."

임평지가 히죽 웃었다.

"그 선배 영웅께서는 본래 태감이었소."

악영산은 움찔했다.

"설마… 설마 우리 아버지도… 아버지도 당신처럼…?"

"벽사검법을 익히는 데 예외가 있겠소? 한 문파의 장문인인 당신 아버지가 제 손으로 거세를 했다는 소문이 퍼지면 강호의 웃음거리가 될 거요. 그 때문에 내가 벽사검법을 익힌 것을 아는 순간 반드시 나를 죽일 수밖에 없소. 내가 당신에게 잘해주느냐고 누차 물은 것도 내가 생식기를 제거했는지 아닌지 확인하기 위해서였겠지. 그때 당신이 한 마디라도 원망하는 기색이 있었다면 내 목숨은 쥐도 새도 모르게 사라졌을 거요."

"이제 아버지도 그 사실을 아셨겠군요."

"내가 여창해와 목고봉을 죽였으니, 며칠 안에 소문이 쫙 퍼져 모르는 사람이 없을 거요."

그의 목소리는 득의양양했지만 악영산은 걱정스레 말했다.

"당신 말대로라면 아버지는… 결코 당신을 놓아주지 않겠군요. 이제 우리는 어디로 달아나야 하죠?"

임평지는 고개를 갸웃했다.

"우리? 내가 이런 꼴이 되었는데도 나를 따르겠다는 거요?"

"당연하잖아요. 평지, 당신을 향한 내 마음은 언제까지나… 언제까지나 한결같을 거예요. 그런 끔찍한 일을 겪다니 가엾게도…."

그녀는 말을 끝내기도 전에 비명을 지르며 수레에서 굴러떨어졌다. 임평지가 밀어낸 것이 틀림없었다.

"동정은 집어치우시오! 누가 가엾게 봐달라고 했소? 이 임평지는 벽사검법을 익혔으니 그 누구도 두렵지 않소. 눈이 나으면 천하를 내 손아귀에 넣을 테니 두고 보시오! 악불군이든 영호충이든, 방증이든 충허든 그 누구도 내 적수가 못 되오!"

영영은 속으로 분노를 터뜨렸다.

'눈이 나으면? 흥, 네 눈이 나을 것 같아?'

임평지의 불행을 자못 측은하게 생각하던 그녀였지만, 아내를 대하는 무정한 태도나 자존망대한 말투는 몹시 거슬렸다.

악영산은 한숨을 쉬며 말했다.

"우선 숨을 곳을 찾아 잠시 피했다가 당신 눈이 좋아지면 그때 좀 더 생각해봐요."

"내게도 당신 아버지를 상대할 방법이 있소."

"그런 일은 말하기도 흉측하니 차라리 말하지 말고 비밀을 지켜요. 그러면 아버지도 당신을 해치려고 하지 않으실 거예요."

임평지는 냉소를 터뜨렸다.

"흥, 당신 아버지가 어떤 성품인지는 내가 당신보다 훨씬 잘 알고 있소. 나는 내일 아침 처음 만나는 사람에게 이 사실을 털어놓을 거요."

악영산은 마음이 급해졌다.

"구태여 그럴 필요가 있어요? 이건…."

"구태여라니? 내 목숨을 구할 방법은 이것뿐이오. 만나는 사람마다 이야기를 하면 오래지 않아 당신 아버지 귀에도 들어가겠지. 이미 소문이 났으니 나를 죽여봤자 아무 소용이 없소. 오히려 무슨 수를 써서든 나를 살리려고 하겠지."

"참 이상한 생각이군요. 어째서 그렇다는 거죠?"

"이상하기는 무엇이 이상하오? 당신 아버지가 거세를 했는지 어떤지는 눈으로 봐서는 알 수가 없소. 수염이 다 빠져도 다시 붙이면 되니 남들은 긴가민가하겠지. 하지만 소문을 낸 내가 쥐도 새도 모르게 죽으면 모두들 악불군의 짓이라고 의심할 것이고, 결국 자기 손으로 치부를 드러내는 꼴이 될 거요."

악영산은 한숨을 푹 쉬고는 아무 말도 하지 않았다.

영영은 가만히 생각에 잠겼다.

'임평지는 헤아림이 빠르구나. 정말이지 무서운 계책을 생각해냈군. 가운데 낀 악 낭자만 어렵게 되었으니 어쩐담? 이대로 두면 아버지의 명성이 땅에 떨어지고, 막으면 남편의 목숨이 위험해지니….'

임평지의 목소리가 생각에 잠긴 그녀를 깨웠다.

"설령 다시는 앞을 보지 못하게 되더라도 부모님의 복수는 했으니 후회는 없소. 영호충이 전해준 아버지의 유언은 향양항 옛집에 있는 조상의 유물을 절대 펼쳐보지 말라는 말이었는데, 알고 보니 바로 증조부께서 남기신 유훈이었소. 내 눈으로 그 유물을 꼼꼼히 들춰보았으니 유훈은 지키지 못했지만, 대신 부모님의 원수를 갚았으니 상관없소. 이렇게 하지 않았다면 사람들은 우리 임가의 벽사검법이 허명뿐이었다고 떠들어대면서, 복위표국의 역대 총표두들은 세상을 속인 도적놈이었다고 비난했을 것이오."

"아버지와 당신은 대사형이 〈벽사검보〉를 훔치고 시아버지의 유언을 날조했다고 했었는데…."

"설사 영호충이 억울하다 한들 어떻다는 거요? 그때는 당신도 그를 의심하지 않았소?"

악영산은 가만히 탄식했다.

"당신은 대사형을 잘 알지 못하니 의심할 수도 있겠죠. 하지만 나와 아버지는 그러면 안 됐어요. 이 세상에서 진심으로 대사형을 믿은 사람은 오직 어머니뿐이셨어요."

듣고 있던 영영은 속으로 대답했다.

'그렇지 않아. 나도 있는걸!'

임평지가 냉소적인 목소리로 말했다.

"당신 어머니는 영호충을 진심으로 아끼셨지. 그놈 일로 당신 아버지와 어머니는 수없이 말다툼을 했소."

악영산의 눈이 휘둥그레졌다.

"아버지와 어머니가 대사형 때문에 다투셨다고요? 두 분은 여태 한 번도 다투신 적이 없어요."

임평지는 차가운 웃음을 흘렸다.

"한 번도 다툰 적이 없어? 흥, 남들이 보지 않는 곳에서만 다퉜으니까 당연히 그렇게 보였겠지. 악불군은 그런 사소한 일까지 위군자의 가면을 쓰고 임했소. 내 귀로 똑똑히 들었는데 거짓말이란 말이오?"

악영산은 고개를 저었다.

"거짓말이라는 말이 아니라 너무 뜻밖이라 놀란 거예요. 그런데 어째서 나도 듣지 못한 걸 당신이 들은 거죠?"

"뭐, 이제는 말해줘도 상관없겠지. 복주에서 숭산파 놈들이 우리집에서 가사를 빼앗아갔고, 영호충이 그들을 죽였으니 가사는 당연히 영호충의 손에 들어갔소. 마침 그가 중상을 입고 기절했기에 나는 재빨리 그의 몸을 뒤졌지만 가사는 보이지 않았소."

"이제 보니 당신, 복주에서 이미 대사형의 몸을 뒤졌군요?"

"그렇소. 뭐가 잘못되었소?"

"아니에요."

영영은 속으로 한숨을 쉬었다.

'저렇게 간교하고 괴팍한 남자와 평생을 살아야 하다니, 악 낭자도 고생이 심하겠구나….'

불현듯 그녀의 머릿속에 혼자 있을 영호충이 떠올랐다.

'너무 오래 나와 있어서 충 오라버니가 걱정하고 있을 거야.'

가만히 귀를 기울여보았더니 그쪽은 아무 일도 없는 듯 조용했다.

임평지의 이야기가 이어졌다.

"영호충의 몸에 가사가 없다면 당신 아버지와 어머니가 챙긴 것이 분명했소. 복주에서 화산으로 돌아오는 동안 나는 꼼꼼하게 두 사람을 살폈지만 당신 아버지는 연기가 아주 제법이어서 쉽게 꼬리를 드러내지 않았지. 그즈음 당신 아버지가 병이 났는데, 가사에 적힌 〈벽사검보〉를 읽고 제 손으로 생식기를 잘랐기 때문에 얻은 병이라는 것을 그 누가 짐작이나 했겠소? 돌아오는 동안에는 사람들이 많아 당신 부모를 엿보지 못했지만, 화산으로 돌아온 다음부터는 매일 밤 당신 부모의 침실 옆에 있는 벼랑에 숨어 대화를 엿들었소. 〈벽사검보〉가 어디 있는지 알아내기 위해서였지."

"매일 밤 그 벼랑에 올랐다고요?"

"그렇소."

악영산은 그래도 믿기지 않는 듯 재차 물었다.

"매일 밤이요?"

임평지의 대답이 들려오지 않는 것으로 보아 그냥 고개만 끄덕인 모양이었다. 곧이어 악영산이 한숨을 쉬며 말했다.

"정말 의지가 대단하군요."

"복수를 위해서는 어쩔 수가 없었소."

"그래요."

악영산은 들릴락 말락 대답했다.

임평지는 아랑곳없이 말을 이었다.

"그렇게 10여 일이 지났지만 아무런 소득이 없었소. 그러던 어느 날 당신 어머니가 이런 말을 하더군. '사형, 요즘 안색이 안 좋으시군요. 자하신공을 연마하는 데 무슨 문제라도 있나요? 너무 서두르지는 마세요. 그러다 몸이 망가져요.' 그랬더니 당신 아버지는 빙그레 웃으며 '아니오, 연공은 잘되고 있소'라고 대답했소. 당신 어머니는 '저를 속일 수는 없어요. 최근 들어 사형의 목소리가 여자처럼 가늘고 높게 변했는데 대체 무엇 때문인가요?'라고 물으셨소. 당신 아버지는 버럭 화를 냈지. '무슨 소리요? 내 목소리는 항상 똑같았소.' 숨어 있던 나는 그 목소리가 신경질 부리는 여자처럼 몹시 뾰족하다는 것을 깨달았소. 당신 어머니가 물었소. '그리 말씀하시고도 똑같다는 말이 나오세요? 한평생 제게 이런 식으로 말씀하신 적이 없었지요. 오랜 시간 부부로 지낸 우리가 아닌가요? 근심거리가 있으면 속이지 말고 터놓고 말씀해보세요.' 그랬더니 당신 아버지는 '근심거리라… 음, 숭산의 모임이 얼마 남지 않았소. 좌냉선이 네 문파를 집어삼키려는 야욕을 훤히 드러내었으니 그 점은 조금 걱정이 되는구려'라고 둘러댔소. 당신 어머니가 '꼭 그런 것만은 아닌 것 같군요'라고 하자 당신 아버지는 또 버럭 화를 내며 날카롭게 소리를 질렀소. '무슨 의심이 그리 많소? 그 밖에 달리 무슨 근심이 있겠소?' 당신 어머니는 이렇게 말했소. '이런 말을 한다고 화를 내지는 마세요. 저는 사형이 충이에게 누명을 씌운 것을 잘 알고 있어요.' 당신 아버지는 '충이에게 누명을 씌우다니? 그 아이가 마교 사람과 교분을 맺고 임씨라는 마교 여자와 사통했다는 사실을 천하가 다 아는데 어찌 누명이라 하시오?' 하며 화를 냈소."

영영은 악불군이 자신을 두고 영호충과 사통했다고 했다는 말에 얼굴이 확 달아올랐지만 마음 한구석에서는 어쩐지 나른하고 달콤한 기분이 들었다.

임평지의 말이 이어졌다.

"당신 어머니는 똑똑히 말했소. '그 아이가 마교와 교분을 맺은 것은 사실이에요. 하지만 평지의 〈벽사검보〉를 훔쳤다는 것은 누명이에요.' 당신 아버지는 이렇게 툴툴거렸지. '그놈이 훔치지 않았다고? 그렇다면 그 녀석의 검술이 갑자기 좋아져 우리를 훌쩍 뛰어넘는 수준에 이른 것은 어찌 설명하겠소?' 당신 어머니는 '분명히 다른 이유가 있었을 거예요. 저는 그 아이가 〈벽사검보〉를 훔치지 않았다고 확신해요. 충이는 제멋대로에 우리 부부의 가르침을 어긴 적도 많지만, 어려서부터 떳떳하게 행동했고 남몰래 나쁜 짓을 한 적은 없었어요. 더욱이 그 아이는 자존심도 무척 강해요. 당시 산이가 평지와 가까워져 그 아이를 나 몰라라 하던 때라 설령 평지가 두 손으로 검보를 바쳐올렸다 하더라도 결단코 받아들이지 않았을 거예요.'"

그 말에 영영은 기쁨을 감추지 못하고 함박웃음을 지었다. 당장 달려가서 악 부인을 꼭 안고, 어려서부터 영호충을 돌봐준 데 대해 진심으로 감사 인사를 하고 싶어졌다. 화산파를 통틀어 영호충의 성품을 정확히 아는 사람은 오로지 그녀 한 사람뿐이었다. 그 한마디 때문에, 영영은 언젠가 기회가 생기면 반드시 그녀에게 보답하리라 다짐했다.

임평지는 계속 말했다.

"당신 아버지는 코웃음을 쳤소. '듣자하니 그놈을 축출한 것을 몹시 후회하는 모양이구려.' 당신 어머니는 이렇게 말했소. '그 아이가 문규를 어겼고 사형은 규칙대로 처벌했으니 달리 이견은 없어요. 하지만 방문좌도와 교분을 맺었다는 것만으로도 죄는 충분한데, 어째서 검보를 훔쳤다는 누명까지 씌우셨나요? 그 아이가 평지의 〈벽사검보〉를 훔치지 않았다는 것은 사형이 저보다 더 잘 아시지 않아요?' 당신 아버지가 버럭 소리를 질렀소. '알다니? 내가 무얼 안다는 말이오?'"

임평지가 높고 갈라진 목소리로 악불군의 음성을 흉내 내자 고요한 밤 정적을 깨뜨리는 올빼미의 울부짖음 같아 모골이 송연했다.

얼마 후 임평지가 다시 말했다.

"당신 어머니는 천천히 대답했소. '당연히 아실 거예요. 왜냐하면 그 〈벽사검보〉는… 사형이 가져갔으니까요.' 당신 아버지는 노발대발하더구려. '그… 그게 무슨… 내가 왜…?' 하지만 결국에는 입을 꾹 다물었소. 당신 어머니는 차분한 목소리로 말했소. '충이가 다쳐 혼절한 그날 저는 지혈을 하는 동안 그 아이 몸에 있는 가사를 보았어요. 검법 요결 같은 글이 빼곡하게 적혀 있었지요. 그런데 두 번째로 약을 갈면서 보니 사라졌더군요. 그때 충이는 여전히 인사불성이었고, 그동안 사형과 저 말고는 아무도 그 방을 다녀가지 않았어요. 물론 제가 그 가사를 가져간 것은 아니었지요'라고 말이오."

악영산은 믿을 수 없다는 듯 목멘 소리로 중얼거렸다.

"아버지가… 아버지가…."

"당신 아버지는 몇 차례인가 변명을 하려고 했지만 우물거리기만 할 뿐 끝내 아무 말도 못했소. 당신 어머니는 부드러운 목소리로 말하더구려. '사형, 우리 화산파의 검법에도 독특한 점이 있고, 자하신공 또한 비범한 기공이에요. 그것만으로도 강호에 이름을 떨치기에 충분한데 다른 문파의 검술이 왜 필요하겠어요? 요즘 좌냉선이 네 문파를 합병하려는 야심을 보이고 있으니 사형 손에서 화산파의 역사가 끊기는 것을 가만히 보고 있을 수만은 없겠지요. 하지만 태산파와 항산파, 형산파와 협력해 다 함께 숭산파와 싸운다면 이길 가능성이 6할은 될 거예요. 설사 이기지 못하더라도 장렬하게 싸워 숭산에서 목숨을 바친다면 훗날 구천에 가서도 화산파의 조사들을 대할 낯은 있지 않겠어요? 좌냉선이 우리를 모조리 죽여 없앤다면 오악검파 가운데 숭산파만 남게 되니 오악검파를 합병하려는 그의 꿈을 물거품으로 만들 수 있어요.'"

영영은 속으로 탄성을 질렀다.

'악 부인은 과연 여중호걸이구나. 남편보다는 훨씬 기개가 있는 분이야.'

악영산도 같은 생각인 것 같았다.

"어머니의 말씀이 옳아요."

그녀가 말하자 임평지는 차갑게 냉소를 흘렸다.

"하지만 그때 당신 아버지는 이미 우리 집안의 검보를 익히기 시작했으니 사모님의 말이 들리기나 했겠소?"

갑자기 '사모님'이라고 칭하는 것을 보면 그 역시 악 부인에게는 아직도 존경심이 남아 있는 모양이었다.

"그때 당신 아버지는 이렇게 말했소. '참으로 속 좁은 부인네 같은 생각이구려. 필부의 용기로 헛되이 목숨을 버리면 화산파는 좌냉선의 손아귀에 들어갈 터, 죽은 뒤에 무슨 낯으로 조사들을 뵙겠소? 좌냉선이 우리를 모두 죽인 다음 온갖 사람들을 긁어모아 태산, 형산, 화산, 항산으로 보내 꼭두각시 문파를 세우는 것쯤 무엇이 어렵겠소?' 당신 어머니는 한동안 생각에 잠겼다가 한숨을 쉬었소. '사형이 우리 화산파를 보존하기 위해서 하신 일이니 저도 무턱대고 탓할 생각은 없어요. 하지만… 하지만 벽사검법은 해로운 검법이에요. 그렇지 않고서야 임가의 후손들이 어째서 그 검법을 익히지 않고 멸문을 당했을까요? 아직 늦지 않았으니 제발 그만 익히세요, 네?' 당신 아버지는 버럭 소리를 질렀소. '내가 벽사검법을 익히는 것을 어찌 알았소? 설… 설마… 설마 나를 미행했소?' 당신 어머니는 고개를 저었소. '미행을 할 필요까지도 없었어요.' 당신 아버지는 길길이 날뛰며 '그렇다면 어찌 알았소? 어서 말해보시오!' 하고 재촉했소. 목소리는 쩌렁쩌렁했지만 메마르고 탁해 기가 많이 꺾인 것이 분명했소. 당신 어머니는 '사형의 목소리가 완전히 변했다는 것을 모르는 사람이 없어요. 설마하니 사형은 전혀 눈치채지 못하셨나요?'라고 하셨소. 당신 아버지는 끝내 변명했소. '내 목소리는 본래부터 이랬다고 하지 않소?' 당신 어머니가 '매일 아침 이불 위에 사형의 수염이 얼마나 많이 떨어져 있었는지 아세요?'라고 하자 당신 아버지는 날카롭게 소리를 질렀소. '보… 보았소?'

아주 공포에 질린 목소리였지. 당신 어머니는 한숨을 푹 쉬며 말했소. '오래전부터 보았지만 모른 척하고 있었지요. 가짜 수염으로 남들은 속일 수 있을망정 수십 년을 부부로서 한 이불을 덮고 산 저까지 속일 수는 없어요.' 당신 아버지는 더 이상 숨길 수 없다는 것을 알았는지 아무 말도 하지 않았소. 그러다가 한참 후에야 이렇게 묻더군. '다른 사람도 알고 있소?' 당신 어머니는 고개를 저었소. '몰라요.' '산이는?' '모를 거예요.' '평지도 모르겠지?' '그래요.' 그랬더니 겨우 안심하며 말했소. '알았소, 내 당신 말을 들으리다. 이 가사는 내일 평지에게 돌려주고, 충이의 누명도 차차 풀어주면 되지 않겠소? 나도 더 이상은 이 검법을 익히지 않겠소.' 그 말에 당신 어머니는 무척 기뻐하며 '정말 다행이에요. 하지만 이 검법은 사람을 해치기만 하니 평지에게 주지 말고 없애버리도록 해요'라고 했소."

악영산이 힘없이 말했다.

"아버지는 당연히 거절하셨겠지요. 검보를 없앴다면 지금 같은 일이 벌어지지는 않았을 테니까요."

"틀렸소. 당시 당신 아버지는 흔쾌히 '알겠소, 당장 없애버립시다!'라고 대답했소. 나는 놀라 비명이 나오는 것을 겨우 참았소. 그 검보는 우리 임가의 물건이니 이롭든 해롭든 당신 아버지 마음대로 없앨 권리는 없지 않소? 그 순간 창문이 삐걱 열리는 바람에 황급히 고개를 숙였더니, 안에서 붉은 것이 펄럭펄럭 날아오는 것이었소. 바로 그 가사였지. 가사가 내 옆을 스쳐 날아가는 것을 보고 재빨리 손을 뻗었지만 아슬아슬하게 놓치고 말았소. 그때 나는 부모님의 원수를 갚는 일이 오로지 그 가사에 달려 있다고 믿었기 때문에 목숨조차 돌보지 않고 벼랑에 매달려 다리를 힘껏 뻗었소. 다행히 가사가 발끝에 걸려 천길만길 낭떠러지로 떨어지는 것을 면했는데, 지금 생각해보면 행운도 그만한 행운이 없었지."

영영은 그 위험천만한 이야기를 들으며 속으로 한숨을 쉬었다.

'그 가사를 놓친 것이 진짜 행운이었을 텐데….'

악영산이 말했다.

"어머니는 검보를 천성협天聲峽에 떨어뜨리면 모든 것이 끝난다고 생각하셨지만, 아버지는 이미 검보의 내용을 모두 외우고 계셔서 가사가 없어도 아무 상관이 없었군요. 그리고 당신도 그렇게 손에 넣은 가사로 검법을 배웠고요. 그렇죠?"

"그렇소."

"하늘의 뜻이군요… 하늘은 당신이 시부모님의 복수를 할 수 있도록 모든 것을 철저히 준비해둔 거예요. 참… 참 잘되었어요."

임평지는 고개를 저었다.

"하지만 얼마 전에 도무지 알 수 없는 일이 벌어졌소. 어떻게 좌냉선이 벽사검법을 할 줄 알게 되었을까?"

"그랬나요?"

악영산의 말투로 보아 좌냉선이 벽사검법을 하든 말든 아무 관심이 없는 것 같았다.

임평지가 다시 말했다.

"당신은 그 검법을 배우지 않았으니 그 속에 숨겨진 오묘한 점을 모르는 것이 당연하오. 그날 좌냉선과 당신 아버지가 봉선대에서 결전을 벌일 때 마지막에 쓴 것은 똑같은 벽사검법이었소. 하지만 좌냉선의 검법은 진짜 같으면서도 어딘지 이상해서 마치 당신 아버지에게 일부러 져주는 것 같았소. 원체 검술의 기본이 튼튼해 위기일발의 순간마다 검초를 바꿔 겨우 피했지만, 끝내 당신 아버지에게 두 눈이 찔리고 말았지. 만약… 으음, 만약에 그가 숭산파 검법을 썼다면 당신 아버지에게 져도 이상한 일은 아니오. 벽사검법은 천하무적이라 숭산파 검법 따위로는 상대가 되지 않으니까. 좌냉선이 생식기를 제거하지 않았기 때문에 진짜 벽사검법을 익히지 못했다면 그 정도에 그칠 수도 있겠지만, 기실 내가 이해할 수 없는 것은 좌냉선이 어디서 벽사검법을 배웠느냐 하는 것이오. 그것도 진짜가 아닌 가짜를 말이오."

골똘히 생각을 하는지 마지막 몇 마디는 망설이듯 우물우물했다.

영영은 조용히 돌아섰다.

'이제 더 들을 것은 없겠어. 좌냉선의 벽사검법은 아마 신교에서 훔쳐 배운 것일 테지. 초식은 어찌어찌 익혔지만 그 잔인한 요결은 듣지 못했던 거야. 동방불패의 벽사검법은 악불군보다 훨씬 무시무시했는데, 임평지가 그 광경을 보았다면 머리가 셋으로 늘어나도 도통 영문을 모르겠다면서 고개를 설레설레 저었을 거야.'

그녀가 살그머니 걸음을 옮기는데, 멀리서 요란한 말발굽 소리가 들려왔다. 관도를 따라 말 스무 마리가 다급하게 달려오고 있었다.

笑傲江湖